本书为海南省重点学科民族学教学成果、海南省教育厅教育教学改革项目（HNJG2014-48）及海南热带海洋学院"写作学课程群教学团队"实践教学成果

问道天涯

海南热带海洋学院人文学院学生论文集

郑力乔 陈智慧 智宇晖 主编

光明日报出版社

图书在版编目（CIP）数据

问道天涯：海南热带海洋学院人文学院学生论文集 /
郑力乔，陈智慧，智宇晖主编 . -- 北京：光明日报出版社，
2016.9

ISBN 978－7－5194－2020－8

Ⅰ.①问… Ⅱ.①郑…②陈…③智… Ⅲ.①中国文
学—当代文学—文学研究—文集 Ⅳ.①I206.7－53

中国版本图书馆 CIP 数据核字（2016）第 230659 号

问道天涯：海南热带海洋学院人文学院学生论文集

主　　编：郑力乔　陈智慧　智宇晖

责任编辑：朱　然　　　　　　　　责任校对：赵鸣鸣
封面设计：中联学林　　　　　　　责任印制：曹　诤

出版发行：光明日报出版社
地　　址：北京市东城区珠市口东大街 5 号，100062
电　　话：010－67078251（咨询），67078870（发行），67019571（邮购）
传　　真：010－67078227，67078255
网　　址：http：//book.gmw.cn
E－mail：gmcbs@gmw.cn　zhuran@gmw.cn
法律顾问：北京德恒律师事务所龚柳方律师

印　　刷：北京天正元印务有限公司
装　　订：北京天正元印务有限公司
本书如有破损、缺页、装订错误，请与本社联系调换

开　　本：710×1000　1/16
字　　数：305 千字　　　　　　　印　　张：17.5
版　　次：2017 年 1 月第 1 版　　印　　次：2017 年 1 月第 1 次印刷
书　　号：ISBN 978－7－5194－2020－8
定　　价：52.00 元

本书编委会

主　编：郑力乔、陈智慧、智宇晖

副主编：郭　敏

编委会：杨兹举、郑力乔、智宇晖、陈智慧

　　　　郭　敏、柯继红、孙少佩、李景新

　　　　文　珍、吴超华、李　默、李冬梅

　　　　段　莲、党永刚

序

毕光明

　　大学本科生写毕业论文如今成了一个问题，近年来不断有人质疑本科生写毕业论文的大学培养制度。质疑的理由无非是高校扩招后，大学本科的专业学习与大学生毕业后就业已无多少对应关系，专业训练的重要性无形弱化，加之社会经济与文化转型后，大学的教育管理普遍松弛，学生到了大四，忙于实习和找工作，没有足够的时间和精力做研究写论文，多半草率应付，更有甚者干脆花钱买论文或者自己从网上抄袭，如此一来，学术训练的目的未能达到，反而败坏了学风和社会风气，因此，与其徒劳无功走过场，不如干脆废掉写论文这一环节，从根本上杜绝人才培养过程中的这一乱象。也有人从更高的学术要求看问题，对本科生写论文的必要性表示怀疑，认为写论文是科学研究的过程，论文是科研的成果，以现在本科生的理论基础和专业水平，还不具备独立从事科研的能力，因此，对本科生来说，写学术论文还为时过早。

　　上述质疑和看法并非没有道理。在知识实际已经严重贬值的商品经济时代，有专业职志的大学生少之又少。现今的大学，无法脱离社会的影响，要求学生热爱所学的专业，专注于知识的汲取、问题的思考以及分析判断和表达能力的提高，并确定长远的专业目标，利用大学的师资、图书馆和学术氛围的有利条件，围绕专业目标建立起初步的知识结构，为在某一专业领域的持续探讨打下基础，这是因为在全民教育时代，大学本科教育承担的并不是这样的任务，而在社会主义市场经济条件下，大学并不能放下安静的书桌，更何况在行政权力高于学术权力的大学体制里，专业和知识并不能成为主导求学者人生志向的力量。在形式主义和项目化生存的时代，大学教员多半因应付各种评估检查和打通论文发表关节而自顾不暇，早已在教育活动中失去了主体性和主动性，哪有热情和责任心来指导学生在专业领域里进行研究，练习学术性写作。在这种教育环境里，大学本科毕业论文流于形式不足为怪。

然而，大学本科要不要写毕业论文仍然是个伪问题。因为现代大学的课程结构的科学性决定了本科阶段专业知识的系统学习使学生具备了综合运用专业知识对专业领域的某一问题进行探讨的可能性，而论文写作这一知行合一的过程正是将这种可能性变成现实性的必由之路。写论文既是对专业知识掌握情况的检验，也是知识运用过程中对专业学习的深化，更是在实践中对创造性思维的训练和对解决问题能力的锻炼。就好比一个人只学游泳知识而不下水终究不会游泳一样，只学专业知识而不投入就不会成为专门人才。尽管大学教育并不奢望所有的毕业生都成为专门人才，但是大学教育一定是按照把所有的学生都培养成专门人才的目标来进行教育程序设计的，不然专门人才无从产生。就算大部分本科生毕业后可能用非所学，但是写毕业论文时形成的研究问题的思维方法，对他们以后无论从事什么工作都不无助益。所以，大学本科不是应不应该写毕业论文的问题，而是教育主体在本科教育活动中如何把握好毕业论文写作指导这一重要环节的问题。摆在我们面前的这本汉语言文学专业的毕业论文集，就有力地说明了这一问题。它告诉我们，能不能通过毕业论文实现本科培养目标，责任首先在学校，在学校的管理者和指导教师。

本论文集收入的是海南热带海洋学院人文学院2010级至2012级汉语言文学专业部分学生的毕业论文，由郑力乔、陈智慧、智宇晖等主编，是海南省重点学科民族学教学成果，是海南热带海洋学院"写作学课程群教学团队"的实践教学成果，也是海南省教育厅教育教学改革项目的成果。集子所收的论文主要有两类，一类为海南黎族文学研究，是运用文学专业知识对地域文学和少数民族文学所作的研究，一类是汉语言文学专业传统研究领域中的语言和文学现象的研究，以作家作品研究为主。海南热带海洋学院新近由琼州学院更名而来，是我国最南端的公办省属本科院校。学校的前身是1958年创办的海南黎族苗族自治州师范专科学校，有六十多年的办学历史，其中中国语言文学学科为优势学科。由于学校地处海南岛南部少数民族地区，是海南民族地区的最高学府，因此学校一直注重利用高校的学术力量开展海南黎族文化研究，承担了黎族文化研究的多项国家级和省级课题，积累了丰富的黎族文化研究成果，已经成为黎族文化研究的重镇。人文学院以陈立浩教授、杨兹举教授、郑力乔教授为代表的老中青三代学者接力式地致力于黎族文学与文化的研究，多有斩获，形成了汉语言文学专业办学的一个鲜明特色，对培养应用型人才起了积极作用。从论文集就可以看出，几乎每一届都有学生特别是本土的学生以黎族文学与文化研究为毕业论文选题，毕业论文写作因而与海南地方文化建设建立起了联系，这对开掘海南少数民族文学的历史文化遗产，培养黎族同胞的文化自觉和塑造现代型民族文化性格，以丰富国际旅游岛的精神资源，有着多方面的意义。何况对本土文化的研究并非只有少数民族文学研究，像海南历史文化名人丘濬的研究，也是很有学术价值的选题。对丘濬文化成就及精神世界的探讨，不仅打破了海南是文化沙漠的妄说，更为文化范型决定生命价值这一重要的人生命题作出了峻切的提示。仅从这样的收获来看，大学本科写毕业论文的必要性就无可争议。

在专业范围内选择研究对象，确定课题，在教师的指导下开展研究，更是专业把握手段的必要提升，只要认真对待，它的收获同样是可以预期的。论文集共收 17 篇论文，汉语言文学的论文占了 11 篇，可见教学管理者对专业本色的重视和坚持。论文集中的文学课题涵盖了中国古代文学、中国现当代文学和外国文学，其中以古代文学居多。这体现了导师的影响和指导在毕业论文写作中的重要性。比如，古代文学论文里有两篇研究古诗十九首的，题目分别是《古诗十九首与曹植五言诗中地理方位的量化分析》和《古诗十九首的主题分类》，这两篇论文都是由木斋教授指导的，而木斋教授是知名专家，在古诗十九首研究中提出了新说，选这个题目的两位同学显然受到了他的影响。经过考证和分析，木斋先生认为古诗十九首里面有几首为曹植所作，是反映他和甄后的恋情之作，故其中也有诗作系甄后所写。《古诗十九首与曹植五言诗中地理方位的量化分析》正是认同了木斋教授的观点。论文通过诗中所出现的地理方位的量化分析，再次论证了木斋老师的观点。但是，学生在教师的影响下以同一文学现象为研究对象，而教师并不会要求学生以接受自己的研究结果为前提，相反，会鼓励学生从文本出发，运用或一方法进行科学地分析，大胆提出自己的观点。《古诗十九首的主题分类》一文，虽然也以木斋先生的研究成果为参照，但是所得出的结论却与之有别。又如，论文集里《〈长相思〉词牌研究》和《唐宋时期"木兰花"词牌群演变研究》两篇论文均由毕业于北京师范大学的柯继红博士指导，不惟写得符合学术规范，有一定的学术含量，几乎达到了硕士研究生的水平，光是选题对于本科生来说就有相当的难度。很难想象，如果没有受过良好学术训练的人施加影响和予以指导，一个本科生敢写且能写好这样的论文。再如，论文《异代知音——〈桃花源记〉与〈醉乡记〉的比较》由智宇晖博士所指导，从选题到写作，都可以看到教师的学术取向和人格风范对学生毕业论文的影响，它让人感受到高等学校传递学术薪火的执著与壮观。

由上可见，本科生的毕业论文不是有没有必要写的问题，而是如何才能写好的问题。海南热带海洋学院虽然地处偏远，但是学校从领导到教职员工，办学热情高涨，一切遵从现代大学建设的规律，广揽人才，壮大专业队伍，强化教学管理，突出办学特色，根据社会需要培养有人文情怀和有专业素养的应用型人才，形成了良好的教风和学风，没有辜负来自全国各地的莘莘学子。仅从毕业论文指导一端，就可以看出这所大学的办学性格——认真负责，而今日之中国教育，最缺少的就是认真负责。人文学院首先是管理者对毕业论文写作有清醒而正确的认识："毕业论文是一门检验汉语言文学本科专业学生专业综合能力的重要专业实践课，其宗旨是引导学生去发现和探究专业学术问题或现实社会中实际问题，在这个过程中充分运用专业所学知识，获取相关信息和资源，初步掌握学术研究的方法，锻炼思维品质，提高创新意识和规范意识。总之，套用体育术语，这是一项难度系数很高的运动，不但考验学生的专业所学，也考验指导老师的执教水平。"管理者的认知在教学活动中发挥制导作用，也就有了教员的使命感和责任心，毕业论文指导才能成为大学生研究性学习的蝶变过程，学生会因创造成果的激励而端正问道致知的态度。

是为序。

毕光明，文学评论家。海南师范大学教授，博士生导师。中国小说学会副会长，中国当代文学研究会常务理事。享受国务院特殊津贴专家。主要从事中国当代纯文学批评与作家作品研究。出版有《文学复兴十年》、《虚构的力量——中国当代纯文学研究》、《批评的支点——当代文学与文学教育》、《纯文学的历史批判》等学术专著。有系列论文和专著获海南省社会科学优秀成果奖一等奖。

目　录
CONTENTS

黎族民间故事中的机智人物分析

李保均①

摘　要：黎族是海南岛上最早的居民，他们只有语言没有本民族文字，所以黎族人民靠口头形式来传接各时期的民族历史文化。黎组民间故事便是黎族人民口头创作，并口口相传的，它含有着丰富的黎族文化，是一份重要的非物质文化遗产。黎族机智人物故事作为黎族民间故事的重要组成部分，同样具有丰富的黎族文化色彩，黎族机智人物多有着贫贱卑微的社会地位，能"骗"会"诱"的行为特征，爱憎分明的性格特征，同时机智人物故事具有表达强烈的斗争精神，彰显高尚的传统道德，体现鲜明的民族特色的意识形态特点。黎族机智人物是黎族人民寓教于乐，是为娱乐自己讽刺权贵，包含丰富的生活知识，为黎族人民所向往之人生目标，含着黎族人民对生活的美好向往的"教科书"。

关键词：黎族；民间故事；机智人物

前言

黎族是海南岛上最早的居民。自古以来，他们在海南岛这块美丽富饶的土地上繁衍生息。由于黎族只有语言而没有本民族的文字，所以黎族人民只能以口头形式来展示本民族在各个时期的发展进程和社会人文风貌。黎族人民在开发建设海南岛的同时，创造了丰富多彩的具有热带海岛地方特色的民族传统文化。黎族的民间故事的流传不仅是黎族传统文化传播和记录的一种形式，也是黎族传统文化的一个重要组成部分。黎族民间故事蕴含着黎族人民历史文化的

① 作者简介：李保均，男，海南热带海洋学院人文学院汉语言文学 2010 级学生。
指导教师：杨兹举，男，（1966 - ），海南文昌人，汉族，文学硕士，教授，主要从事海南历史文化、社会工作及中国现当代文学研究。

结晶，"是黎族重要的非物质文化遗产，"[1](9)而作为黎族民间故事中重要组成部分的机智人物故事，有着丰富黎族文化色彩，精彩的人物故事，是黎族日常"寓教于乐"的宝贵口头读物。

一、黎族民间机智人物故事存留情况

黎族民间故事是黎族人民在日常生产和生活中的历史产物，里面包含了黎族的民族历史、日常的生产和生活知识、实践经验，表达着黎族人民的理念、意识、思想、感情，也是黎族人民进行自我娱乐的一种方式。黎族民间故事大体又分为神话、传说和故事三大类，三大类下又分为若干个小类。而机智人物故事是黎族民间故事中一个重要的组成部分。

在新中国成立以来，政府逐渐重视起对少数民族文化的保护，而含有丰富民族文化的少数民族民间故事因而受到重视。黎族民间故事受大潮流之益，逐渐被重视，并被加以保护，而黎族机智人物故事也受益，或间接或直接的被保留了下来。1981年广东省海南黎族苗族自治州群众艺术馆出版《黎族民间故事选》，2002年南海出版社出版《黎族民间故事集》（龙敏，黄胜招编），2010年海南出版社出版《穿芭蕉叶的新娘——五指山黎族民间故事集》（王蕾编），书中含有机智人物故事，但没有进行具体的区分出来。2002年中国ISBN中心出版《中国民间故事集成·海南卷》（钟敬文编），2010年海南出版社出版《黎族民间故事大集》（符桂花编），书中将机智人物故事进行了归类存入。而1956年广东人民出版社出版《勇敢的黎族姑娘》（易准编），1958年作家出版社出版《勇敢的打拖》（吴启彦整理），1962年广东人民出版社出版《黎族民间故事选》等书，因难以获得而未能明确其是否存有机智人物故事。

另外，受20世纪80年代的国家文化部、国家民委、中国文联的倡导，为编集民间文学三件套集成，全国大量采录了民间故事，而黎族机智人物的采录也多有保留在海南岛各黎族主要聚居市县的文化局中。因部分书籍未区分机智人物故事，能查找到的十分有限，及在分有机智人物故事类的书所查到的故事中，有极大的相似度，所以本文中故事以2010年海南出版社出版《黎族民间故事大集》（符桂花编）为主。

表1：

序号	故事名称	主角名称	社会地位	故事内容概括	页码
《黎族民间故事大集》					
01	《阿亮跳舞》	阿亮	农民	智取峒主衣马复婚宴	490
02	《阿亮的宝贝土锅》	阿亮	农民	假宝锅换灶官财宝	491
03	《数秧苗》	阿亮	农民	马步稻苗书，助帕红解难	493
04	《劳祝献"宝"》	劳祝	青年农民	"马蛋""宝棍""龙宫"除财主	494
05	《聪明的亚坚》	亚坚	孤儿	三骗黎头，终除害	496
06	《三顿并一顿》	亚坚	孤儿	晚餐之后不做工	498
07	《孟征巧弄财主》	孟征	盗贼	劫富济贫戏财主	499
08	《打灰骗汉商》	打灰	穷汉	路遇汉商，以旧换新	501
09	《打灰骗熊》	打灰	穷汉	猪肉充肠，帮熊自裁	502
10	《鹿肉、青蛙汤》	打灰	穷汉	骗鹿、诱蛙	503
11	《猴子上当》	打灰	穷汉	借蜂赶猴入瓮	504
12	《劳龙放牛》	劳龙	长工	劳龙吃多少，小牛吃多少	505
13	《收租》	劳龙	长工	"毒蚊"唬奥雅	506
14	《劳龙答题讨工钱》	劳龙	长工	砸罐、掀屋顶、猜人头重量拿工钱	507
15	《帕色晒房》	帕色	孤儿	奥雅出难题，帕色巧做工	508
16	《聪明的奴子》	老二	穷汉	老二巧言、巧做工拿加倍谷子	510
17	《帕胜》	帕胜	穷汉	打抱不平，治吝啬财主	511
18	《劳谢烧蚊妖》	劳谢	农民	生火做饭，借机烧蚊妖	512
19	《聪明的媳妇》	亚花	妇女、农民	金、银鱼鳞退金、银马角	482
20	《娜艾干》	娜艾干	妇女、农民	鸡飞狗跳、连环计治色奥雅	470
21	《百兽衣》	阿娜	少女	骗峒官互换百兽衣，除祸害	475
22	《神奇的竹筒》	阿巧	农民	假戏真做，机智解难题	473
《黎族民间故事集》					
23	《女婿妙计遮丑》	三位女婿	农民	带病为岳父贺寿，借假故事遮病容	101

表2：

书　名	故事篇目名	采录地区	页码
《黎族民间故事大集》共有23篇	《阿亮跳舞》	保亭县	490
	《阿亮的宝贝土锅》	保亭县	491
	《数秧苗》	保亭县	493
	《聪明的亚坚》	保亭县	496
	《三顿并一顿》	保亭县	498
	《孟征巧弄财主》	保亭县	499
	《打灰骗汉商》	保亭县	501
	《打灰骗熊》	保亭县	502
	《鹿肉、青蛙汤》	保亭县	503
	《猴子上当》	保亭县	504
	《劳谢烧蚊妖》	保亭县	470
	《神奇的竹筒》	保亭县	473
	《娜艾干》	保亭县	470
	《劳祝献"宝"》	乐东县	494
	《百兽衣》	乐东县	475
	《聪明的媳妇》	乐东县	482
	《劳龙放牛》	五指山市	505
	《收租》	五指山市	506
	《劳龙答题讨工钱》	五指山市	507
	《聪明的奴子》	白沙县	510
	《帕胜》	白沙县	511
	《帕色晒房》	昌江县	508
《穿芭蕉叶的新娘·五指山黎族民间故事集》	《穷女婿借米》	保亭县	1
	《帕胜斗妖》	保亭县	21
	《火烧蚊子精》	万宁市	257
《中国民间故事集成·海南卷》	《打灰与螺比赛》	保亭县	579

书 名	故事篇目名	采录地区	页码
《黎族民间故事集》	《女婿妙计能遮丑》	乐东县	101
共有 28 篇			

注：因一些文献的篇目与《黎族民间故事大集》相同，所以不整理进此表中。

从黎族机智人物故事采录地来看，多在海南岛黎族大聚居的市县，多为五指山、保亭、乐东和昌江等地。就其留传而言也多分布在这些市县的黎族族群中。黎族机智人物的故事，虽然多数是发生在旧时代，但是其表现了黎族劳动人民在艰苦的生活条件下反对剥削、反对压迫，与凶险自然环境斗争，争取美好生活思想情感。它体现黎族人民的爱憎，总结了战胜困难的经验，显示了劳动人民的才干。在今天看来，仍闪烁着思想的光辉，成为人民群众自我教育的好教材。

二、黎族民间故事机智人物的特征

机智人物是黎族人民聪明智慧的集中体现。这些机智人物一般都是出身寒微的劳动人民，如孤儿、穷汉、长工等等，在社会地位上接近社会底层，与底层的劳动人民相识相熟。而他们同时具有劳动人民热爱劳动的品质，爱憎分明的性格。在面对占据社会主导地位权势者的欺压剥削的时候，机智人物和普通劳动人民一样处于弱势，但他们却以超人的智慧，灵活的应变，抓弄、惩治那些平日行凶作恶的阶级权势者，成为人民群众崇敬的偶像。

（一）贫贱卑微的社会地位

在黎族机智人物故事中，主人公多身份卑微低下，多是长工、穷汉、孤儿或佃户，他们长期受的来自统治阶级的山霸、财主、垅公、奥雅和峒主等的剥削压迫。他们既是统治阶级大的主要劳动力同时也是统治阶级剥削压迫的主要对象。如《聪明的亚坚》中，孤儿亚坚长年为黎头养牛，日夜辛苦。但黎头吃牛肉却连一根骨头都不给他，且常受黎头的打骂；如《劳农答题讨要工钱》中，长工劳农为奥雅辛苦工作一年，奥雅为了不给工钱劳农，出三道难题难为劳农，答错一道就不给工钱。

这些底层人民不仅要为统治阶层长期的劳动，而且还要及时应对他们刁难诡计。当统治阶级的作为超过了黎族人民的忍受底线，便迫使底层人民起而反抗，最终以自己的机灵、智慧赢得与地主的斗争。如《聪明的亚坚》中的孤儿亚坚在黎头的欺压下实在难忍，于是巧借雷电霹死牛一事，骗黎头说是恶兆，谁吃了牛肉谁倒霉，黎头信以为真，亚坚逐骗得一顿牛肉吃。而后黎头似是发现了，便难为亚坚，要亚坚想方设法让黎头全家都哭出来，如果做不到便要亚坚的性命。亚坚便谎说自己去河边捉鱼，引诱黎头跟随后，半路从树丛中调回黎头家对黎婆撒谎黎头落水被溪水冲走了，黎婆听了大哭。亚坚又回头向黎头谎说公子被两头公牛撞倒踩死了，黎头闻言痛哭不止。后黎头发现了谎言，便半夜叫长工将亚坚绑了要丢入河中淹死。亚坚在长工的帮助下得以逃脱，在半路将偶遇的强盗打晕，获得了强盗的财物，又回去见黎头，骗黎头说他身上的宝物来自河中的龙宫，凡去的人都能获得龙宫的宝物，黎头贪念便起，于是就别亚坚诱骗入河中，溺水而亡。

而在《劳农答题讨要工钱》中，长工劳农则机智的应对了奥雅的故意刁难。奥雅给劳农的先是要劳农将一个大酒缸装进一个小酒缸中，劳农直接将大酒缸砸碎放进了小酒缸里。奥雅赖皮又让劳农将淋湿的地板搬出去晒干，再搬回来，劳农便用竹竿往屋顶猛撞，惊得奥雅忙叫停。奥雅再耍赖的要劳农猜自己的头有重，劳农猜有四斤半，奥雅则硬说有五斤半，劳农急智之下用刀背抵住奥雅脖子，吓得奥雅急忙承认自己脖子有四斤半，拿回了工钱。

这些出身贫贱卑微的底层人民反抗多是被动承受地主的剥削压迫达到了底线是转变成了为了生活，而进行主动的自我保护行为。黎族的底层人民对于物欲并没有太多的要求，他们要的只是最基本的生活物质，其中主要是粮食。而统治阶级的剥削压迫则往往威胁损害到了他们的生活基本，而因为社会地位的关系他们对统治阶级的刁难又是难以拒绝，所以底层人民为了生活才进行了适度的自我保护，与统治阶层的不断压迫行为形成了鲜明的对比。在底层人名的反抗斗战中总是能应用他们的机智勇敢应对着地主们的刁难，黎族人民的反击则是一种"兵对兵，将对将"的态度，地主们压迫的多重，他们的发弹也就多猛。而在一些时候黎族底层人民机智有种"无赖"的表现，这是因为他们面的是无赖的地主，正是对什么样的人就以什么样的方式去应对。

（二）能"诱"会"骗"的行为特征

在多数黎族机智人物故事里，主角在面对来自统治阶级的刁难是表现出勇敢不退缩不胆怯，在解决问题时没有因为困难而消沉放弃。而是运用自己机灵、智慧大胆的想方设法解决困难。而在这些大胆的想法，则往往透露出"引诱"

和"欺骗"的味道。所谓"引诱"是故事主角运用自己的机灵才智用一些平常难以或不会出现的物品或现象引起财主（旧社会统治阶级）的贪念，诱惑其在贪欲下犯下错误，以起到教训、惩罚作用。例如《劳祝献"宝"》中，财主喜欢宝物，每年都要人们为他去危险的深山老林探宝，不去的便要受他的毒打。劳祝为了惩治财主的探宝贪念，便骑一匹马到财主家说是从蛋里孵出的马，引起了财主婆的心动，便要财主买来一个"马蛋"，两人日夜孵化，最终当然是失败了。又如《打灰骗汉商》的故事里，打灰"指鹿为马"，骗汉商鹿是一种长角的马，而且"马角"可以多载物引起了汉商的贪欲，诱惑汉商以马换鹿。

而"欺骗"是指故事主角应用自己机灵善变的言语骗取对象的物品，或是在两个物体间制造矛盾，从中获取渔人之利。例如《打灰骗熊》中。打灰骗山猪说蚂蚁要咬它鼻子和眼睛，山猪中计，发怒冲击蚂蚁窝，却被打灰事先埋在树下箭给刺死了，打灰即将要有一顿猪肉吃时，来了一只熊，打灰怕熊抢食，便要他去云上借火。熊被支开后，打灰快速将山猪煮好放入猪肠内，缠于腰间，当熊借火无果回来时，打灰骗熊说山猪跑了。打灰肚子饿，割缠在身上的猪肉吃，熊看到了，打灰便骗熊说是在割自己的肠子吃，熊信以为真要学打灰，但熊自己有怕疼，要打灰帮忙，打灰便抓住机会用刀刺入熊的颈喉，杀死了熊。又例如《鹿肉、青蛙汤》中，打灰在河边煮水，看见鹿来河边喝水，听到蛙叫，便骗鹿说青蛙要吃鹿的肉，鹿听了气得要将河水喝干，找出青蛙来踏死。这时，打灰又听到鸟叫，便又对鹿说猎人快来了，让鹿快跑，鹿信而快速逃跑，但因之前喝了太多水，在逃跑时被胀死了，打灰就扛来烤熟吃。青蛙看见了，便要打灰讨要鹿肉吃，打灰又骗青蛙说鹿肉在锅里，让他自己去拿，青蛙便跳入锅中，被开水烫死了，变成了一锅汤。

机智人物的这种"诱"和"骗"的行为，反映了他们机灵智慧，随机应变的能力。他们的行为则更多的是为了获得一种更好的生活方式，这反应黎族人民在现实生活中为了更加美好的生活环境，努力的与恶人斗争，与恶劣的自然环境斗争。而机智人物故事中的主角成为黎族人民的一种理想形象，但这种理想的形象在现实中却是难有的，而故事中主角夸张的能力，反面人物低下的智力，更多的是黎族人民自我娱乐方式和对统治阶级恶势力的嘲讽。

（三）爱憎分明的性格特征

黎族人民多数有着淳朴直白的性格，对待事情是也是爱憎分明，而这也反应到了黎族机智人物故事中，主角多有着爱憎分明的性格特征。黎族机智人物对待同阶层的劳动人民十分友善，并能对他们所面对的困难出谋划策，在人们面临的统治阶层的刁难时出手相助。在《数秧苗》中，山霸帕皮无理的提出要帕红告知秧苗数，不然就要霸占农民帕红的壮牛肥田，在帕红无助的时候，阿亮正好路过得知了此事，便为帕红出主意，要帕红告诉帕皮，帕皮从县城骑马回来的马步是多少，帕红的秧苗数便是多少的方法保住了自己的财产，气走了山霸。

因为机智人物的帮助，受难的黎族百姓多能获得解脱并有圆满结果。机智人物多出身卑微，能切身感受到底层人民所受到的不公平，不公正待遇，他们对底层人民的帮助，一方面是希望底层人民能获得一个更好的到生活环境，另一方面也是机智人物对于这种不公平、不公正现象的抗争。而对于地主、财主等统治阶级恶势力以及狡猾商人，机智人物则运用自己的聪明机智、口才伶俐，对他们的贪得无厌、凶残歹毒进行惩治，机智人物对他们没有多少情感，有的是来自社会阶级不平等的憎厌，所以在故事中，面对统治阶级恶势力以及狡猾商人，往往以"欺骗""捉弄"等方式去嘲笑、惩治他们。

例如《帕胜》中，帕胜喜爱为穷哥们打抱不平，捉弄那些有钱人。他到一个奸诈吝啬，经常欺负为他干活的穷人的财主家干活，先跟财主说好干一年活，只要一串钱，到年底发工钱是，帕胜拿出了一条数丈长绳来穿工钱。第二年，帕胜到另一个财主家干活，这个财主也是个吝啬鬼。帕胜先跟财主说好干活一年只拿一箩谷子，到年底时，帕胜却拿了一只他花了一年工余时间编织的如房子搬大的箩筐去装谷子。回去后，与穷哥们一起分享。而两位财主，因当时有一位海瑞手下的法官在当地，不敢抵赖，只能自认倒霉了。又如《打灰骗汉商》中，打灰先路遇骑马汉商，便"指鹿为马"，骗汉商鹿是一种长角的马，而且"马角"可以多载物引起了汉商的贪欲，诱惑汉商以马换鹿，骗得了一批好马。打灰骑马又遇卖刀汉商，便将糯米糕快速埋在地下，然后用自己的破旧刀假装从地下挖出来吃，骗汉商说，自己的刀能挖出糯米糕来吃，诱骗汉商拿新刀换了旧刀。后在做饭时遇到卖锅汉商，便快速将火熄灭，再重做了一个灶，把原先煮好的一锅东西放上去，对汉商说自己的锅看不放火就能煮熟东西，汉商贪婪相信了就以一新锅换了打灰的破锅。而最后三个汉商都发现了东西是假的。

黎族机智人物对劳苦乡民的关照帮助，打抱不平源于自身相同社会地位，相同的生活环境，是一种"难兄难弟"的情结。黎族人们生活在原始的自然环境中，要生存就去靠自己的双手去劳作，靠自己的双手去丰衣足食，所以黎族人民对于勤奋劳作的族民十分喜爱，对他们所遇到问题也就会尽力帮助。而对于不劳而获，又经常欺压，剥削劳动人民的地主阶级，黎族人民普遍充满了憎厌。这种情感便在黎族人民创造的机智人物身上爱憎分明的性格表露出来，他们对劳动者倾力相助，对权势者捉弄嘲讽。

三、机智人物的意识形态本质分析

周晓霞《颠覆与顺从——再读中国机智人物故事》一文中说到"机智人物故事是一种民间叙事。"[2](16)并认为民间叙事是一种民间的意识形态，而且认为这种民间的意识形态是与传统封建王朝的官方意识形态相对立，"可以作为传统意识形态的颠覆性力量。"[2](100)黎族民间同样不能例外，在机智人物故事中更是突出。由黎族人们口头创造并流传的机智人物故事在富含了黎民热爱生产、勤劳勇敢、向往美好生活，认为勤劳的人是最美思想意识，同时的也肯定着美好传统道德，而以封建权势阶层的不劳而获，欺压剥削相对立。而黎族机智人物故事有别于其他民族的在于黎族人民源于生活环境所创造的含有意识形态特点的故事形象。

（一）表达强烈的斗争精神

黎族机智人物故事表达了强烈的斗争精神。源于阶级的矛盾是难以调和的，因为权势阶级欺压和剥削的严重，不停歇的。如《收租》中的奥雅，就是听说蚊子厉害，也不想便宜穷人，依然去催租；《帕色晒发房》中的富人让帕色少吃多干，见不得帕色好；《聪明的奴子》中的财主要求为他做过的穷人对他百依百顺，如有一反抗就马上开除不给工钱等。而机智人物斗争是强烈的，不退缩的。《收租》中的劳龙见奥雅执意去催租，便提前在打死蚊子，将血涂在手上，当奥雅入村时，给了奥雅一巴掌，对他说是毒蚊子咬的，吓走了奥雅；《帕色晒发房》中富人不让帕色吃饱，帕色就学鸟儿去自己找食物吃。富人追打帕色，帕色便躲在痒豆后，让富人沾上痒豆奇痒无比，再拿辣椒水跟富人治痒，辣他一身。富人难为帕色再他回来之前把湿臭的晒干，帕色便将屋顶掀光；《聪明的奴子》中农家老大被狡猾的财主故意刁难没了一年的工钱，农家老二知道后愤然地说"我明年去要这个财主的加倍的谷子"。第二年老二去财主家做工，跟财主说话什么时候财主骂了他，便什么时候给他加倍的谷子。一天财主让老二去杀羊，让老二抓到哪只杀哪只，老二就故意将羊全杀了，引来财主大骂，从而拿到了加倍的谷子。

黎族人民在故事中创造了一个个敢于与权势阶层斗智斗勇的机智人物，表现了他们反抗阶级的束缚、压迫和剥削，争取劳动的果实，向往美好的生活的现实。在现实生活中，阶级社会下机智人物故事是黎民与权势者斗争的一种转移，以故事中的机智人物来讽刺权势者，展现强烈的斗争精神，表达黎民对权势阶层懒散者的不满，对勤劳者的鼓励，以彰显劳动光荣的理念。

（二）彰显高尚的传统道德

"民间故事的价值取向是追求真、善、美。几乎所有的民间故事多贯穿一条赞美真、善、美，鞭打假、恶、丑的价值取向主线，证明了正义战胜邪恶是千古不变的真理。"[3](94) 对于真、善、美的传统道德这向往追求似是各族民间文学的一个共性，在黎族机智人物故事同样存在。"真"是真诚，对待阶级同胞的真诚；善是善良，于同胞间的善良；美是美丽，勤劳的人是最美丽的。黎族机智人物上便身怀着"真、善、美"的品质，如《帕胜》中帕胜一角，即足智多谋又能为穷哥们打抱不平，还能和穷哥们一起分享胜利果实。机智人物是集族人名黎族人民所理想化的形象，是他们所追求的美好目标。

而在故事里更加明显的是"仁""义""智"的传统道德观念，所以在黎族民间机智人物故事里，机智人物多有着助人为乐、见义勇为、机智聪慧的优秀品质。如《数秧苗》中的帮助帕红以马步数等同秧苗数，难走山霸的阿亮；《劳祝献"宝"》中见义勇为，为民除害的劳祝；《孟征巧弄财主》中劫富济贫的孟征等人物。而故事中的反面人物则多是传统道德的反面教材，而故事中的反派人物这通常被机智人物所"欺骗"、抓弄、惩治的结局，如《打灰骗汉商》中的三个汉商，分别被假马、破刀、旧锅给"欺骗"了；《聪明的亚坚》中，黎头最终被骗入河中溺水死了。"仁"能关爱族民，"义"能对族民出手相助，"智"能习得日常生活知识灵活运用。黎民赋予了机智人物优良道德观念"寓教于乐"。

黎族机智人物故事通过主角的助人为乐、见义勇为的优秀品德，主角完满的故事结局以反面人物的悲苦恶果相对比，在讽刺权贵，娱乐自己的同时，告诫黎族人民勿失及弘扬"仁、义、智"的传统道德，向往及追求"真、善、美"的品质，并表现了黎族人民除恶扬善，善有善报，恶有恶报的道德观念。

（三）体现鲜明的民族特色

黎主机智人物故事在拥有着大多数民间故事共有的道德美的同时，还如"山兰酒"、山林动物、山妖等拥有着黎族人民生活环境相关的鲜明的民族特色的形象。

　　黎族人民和全国大多数的少数民族一样喜欢饮酒，而黎族人民特有的酒为山兰酒，酿酒的主要材料是一种旱糯稻，名为山兰。山兰酒酒液色泽多呈现为黄褐色，年久则呈现为红色或黑色。因山兰种于山区产量少，所以山兰酒的产量不多，且多为黎族人民自家酿造，十分珍贵。在机智人物故事里山兰酿成的山兰酒是亲人、朋友在重大事情时才喝的黎族佳酿，而和财主等权势恶者是不可能一起喝酒的，山兰酒成了黎民间团结、友善、关爱的象征，如《劳谢烧蚊妖》中，当劳谢的母亲得知劳谢被选中去蚊妖洞献祭，在送别时，便给了劳谢一竹筒山兰酒。山兰酒的出现也便是黎族人民深厚情谊的一种体现了。

　　无论是在现实中，还是在黎族机智人物故事里，黎族人民是生活在山林环境中，与自然接触密切的关系，正所谓靠山吃山，靠海吃海。在故事里机智人物向我们展现了黎族人民的就地取材的山林饮食文化。如《打灰骗熊》中的烤山猪肉；《鹿肉、青蛙汤》中的烤鹿肉和煮青蛙汤，在表现黎族人民心灵手巧的同时，也展现了他们原自然风味的饮食文化，他们于自然山林间就地取材，就地烹制，取得食材新鲜口感，原始滋味。而在对自然赋予感谢的同时，也对森林中的动物表示了敬畏，所以在机智人物故事里，出现动物的进化形象——妖怪。如《劳谢烧蚊妖》中的蚊妖的形象，它们是黎族人民在长期的与自然恶劣环境斗争中，所创造出来的代表恶劣自然环境的形象，表现黎族人民在自然环境的斗争中机智和勇敢。

结语

　　黎族民间机智人物故事是黎族人民智慧的体现，富有生活知识的黎族人民，用他们熟知的生活知识和对现实生活美好祝愿，将广大黎民智慧放入故事里，呈现在人物身上，使他既生动又富有理想性。这些故事里富有着黎族风情，成为中国民间故事里一道独特的风景。

　　黎族民间机智人物故事是黎族民间故事中的一个重要组成部分，作为黎族民间故事的一个门类，已经引起了黎族民间故事研究者的普遍注目和重视。通过对黎族民间机智人物故事的分析，将能够吸引人们对于黎族文学、黎族文化产生更大兴趣。因黎族机智人物的故事材料发掘不多和相关文献缺少，所以在论文的写作时造成了诸多不便，但也正因为相关文献的缺少，才让黎族机智人物故事的相关研究更具有意义。

参考文献

［1］符桂花. 黎族民间故事大集［M］. 海口：海南出版社，2010：9.

［2］周晓霞. 颠覆与顺从——再读中国机智人物故事［D］. 上海：华东师范大学，2007：16，100.

［3］田兆元，敖其. 民间文学概论［M］. 上海：华东师范大学出版社，2009：94.

海南黎族"难题型"民间故事研究

许雨晴①

摘　要：作为海南黎族民间故事中一种重要的故事类型，"难题型"民间故事以"解难题"为核心，通过曲折离奇的情节反映出了来自现实生活中不同方面的矛盾冲突。具体可以分为岳父设难类、恶人设难类、兄弟对比类、巧女解题类、长辈虐待类和长工智斗财主类，这些类型的难题故事在出题者和解题者的较量中，展现出了人性的善恶、智慧的魅力以及人们期待命运有所转变的美好愿望。通过对难题的分类、设置、解答、作用等方面进行分析，有助于我们进一步理解认识海南世居黎族民间故事背后的思想观念、价值取向、审美追求和文化内涵。难题型民间故事以强大的生命力永存于民间文学的海洋之中，并以其独特的文学艺术魅力吸引着人们对其不断地关注和探究。

关键词：黎族；民间故事；难题型

　　民间故事与一个民族的历史社会文化密切相关，要想了解一个民族的文化和心态，民间故事是一个较好的切入点。民间故事不但在一定层面展示了一个民族物质和精神生活的全貌，而且蕴含了许多值得深入发掘的民族生活习俗文化、信仰文化和民族心理文化内涵，在文学、历史学、民族学和文化学等方面具有研究价值。民间故事作为一种集体创作的叙事文体，在故事的情节、人物、

---

①　作者简介：许雨晴，女，海南热带海洋学院 2012 级汉语言文学专业毕业生。
　　指导老师：郑力乔（1976－），女，广东廉江人，海南热带海洋学院人文学院教授，硕士，主要从事海南历史文化、语文课程与教学研究。

主题等方面有着明显的类型化倾向，常见的有难题型①、魔宝型②、天鹅处女型③等，其中"难题型"民间故事因其故事情节的曲折离奇和丰富的文化内涵而表现出恒久独特的文学艺术魅力。

黎族民间故事集《甘工鸟的故乡——海南黎族民间故事集》④、《黎族民间故事集》⑤（龙敏、黄胜招编著）、《黎族民间故事集》⑥（符震、苏海鸥主编）、《五指山传说：海南岛黎族民间故事选》⑦中大约收集了海南黎族民间故事 208篇（含有重复篇章），据笔者统计，"难题型"民间故事大概有 30 篇，从目前的研究看，对这一类型的黎族民间故事进行研究的文献尚不多见，截至 2015 年 12月 25 日，利用"难题型"和"黎族"关键词在中国知网搜索，所得数据为 0。本文将通过运用民间文艺学、文学心理学、文学价值学等学科知识，对黎族难题型民间故事进行探讨研究，以期更好地发掘出黎族民间故事中的文化内涵。

在研究方法上，笔者将搜集的难题型民间故事进行分类，对每一类型都进行了故事情节概述，并对难题类型做出了简要说明。在分类研究的基础上，文本针对难题设置的方法、难题解答的方式以及难题本身在故事中的作用进行了详细的分析。并尝试对难题型民间故事展开了文化解读，探究各类型的难题故事承载的民间大众的习俗风貌、心理、信仰等的文化内涵。

一、"难题型"民间故事的界定及划分

（一）难题故事的界定

大多数难题故事都是在人类的生产生活中产生的，是人类对生活、对人类

---

① 在万建中编著的《中国民间散文叙事文学的主题学研究》中对难题型民间故事进行了研究分析，其中涵盖了难题的界定、难题故事的情节类型、难题主题的特征、难题的文化内涵等方面。并且着重的分析研究了难题型民间故事中的"难题求婚"主题。他从精神分析理论出发对难题求婚主题的民间故事进行了解析。以此发掘出此难题求婚主题显现出的成年意识、失父主题、恋母心理等文化内涵。

② 魔宝型：围绕故事主角得到和使用某种物品（魔宝）的过程而展开情节的民间幻想故事，例如我国的《宝扇》。

③ 天鹅处女型：民间童话类型故事之一，简称毛衣女或羽衣仙女故事，属于魔法故事，世界各国广有流传，例如我国的《牛郎织女》《七仙女》。

④ 李永喜；陈仲. 甘工鸟的故乡：海南黎族民间故事集［M］. 海口：海南出版社，2007年版。

⑤ 龙敏；黄胜招. 黎族民间故事集［M］. 海口：南海出版公司，2002 年版。

⑥ 符震；苏海鸥. 黎族民间故事集［M］广州：花城出版社，1982 年版。

⑦ 五指山传说：海南岛黎族民间故事选［M］广州：广东人民出版社，1930 年版。

本身的一种询问和回答。关于难题故事的界定，在收集到的材料中有以下观点。周北川在《"解难题"主题的文化人类学溯源》中提出难题的主要特征是：1. 难题有意设置；2. 难题具有超常性；3. 难题带有考验性质；4. 常常采用"三迭式"结构。① 在万建中编著的《中国民间散文叙事文学的主题学研究》一书中，给出了一个这样的难题的定义：由明确的出题者出给明确的答题者的运用普通人惯常的思考方式和认知能力所不能顺利完成的或违背常理的题目；其设置通常是出题者为了达到某种目的而刻意为之，为的是不让解题者完成，而答题者却通过智慧或超自然力顺利解答出了题目。② 上述两人的观点，都对难题的界定有了一些特征性的总结。但基于以海南世居黎族的民间故事为论述对象，其中带有考验解题者的道德品格的故事，也有其值得分析探讨的文化价值，所以这里也将这类难题故事置于分析的范围之内。

根据以上对难题的定义，本文在这里所指的难题故事也将以此为判断的标准。所指涉的内容包括，爱情方面的难题求婚，如父亲为了不让女儿嫁与他所瞧不上眼的男青年而设置了难题作为阻碍；女方为了挑选出如意郎君给追求者设置了考验等。在生活生产方面，如父亲为了在众儿子中挑选出合适的继承人，有意设置了明确的难题；出题者设置了隐藏的难题，用以考验答题者的品行操守，例如"金钱的诱惑"；解题者在恶人的有意为难之下而破解难题等。

（二）难题故事的划分

1. 难题故事划分类型的目的

难题型民间故事因故事情节及难题设置的目的的不同，所呈现出来的故事类型也就不同。难题型民间故事的情节类型繁多，将相同情节的故事划分归类也是分析难题故事的首要步骤。把难题故事划分归类之后，才便于对故事进行相符合且较为详细的分析。除此之外，从不同类型的难题故事中，可以探究出民众赋予此类故事形态更为深层的意义。

2. 难题故事划分的标准及其局限性

本文所收集到的海南黎族民间故事有 208 篇（含有重复篇章），其中难题型民间故事大概有 30 篇。这里将按照难题故事的核心情节以及人物角色进行划

---

① 周北川，"解难题"母题的文化人类学溯源 [J] . 民间文学论坛，1998 年。

② 万建中 . 中国民间散文叙事文学的主题研究 [M] . 北京：北京大学出版社，2009 年版，第 97 页。

分。本文对难题故事的界定和划分都是基于海南黎族民间故事的具体情况来判断的，并且与本人对难题故事的理解紧密相关，在与其他学者的理解判断上可能会有所偏差。此外，因不同的理解划分出的难题故事，可能会被划分到不同的故事类型当中。再加上民间故事的主题带有很强的粘连性特征，难题故事划分时就可能会出现交错重复的情况。

二、黎族"难题型"民间故事的主要类型

（一）岳父设难类

这类故事讲述的是年轻小伙儿想要迎娶心仪的姑娘为妻，但却遭到了女方父亲的极力反对。这类故事中的岳父往往都瞧不上求婚小伙儿，为了不让小伙儿成功娶到自己的女儿，他给小伙儿出了一道道难以完成或违背常理的难题。这里的故事类型包括了其他学者所划分的异类/穷汉娶妻类难题故事。基于海南黎族难题型民间故事来说，大致有以下几个情节：

①a. 孤儿 b. 穷汉（长工）c. 异类（蛤蟆、青蛙、冬瓜）爱上了富人家的女儿，想娶该女子为妻。

②女方父亲（黎头、妖怪、财主等）不同意，设置难题刁难求婚男子，要求他们在一定时间内交出指定物品，才可迎娶自己的女儿。

③孤儿、穷汉、异类破解难题。a. 仙人或动物提供帮助，得到宝物。b. 异类通过天生超自然力量解除难题。

④a. 孤儿/穷汉与富家女儿结婚。b. 异类与富家女儿结婚，变为人形。

中国传统社会自古讲究男女婚姻要遵守父母之命，媒妁之言。双方家庭要门当户对，门第观念流传久远。这是男女谈婚论嫁时双方家庭都要考虑的问题，时至今日中国社会也有少数家庭仍然存在这种观念。特别是在不提倡男女自由恋爱的中国传统旧社会中，门第观念使得许多相爱情侣最后都以爱情悲剧收尾。也就是说，当一个穷小伙儿或者说是异类想要娶一个富家女儿为妻，这是必定会受到女方家庭的极力反对。现实生活中总是有不少的条条框框束缚着人的行为，在选择面前人们总会无奈地向现实低头，但黎族民众始终对美好的爱情有着强烈的期盼。在现实中人们的愿望不得以实现，情感的需求得不到满足，往往就会在精神世界中去构造美好，宣泄被压抑的欲望。

在此故事类型中的黎族男子虽然家境贫寒、无权无势，有的甚至是异类，但他们总是有着坚定的意志。他们明知心爱的姑娘是高攀不起的富家女儿，可

为了心中所爱，他们愿意以身涉险，挑战重重困难。然而在有钱有势的岳父眼中，穷小子想迎娶自己的女儿，简直就是异想天开，"癞蛤蟆想吃天鹅肉"。该类故事中，女方父亲作为难题的出题者，其所给出的难题内容大多数是让求婚男子在一定时间内拿出珍贵、罕见的宝物，寻宝的路程往往危险艰苦，在常人眼中这是不可完成的任务。

例如《甘工鸟的故乡——海南黎族民间故事集》的《孤儿与蜈蚣》① 这一故事中，财主南巴要阿实把魔王岭上的金钱豹王皮送来，之后又要求交上一箩筐的银子；在龙敏、黄胜招编著的《黎族民间故事集》的《色开的故事》② 中，奥雅要色开在一天内把九箩筐撒在地上的谷子一粒不剩的捡回谷箩里，以及到西边湖中寻找奥雅掉进湖里的衣针；在符震、苏海鸥主编的《黎族民间故事集》的《仙人湖》③ 这一故事中，仙女的妖怪父亲让阿郎拿出一块发光的宝石，把五指山第四峰上的那只山豹捉回来，以及拿海象肉来给他当下酒菜。

该类难题故事中的解题方式主要有以下两种，第一种是求婚男子得到仙人或是动物的帮助。第二种是异类通过天生超自然力量解除难题。在第一种解题方式的故事中，帮助求婚男子解除难题的仙人一般是黎族民众想象构造出来的"仙女""白发仙人"等。这里所涉及的动物一般有蚂蚁、鱼、蜈蚣等，这些动物在帮助解题之前就与求婚男子相识，男子因善心曾经救过这些动物。这些动物因此在男子遇到困难时及时提供了帮助，帮助该男子完成任务以此报答男子先前的善举，有时甚至付出了自己的生命。仙人和动物在此类故事中成了首要的关键点，他们的出现和给予求婚男子的帮助关系到能否完成女方父亲设下的难题，娶到心仪的姑娘。

第二种解题方式的中心是异类自身所特有的超自然力量。这些异类如青蛙、蛤蟆、冬瓜等，他们自出生下来就与常人不同，具有异于常人的外表和非人类所持有的超自然力量。在异类男子想要讨娶心仪姑娘时，往往会受到女方父亲的极力反对和鄙视。但他们本身就具有超自然力量，通过自身的力量他们能够完成难题并且打破岳父的鄙视。在他们解除难题成功娶到姑娘时，就会出现由

---

① 李永喜；陈仲. 甘工鸟的故乡：海南黎族民间故事集［M］. 海口：海南出版社，2007年版，第 249 - 253 页。

② 龙敏；黄胜招. 黎族民间故事集［M］. 海口：南海出版公司，2002 年版，第 79 - 81 页。

③ 符震；苏海鸥. 黎族民间故事集［M］广州：花城出版社，1982 年版，第 104 - 114 页。

异类的外形变形为人类的外形这样一个情节，例如青蛙仔白天是个小青蛙，晚上就变成了一个英俊的小伙子。

（二）恶人设难类

这类型的黎族民间爱情难题故事包括了仙女报恩类难题故事的某些情节。主要讲述了一对相爱的男女正沉浸在爱情的甜蜜时，遭受了恶人的强行拆散。此类故事中的女子往往因为过于美丽、过于优秀而吸引了有权有势的恶人的目光。可男主人公大多都是穷困却又富有善心的社会下层的人物形象，因此，当恶人抢走美丽的姑娘时，男主人公总是无法及时解救，但却永不放弃解救心爱的姑娘。面对穷小伙儿的执着，恶人只好设置难题作为阻碍。这一类型的黎族民间爱情难题故事的主要情节有以下几种：

①家境贫寒的善心男青年（孤儿、猎手等）救助了遇难的姑娘或是某种动物（鱼）。

②遇难的姑娘或某种动物是仙女的化身。

③两人相爱。

④恶人（玉帝、皇帝）强行拆散二人，出难题为难男子。

⑤a. 在仙女自身的能力下解除难题 b. 与仙女相关的亲友（父亲、姐妹）提供帮助。

⑥a. 两人重逢，过上幸福生活 b. 恶人受到惩罚

在该类故事中仙女成为了解题的关键人物，作为解题者的男子，在此类故事中承担的也是一个受助者的形象。如龙敏、黄胜招编著的《黎族民间故事集》中《宝篮子》① 的故事，亚什在一位道公的帮助下得到了可把潭水斗干的宝篮子。有一次亚坚来到潭边，刚放进篮子，潭水立马被斗干了。水龙王的女儿出现了，并带他到水府里问罪。水龙王用一只小狗和一只宝碗与亚什交换了宝篮子。之后他便发现小狗竟是龙王的女儿，并与龙女结了婚。玉帝得知龙女美丽动人，便派兵下来抢亲。玉帝以逼迫亚什交出龙女为条件，设置了多个难题，在岳父的帮助下，亚什一一顺利解答。最终玉帝遭到了相应的惩罚，亚什和龙女幸福地生活在一起。

---

① 龙敏；黄胜招. 黎族民间故事集［M］. 海口：南海出版公司，2002 年版，第 12 - 15 页。

（三）兄弟对比类

这类型的难题故事主要讲述了父亲或仙人分别用明确的难题和隐藏的难题来考验两兄弟的能力和品质。一种是，父亲通过设置明确的难题来检验儿子们的能力。儿子们解相同的难题时，有了各自不同的表现。父亲由此来确定下一任家主继承人。另一种是，"仙人"设置了隐藏的难题，用于考验两兄弟的品质。主要有以下几种情节：

① a. 父亲给出明确的难题 b. 仙人给出隐藏的难题

② a. 两兄弟接受父亲的考验，各自通过自身的能力解难题；b. 两兄弟在不知情的情况下被仙人考验品质。

③ 两兄弟中一个能力强，既勤劳又诚实或是富有善心，另一个反之。

④ a. 优秀的儿子通过考验，成为家业继承人；b. 善有善报，恶有恶报。

兄弟对比型的难题故事里的出题者设置难题主要是为了考验答题者的技能和品性、道德、意志等。父亲给出难题让两兄弟去完成，再根据他们的表现作为评判的标准，这是想要在两个儿子中挑选出继承人再适合不过的方法了。两个儿子都是自己的亲骨肉，自然不会出现过于偏心的情况。因此，设置难题让两个儿子各自去完成，这不仅是父亲挑选继承人的方法，更是给了两个儿子一个公平竞争的机会。

公平竞争选出来的家业继承人是名正言顺的，这也就意味着另一个儿子会对未来家主的绝对服从。这在一定程度上稳定了兄弟关系以及维护了家庭和谐。通过两兄弟在解题时的不同表现，黎族民众赞扬了勤劳、勇敢、诚实的男青年。这同时也是对年轻一辈的教诲和期望。如《甘工鸟的故乡——海南黎族民间故事集》的《七仙岭》① 故事中，父亲让两个儿子到大海抓点鱼回来，大儿子那跃积极的抓回一担鲜鱼，而小儿子被街上的景象迷住，拿回了很少的鱼并且撒了谎。之后父亲又让两儿子造岭遮风，大儿子依旧勤劳的造出了结实的山岭，小儿子偷工减料造山岭被发现后，羞愧的躲了起来。大儿子名正言顺地继承了家业。

仙人设置隐藏难题的这一情节类型故事设置难题的目的在于考验一个人的品性、道德、意志等。这里的仙人一般会化作老人、乞丐这一类弱势群体，并

---

① 李永喜；陈仲. 甘工鸟的故乡：海南黎族民间故事集［M］. 海口：海南出版社，2007年版，第27 – 29页。

且在他们"遇难"后向分别遇见的两兄弟寻求帮助。另一种情况是，当两兄弟中被虐待的那一个（一般是哥哥虐待弟弟）遇难时，仙人及时出现给他提供帮助。面对仙人的帮助下那巨大的利益，弟弟依旧选择原物。而当哥哥知道后，便假装遇难，想要从仙人的帮助中获取利益。

如龙敏、黄胜招编著的《黎族民间故事集》中的《砍刀的故事》①，狠毒贪心的哥哥亚力娶了个相当苛刻的老婆，他们长期虐待诚实、勤劳的弟弟亚连。有一次亚连被逼着冒雨上山砍柴，一不小心却将缺口的砍刀掉进了潭底。当亚连伤心发愁时，潭里出现了一位美丽的仙女，并要帮他解决眼前的困难。仙女第一次拿出了一把闪闪的金刀，亚连说不是他的。第二次拿出了银刀，亚连也说不是，明确地表达了自己不会贪心只想拿回自己的那把缺口的刀。当哥哥亚力得知事件的经过，辱骂了弟弟亚连，并计划着拿缺口的刀去换金刀。仙女在见到哥哥亚力时，拿出缺口的刀问他是不是这把，亚力连忙说金刀才是他的。仙女识破亚力的贪婪，便告诉他潭底下多得是金刀银刀。亚力不管不顾的纵身一跃，便葬身于潭底，恶毒的嫂嫂也变成了满嘴叫唤"金刀"的哭刀鸟。而善良诚实的亚连与仙女过上了幸福生活。

该类难题故事中，被欺压、虐待的通常都是弟弟，最终经得起难题考验的也依然是弟弟。故事中的哥哥一般是个性格恶劣、贪婪、懒惰的人物形象。相反，弟弟都是富有善心、勤劳、诚实的形象。哥哥成天压迫、欺凌、虐待弟弟，可弟弟在贫穷、被欺压的生活状态中依旧保持着善心。无论是仙人在弟弟遇难时提供帮助，或是善良的弟弟帮助了仙人，仙人给予回报。这都是给弟弟出了一道难题，最常见的就是"金钱的诱惑"。弟弟诚实本分的抵制了诱惑，最终获得了更大的回报，而哥哥却假装遇难欺骗仙人，并贪婪金钱，最终得到了相应的惩罚。这样的故事情节反映了黎族人民对人的品性的审美价值取向，在贫穷、压迫中也要保持一颗善心，勤劳、诚实永远都是要恪守的品质原则，具有一定的教育意义。

兄弟对比型的难题故事，无论是解答明确的难题还是隐藏的难题，解题的关键都在于解题者自身的能力和品质。除此之外，中国古话常说"善有善报，恶有恶报"，这不单是古人对于世事的一个总结，也还是前人对后人的一种教诲

---

① 龙敏；黄胜招.黎族民间故事集［M］.海口：南海出版公司，2002 年版，第 9 - 11页。

和警醒。仙人设置隐藏难题的民间故事从情节上来讲是考验一个人的品质，而从故事的意义来看，就是通过两兄弟的不同表现和不同结局进行对比，从而传递出"善有善报，恶有恶报"的民族价值观。

（四）巧女解题类

巧女解题类的故事基于海南黎族民间故事来说，其故事类型的界定特征就是聪明的女性巧妙的解答了恶人有意设置的难题。在这类型的故事中，往往是巧女的家公被恶人故意讹诈或是巧女成为被为难的对象。而巧女运用自己的智慧和口舌巧妙地将恶人设置的难题完全解答，使得恶人的故意为难无法继续，最终巧女成功的维护家庭安危。该类故事将女性（主要是媳妇）设定为解题者，并成了反抗权势压迫的英雄。这可以看作是对从外人转变成家庭成员的媳妇的考验，也是黎族民众理想中的媳妇的形象。主要的故事情节有以下几种：

① a. 恶人故意设计陷阱让家人损坏某些物品，并夸大物品的价值，给出难题来索要赔偿。b. 恶人被各方面优秀的巧女所吸引，为得到巧女有意为难巧女家庭。

② 巧女灵活应对，击退了出题的恶人，维护了家庭利益。

在海南黎族民间故事中巧女解题类故事的情节类型单一，其出题者都是有所贪图的恶人。有权势的恶人贪婪地想要把穷人家的宝贝物品占为己有，便想了计策把穷老人拉入"陷阱"，再将事实放大，设计难题要求赔偿。如符震、苏海鸥主编的《黎族民间故事集》中《聪明的媳妇》① 的故事，家财万贯、心肠歹毒的黎头亚厉看中了穷老人亚实家的一块良田，便把白马放进田里吃稻谷。亚实驱赶白马无果后，一气之下用石头打中了白马的头部。黎头亚厉和打手立马跳出来大骂老人，并说老人打的是金马宝马，光是两只角就能顶上这块田和田里的稻谷，要求在三天内将马角找回。面对这样的难题，老人无法解决，聪明的儿媳得知后通常是"以其人之道还治其人之身"，用更夸张的物品价值超过恶人的讹诈数目。

当恶人的目的在于得到巧女，他也同样是给巧女的家人（通常是丈夫）设置难题，把巧女作为条件。然而巧女总是勇敢地面对有权势的恶人的骚扰和难题，冷静的思考对策保护自己保护家庭。如符震、苏海鸥主编的《黎族民间故

---

① 符震；苏海鸥. 黎族民间故事集［M］广州：花城出版社，1982 年版，第 174－176 页。

事集》中的《娜艾干》①里强抢妇女、逼迫穷人儿女为奴隶的老色鬼财主看上了聪明美丽的娜艾干，对其展开不断地骚扰。娜艾干通过"抓鸡"事件保护了自己，维护了家庭名声。当丈夫被老色鬼引诱去赌博并且"输掉"娜艾干后，娜艾干却是步步为营，逐渐打垮老色鬼财主，救出被强抢的妇女和奴隶。

巧女解题类民间故事流露出了浓郁的生活气息。无论是以讹诈金钱为目的，还是以占有巧女为目的，都是以较为平常、生活化的环境、人物、情节等因素构成。更加体现了民间故事是基于民众生活的一种创作。故事中的出题者和解题者往往身份差距很大，地位高的人仗着权势刁难穷苦的百姓，并提出过分无理的条件，可最终结果却是弱者成功破解难题取得了胜利。在现实生活中，社会底层的穷苦百姓时常受到地位高的权势的压迫，面对压迫百姓们定会抱有许多的不满和愤恨。然而巧女解题类的民间故事就成了百姓释放这种不满的一种途径，在精神层面满足了反过来打压权势的愿望。

（五）家庭问题类

该类故事的主要情节讲述了长辈长期虐待弟弟妹妹或是非亲生儿子，有意设置难题为难他们，甚至是想要置其于死地。被虐待者通常是通过自身的力量或是他人的帮助成功解题。一般情节有以下几种：

① a. 从小父母去世，弟弟或妹妹依靠哥哥而活；b. 亲生母亲离世，父亲娶了继母。

② 长期受到长辈（哥哥、嫂嫂、继母）虐待。

③ a. 女孩儿生得美丽动人，既勤劳又善良；b. 男孩儿诚实、勤劳、富有善心，但性格软弱，无凸显的能力。

④ a. 哥哥嫂嫂为了自己的利益，欲把妹妹嫁给有钱人家。妹妹不愿意，哥嫂出难题作为不嫁的条件，b. 继母看不惯女孩儿，故意设置难题虐待女孩儿 c. 哥嫂时常虐待弟弟，设置难题为难弟弟，甚至是想置其于死地。

⑤ 被虐待者得到仙人（龙子、仙女）或带有仙气的动物（牛）的帮助成功破解难题。

⑥ a. 女孩儿与龙子相爱，龙子却不慎遭到哥嫂杀害，女孩儿殉情而死；b. 被虐者生活美满幸福，施虐者遭到应得的报应。

这类故事的主人公与家庭成员的关系非常的不融洽，长期受到长辈的欺凌

---

① 符震；苏海鸥. 黎族民间故事集［M］广州：花城出版社，1982 年版，第 181－186 页。

虐待。在家庭中主人公没有可以倚仗的人，狠心恶毒的长辈自然会对其打骂虐待、刻意刁难。在上面所说的情节④的 a 类情况中，失去双亲，妹妹依靠哥哥而过活，这在恶毒、小气、狠心的嫂嫂眼里就等于养着累赘。加上这类故事中的哥哥不但不关心爱护自己的妹妹，还纵容妻子虐待妹妹。哥哥嫂嫂自然而然设置难题刁难妹妹。如《甘工鸟的故乡——海南黎族民间故事集》中的《尔蔚》①，尔蔚生得美丽动人又心灵手巧，从小失去双亲，只能跟着哥哥生活。哥哥迎娶的嫂子是个势利鬼，她为了利益要将尔蔚嫁给不喜欢的有钱人，尔蔚坚决不依，嫂嫂就故意出难题作为不嫁的条件。

在这情节中，嫂嫂设置难题的目的在于让妹妹知难而退，听从她的意思嫁给有钱人。因此，嫂嫂设置的难题的难度非常大，超过了妹妹自身能力的可承受范围，甚至是常人无法完成的难题。如《尔蔚》中的嫂嫂让尔蔚一个人一天内把五座山的草木统统砍光；把从五座山上砍下的草木全烧光；一人一天种完五座山的山兰。这些难题明显不是尔蔚一人可完成的，仙人的出现成为解难题不可缺少的条件。当尔蔚为解难题发愁时，仙人（龙子）出现用超能力帮助解除难题。可哥嫂的目的非常明确，设置难题只是他们为达目的的一种手段，解除难题与否对他们来说并不重要。龙子成为他们达到目的的障碍，所以就有了情节⑥中的 a 类情况。

在情节④的 b 类中，继母看不惯女孩儿，时常打骂之外还刻意布置难题给女孩儿，目的就在于虐待女孩儿。例如龙敏、黄胜招编著的《黎族民间故事集》中《继母》②的故事，继母让亚娜把一团棉花搓成线，搓不完就不给饭吃。亚娜明知做不到，但也只得答应下来。这时亚娜负责放养的老牛，用了超凡的力量帮助亚娜完成难题。继母又接着让亚娜一天之内把一篮棉花搓完，并除完一块田中的杂草。老牛又接着帮亚娜完成了难题。从这类故事情节的难题状况看，继母设置的难题虽然难度大，但都是女性在社会生活中可运用自身能力完成的题目。只是在数量和规定的时间上故意刁难，这就使得这些本来很平常的家务变成了虐待女孩儿的手段。

情节④中的 c 类，失去双亲的两兄弟，哥哥娶了阴险恶毒的老婆并被老婆

---

① 李永喜；陈仲. 甘工鸟的故乡：海南黎族民间故事集［M］. 海口：海南出版社，2007年版，第77－81页。

② 龙敏；黄胜招. 黎族民间故事集［M］. 海口：南海出版公司，2002年版，第97－100页。

所带动，弟弟就变成了家中被虐待的对象。哥哥嫂嫂自私狠毒，不愿意弟弟瓜分或是享用家产，时常大骂虐待弟弟，甚至是想要置弟弟于死地。如龙敏、黄胜招编著的《黎族民间故事集》中的《打龙和打孟的故事》①，弟弟打孟忍受不住哥嫂的打骂虐待要求分家，哥嫂分给了他一点谷种。打孟准备开垦山兰园时，发现恶毒的嫂嫂事先煮熟了谷种，播种后山兰园才长出了几株稻苗。这样的难题对打孟来说不仅仅是破解不了，更是会威胁到自己的生命。仙女的出现拯救了打孟，惩罚了狠心恶毒的哥哥嫂嫂。

在长辈虐待类的难题故事中，"虐待"的开端往往是非亲血缘的外人成为家庭成员。除了施虐者的狠毒自私的品性及被虐者逆来顺受的性格之外，"非亲血缘"也是一条不可跨越的鸿沟。伴随着私有制的产生，亲血缘与非亲血缘的家庭成员关系必定会受到不同的待遇。像嫂嫂和继母这样的非亲血缘进入家庭，为了维护她们"小家庭"的家产利益，自然会对"外人"出手，更何况这里的"外人"是大家庭里的被抚养着和财产的继承者。该类故事严厉的批判了长辈刁难虐待晚辈的行为。而仙人或是动物搭救的情节反映了黎族民众在身处困境时仍对解除困难抱着期望。

（六）长工智斗财主类

这类故事是中国难题民间故事中最常见的类型之一，故事内容相当的精彩。"智斗"是该类民间故事的核心情节，地位、财势差距大的财主和长工成了故事的主要人物。在刘守华《"嘴会转"与"铁算盘"——"长工和地主"故事解析》一文中对中国长工智斗地主类的民间故事进行了较为详细的分析，并将这类故事分为三类：破难题型、巧做活型、"连环骗型"。② 本文基于海南黎族长工智斗财主的民间故事情节出发，这里从"破难题型"和"巧做活型"进行分析。

1. 破难题型

主要情节如下：

① a. 长工受到财主（或黎头）虐待，欲反抗；b. 小伙儿太过聪明，财主看不惯。

---

① 龙敏；黄胜招. 黎族民间故事集［M］. 海口：南海出版公司，2002 年版，第 75 - 76 页。

② 刘守华. "嘴会转"与"铁算盘"——"长工和地主"故事解析［J］. 荆州师范学院学报，2002 年。

②财主（或黎头）故意出难题刁难长工或小伙儿，并加以威胁恐吓。

③长工（或小伙儿）用智慧和巧舌解除难题，并反之逗弄财主（或黎头）。

如《甘工鸟的故乡——海南黎族民间故事集》中的《聪明的亚坚》①，亚坚给黎头放牛，黎头对他刻薄至极，还常常打骂虐待。有一次黎头主动找上亚坚，让亚坚把他一家老小全都骗哭，不然就要了亚坚的性命。亚坚装作没空骗他，却故意随口说出他要去河边捉昨晚浮起的鱼群。看着黎头鬼鬼祟祟地往河边走去，亚坚返回黎头的家哭丧着脸对黎头老婆说老爷到河边捉鱼被溪水冲走了，黎头老婆立马放声大哭。亚坚接着返回河边，又哭丧着脸对黎头说他刚刚看到少爷玩耍时不小心被两头公牛踩死了，黎头听完后一路哭着飞奔回家。

财主打定主意要刁难长工，结果反被聪明的长工所戏弄。在这样身份权势差距大的两人的斗争中，地位低下，穷苦的一方获得了胜利。如此"大快人心"的结局，不仅迎合了大多数受压迫的穷苦民众的审美情趣，更是满足了百姓精神层面的需求，释放了心里积淀的压力和愤恨。

2. 巧做活型

主要有以下几个情节：

①长工受到财主虐待。

②财主给为难长工的难题找了理由。

③长工机智、灵活的把财主的理由转变为反抗虐待，解除难题的方法。

如《甘工鸟的故乡——海南黎族民间故事集》中的《三顿并一顿》②，亚坚到黎头家当长工，黎头时常刻薄的虐待他。有一天黎头让亚坚三顿饭合并成一顿，吃完就下地干活，免得来回跑浪费时间。亚坚爽快地答应了，吃完饭后，亚坚就悠闲的在树下休息。中午时被黎头看到，便怒斥他偷懒不干活。亚坚就告诉黎头，他吃的是晚饭，晚饭后自然是不干活而应该休息。黎头便无话可说。

在刘守华的《"嘴会转"与"铁算盘"——"长工和地主"故事解析》③一文中，将"巧做活型"看作是"破解难题型"的补充。雇主以刻薄的条件来

---

① 李永喜；陈仲. 甘工鸟的故乡：海南黎族民间故事集［M］. 海口：海南出版社，2007年版，第 201－203 页。

② 李永喜；陈仲. 甘工鸟的故乡：海南黎族民间故事集［M］. 海口：海南出版社，2007年版，第 204 页。

③ 刘守华. "嘴会转"与"铁算盘"——"长工和地主"故事解析［J］. 荆州师范学院学报，2002 年。

雇佣长工，并对他们刻意刁难和虐待，这在中国旧社会的农村中是非常普遍的现象。穷苦的长工们对此抱有极大的不满和愤怒，可在现实中却无法轻巧地反抗财主的刁难。因此，在民间故事中自然会包含着如此顺利就破解财主刻意刁难的故事情节。用智慧反抗财主的压迫，让财主的奸计无法得逞，这是社会底层的百姓理想中的反抗方式。

在长工智斗财主类的难题故事中，双方争斗的方式是"不流血"的智斗。此类故事来源于现实的生活，是根据现实中财主压迫农民的事实进行再创作而成的。在中国的封建旧社会里，封建政治和经济制度保护着地主，这给社会造成了深刻的影响。地主和农民之间形成了阶级对立，是中国封建旧社会里的基本矛盾之一，这也就使得长工与地主相斗争民间故事随之而生。地主残酷的剥削长工，长工欲进行反抗，可又受到一些制度上制约，因此"智斗"成为长工反抗地主的绝佳方式。民众巧妙的虚构和艺术化后的"智斗"地主故事，使得故事内容更加的丰富多彩，"智斗"情节更加的鲜明有趣。

三、黎族"难题型"民间故事的文化内涵

难题型民间故事生成于真实的日常生活，是民众对日常生活的艺术转化。海南黎族难题型民间故事呈现了黎族前人的生活状况，透射出了黎族前人的心理世界，反映出了黎族民众的审美情趣和价值取向。难题故事中的故事情节基本都是主人公由困苦的生活，到经受难题的考验，最终走向美好生活的这一过程。在这过程中，我们看到了形形色色的人物形象，丰富多彩的情节内容，同时也能捕捉到其中传达出的思想观念和文化内涵。

（一）"善有善报、恶有恶报"的思想观念

在上述的几种黎族难题型民间故事类型中，我们可发现大多数的黎族难题故事都流露出了"善有善报、恶有恶报"的思想观念。"善恶相报"映照在了故事中相对应的人物身上。难题故事中的人物形象有着鲜明的对比，都是正义与邪恶、善良与狠毒、诚实与虚伪、无私与自私等这样相对立的区别。因此"善恶想报"的观念在难题故事中的体现也相当的明确。

"善有善报"在海南黎族难题民间故事中，几乎都是与难题的解题者相联系在一起。能够获得善报的解题者主要有两种：一种是乐于助人，做了好事的主人公；第二种是没有做好事，但是品性善良、诚实、勤劳的主人公。在前面分析的几种难题故事类型中，除了长工智斗地主类型以外，其他故事类型都鲜明

的体现出了解题者获得善报的思想。

第一种人在岳父设难类、恶人设难类和兄弟对比型中出现的较为频繁。在前两个类型的故事中，作为解题者的求婚男子通常是一个穷苦但生性善良、乐于助人的形象。这类小伙儿在偶然中救助了某种带有仙气的动物，而这些动物为了报恩，在小伙儿解答难题时会提供相应的帮助，成为顺利解除难题的关键。在兄弟对比型的难题故事中，也同样有解题者解救遇难的仙人或是动物，被救助者有所回报的故事情节。但是帮助小伙儿解除难题，就已经是小伙儿的善举得到善报的回应。可在有的故事中受到救助的仙女，更是在提供帮助之后与该小伙儿结为夫妻，共同开创美好生活。正是小善举大回报的体现。

第二种主人公比较常见于行辈虐待类民间难题故事。这类故事中的主人公并没有做任何善事，但因其所处的困境及其善良、勤劳、诚实的品性就得到了仙人或是动物的无条件帮助。这也就说明，在黎族民众的思想观念中，除了行善能得到善报之外，拥有善良、诚实、勤劳的品性也能够同样获得善报。换个角度想，也就是行善或是具备以上品性的人，就有追求幸福，拥有美好生活的资格。

"恶人行恶自有恶报"几乎体现在除了岳父设难类以外所提到的其他类型的难题故事中。大多数的出题者设置难题刁难解题者，在设置难题的目的上都带有一定的害人倾向。获得恶报的人，通常都是品性贪婪、狠毒、邪恶或是为了达到某些目的而做了坏事。

在恶人设难类的爱情故事里，出题者为了占有优秀的女子或是阻碍男女主人公相爱，便对两人进行强行拆散，恶意抢夺该女子，并且设置难题陷害男主人公。可当男主人公解除难题之后，恶人也随之得到了应有的报应。在兄弟对比类的难题故事中，狠心、懒惰、贪婪的哥哥平日里经常欺凌善良、老实的弟弟。当得知弟弟得到仙人帮助的经过之后，哥哥对仙人提供帮助中的利益起了贪婪之心。他假装遇难欺骗仙人，可被识破后得到了相应的惩罚。导致哥哥得到恶报的主要因素就是其自身贪婪、狠毒的品性。

巧女解题类的难题故事中，有权势的恶人贪图穷人家的某些物品，为达目的故意设置陷阱和难题讹诈穷人。可在巧女的聪明应对之下，恶人反被自己的恶行付出代价。"恶有恶报"的民众思想体现最为透彻的就是长辈虐待类难题故事。故事中的长辈不仅长期虐待晚辈，更是为了私利加害晚辈，做出了许多害人的坏事。最终也都作茧自缚，得到了害人害己的报应。长工智斗地主类的难题故事中，狠毒的地主虽然没有明显的得到恶报，但也都为其不安好心设置难题的行为付出了代价。

海南黎族难题型民间故事是黎族人民在社会生活中集体创作的民间文学，是黎族前人对日常生活的一种升华和总结。其中蕴含着的民众思想和文化内涵，更是社会生活中各方面的总和。要想探究难题型民间故事中"善有善报、恶有恶报"思想观念的意义和价值，就必定要基于现实的社会情况。

佛教对中国社会有着深远的影响，而民间故事作为民众集体创作的口头文学就易被作为佛教宣传教义的一种方式。因此民间故事也难免会染上些许宗教色彩。"善有善报、恶有恶报"这一民众思想观念也就来自佛教的因果报应论。因果报应论认为，世间的万物都由因果关系来支配，每个人的善恶行为都会对其自身的命运产生相对应的善恶报应的影响。在海南黎族难题型民间故事中，"善恶相报"的思想观念主要是侧重于现世报的反映。思想恶毒或是有所恶行的出题者在解题者成功解除难题之后都等到了相对的因果报应。

"善有善报、恶有恶报"的思想观念也呈现出了黎族民众的审美情趣和价值取向。在黎族难题故事中，集中体现了黎族人民"赞美贬恶"的价值取向。出题者和解题者在难题故事中，通常是站在善与恶的两端。解题者的善良品性或是偶然中的善举都是得到仙人的帮助的前提，也是解题成功取得胜利的关键。而出题者的恶性和恶行则会得到现世报的相应惩罚。

解题者和出题者以难题为中心的抗衡，也就是"善"与"恶"之间的对抗。尽管故事中"恶"的一方总是占有地位高、权势大、财力雄厚等优势，但最后却还是抵不过实力弱小的"善"的一方。这也就说明了，在黎族民众的思想观念中能够战胜"恶"的永远只有"善"，对于生活中的是非判断"善与恶"成了不可缺少的评判标准。难题故事中的所彰显的"善恶想报"的思想观念，满足了人们的审美价值取向。

（二）难题故事中的诚信观念

在以上提到的几种类型的海南黎族难题型民间故事中，所有出题者在解题者答题之前都提出了相应的条件。如难题求婚故事中的岳父设难类故事，女方父亲设置了难题，并答应前来求婚的男子解除难题之后就能娶到自己的女儿，可若解题失败求婚男子就不得迎娶女儿或是得到某些惩罚。出题者设置难题的目的在于阻碍解题者达到目的，从而达到自己的目的。可难题故事的解题者往往都是最终取得了胜利。面对这样的结果，出题者通常都会不论自己的目的是否达成，都会按照之前的约定兑现承诺。

如龙敏、黄胜招编著的《黎族民间故事集》中的《色开的故事》①，奥雅有个独生女长得标致，许多年轻男性都上门讨过亲，但奥雅的女儿没一个能看得上。奥雅因此苦恼不已，并扬言"谁能答对和完成我的两件事，谁就当我女婿。如果答不出和做不到，则要罚三头牛。"名叫色开的男青年接受了解答难题的挑战。奥雅让色开在一天内把撒在地上的九箩筐谷子一粒不剩的捡回谷箩里，以及找到他掉进湖里的衣针。在动物的帮助下色开完成了难题，奥雅也立即兑现了他之前许下的承诺。

这样的故事情节反映了黎族民众恪守着诚实守信的中华传统美德。这也使得难题故事发挥了民间故事的教育作用，告诫人们在日常社会生活中无论目的如何，为人处世就要讲究诚信，信守承诺。出题者信守承诺，这是自律精神的体现。个人的自律是维护社会伦理道德的前提，进而才能约束社会民众思想和行为。这种崇尚诚信的民众思想价值倾向，以及其中隐含的自律精神都是对后世的一种教诲和警醒，以此实现民间故事的教育本义。

在黎族难题民间故事中，男子解除难题取得胜利除了得到自己所愿的以外，还同时折射出了男子的成年意识和对父权社会的反抗。然而在这一过程中，仙女的形象是不可缺少的因素，成了男子在遇到解难题的困难时的帮助者。这里从精神分析的角度出发，通过难题故事中的女性人物（仙女）对男性解题者提供帮助的影响来探析其中隐含着的恋母心理。

在难题求婚的故事中，男子都是在成年之后才开始接受难题的考验。男子成年也就意味着要从温暖的母权世界走向冷酷的父权世界。这样的转变对于在母亲关怀呵护下长大的少年来说是充满恐惧和压力的。对此，在年轻男子的心中就会出现对父权世界的抗拒心理，因为在父权世界里有的只有激烈的竞争和生活的残酷。这时相对母亲从始至终的保护者的形象来说，父亲就会以伤害者的形象映射到年轻男子的心目中。因此我们在该类故事中，会看到解题男子经常通过仙女（或普通女性）的帮助打败凶恶的天神、妖怪、女方父亲等男性。

例如前面我们所提到岳父设难类的《仙人湖》②的故事中，男子欲娶仙女

---

① 龙敏；黄胜招. 黎族民间故事集［M］. 海口：南海出版公司，2002 年版，第 79 – 81 页。

② 符震；苏海鸥. 黎族民间故事集［M］广州：花城出版社，1982 年版，第 104 – 114 页。

为妻，可却遭到了仙女的妖怪父亲的出题阻拦。妖怪父亲提出了让男子拿出一块发光的宝石，把五指山第四峰上的那只山豹捉回来，以及拿海象肉来给他当下菜的无理条件。面对这样的难题，男子除了借助仙女的帮助解题之外，还向仙女提出了要杀害她的妖怪父亲的想法。从这样的情节设定和人物选择来看，故事的背后宣泄了主人公对母亲的依赖心理和对步入父权世界的抵抗心理。

故事中的仙女总是对男子提供一切可能的帮助，甚至是将自己置于困境也要尽其所能的保护主人公。这样的仙女形象我们可以看成是母亲的原型，而父亲的原型在故事中被丑化成了狠毒无理的强势出题者。可父与子之间的矛盾冲突是男性在成长过程中必须面临的问题。所以当遇到困难、孤立无助时，年轻男性渴望得到母亲的帮助与保护，并且希望通过母亲的协助成功抵制父权世界中的残酷考验。从精神分析出发，男主人公与仙女的结合使得恋母心理得以实现。

结语

海南黎族难题型民间故事类型繁多，情节曲折离奇，人物形象杂多而鲜明，具有很强的叙事性和故事性。在难题故事中我们看到了人性中的善与恶，生活中的智慧魅力，以及黎族人民对爱情的追求和执着。其中展现出的价值观念和道德评价，无疑是对黎族民众现实生活的承载和再现。同时也是给人们在现实中无法实现的心愿或是对生活的美好期望，在难题故事营造的奇幻和巧妙的氛围中找到了理想的寄托。因而难题型民间故事成了民间叙事文学中不可或缺的故事类型。

本文在这里将海南黎族难题故事进行了分类，并对各个类型的难题故事的情节进行了梳理。然后从难题设置的目的和难题的解题方式这两个方面入手，分析该类难题故事所呈现出的类型特征及故事主题，从而体会出以故事传递给世人的民族思想观念和价值观。

难题故事展现出了不同阶级之间的矛盾冲突，以及不同品性的人物之间的"善"与"恶"的抗衡斗争。该类故事中的出题者往往都是势力强大的一方，可在黎族难题故事中却总是败给处于弱势的解题者。弱势者在战胜困难取得胜利的同时也赢得了尊严和改变命运的机会。因此，弱者的胜利在精神层面上最大地满足了人们想要战胜困难，赢得美好人生的愿望。这就使得难题故事成为黎族民众宣泄现实生活中的不满和释放压力的一种途径。

　　难题型民间故事以强大的生命力永存于民间文学的海洋之中，并以其独特的文学艺术魅力吸引着人们对其不断地关注和探究。难题故事虽然是民间叙事文学中的一类，但其却拥有繁杂的故事情节类型及多元的文化内涵。由于笔者的学识和时间所限，本文对海南黎族"难题型"民间故事的研究只是诸多研究方向的个别方面而已，仍然有很多值得探讨和开拓的空间。

参考文献

[1] 李永喜；陈仲. 甘工鸟的故乡：海南黎族民间故事集 [M]. 海口：海南出版社，2007.

[2] 龙敏；黄胜招. 黎族民间故事集 [M]. 海口：南海出版公司，2002.

[3] 符震；苏海鸥. 黎族民间故事集 [M] 广州：花城出版社，1982.

[4] 五指山传说：海南岛黎族民间故事选 [M] 广州：广东人民出版社，1930.

[5] 周北川，"解难题"母题的文化人类学溯源 [J]. 民间文学论坛，1998.

[6] 万建中. 中国民间散文叙事文学的主题研究 [M]. 北京：北京大学出版社，2009.

[7] 刘守华. "嘴会转"与"铁算盘"——"长工和地主"故事解析 [J]. 荆州师范学院学报，2002.

[8] 扈玲娟. 中国"难题"母题民间故事初探 [J]. 北京师范大学硕士论文，2007.

[9] 王霄兵；张铭远，民间故事中的考验主题与成年意识 [J]. 民族文学研究，1989.

[10] 杨军；蒲向明，母题类型视野下的白马藏族民间难题故事——以陇南白马藏族故事为例 [J]. 方民族大学学报（哲学社会科学版），2013.

[11] 黄阳艳；莫顺斌，舜帝传说情节单元与民间故事母题试探 [J]. 湖南科技学院学报，2008.

[12] 万建中.20 世纪中国民间故事研究史 [M]. 北京：北京大学出版社，2011.

[13] 丁乃通. 中国民间故事类型索引 [M]. 武汉：华中师范大学，2008.

附录：海南黎族"难题型"民间故事文本资料来源表

编号	故事情节类型	题目	故事出处
1	岳父设难类	色开的故事	《黎族民间故事集》龙敏；黄胜招编著
2		田鸡仔的故事	
3		温水湖·仙人湖	《甘工鸟的故乡：海南黎族民间故事集》
4		蛙郎	
5		槟榔的传说	
6		冬瓜仔	
7		孤儿与蜈蚣	
8		老鹰精	
9		大黎头变蛤蟆	《五指山传说：海南岛黎族民间故事选》
10	恶人设难类	宝篮子	《黎族民间故事集》龙敏；黄胜招编著
11		孤儿和龙姑娘	《黎族民间故事集》符震；苏海鸥主编
12	兄弟对比类	砍刀的故事	《黎族民间故事集》龙敏；黄胜招编著
13		扎止咳的传说	
14		亚礼和亚吉的故事	
15		大南和二南	《甘工鸟的故乡：海南黎族民间故事集》
16		银老人	
17		贪心的哥哥	《黎族民间故事集》符震；苏海鸥主编
18	巧女解题类	聪明的媳妇	《黎族民间故事集》龙敏；黄胜招编著
19		百兽衣	《甘工鸟的故乡：海南黎族民间故事集》
20		山妹与水哥	《黎族民间故事集》符震；苏海鸥主编
21		娜艾干	
22	长辈虐待类	打龙和打孟的故事	《黎族民间故事集》龙敏；黄胜招编著
23		继母	
24		尔蔚	《甘工鸟的故乡：海南黎族民间故事集》
25		地主变石头	《黎族民间故事集》符震；苏海鸥主编
26	长工智斗财主类	聪明的亚坚	《甘工鸟的故乡：海南黎族民间故事集》
27		三顿并一顿	
28		数秧苗	
29		孟征巧弄地主	
30		聪明的小长工	《黎族民间故事集》符震；苏海鸥主编

海南黎族民间故事中的英雄人物分析

朱晴①

摘　要：当前学术界能查阅到部分对于黎族民间故事的概括式论述，侧重反映黎族社会现状与历史演变，而缺乏个案针对性的民间故事精神实质的探求。本文中笔者试图以"英雄人物"为突破口，全面了解世居黎族精神风貌与价值追求，对黎族民间故事进行类型分类后，选择有着较为突出的英雄人物形象的神话创世说、民间爱情故事与历史故事三个方面，对黎族民间故事中的英雄人物进行总结与分析。在神话创世说中，故事的情节设计与自然现象高度契合，英雄人物形象塑造民族特点突出，如：勤劳勇敢的平民英雄，鞠躬尽瘁、死而后已的牺牲式英雄，功过参半的"非完美型"英雄。在爱情故事中，情节设计里矛盾冲突存在三种较为固定的类型，即矛盾对立面分别为妖魔鬼怪、豪门或权贵以及恶毒的兄嫂，英雄人物的形象塑造上也具有高度的灵活性，英雄人物的定位与抗争的结果都有着突破常规的创意。在历史故事中，则可以通过情节的设计与英雄人物的身份形象看出黎族同胞对于汉族人、汉文化的爱戴与尊崇。

关键词：黎族；民间故事；英雄人物

一、引言

中国少数民族的民间故事，数量浩瀚，绚丽多彩，无一不体现了独具特色的民族风情，不仅具有文学价值，而且对于历史学、社会学、民族学、民俗学

---

① 作者简介：朱晴，女，汉语言文学 2010 级学生

　指导教师：孙少佩，女，海南三亚人，海南热带海洋学院副教授，主要研究方向为世界文学

等学科的研究和发展，也有相当的价值和意义，是我国整个民族文化的重要组成部分。

当前可以查阅到的记载黎族民间故事的文学作品多以汇编的形式存在，普遍是由民间文化采风小组深入黎族聚居区，通过原住民的口述，加以整理和文学加工，成为一篇篇独立的传说、故事，再由出版社结集出版，名为"故事选""故事集"等。通过调查，笔者了解到近年较少出版此类民间故事汇编，学术研究中普遍援引的为1982年海南黎族苗族自治州文化局、海南黎族苗族自治州群众艺术馆联合编写，花城出版社出版的《黎族民间故事集》和1983年广东民族学院中文系编写、海文艺出版社出版的《黎族民间故事选》。由于三十年来未曾再版，市场上已无法购得，只能通过相关专门研究机构借阅，给黎族历史与民间文化研究带来了一定的困难。

关于黎族民间故事的研究现状，通过中国知网的学术论文库的查阅，可以看出，自2009年国际旅游岛建设提上日程后，关于黎族民间故事的研究明显增多，其中有很多与旅游业相关的研究成果，作者多致力于将黎族传统民族文化融入旅游业深度开发中，体现出民族文化对于海南省经济建设以及旅游业的文化开发都有着不容忽视的作用。如刘厚宇的《海南黎族民间音乐资源的旅游开发》，陈兰春的《民间传说故事是旅游产业的重要资源》等。除此类现实意义较强的论文外，关于黎族民间故事的研究多着眼于黎族传说整体，以归纳推理的方式，从各式各样的民间故事中总结出这一民族淳朴、勤劳、勇敢的精神特质或生活、习俗方面的共同特征。如韩伯泉的《黎族民间故事与民族观念》，王海的《口传的历史文本——黎族民间文学概观》，谭月珍的《黎族民间文学的审美特征探析》等。缺乏个案针对性的民间故事精神实质的探求。笔者试图以"英雄人物"为突破口，全面了解世居黎族精神风貌与价值追求。

二、海南黎族民间传说概述

海南黎苗族自治州位于海南岛的中南部，东南滨海与西沙群岛相望，东接万宁县和琼海县，北靠儋州、澄迈和屯昌等县，西南隔北部湾是印度支那半岛的越南。黎族分布在自治州的全境，最南到达崖州南部海边的鹿回头村。黎族地区位于祖国南疆的重要地理位置上，既可以控制我国南部沿海的交通，又扼两广的咽喉，在国防和经济上都占有极其重要的地位。

黎族人民在长期的生产和生活中，创造了丰富的文学艺术，成为祖国文化遗产中珍贵的一部分。

由于黎族没有本民族的文字，流传下来的主要是口头文学，它包括了古代神话、民间传说、歌谣、谚语等等。这些民间文学都很富有生活气息，通过文学的艺术典型，刻画了黎族的风土人情，记录了劳动人民的生活痕迹。

黎族是一个淳朴、勤劳、勇敢的民族，他们的是非观念与道德标准是异常鲜明的。在古代黎族社会，真正是夜不闭户、路不拾遗，或者路有拾遗，也将遗失物挂在树上，让失主自行认领，这是黎族人民的优良传统。这种纯朴的观念，与黎族长期处于较为单纯的社会结构有着密切的关系，也大量地体现在了他们的口头创作中，即流传到今天的传说与故事。这些类型多样、内容各异的黎族民间传说，都是黎族人民按照自己对现实社会的认识与理解，从生活矿藏中提取精华，然后融入文化的积淀中。这样的价值观世代相传，教人们纯良向善，保持高尚的道德和情操。

黎族的民间故事，就其内容而言，主要是：歌颂开创世界的神奇式英雄人物，表达对人类起源、族源以及某些自然现象的解释，赞扬纯洁坚贞的爱情，反映黎族人民对恋爱自由、婚姻自主的追求，揭露权势者、剥削者以及伪善者的卑鄙嘴脸，表现黎族人民美好的道德观念。

这些故事中，有些则是古代劳动人民丰富想象力的体现，比如关于创世、人类起源的传说；有些是根据真实存在的历史原型加以文学化的改编，其中有讽刺性故事，如《猴子的屁股为什么那么红》《聪明的亚坚》，也有寓言故事，如《土地庙为什么这样小》《牛粪鸟》，有地方风物传说，如《鹿回头》《落笔洞》，也有历史人物传说《李德裕的传说》《黄道婆在崖州》等。在每一种题材和内容的黎族传说中，不同的是人物与情节，相同的则是对英雄人物的歌颂和对恶势力和丑恶价值观的抨击。

勤劳勇敢又有艺术才华的黎族人民，在歌颂英雄人物、宣扬道德观念的同时，也会在不同类型的故事中加入自己的美学观与爱情观，将自己世代积累下的生活哲理蕴藏到一个个短小精悍的民间故事中，供后人传颂。不论是虚构的神话传说，还是有原型的故事改编，抑或是每一种类型故事中，所塑造的人物形象都有其独特的人格魅力与社会价值。而各种类型故事中，有着较为突出的英雄人物形象的则集中在神话故事中的创世神话和民间爱情故事，以及由真人真事改编创作而来的历史故事中。其他的地方风物故事、哲理寓言故事等等，虽然人物形象饱满、情节丰富，但并没有突出的英雄人物形象，因此也就不作为本文探讨的对象。

本文主要分析的对象是创世神话说、民间爱情故事与历史故事三种类型故事中的英雄人物，黎族人民丰富的想象力造就了特色鲜明的故事情节，进而为英雄人物的形象塑造提供了肥沃的土壤。为了全面立体的对英雄人物的形象进行分析研究，笔者不仅针对性较强地从人物形象塑造上对英雄人物进行了探讨分析，还结合故事的情节设计，进一步挖掘出了"黎族式"英雄人物的独特之处。

三、创世神话中的英雄人物

与创世相关的民间传说是每一个民族的传说故事中不可或缺的一部分，对民族性格的形成起着重要的作用。创世说体现的是一个民族形成之初，对于世界是如何形成、世间万物是如何产生等未知问题的原始理解，一定程度上指导着人们一直以来的生产生活，对于研究民族渊源发展也有着重要的意义。

生活在海南岛上的黎族，作为中华民族的一部分，其本民族的创世说与汉族传说有很多相似的地方，但也有其自身的特色。

（一）情节设计与自然现象高度契合

创世说是在科学尚不发达，人们无法解释自然界中的种种现象之时编造并流传的关于生命形成的解释，其目的是解答人们关于自然界的困惑。和汉族一样，黎族的创世故事的创作理念也是从自然界中的种种现象出发，为其找一个合理的解释。但相对于汉族的"盘古开天地""女娲造人"等创世故事，黎族民间传说中的创世故事则显得情节更加丰富多彩，而这种丰富性，是建立在对自然现实的高度忠实上的。

黎族主要的创世说故事有《大力神》《螃蟹精》《南瓜的故事》《伟代造动物》等，其中形象塑造较为突出的英雄人物分两类，一类是"天神"类的英雄人物，通过强大的个人能力与自我牺牲精神，完成世间万物的创造，代表人物是大力神、雷公、伟代；还有一类英雄人物，是平民式英雄，即为人类繁衍后代的普通夫妻，而且往往是兄妹，在天地灭绝无法繁衍的时候顺应天意结为夫妻，代表人物是葫芦瓜里的两兄妹、荷发兄妹。

《大力神》的故事中，天上有七个太阳和七个月亮，大力神为了拯救人民，就搭弓射箭，一口气射下了六个太阳，当他射第七个太阳的时候，人们劝他，"万物的生长离不开太阳呀，留下这最后一个太阳吧！"，他才没有射下太阳，所以现在有一个太阳。晚上他又一口气射下了六个月亮，射第七个的时候没力气射偏了，只射下了一小块月亮，当他准备重射时，人们又劝他"饶了它吧，让它把黑夜照的更亮。"大力神才放弃了射下最后一个月亮，所以有时候月亮是缺了一块的。随后，为了人们更好的繁衍生息，大力神决定为人间创造山川森林，于是他从天上取下彩虹做扁担，拿来地上的道路当绳索，从海边挑来沙土造山垒岭。从此，地上便出现了高山峻岭，那大大小小的山丘，是从他的大筐里漏下来的泥沙。① 还有脚尖踢开群山，凿通沟谷，汗水化为江河等等情节，与汉族的《盘古开天辟地》的传说有相似的地方，但情节却显得更加的丰富精彩。其中提到大力神的汗水化成的江河中最大的一条就是从五指山流入南海的昌化江，以自然现象为支撑，使传说更加贴近人们生活，更加生动传神。

以现实自然为支撑体现得更加明显的则是在英雄人物伟代的塑造上。伟代是黎族传说中创造了万物的全能者，他发现人间混乱没有秩序，人类难以生存，就发下一次大水，把整个地面淹没，让人类与动物重新繁衍生息。故事中提到，洪水过后地面湿软，所有动物都站不住脚，于是伟代便造出 5 个太阳烘烤地面，黄牛被太阳晒得难受，只得跑到山上去躲避，但皮肤已经给太阳晒红了，因此今天的黄牛，全身都是红色的，而且在山上放牧。水牛也怕热，躲到水潭里，水潭里的污泥把它的身体都染成了褐色，因此今天水牛都是黑色的，而且喜欢浸在水里。② 还有山猪钻进洞穴弄脏身体、山马一半身体被晒红等等情节，活灵活现的解释了今天万事万物的形象体态，是如何由最初英雄伟代的创世而演化而来。

《南瓜的故事》中，荷发与老先是一对平民兄妹，他们为了给人类繁衍后代而通婚，但生下的是一团肉包。这团肉包的处理深入契合了今天社会的风俗与现状。老先把肉包分为三份，荷发用棉布包起第一团肉团，放在木板上顺着南渡江漂流下去，十个月后，第一块肉团就变成了汉人，所以汉族的祖先用棉布做衣服。荷发用剩下的四小块棉布包起第二块肉团，放在山葵叶上，顺着万泉河漂流下去，十个月后，第二块肉团就变成了苗人，所以今天苗族妇女的裙子是用四块布条做成的。荷发在包第三块肉团时，因为棉布用完了，就用麻布包起来，放在椰子叶上，让它顺着昌化江漂流下去，也是十个月后，第三块肉团

---

① 广东民族学院中文系，《黎族民间故事选》，上海文艺出版社，1983 年 3 月，1—2 页
② 广东民族学院中文系，《黎族民间故事选》，上海文艺出版社，1983 年 3 月，10—11 页

就变成了黎人，所以黎族的妇女自古以来就用麻布做衣裙。

相比较而言，其他民族的传说中创世的英雄，虽然有解释现实的成分，如汉族的夸父、后羿、嫦娥等等，也一定程度上吻合了今天日月山川的形态，但远远没有黎族传说中的大力神、伟代、荷发与老先等形象塑造的贴近生活、贴近现实。

（二）形象塑造民族特点突出

1. 勤劳勇敢，平民英雄——不同于传统的天神创世说

各国各民族的民间故事中英雄人物的塑造，都存在某些共性。如汉族的"女娲造人"和西方的"上帝造人"，都是由主宰天地的高高在上的神，用自己的法力，赋予人身体和生命。另一种汉族流传的创世传说版本中，伏羲和女娲兄妹通婚，繁衍了今天的人类。这种兄妹通婚进而繁衍后代的传说并不少见，一定程度上也反应了原始社会曾经有过的血亲通婚、群婚的阶段。但是，汉族传说中即使是兄妹通婚繁衍后代的故事，主角也是天神而非普通人，普通人中是没有英雄人物的。

这是黎族创世传说中一种独特的英雄形象，即勤劳勇敢的普通平民兄妹，在人类面临灭绝之时，顺应天意，结为夫妻，为人类的繁衍立下大功。

在《螃蟹精》①的故事中，就讲述了一对因螃蟹精发洪水淹没世间的浩劫中存活下来的兄妹，为了使人类继续繁衍而结婚的故事。他们认为同胞兄妹不能结婚，但后来他们遇到了一系列的"天意"指示，破碎的龟壳重新合到一起，断裂的青竹也一节节连起来，连天上的雷公也下凡来劝他们结合，所以他们最终成亲并繁衍后代。《南瓜的故事》中的荷发兄妹，也生育了后代，虽然过程中的情节有所不同，即他们没有真正结合，而是由南风把哥哥老先的阳气吹进了荷发的身体内，荷发就怀孕了，但最终情节归属，都是兄妹繁衍下了后代，而且，生出的都不是正常的人类，而是肉球或怪胎，因为这是对兄妹通婚的惩罚。当然，这些肉球又以独特的方式最终演化成了今天的人类。

将繁衍人类的祖先塑造成普通的劳动人民，表明了黎族人民不盲目崇拜天神、认可普通劳动者，并坚信劳动创造世界的价值观念。

2. 鞠躬尽瘁，死而后已——不同于西方"救世主"形象

黎族人民凭着自己对自然界的直感与愿望，对世界的生成做了浪漫的解说，

---

① 广东民族学院中文系，《黎族民间故事选》，上海文艺出版社，1983年3月，3—4页

而这种解说，又涂上了厚厚的民族色彩，读来并不感到雷同。在人类的蒙昧时期，由于对难以抗拒的自然力和深奥的自然生成，无法用科学的方法做解释，便希望世界上有个一非凡的英雄，赢得自然力量的巨人，按照人们的理想，驱除灾害，创造一个适合人类生存的自然环境。

这种故事，与宗教创世说是有着根本区别的。因为故事所塑造的英雄，不是降福人间的上帝、救世主，而是敢于与天决战，并符合人民的利益和愿望的、鞠躬尽瘁、死而后已式的英雄人物。

大力神这个形象，是黎族人民勇敢与智慧的化身，它给人们带来强大的艺术美感与对抗自然的力量。大力神存在之时，天地间就是七个太阳七个月亮难以生存的残酷环境，是他用英雄的力量，对抗自然，对抗天地，通过辛勤劳动，如挑沙造山岭、踢开沟谷等，加上强大的自我牺牲精神，如汗水化成昌化江、手掌撑出五指山等，为人间创造了更好的生存环境。故事中的每一个情节都闪烁着劳动创造世界的思想光辉，塑造出了黎族独特的英雄人物。

3. 人无完人，功过参半——不同于汉族的"高大全"英雄形象

大多数民间故事中的英雄人物，尤其是创世说中的英雄人物，都是集智慧、善良、勇敢等等优点于一身的完美形象。如夸父、盘古、后羿等等。但黎族的传说中，拯救世界的天神除了智慧、勇猛，也有贪心、蛮横的小缺点，让传说故事读来趣味盎然，人物形象丰满立体。

雷公是黎族民间故事中常常出现的天神形象，在大多数故事里，雷公都是帮助人们降妖除魔、驱除障碍、恢复生产生活的"正义"之神。比如《螃蟹精》故事中为祸人间的螃蟹精，让世间面临毁灭的危险，雷公下凡与螃蟹精鏖战七天七夜，最终用大铁锤打死了螃蟹精，挽救苍生于水火。

但雷公的形象并不总是正义的，他也有担任"反派"角色的时候。在《雷公根》的故事中，雷公与平民小伙打占比试谁更让人害怕，被打占的豹尾巴和藤条比下去后还不甘心，起了贪念要将宝贝占为己有。其自大、贪婪的个性显露无遗，而且最终被平民英雄打占砍下了左脚。

而且，在情节设计上，没有因为雷公是有名望的天神就有意维护其高大的形象，故事中多次出现"雷公被夹在门缝里嗷嗷直叫""打占把雷公的左脚砍下后拿回家一节一节剁下来，每剁一下雷公就一阵剧痛"等十分生动有趣的情节。最后，打占甚至把雷公的脚剁烂了放在锅里烧熟，并且准备吃掉，只是当他吃脚肉的时候感到很苦，就连锅带肉倒到了田埂上，七七四十九天后长出了一种

叶子圆圆的植物，人们就叫它雷公根①。

雷公这一英雄形象，在遇到另一个平民英雄打占时就变得不再是"英雄"了，这种丰富的形象塑造，突破了传统的英雄人物塑造中的"高大全"模式，让故事更加具有可读性，也让人物的形象更加丰满立体。同时，故事的这种情节设计也能看出，黎族人民更加尊崇勤劳勇敢的劳动人民中的英雄形象这一民族价值观。

《兄弟星座》② 中敢于反抗天庭、找玉帝对峙的兄弟完成了他们打败恶势力的任务，但却因为无路可归而和玉帝商量，留在天上种田，并说明晴天时见到的排云或条云就是他们犁过的犁浪，不禁让人哑然失笑。这样的故事完全没有固定模式，读来新奇感十足，足见黎族人民的想象力与创造力，黎族民间故事中的英雄人物也因此而更具有传奇色彩与认可度。

四、爱情故事中的英雄人物

黎族民间故事中的爱情故事，爱憎分明、情节曲折，富有人民性，追求恋爱自由、婚姻自主是这类故事共同的主体，黎族民间爱情故事中的英雄人物，如帕拖、尔蔚、奥桃堆等，都是家喻户晓的英雄人物，其流传的广泛度一点不亚于创世说的伟大英雄。而且，故事中的男女主人公常常采用对歌的方式推动情节发展，黎族没有自己的文字，在口耳相传的过程中，很多曲折复杂的故事，情节被遗忘、简化了，而朗朗上口的黎歌却流传广泛，经过一代代人的加工润色，得到更加生动的演绎。

（一）情节设计里矛盾冲突的三种类型

《勇敢的帕拖》③ 故事中，英雄帕拖为了守护自己的爱情，不畏艰险，深入魔窟，杀死残暴的老鹰精，在保护了自己爱人的同时，也保卫了一方平安，造福了广大人民。这个故事代表了黎族民间爱情故事中很有特色的一类矛盾冲突，即相爱的青年与妖魔鬼怪的斗争。这一类的故事还有《铁臂郎与老鹰精》《仙人湖》等。

《星娘》④ 故事中，星娘化做姑娘与黎族小伙成亲，但星娘被好色跋扈的皇

---

① 广东民族学院中文系，《黎族民间故事选》，上海文艺出版社，1983 年 3 月，17—18 页
② 广东民族学院中文系，《黎族民间故事选》，上海文艺出版社，1983 年 3 月，19—21 页
③ 广东民族学院中文系，《黎族民间故事选》，上海文艺出版社，1983 年 3 月，33—35 页
④ 广东民族学院中文系，《黎族民间故事选》，上海文艺出版社，1983 年 3 月，60—62 页

帝抢占，后来小伙在星娘的姐妹的指点下，苦练骑射，孤身深入皇宫，最终以本领和智慧赢回了星娘，从此幸福地生活在一起。这个故事代表的是黎族爱情故事中的另一类矛盾对立面，即豪门或权贵，利用权势欺压年轻恋人。这一类的故事还有《诺实和王丹》《阿德哥和七仙妹》《阿机和阿尼》等。

《尔蔚》①的故事中，尔蔚从小失去父母，被兄嫂欺凌，与龙哥相恋后龙哥帮助她应付兄嫂的刁难，但恶毒的嫂嫂使计杀害了龙哥，尔蔚又经历了一段痛苦的日子，最后自杀，与龙哥双双化为金鱼，游向大海。这个故事代表的是黎族爱情故事中更为常见和悲剧性的一类矛盾冲突，即年轻的恋人与恶毒的兄嫂。这一类的故事还有《甘工鸟》《盎哇鸟》《山妹与水哥》等。

基本上黎族民间的爱情故事中的矛盾冲突都可以归入以上三种类型，其中主人公的性格各异，情节曲折，矛盾斗争的结果也不尽相同，除了喜闻乐见的大团圆结局，也有殉情的悲剧，但最后往往也是双双化鸟变鱼，精神上得到圆满，典型的中国式悲剧。

(二) 英雄人物塑造上的灵活性

1. 英雄人物定位的不确定性

黎族民间的爱情故事中，对抗自然与权势，歌颂自由恋爱，故事中所塑造和歌颂的英雄人大多为男性，即勇敢善良的黎族小伙为了追求自由的爱情或拯救心爱的姑娘于水火中而与恶势力对抗，最终取得胜利，但这并不是唯一的情况。在相当一部分故事中，英雄人物为女性，她们面对恶毒的兄嫂或后母的逼婚，宁死不屈，守护坚贞的爱情，成就一段佳话。另外还有些爱情故事中，所歌颂的并不是男或女的某一方，而是恋人作为整体所代表的追求爱情不放弃不妥协的精神，鼓舞人们为爱情雨自由而抗争。

《勇敢的帕拖》就是传统歌颂勇敢守护爱人的男性英雄角色的代表，勇敢的小伙帕拖，拥有强大的勇气与本领，为了营救自己的未婚妻，经过重重险阻，最终打败老鹰精，救了很多被困的姑娘，也包括了海龙王的公主，但他拒绝了海龙王招他为驸马的请求，回乡与未婚妻成亲。整篇故事中，人物众多，情节曲折离奇，但对帕拖的未婚妻没有一句话的正面描写，只在开头和结尾有简单交代。

---

① 广东民族学院中文系，《黎族民间故事选》，上海文艺出版社，1983年3月，22—24页

《甘工鸟》① 是歌颂女性英雄人物的代表故事。黎家姑娘甘娲善良美丽，与年轻的猎手相爱，但家人偷偷将她许配给一个背上生疮脚底流脓的男人，她无力抗争，于是宁愿化作飞鸟也要守护自己的爱情，不嫁给他人。全篇中年轻的猎手也没有正面描写，没有对话，只有甘娲对他唱的情歌"哥哥呀哥哥，我对不起你……"最后甘娲也拔了一根羽毛给情人后就独自飞向了蓝天，成就了悲剧英雄的结局。

《诺实和王丹》② 的故事中，所歌颂的就是诺实和王丹这一对情侣，所起到的爱情典范作用。王丹是个勤劳美丽的姑娘，诺实是个强壮勇敢的猎手，他们相爱相伴。王丹给村里的峒官③看上了，用权势逼迫她的父母交出王丹，父母让王丹和诺实断绝来往，王丹宁死不屈，在自己的房中自杀。诺实勇于挑战当权者的专横跋扈，同乡亲们合力奋战，得到指点救活了王丹，又用箭术惩治了恶霸，赢回了爱情。这个故事中，女性坚贞不屈守护爱情，男性勇敢聪明赢回爱情，都是黎族人民爱情观中的英雄人物。

《益哇鸟》④ 是黎族民间传说中故事情节最为丰富、人物形象最丰满、流传最为广泛的爱情故事。其英雄人物的定位则更是突破了以往民间故事的限制，创造出了新的艺术高度。女主人公奥桃堆答应哈劳帕洛泽的求婚，两人即将结婚。后来发生种种意外，未能与哈劳帕洛泽成婚，另嫁他人，哈劳帕洛泽痴心不改，伤心欲绝，不放弃追求。故事至此，善恶似乎分明了，但后面的情节让整个故事有了一个反转。哈劳帕洛泽追求奥桃堆的手段渐渐狠毒起来，对奥桃堆的新家庭造成了伤害，奥桃堆忠于自己的丈夫，深爱自己的孩子，最终化为益哇鸟，她的丈夫用她的羽毛又将她变回人类，而哈劳帕洛泽也自食恶果变成益哇鸟，永远无法恢复成人。这个故事具备很多成熟的小说元素，人物的塑造非常丰满，同时也表达了黎族人民清晰的善恶观。英雄人物并不是做什么都是对的，如果他伤害到了善良无辜的人，就应该受到惩罚。

2. 英雄人物抗争结果的多样性

汉族民间故事中的四大爱情故事整体基调都是悲剧性的，爱情英雄抗争的结果往往是牺牲式的悲壮，只有结局处通过艺术的处理，让民众在悲剧故事之

---

① 广东民族学院中文系，《黎族民间故事选》，上海文艺出版社，1983 年 3 月，44—47 页

② 广东民族学院中文系，《黎族民间故事选》，上海文艺出版社，1983 年 3 月，28—32 页

③ 峒官：一峒之主，村里的领头人

④ 广东民族学院中文系，《黎族民间故事选》，上海文艺出版社，1983 年 3 月，72—85 页

外得到精神上的满足。《孟姜女》和《白蛇传》的故事中，爱情故事的结局都是有情人无法眷属的悲剧，《梁山伯与祝英台》和《牛郎织女》的故事中，情人现实中不能长相厮守，但通过化蝶、鹊桥会的方式给了读者心灵的慰藉。

在黎族的民间爱情故事中，恋人追求爱情的结局更加多样化。在上文对黎族民间爱情故事矛盾对立面分类的基础上，可以将黎族爱情故事中英雄人物抗争的结果进一步分类。

当矛盾的对立面是妖魔鬼怪以及皇帝贵胄之时，恋人的反抗往往是可以成功的，大团圆结局，年轻的男女从此幸福地生活在一起。例如《星娘》《勇敢的帕拖》《诺实和王丹》等。而当矛盾的对立面是恶毒的父母兄嫂时，恶势力往往是获得成功的一方，年轻的情侣反抗失败，要么从此天各一方，如《甘工鸟》，要么双双殉情化作他物，如《尔蔚》。

这样的情节体现了黎族民间爱情故事英雄人物结局的多样性，同时也直接地反映了封建社会中家庭礼教对于年轻男女的束缚力之强大。

在这样的大类型划分之外，还存在着极少例外。比如《仙人湖》的故事中，面对天庭天兵天将的追杀，阿郎和红衣仙女最终无力抵抗，双双殉情。《益哇鸟》的故事中，兄嫂虽然恶毒，为奥桃堆的爱情制造了种种困难，但最终奥桃堆依然拥有圆满的家庭生活。

以上种种类型中的英雄结局与类型之外的结局，都显示了黎族民间的爱情故事中形象塑造的灵活与多样，给人们带来不同的艺术享受，同时也表达了黎族人民鲜明的善恶观、爱情观

五、历史故事中的英雄人物

在丰富多样的黎族民间故事中，根据历史上真实存在的名人、伟人的事迹改编流传的历史故事独树一帜，绽放出独特的人文光彩。而且往往围绕一个英雄人物流传着一系列的故事，从不同的侧面，立体可感地塑造出黎族人民心中的英雄形象。相比较神话故事与爱情故事中的英雄形象，历史故事中的情节与人物塑造具有更加明显的特点，尤其是在民族价值观的表达上。

（一）情节设计中体现和睦团结的民族观

黎汉两族自古以来都保持着良好融洽的民族关系，新中国成立以来的民族和睦的现状自不用说，即使是在我国的封建社会的历史中，有过统治阶级推行大汉民族主义的、制造民族矛盾的时期，黎汉两族的劳动人民也一直是保持着

友好的往来。在清朝顾炎武编写的《天下郡国利病书》卷一百四的《广东八》条中，就有这样的记载："军民奴囚逃入（黎峒），党与通行，（黎）势益大"。黎族的很多民间故事也都表明了黎汉两族亲如一家的思想，在黎族民间的历史故事中尤其明显。

《黄道婆的传说》[①]故事中的黄道婆，从中原流落到海南崖州，崖州的黎族人民听她诉说身世后非常同情，还有个老妈妈认她做女儿，对她无微不至的照顾，黎族妇女还教她黎族的纺织技术，很快黄道婆就成了黎寨里的纺织能手，受到相亲邻里的尊敬与爱戴。黎家人对黄道婆的关心与照顾不仅仅体现在教她纺织技巧上，在黄道婆不愿为州官纺织布匹，被州官捉拿时，黎族人民齐心协力对抗州官，帮助黄道婆逃到保定村（今乐东县）。在黄道婆回到中原，将黎族的纺织技术广为传播后，黎族人民更是将黄道婆视为民族英雄，每当到传说黄道婆当时居住过的地方，经常听到黎胞讲述黄道婆的故事，称她"亻赤[②]道婆""亻赤家人"[③]，仅仅一个"亻赤"（咱们的意思）字，就可以看出黎族人民视她为自家人，为她骄傲的情感了。

《李德裕在黎寨》的故事中，唐朝宰相李德裕被贬崖州期间，黎族人民待他亲切热情，他也在黎寨住下，教黎族人读书作诗，传播中原文化，同时利用中原地区的技术，为黎族人民修建水利设施，建堤筑坝，保卫家园，受到黎族人民的广泛拥戴，黎族人还称他为"大帅"，为他在孔南村的事迹写下诗篇。"德裕莅临孔南村，黎胞殷勤献酒樽，椰树婆娑迎客至，乌鸡得意竹生孙。禾粟岁岁报丰年，槟榔开花放芳芬，虽是南荒偏僻地，犹有幽士留足痕。"[④]

在乐东县的尖峰岭下，有一块宽平的大石块，石块上有两双清晰的马蹄印。离它约数十里远的河滩上又有一个水清如镜的"白马井"，这口井的来历，也和一个历史英雄人物有关。汉武帝元鼎六年的时候，南越王经常在海南岛沿海一带作乱，祸国殃民，朝廷派马伏波将军南征。马伏波将军带领军队奋勇杀敌，马队到达一片沙滩地带时，烈日炎炎，军队缺水，人畜均口渴难耐。白马用前蹄朝地下猛挖，挖出一个深洞，清澈的泉水上涌。军队痛饮清泉后精神倍增，胜利凯旋。事后人们把白马挖出来的深洞围筑成井，成为"白马井"，又名"马

---

① 符震、苏海鸥，《黎族民间故事集》，花城出版社，1982 年 9 月，258—260 页
② 文献中看到"亻赤"字，今天的输入法已经无法打出原字，亦不了解读音
③ 韩伯泉，《民间故事与民族观念》，民族文学研究，1988 年 02 期，26 页
④ 符震、苏海鸥，《黎族民间故事集》，花城出版社，1982 年 9 月，258—260 页

伏波井"，一直为黎人世代饮用①，可见黎族同胞对汉族的亲热友好之心，以及世代以来汉黎两族团结和睦的盛况。

（二）英雄人物塑造凸显对汉文化的崇拜

如果说在故事情节的安排上能够看到民族和睦的细节片段，在英雄人物的定位塑造上就更加凸显了黎汉一家的民族氛围，以及黎族同胞对汉族文化的认同和崇拜。

在笔者能够查阅到的记录黎族民间历史故事的文献中，所记录的英雄人物大多出身汉族，流落黎寨。或留在黎寨，利用中原文化造福一方；或回到中土，传播黎族文明。无论哪一种英雄，都受到黎族人民世代的尊敬和爱戴。

英雄人物	身份地位	故事、功绩	归宿
马伏波	汉朝将军	平定贼乱	回到中原
黄道婆	元末民初平民	避难、学习并传播纺织技术	回到中原
李德裕	唐朝宰相	被贬，造福黎族人民	留在黎寨
苏东坡	宋朝文豪	被贬，传播中原文化	回到中原
老课将军	黎族地方领主	惩恶扬善，造福一方	留在黎寨

上表是黎族民间故事中历史故事的英雄人物形象总结，并不是故事的分类总结，每个人都有着一系列故事流传，尤其是李德裕和苏东坡，笔者了解到围绕他们，独立成篇的小故事众多，有相关集结的著作出版，但条件有限无法寻得。即使如此，通过零散的故事选仍然可以看出，黎族民间流传的历史故事中，绝大部分都是来自汉族的英雄人物，甚至最终也并没有留在黎寨，即便这样，只要曾为黎族人民带来中原文化、有助于两族人民的友好交流的英雄人物，都为黎族人民所世代传颂，可见黎族同胞对中原文化的敬仰与尊崇。

六、结论

黎族民间故事，是黎族人民集体创作的口头文学。他们世代相传，不断加工提炼，使这些故事想象丰富，形象鲜明，情节动人，寓意深刻，具有独特的民族色彩，很高的思想性和艺术性。

黎族民间故事中所塑造的一系列风格鲜明、形象各异的英雄人物，不仅仅

---

① 符震、苏海鸥，《黎族民间故事集》，花城出版社，1982 年 9 月，261—262 页

体现了黎人淳朴的善恶观、价值观、爱情观，也可以看出汉黎两族自古以来友爱和谐的传统，以及黎族同胞对于中原文化的敬仰与尊崇。同时，在英雄人物的故事中，黎族的社会演变、生活习俗也都得到了不同程度的展示，对于我们进一步了解民族渊源与文化起着不可忽视的作用。

参考文献

［1］邢斌．海南少数民族文学论析［J］．琼州大学学报.2003（01）

［2］陈立浩．黎族民间故事论析［J］．琼州大学学报.2001（02）

［3］林志超．追求自由、自主的爱情婚姻——黎族爱情故事初探［J］．琼州大学学报.2001（04）

［4］王穗琼．历史上黎汉人民的经济文化交流和友好关系［J］．中国民族.1963（07）

［5］李干．宋元时期汉黎人民经济文化交流和友好关系［J］．中南民族大学学报（人文社会科学版）.1990（03）

［6］冯来仪．骆非黎族先民考［J］．广西民族研究.1989（01）

［7］孙海兰，焦勇勤．黎族民间文学的特点及保护［J］．山东行政学院．山东省经济管理干部学院学报.2006（03）

［8］邢植朝．黎族民间文学的发展与演变［J］．海南师范学院学报（社会科学版）.1989（03）

［9］邢植朝．对高山族、黎族民间口头文学及人文价值的认识［J］．民族文学研究.2011（03）

［10］王海．艺术的发展与精神的传承——汉文化影响下的黎族民间文学［J］．广东技术师范学院学报.2006（03）

［11］陈立浩．黎族文学试论［J］．琼州学院学报.2007（04）

［12］符震、苏海鸥．《黎族民间故事集》［M］．广州：花城出版社，1982

［13］广东民族学院中文系，《黎族民间故事选》［M］．上海：上海文艺出版社，1983

五指山黎语歌谣之动物主题研究

李星青①

摘　要：黎族歌谣主要指以黎语演唱的传统歌谣，本课题在现有黎语歌谣中，对五指山地区黎语歌谣的文献基础上整理，列出有关动物主题的歌谣。并尝试对其内容进行分类和文化解读，根据动物生长的环境分为野生动物和驯养动物。探析歌谣反映了黎族人民与自然环境和睦相处的自然生存法则，记录了黎族人民传统的狩猎与采集的生产方式，体现了黎族人民对动物"万物有灵"的崇拜等。挖掘黎语歌谣存在的现实意义和价值。

关键词：黎语歌谣；动物主题；文化解读；生态意识

前言

本课题研究的主要是五指山地区黎语歌谣中的动物主题。笔者对《中国民间歌谣集成·海南卷》②、《黎族传统民歌三千首》③ 和《黎族三月三节传统文化》④ 等可见文献进行梳理发现，现存的黎族民歌作品数量多且内容丰富。目前可见五指山地区黎语歌谣中的动物主题大致有 22 首⑤。

---

① 作者简介：李星青，海南热带海洋学院 2010 级汉语言文学专业毕业生。
　指导老师：文珍（1974 - ），女，海南三亚人，海南热带海洋学院人文学院副教授，硕士，主要从事古代文学研究。

② 中国民间歌谣集成·海南卷. 收录海南歌谣 402 首.

③ 符桂花. 黎族传统民歌三千首. 海口. 海南出版社，2008 年. 内录五指山民歌 63 首.

④ 符策超. 黎族三月三节传统文化. 南海出版社. 海口. 海南出版社，2011 年. 收录动物歌谣 10 首.

⑤ 22 首动物歌谣分别是：野生类：《山猪歌》《鹿歌》《蝉歌》《鸟歌》《树高鸟欢聚》《一对鸡仔》《知心鸟》《拾螺歌》《林中鸟儿乱吵吵》《小公鸡》《黄猄歌》《狗熊歌》《古猿歌》《鸟欲寻鱼有水拦》《煮好河螺送阿哥》《捉鸟歌》《深夜敢捉蛇》17 首. 驯养类：《牛歌》《犁田歌》《家猪歌》《鸡歌》《青蛙》5 首.

前人关于黎族歌谣的研究方面，大部分从歌词的内容分为爱情歌、生活歌、劳动歌和时政歌等。笔者以"黎语动物歌谣"为关键词在中国知网上搜索，未能找到相关记录，说明在黎族歌谣中以动物主题的研究目前鲜少有人涉及。其研究领域具有充分的创新性，对动物歌谣进行分类，本课题采用文本细读的方法，尝试从文化的视角对其内涵进行探讨，以期对黎语歌谣有更多的认识，仅以抛砖引玉。

一、五指山黎语歌谣之动物主题的内容

根据黎语和风俗习惯的内部差异，黎族被划分为五大方言区，分别是哈、杞、美孚、润和赛方言。本课题所指的五指山地区主要是黎族杞方言的核心聚居区。杞方言的黎族人民在长期生产实践的过程中，创造了丰富多彩的物质文化和精神文化，也流传着许多脍炙人口的歌谣。在众多歌谣中，笔者对动物主题歌谣兴趣颇浓，为了便于理解，笔者将动物歌谣根据生活环境的不同，大致分为野生类动物和驯养类动物两大类。

（一）野生动物的形象画卷

五指山是海南岛的最高峰，也是海南岛的象征，海南流传着"不到五指山，不算到海南的"的说法。这里常年冬暖夏凉，森林覆盖率高，动物种类丰富，素有"翡翠城"之美誉。五指山的地理环境给野生动物提供了赖以生存的环境。一系列野生动物形象不仅在黎语歌谣里展现出来，同时在黎族民间故事、传说里也有充分的展示①。笔者整理到的野生动物类的歌谣生动地描绘了山野里的鹿、珍稀的狗熊、田里的青蛙、田螺和树上的小鸟等动物的形象，可谓种类繁多，生动呈现一幅幅野生动物画卷。

1. 狗熊歌

《狗熊歌》中对的狗熊形象描写非常有意思。

> 哞，哞，狗熊啊，
> 小母熊的指甲长，
> 它住在峡谷里

---

① 龙敏．黎族民间故事集．［M］．海口．南海出版社，2001 年 12 月．《猪与狗》《螃蟹的传说》《猪与老鼠的故事》《啼母鸟的故事》．李永喜．甘工鸟的故乡．［M］．海口．南海出版社，2007 年 2 月．《黄鼠狼与黄猄》《黑猿与猴子》

鼻子像马的鼻子一样，

脖子有两条像银圈一样的条纹。

小狗熊很笨，

吃蜂蜜的时候会呛住鼻子。[1]

黎族人民在长期的狩猎过程中，早已熟悉狗熊的外貌特征，母熊长长的指甲，比马还灵敏的鼻子，尤其是胸前的银白条纹更生动地说明海南狗熊属于亚洲黑熊。而小狗熊更是笨拙，吃蜂蜜会呛住鼻子，对小熊拟人化的描写，可爱俏皮的形象跃然纸上。他们住在山洞峡谷里，晚上出来活动，主要以吃植物为主。狗熊平时住所，活动的规律等都可以从歌词中体现。

2. 青蛙歌

"坐到半夜山风凉，小青蛙呀，

闹嚷嚷。大田鸡呀，

叫翁汪，处处田埂上，

成群结队喊的忙，

土狸①路过，大口一张，

他们扑通扑通跳下水，

大的青蛙，响声特清亮。"[2]

因为善于捕捉害虫，对农作物的生长有积极作用，青蛙一直是黎族人民尊敬的对象。闹嚷嚷的青蛙也是唱歌的能手，青蛙最欢快的时节是夏天，在大雨过后，田埂上，草丛里都传来青蛙嘹亮的歌声，如果有一只青蛙开口唱歌，旁边的也会随着唱起来，好像在对歌似的。就像歌词里唱到"扑通扑通"跳下水，几十只甚至上百只青蛙"呱呱——呱呱"地叫个没完，那声音几里外都能听到，歌谣画中有音，黎族人民对青蛙的喜爱之情溢于言表。

3. 山猪歌

糯稻猪也吃了两穗，

反反复复在田埂边上吃，

人们睡过头也不知道山猪来吃，

咦咦咦，猪啊猪。[1]

《山猪歌》叙述了守园人睡过头，山猪就趁机拱掉围住稻田的两层篱笆，把

---

① 指狐狸

人们辛苦种植的农作物吃个精光的过程，叙述了守园人对山猪的埋怨。

不管是天上飞的小鸟，地上凶猛的狗熊还是田里的青蛙，都是黎族人民歌词传唱的对象。

（二）驯养动物的个性特点

相对于野生动物，驯养动物和人类日常接触更多，关系也更密切。它们是人类生产活动的好帮手和生活上的好朋友。在动物歌谣中，驯养类的动物虽然不多，但是总是表现一副乖巧、可爱的特点。关于五指山地区驯养类动物歌谣比较少，下面一起来读。

1. 牛歌

我的牛生在早稻的季节

很久不见长得像田螺角那样的牛了[1]

《牛歌》主要流传于现在五指山市畅好乡①，讲述一头牛从出生成长到宰杀的过程，完整地表现了一头牛任劳任怨的一生。我的牛长在早稻的地方，一头已经上了年纪的牛，通过角的凹凸不平可以判断老牛的耕作年龄。

2. 犁田歌

驱牛来又去，

来去走如飞。

牛脚行得快，

上落不停腿。

高低地不平，

泥深人易累。

叱牛快点犁吧，

干完歇一会，

穷人田太少，

收成难糊口。[2]

同样是描写牛，《犁田歌》主要描述牛在耕作过程中的样子，辛苦劳作，速度如飞。

---

① 2014 年五指山"三月三"传统节日原生态民歌比赛曲目，演唱者；胡海兰. 五指山畅好乡人. 黎歌传承人. 50 岁.

3.《鸡歌》

喔，喔，喔，

这是黑公鸡吗？

鸡的羽毛很丰满，

鸡鸣时连头都一起动，

鸡鸣时卡着像吞下的米糠，

公鸡是只老公鸡，

这鸡把一簸箕的米都弄翻了，

叫猫把你的脖子扭断都不过分，

因为你真的太馋了。[1]

这是《鸡歌》里唱出一个调皮可爱的鸡的形象，通过鸡鸣的动作和羽毛的丰满程度来判断鸡的雌雄。公鸡过于贪食，以致脖子里像卡着吞下的米糠，不断地扭动而不小心把一簸箕的米打翻了，惹主人生气。主人用责怪的口吻吓唬它：叫猫把你的脖子扭断。嘴馋的公鸡，顽皮的公鸡，主人虽有恨也不见得非杀掉黑公鸡。通过一个细节，我们可以读到现代人异常向往的田园慢生活。

不管是对野生动物还是驯养的动物，黎族人民对待动物始终友好相待。

二、黎语动物歌谣的文化解读

无论是野生动物还是驯养动物，在黎族人民生活中占有重要的地位，笔者在对文本进行细致探析中发现，歌谣作为一个民族长期社会生活的产物，反映社会生活的一种意识形态，表现了黎族文化生活的方方面面，为丰富日常生活娱乐学习起到重大的作用。

（一）人与环境的和睦相处

五指山地区森林密布，同恶劣的生存环境做斗争，除种植山兰外，上山狩猎也是获取生存资料的重要手段。因此黎族人民长期保持着狩猎的习惯，练就一身高超的狩猎本领，养成勤劳勇敢的性格。在打猎过程中逐渐掌握了野生动物的生活习性，形成自己民族的独特狩猎传统，并流传成歌。在漫长的历史发展过程中，人与自然的关系变化的过程就是一部史书。如早期的《古猿歌》歌词中唱到：

做山园在龙猪的大水旁，

被山猪吃过，

> 黄猄也吃稻穗，
>
> 砍山园要到好的地方，
>
> 山兰长得快，
>
> 看见抽稻穗了，
>
> 咱打起叮咚，
>
> 叫山猪古猿害怕。[1]

《古猿歌》中山猪偷吃山兰，黄猄偷吃稻穗，古猿趁机捣乱破坏庄稼等等，这些顽皮的动物让黎族人民很头疼。世代的黎族人民仅靠种植水稻为生，农作物对他们意味着基本的生活来源，虽然古猿把稻谷都吃光了，但是黎族人民对他们也只是驱赶而已，并没有残忍杀害。另外一方面黎族人民对动物的未知和恐惧，不敢贸然伤害。现在的叮咚作为黎族竹木乐器，而最初叮咚的作用是百姓为方便驱赶鸟兽而自制的生产工具之一。

就如《树高鸟欢聚》唱到"树木常青翠，众人得相依，爱树也爱鸟，道理各周知"。直白地歌颂动物和提倡保护动物的观念。保护动物就是保护大自然的灵性，黎族人民与自然和谐相处，歌中还唱道"此树切勿砍，留它招云雨，有雨好作食，有雨地才湿。"说明黎族人民很早的时期，已经在与大自然的不断接触中，懂得保护动物和保持生态平衡的重要性。树茂盛才有鸟居住，才能祈祷风调雨顺，农作物丰收，人民生活幸福。黎族人民早期就对野生动物形成一定的保护意识，体现了一种人文关怀的朴素情怀。

（二）生计的采集与分配制度

一定的文化是一定社会政治和经济在观念形态上的反映，海南岛孤悬海外，黎族人民靠采集狩猎的生活方式自给自足。生活在海南岛上的民族久历岁月风霜，形成自己独特的语言和文化。作为没有文字记录的民族，歌谣的传播几乎都靠口耳相传。民歌作为黎族长期的娱乐生活中重要的组成部分，记录着黎族社会原始狩猎与采集、分配制度等生产方式的记忆，反映了黎族人民"万物有灵"的信仰，体现了黎族人民的生活文化。

1. 记录了狩猎与采集的生产方式。

黎族是一个擅长狩猎与采集的民族，在采集与狩猎过程中形成自然习惯法，如《黄猄歌》里"它的身高长在山野里的小山竹，跑得像台风一样，烧小鸡引诱才可以，想法子才能得到它。"讲述黎族人民在狩猎中追捕黄猄的过程。黄猄跑得像台风一样快，出没比较神秘，所以黎族人民想出用烧小鸡的方法引诱黄猹，或者是带上灵敏的狗嗅出黄猹的气味。在打猎过程中，首先在黄猹经常出没的地方设下埋伏，埋伏的地方也有忌讳，绝对不让别人知道。在黎族百姓中传说，若是被人知道了，狩猎时祖先就不显灵，打猎就会失败，神秘色彩的涂抹是黎族万物有灵观念的外化。接着等待一个绝佳的机会，黄猹经过的时候出其不意困住黄猹的脚，最后等它四脚朝天带回家。另外还有家喻户晓的《拾螺歌》① 叙述了阿哥带阿妹到田里去捡螺过程。说明除了狩猎的方式外，还通过采集对生活的来源进行补充。

2. 反映了"见者有份"的分配制度。

狩猎与采集后就要对劳动成果进行分配，黎族古老的分配制度在歌谣中也可以寻得踪迹。最具代表性《鹿歌》里唱到"鹿肉堆在竹板上，不要独占这样不吉利，独吞鬼缠身，怕鬼就要杀鸡。"中体现的"见者有份"的分配制度。如《打山歌》：

> 呜—喂，
> 昨夜去巡岭，
> 昨夜去打山，
> 打着头山猪，
> 打着只黄猹，
> 抽山藤来绑，
> 两人抬一只，
> 山猪与黄猹，
> 见者都有份。[3]

"见者有份"指的是黎族人民在狩猎成功后，抬着鹿肉回村，不仅住在一个寨子里的同胞，"寡妇和小孩得一份"的平均分配原则，连路上遇到的汉族人也可以分享。打猎后，肩胛也就是黄猹最好的部位分配给最勇敢的猎手，歌谣生动地展示了黎族人民狩猎和分配的全过程。通过歌谣的不断传唱，当初见者有份的分配方式、分配制度，以及对于勇敢者的敬意就成了一种难以磨灭的文化记忆。通过歌词，我们可以感知黎族朴素的思维方式。

（三）体现了"万物有灵"的观念与信仰

黎族人民在原始时期，生产力低下，对大自然充满了未知和崇敬，认为大

---

① 黄照灵作词作曲．黄婷丹演唱，多次在黎族大型活动中传唱．

自然充满了无穷的力量，世间万物具有"灵性"，这就是"万物有灵"的观念。把动物作为自己祖先或保护神来膜拜，就是"万物有灵"信仰的真实体现。

1. 牛的崇拜

牛与黎族人民生活密切相关，一方面作为耕作的劳动力，牛对黎族人民来说生活生产中不可或缺的。另一方面，牛一直以来都以勤劳、善良的形象受到黎族人民的崇拜。对牛进行宰杀需经过隆重的宗教仪式，在请当地有威望的道公举行仪式的情况下才能屠宰。在黎族家的屋门上，常会悬挂牛头和牛角，祈祷吉祥丰收的意思。黎族人以这种方式表达对牛的怀念和喜爱，同时也象征着主人要像牛一样勤劳与不畏艰辛。黎族的牛节海南黎族在七月或十月过牛节，由村里德高望重的老人敲锣打鼓，为牛招魂。黎族人普遍认为牛有灵魂，每头牛都有一块美丽的牛魂石，可以收藏在家，并以收存牛魂多为富有的标志。牛魂节当天要用自己酿造的酒洗牛魂石，为牛祝"福酒"。有一种黎族民间的滋补的草药用"牛大力"来命名，牛对黎族人民的重要可见一斑。如《牛歌》先是尊敬和崇拜牛，继而产生关于牛的神话传说，把牛赋予强大的生命力，塑造了牛高大的形象。

2. 青蛙的崇拜

黎族学者邢关英指出，"蛙、蛇、鸟、葫芦瓜、牛、猪、狗都曾经是黎族的图腾。"[4]说明黎族人民的自然动物崇拜中，无论是野生的动物还是驯养的动物，都是黎族人民作为崇拜的对象。黎族人民崇拜青蛙，在装饰物、服饰以及用具上都刻、刺、绘、雕有青蛙形象的图案。青蛙虽然简单渺小，却有着惊人的繁殖能力。黎族人民通过对蛙纹的崇拜，以祈祷在原始恶劣的自然环境中壮大民族生命力。

3. 其他动物的崇拜

大到牛的崇拜，小到青蛙也视为神灵的动物，其他动物也都具有灵性的，如《鹿歌》里唱到"鹿肉堆在竹板上，不要独占这样不吉利，独吞鬼缠身，怕鬼就要杀鸡。"认为对猎物的独占就是对神明的不尊重，鬼会缠身，鬼缠身后只能杀鸡做仪式才能消解。《狗熊歌》里唱到"吓得小孩不敢睡觉，它赶人家的小孩又喊又叫。"利用狗熊的形象特点晚上哄小孩入睡，认为狗熊是神的存在。

黎族人民对野生动物的认识和了解已经比较深入。通过对五指山地区黎语歌谣中动物主题的进行文本分析，我们不难发现黎族人民在长期的社会发展实践中，在封闭的山地自然环境里，形成自己独有的自然发展观，并用动物歌谣表现出对自然的认识，其核心即崇拜动物、尊重自然。

三、五指山黎语歌谣之动物主题的意义

不管是饲养的家禽、猪、狗、羊等，还是辛苦耕作的老牛，或是狩猎的对象鹿和山猪鸟，或是精神上图腾的崇拜，对青蛙和牛的崇拜等。作为没有文字的民族，歌谣就是记录，动物成为黎族人民生活中重要的组成部分，丰富了歌谣的种类，体现出黎语动物歌谣存在的现实意义。

（一）丰富动物歌谣的种类

前文提过，黎语歌谣的分类中，没有涉及动物歌谣的分类，虽然动物主题数量不多，但是动物歌谣的收集整理和研究对丰富动物歌谣的种类有着重要的意义。据采集者张欣欣介绍①，对五指山地区歌谣收集工作并未完成，动物歌谣的挖掘更有待进一步研究。通过动物歌谣，我们从中可以领略到在古老的年月当中黎族先民更为可贵的品质和朴素的自然生态观。前人在黎族歌谣的分类中，很多时候把注意力完全放在爱情、婚礼、劳动、生活、故事和时政歌谣方面，而忽视了动物歌谣主题。通过对动物歌谣的整理分析，可以大大丰富了歌谣的种类，从中发现更多黎族人民古老生产生活、文化符号的记忆。

（二）传统文化的记录

黎语歌谣作为口传文化的精华部分，构建了一个民族从远古繁衍到今天的历史画卷。

> 牛啊牛，
> 我的牛是生在早稻的季节，
> 我的牛是生在木棉花的季节，
> 很久不见像田螺那样长的牛了，
> 顽皮的牛会被主人骂。[1]

海南岛属亚热带季风气候，这里的稻谷一年两熟到三熟，因此早稻的季节在三四月份，木棉花开也是每年的三月。牛角长得像田螺说明牛的年纪已经很大，牛角像田螺一样凹凸不平的角，黎族人民通过牛角可以判断牛的年龄、耕作能力等。反映黎族人民对自然的认识，生活中总结出来的常识。

如前文所述的文化内涵中，黎族人民穿牛鼻子一般用藤，用红色的布绑在脖子上表示吉利，或者在脖子上系上铃铛，在野外放养的时候不易丢失。黎族

---

① 张欣欣，五指山市文化馆副馆长.《狗熊歌》等动物歌谣的采集者.

人民日常生产劳动离不开牛，它是黎族尊敬崇拜的对象。

（三）对当今的启示

随着海南旅游的开发和城镇化的建设步伐加快，黎族文化受到外来文化的强烈冲击。尤其是黎族年轻一代对黎语的淡漠，乡亲们同聚，酒酣之际，大家照例要唱山歌，可年轻人所唱的几乎都是流行歌曲，也导致像传统歌谣中的文化精华濒临失传。黎歌传承人年纪逐渐偏大，黎语歌谣面临后继无人的危险，我们越来越清楚看到，海南黎族文化正在接受一场严酷的考验，古老的歌谣作为文化的记号能通过口耳相传的方式流传至今实属不易。

五指山近几年由于自然环境过度的开发，环境遭到严重的破坏，动物生存的环境也越来越严峻，自然环境的破坏影响文化环境的破坏，文化的传播失去土壤。因为日益严峻的自然环境和文化环境，海南省出台了《海南省少数民族文化保护与开发条例》① 提到"体现少数民族生产、生活习俗和历史发展的图腾、图案文化、服饰、器具、乐器、代表性建筑物、构筑物和设施、标识等。"合理开发和保护少数民族特色的文化，包括时代传承的歌谣等。

结语

综上所述，五指山黎语歌谣之动物主题的研究，整理动物歌谣的分类，挖掘出更加丰富的文化内涵，描写更多生动的动物形象，反映出更多黎族文化的研究价值。五指山黎语歌谣中动物主题，笔者只是初步整理关于动物主题的歌谣，没能更详尽地进行田野调查和梳理，笔者认为不仅仅局限于五指山地区，动物歌谣的主题放置在海南黎语歌谣背景下，也可以作为一个新的论题继续探讨，尚需要进一步的研究。

参考文献

［1］ 符策超．黎族三月三节传统文化［M］．海口：海南出版社，2011．第 74 – 85 页．

［2］ 张跃虎．五指山风［M］．花城出版社，1984 年．P14．第 130 页．

［3］ 杨兹举．海南民族歌谣初探［M］．海口：海南出版社，2008．第 41 页．

［4］ 邢关英．黎族人的自然生活环境意识［A］．1995 年海南社会经济发展研究［C］海口：南海出版公司．1996．

---

① 海南省第四届人民代表大会常务委员会第三十四次会议于 2012 年 9 月 25 日通过．

附录一　五指山地区黎语动物歌谣部分整理

《黎族三月三传统节日文化》收录动物歌谣10首：

牛歌

哞哞哞，牛啊牛，我的牛是生在早稻的季节，我的牛是生在木棉花的季节。很久不见像田螺角那样长的牛了，顽皮的牛被主人骂，你要下田就被瘟神吃，我用鞭去赶它，我们跟着他时要用一根木棍，看它走远又把它赶回来，赶回后才放心。回来成群结队地吃草，从村里拿绑牛用的圆白藤，从家拿出红藤绑牛。绑在它那细细的脖子上，牵它到树上绑紧，绑在树干上，讨厌它老是甩那个绳，讨厌它老是动得肺都掷出来，干嘛不宰杀小的，干嘛不宰杀幼的，它原理的祖籍在哪里？不知在哪儿，反正刀扎在哪儿祖籍就在哪儿。

家猪

下狠心扎在心口上，倒下后用手去掰嘴，倒下后用竹桶装的水倒在嘴巴上，以上的动作就是让它血多一点，以上动作就是让它身体干，牛死了拿它来配菜吃饭，谁叫它是牛，牛啊牛。

山猪歌

咦咦咦，猪啊猪，这山猪是住在山里，这山猪原来是住在村里的，原理是家猪，是真的！谁看过阉过的山猪？这猪本性就很凶，牛市弟弟它是哥（形容凶猛），人们用挖坑的办法才捕到它，它用嘴拱掉围住的两层篱笆，靠村头的稻田都被它吃光了，山猪还是把糯米的稻田吃了两处，糯稻猪也吃了两穗，反反复复在田埂边上吃，人们睡过头也不知道山猪来吃，躺下睡着不知山猪回来捡剩下的，山猪弄得眼睛看不到，男人缺心眼不知山猪来吃，因为他躺下睡过了头，耳朵听不见，咦咦咦，猪啊猪。

鹿歌

喜欢你啊鹿啊，老公鹿断蹄，小公鹿腿长，白天时它就住在光坡上，白天时它就钻进篙丛中，只有晚上才下山偷吃稻穗，公鹿的尾巴像豆蔻花，狗鼻子灵活才闻到它的气味。抓它要到大山中，抓它要到远处的山，抓到大个的鹿，抓到另外一群鹿，从头到尾都难牵难赶，鹿大到都能把田踩烂，大家都猎到鹿，天亮又看到鹿出来，在村头的那只鹿本来就有点白，用什么办法才能猎到它？狗一直叫到了河边，我们用弩箭等着它，射箭瞄准别伤到了狗，鹿眼大到跟筛那么宽，刚才跑下了田，昨天捉的鹿太小，今天鹿比昨天大，所以上天今天对我们好，这个鹿角大得像榕树三开的枝，四个人抬都抬不动，这个鹿太重太肥，因为它排不过狗所以才抓到，把它翻过来抬进屋子，把抓鹿的故事从头说一说，说从头到尾，吃完饭我们再烧它，点火用板柴，小孩聚在一起玩，小孩子盼着皮赶快烧焦，小孩盼人给，得吃要等久一点，男人女人们，老婆媳妇们，全部都来吃，因它是山珍，得公鹿肉多菜能分遍给大家，分给兄弟。

鹿个大胸宽，鹿肉堆在竹板上，不要独占这样不吉利，独吞鬼缠身，怕鬼就要杀鸡，人人都夸咱抓到鹿，人要是小气，到时就像鹰钩鼻那样的鹿自己住在山坡上，会碰到毛虫的啊，老公鹿短蹄。

黄猄

嗡嗡嗡，猄回来了，这猄是在平地还是深山里生活？它的头像用芦叶包的迷粽，它的身高像长在山里的小山竹，它跑像台风吹一样，它的脖子和耳朵连在一起，这个人烧小鸡引诱黄猄才得，这个人会想法子才能得到它，这个人运气好才碰见黄猄，把它赶到屋里的角落，用绳来缠，猎刀黄猄的这个人又悠闲地挂腿休息，他哥哥分到了猄的肩胛。是因为他有这运气容易找到猄，是因为他会找到黄猄的脚印，是因为他的枪法很准，看着黄猄的血流到钩下，已听到黄猄断气声像干竹筒的响声，它的脾胃像样一样，它到处繁殖，晚上下来狂吃山兰豆叶，晚上下来狂吃水瓜叶，射到它的腿，回来把会叫的狗带上山，那弩弓守住黄猄经过的路口，保守秘密怕人家知道，用绳子捆住黄猄的脚，把它翻过来四脚朝天回家，不要让人家问，怕以后打不到黄猄。

鸡歌

喔喔喔，这是黑公鸡吗？鸡的羽毛很丰满，鸡鸣叫时连头都一起动，鸡鸣叫时卡着像吞下的米糠，公鸡是只老公鸡，这只鸡把一簸箕的米都给弄翻了，叫猫把你的脖子扭断都不为过，因为你太馋了。

蝉歌

哽，哽。哽，蝉啊蝉，蝉是靠吃麻糯来生活的，蝉是靠吃麻皱来生活的，靠吃山薯来生活，它的声音很清脆，它的肋合起来像筒裙一样，它的声音太响让人不得安静，声音响得穿过了荔枝顶，天亮又见它拉屎。用它来哄小孩，听不到声音说明它已飞走了，两只对应响，一边响一边趴在嫩叶上，一边响一边吸露水，捉回来炒煮放盐吃很甜，抓回来用米水来炒，懒得吃这种像诵经一样的蝉，蟾公眼睛太厉害。它的声音响得像口弓一样，我们听得很顺耳，太阳偏西的时候又开始叫，古时候就听到这种响声，响在村头肯定不吉利，二月的蝉就开始叫。

狗熊歌

某，某，狗熊啊，小目熊的指甲长，它住在峡谷里，小熊玩耍时很好看，它拉的大便像树叶的花，它的胆可以治伤口，它咬人家的小孩可以嚼断骨，小母熊躺在绳堆上，公熊它躺在藤堆上，它的鼻子像马的鼻子一样，吓得小孩不敢睡觉，它赶人家的小孩又喊又叫，熊的脖子有两条像银圈一样的条纹，晚上睡也梦到它，只有小狗熊很笨，吃蜂蜜抢住鼻子。

古猿

做山园在龙猪的大水旁，被山猪吃过，黄猄也吃稻穗，砍山园要到好的地方，山兰长得快，看见抽稻穗了，咱大起叮咚，叫山猪古猿害怕。

《黎族民歌三千首》收录动物歌谣1首

拾螺歌

拾螺去拾，螺哎罗，指路给阿妹，阿妹不去你就笨，阿妹快快，去哎罗，快快去拾螺哎罗，拾螺满竹框，哥妹一起去拾螺，煮在土罐里哎罗好吃过灯吃过鱼与蟹哎罗，酸鱼酸菜不如它，不如它好吃哎罗。

《五指山风》收录动物歌谣6首

小公鸡

小公鸡呀，真可恼！乱拍翅膀扯怪调。歪头晃晃尾摇摇。爪像铁把扒米糠，满簸箕的米给踩翻了，你这贪吃的东西，愿山猫把你的脖子，往死里咬！我若有了病，不愿把你烧①，宁在床上长呻吟，杀你祭神也无效！上家下家鸡乱叫，各往各的家里跑，小公鸡呀，真可恼！等等。

树高鸟欢聚

树高鸟欢聚，树大多鸟居，鸟儿红掺白，鸟儿黄翎羽。此树切勿砍，留它

---

① 黎族人民过去杀鸡，不是用热水脱毛，而是用火烧，有小病，则要杀鸡祭祀鬼神.

招云雨，有雨好作食，有雨地才湿，树木常青翠，众人得相依，爱树也爱鸟，道理各周知。

鸟歌

鸟儿在荡咚叫得欢，叫在高高的树顶端。进山砍柴才听到，它叫来叫去山兰园。进山打猎才碰见，它躲在牛奶籽树叶间，边梳头来边扒草。不怕山狗突来犯，看。鸟儿向我们露面了，它们悄悄地出了山。啊！鸟儿荡咚叫得欢。

鸟歌

哎，漂亮是那种叫作斋的鸟。好看的像小鸽，人家富有才养它，杀它吃肉都不要拔毛。不要给它的同伴看到，漂亮是那种叫作斋的鸟，好看的小乌鸦，飞到天里找蝗虫吃，飞到秃岭找山猪肠来吃，漂亮是那种叫作斋的鸟。好看的是扣鸟，像斗菱找螃蟹一样，连螃蟹角都吃完。漂亮是那种叫斋的鸟啊，漂亮是那种叫做斋的鸟啊，漂亮是那种叫做斋的鸟啊，哎呀啊！

林中鸟儿乱吵吵

林中鸟儿乱吵吵，山头打鸷猛嚷嚷。调皮的瀑布呀，哼着山歌跳崖墙。下了山兰种，鸟儿扒开充饥肠，熟了山兰稻，野鸡又来吃光光，鸟儿满山乱叫嚷，鸟儿成群，阿爹摇头妹法子想。（勾勒出有趣的风俗画，表达了山兰看守老人寂寞而无奈的心情）

青蛙

坐到半夜山风凉，小青蛙呀，闹嚷嚷。大田鸡呀，叫翁汪①，处处田埂上，成群结队喊的忙，土狸②

一对鸟仔

鸟仔做窝在树枝，鸟去讨吃新早生。饱鸟安心睡着处，饿鸟游浪夜过夜。一对鸟仔飞过坡，越飞越高越好看。多好大树鸟不下，飞去海里下树影。一对鸟仔飞去岭，越飞越高新越空，多好大树鸟不下，飞去海内下树营。一对鸟仔飞过天，越飞越高越有味。多好大树鸟不下，飞去海内下树讬。

路过，大口一张，他们扑通扑通跳下水，大的青蛙，响声特清亮。

---

① 嗡汪：大青蛙的叫声．
② 土狸．海南方言．即狐狸．

论丘濬的咏史诗

陈纯燕①

摘　要：丘濬诗歌中的咏史诗约有一百二十余首；这些诗歌或直接咏史，或间接咏史，时间和空间的跨度都非常大，涉及人物有政治骚客、悠然隐士、文人墨客、贞洁烈女等，在体裁的运用上也比较多样化；丘濬擅长在其咏史诗中将人物放在历史大事件中来审视，将人物的命运与历史大事件的发展密切的联系来起来做出思考；他在关注隐士的同时，对这些隐士的生活态度也提出了质疑：认为玄学所倡导的抛弃礼法制度而寻求个虚无缥缈的精神世界是不可取的；从明妃系列来看，丘濬对女性是有一定情结的，在其诗中，他对女性的吟咏皆以女性的口吻来写，笔风不失刚劲气魄的同时，又融入了女性的柔美、细腻和多情。

关键词：丘濬；咏史诗

前言

丘濬在明代历史上有着举足轻重的地位，吴伯与的《国朝内阁名臣事略》称之为"当代通儒"，凌迪知的《朝国明臣类》称之为"中兴贤辅"。丘濬一生著作如林，但是后世对其研究却十分的薄弱。学者李焯然在《丘濬评传》中指出：虽然在中国历史上，尤其在明中叶时期，丘濬有着举足轻重的地位，然而他的著作一直没被人重视。只是到了近几十年，一些学者才开始对丘濬的生平和事业，或其思想政论进行初步的探讨和研究。

---

① 作者简介：陈纯燕，汉语言文学专业 2011 级毕业生。

指导教师：李景新（1964 - ），男，安徽萧县人，海南热带海洋学院人文学院教授，硕士，主要从事古代文学研究。

据丘濬的学生蒋冕说，丘濬诗"几于万首"，但就以对其诗歌创作的评论观之，目前所能见到的资料是非常零散的，主要来源于《琼台诗文会稿》《琼台诗文类稿》《琼台吟稿》的序、引和蒋冕的《琼台诗话》。"其为文，取明白晓畅，意颇与公同。至于博综有用，则远不及公"（叶向高《〈邱文庄公〉集序》)①；"则以先生之文也，非文人之文也，而皆本之实学，出自神理之文也"（周延儒《〈邱文庄公〉集序》)②；"先生悉发而为文，如壮涛激浪，飞雪走雷。其近自然，云触山而芽出土，标灵领异，唯先生独为奇"（陈熙昌《〈琼台诗文会稿〉序)③；"先生之文，一本于道，足以追踪濂、洛诸名儒而无愧，非韩氏、欧阳氏。曾氏因学文而见道之可拟"（何乔新《〈琼台类稿〉序》)④；"究本之论，扶世立教之意，郁乎桀然，将上班于毛、董、韩、李、欧、曾、陶、杜之间，视世所谓训诂之陋，声律之卑，殆将挥远之而以为羞道之矣。所谓一代之豪杰，若先生，岂多得哉"（程敏政《〈琼台丘先生文集〉序》)⑤；"兼总史家以来三传之长，而一洗末学不该不纯之陋，先生其人也已"（王弘《重刻琼台类序》)⑥"公之学于诗，固有所不屑专，而实专门者所不逮。论诗者以气运为主，抑或以江山为助"（李东阳《〈琼台吟稿〉序》)⑦；"玩先生之诗，则见其牢笼百氏，出入六经，主持纲常，诩扶世道"（周希贤《琼台吟稿》)⑧；"所以著书立说，文与庄历历在焉。共体庄，意旨庄，咀文敲句，无一不庄。故其疏也序也，典也确也；诗也赋也，醇而雅。后之学者，诵先生之书，如见先生之光"（王昌嗣《〈丘文庄先生琼台会稿〉序》)。相比较而言，近现代学者对丘濬的诗词研究的比较少。"少年时的一首《五指山》就曾冠绝一时，只可惜丘濬在文学史上的地位一直未被学术界重视、整理，评价丘濬诗文创作的文章凤毛麟角"，"丘濬的诗歌是很能反映出他本身的为人的，正如蒋冕所述'皆足以见其正大光明之蕴，和平易正之心，开济扩充之学'。从他的诗里，我们可以较清楚地了解到一个封

---

①　（明）丘濬．丘濬集［M］．海口：海南出版社，2004：3678页。
②　（明）丘濬．丘濬集［M］．海口：海南出版社，2004：3680页。
③　（明）丘濬．丘濬集［M］．海口：海南出版社，2004：3682页。
④　（明）丘濬．丘濬集［M］．海口：海南出版社，2004：3684页。
⑤　（明）丘濬．丘濬集［M］．海口：海南出版社，2004：3687页。
⑥　（明）丘濬．丘濬集［M］．海口：海南出版社，2004：3688页。
⑦　（明）丘濬．丘濬集［M］．海口：海南出版社，2004：3678页。
⑧　（明）丘濬．丘濬集［M］．海口：海南出版社，2004：3692页。

建时代位尊职显的正直的知识分子的心理和感情。"① 郑力民《巧化口头语，赋得绝妙词——丘濬其人与诗》认为"他的诗歌'别出机杼，语羞雷同'"除此之外，还有郑朝波《论丘濬的史学思想》、李彩霞《〈琼台诗文会稿〉校注商榷》和杨进业《丘濬事迹考辨》等，也对丘濬的诗歌作了附带研究。

这些评论对于研究丘濬的诗有很重要的参考价值，但要研究丘濬的诗，我们还需要在对其作品做具体细致研究的基础上，与当时的时代背景相结合，才能得出合乎事实的评价。

本文选择了丘濬诗歌创作中的一个侧面——咏史诗——进行比较详细的论述。

一、丘濬咏史诗在其诗歌创作中的比重

蒋冕说，丘濬诗"几于万首"，但是由于诸多的原因，现存的数量仅剩九百余首。检点我目前所能找到的资料《丘濬集》《滇南诗选》《丘海二公合集》，现存诗歌中的咏史诗约有一百二十首。其中拟古乐府有《绿珠行》《公莫舞》《将进酒》《题古康三洲岩》《湘江曲》《梁父吟》等，七言古有《岳王坟》《岁丁卯过采石吊李白》《丁卯舟中望鞋山因忆解学士吊李白戏作》《读东坡诗》《题杨延玉忠义》《题李都督虎》《云山清趣为欧阳道人作》《竹林七贤》等，有五绝《明妃曲》《明妃图》《苏武图》等，五言排律有《过梅关题张丞相庙》《题文丞相庙》《题明妃图》《题渊明图》《题虞美人墓》《咏史》《寄题曲江张丞相祠堂》《咏虞姬》等，七言律诗有《过曲江谒张文献公祠》《金陵即事》《和李太白凤凰台韵》《姑苏怀古》《辛末过扬州怀古》《和李太白韵寄题金陵》《过采石吊李白》《苏武归朝图》《谒文丞相庙》《明妃》等，歌行有《竹林七贤图》《三禽言》《剡溪图》等，词有《寄题岳王庙》《和东波韵赤壁图》等。这些诗歌或直接咏史，或间接咏史，时间和空间的跨度都非常大，涉及人物有政治骚客、悠然隐士、文人墨客、贞洁烈女等，在体裁的运用上也比较多样化。丘濬擅长咏史，而且对于重要历史人物和事件都有自己独特的见解。蒋冕在评价丘濬的咏史诗时曾说："夫诗美教化，后风俗，示劝诫，然后足以为诗。"②

---

① 冼心福、王翔海. 读邱达明琼台诗话评注（J）. 海南大学学报，1995（01）：102 – 104 页。

② 转引自冼心福、王翔海. 读邱达明琼台诗话评注（J）. 海南大学学报，1995（01）：103 页。

通过丘濬的咏史诗可以窥见当时的历史，又能了解丘濬的心理和感情。同时，在那个年代丘濬又代表着岭南文化的发展，我们可以通过其诗来了解岭南文化。

二、丘濬对历史重大事件的吟咏

丘濬的史学著作较为丰富，就要有《英宗实录》《宪宗实录》《续修通鉴纲要》《世史正刚》《平定交南录》等，其中《世史正纲》最能体现丘濬的史学思想。前人对丘濬的史学之才评价是复杂的。张岱石在《征修明史徽》中就有提到："丘濬以奸险操觚"①，夏燮明在《通鉴义例》中说："如宪宗实录，丘濬修隙于吴、陈（吴与弼、陈献章)"②，王鏊的《守溪笔记》其言："（丘濬）论秦桧曰：'南宋再造，桧之力也'"③。丘濬本人在《大学衍义补》中论及史官应有之条件时说："百官所仍者，一是之事；史官所任者，万世之事。……必得如揭斯所谓有学问文章，知史事而心术正者，然后有之。"④

显然，丘濬把史学看的十分重要，对史官的要求自然比较严格。在《世史正纲》中，他明确地提出了史家应包着"信以传信，疑以传疑，因信其而信之，因其疑而疑之"的态度来对待历史。现在，不从丘濬的史学著述而是从他的咏史诗中来探析他对这些历史事件的看法。

（一）岳飞之死

丘濬的《岳王坟》："我闻岳王之坟西湖上，至今树枝尚南向。草木犹知表荩臣，君王乃尔崇奸相。青衣行酒谁家亲，十年血战为谁人。忠勋翻见杀戮，胡亥未必能亡秦。呜呼！臣飞死，臣俊喜，臣俊无言世忠靡。桧书夜报四太子，臣构再拜从如始。"⑤ 在此诗中，丘濬对岳飞的敬佩油然而生，跃然于纸，又何来与民众舆论相佐，要为秦桧翻案之说？令人惊喜的是，丘濬在此诗中表露了他与众不同的观点：他认为高宗应该要为岳飞之死，北宋之灭亡负主要责任。这就与以往民众把岳飞之死归咎与秦桧相悖。丘濬以自己独特的视角来评说这段历史，于是有了"人所共贤，必矫为非。人所共非，必矫为是"之说。其弟

---

① 郑朝波. 论丘濬的史学思想［J］. 新东方，2009（162）：第30页。
② 郑朝波. 论丘濬的史学思想［J］. 新东方，2009（162）：第30页。
③ 杨进业. 丘浚史事考辨［J］. 广东社会科学，1985（03）：第72页。
④ 李焯然著. 丘濬评传［M］. 南京：南京大学出版社，2005：226页。
⑤ （明）丘濬. 丘濬集［M］. 海口：海南出版社，2004：3749页。下文所列丘濬诗文皆引自此书，不再一一标注。

子蒋冕有记说："（世所咏岳飞诗）皆责秦桧而不责高宗，先生之诗独不然。以为高宗非幼弱昏昧之主，桧非承其意决不敢杀其大将……"。由此看来，丘濬要为秦桧翻案之说纯属造谣。

至于王鏊在《震泽纪闻》卷下记："（丘濬）论岳飞则以未必能恢复。"这确实是丘濬的观点。丘濬在《世史正纲》评论岳飞时，明确的提出：岳飞未必能恢复中原的观点。丘濬又有《寄题岳王庙》来佐证他的观点："为国除患，为敌报仇，可恨堪哀。顾当此乾坤，是谁境界；君亲何处，几许人才。万死间关，十年血战，端的孜孜为甚来。何须苦，把长城自坏，柱石潜摧。虽然天道恢恢，奈人众将天拗转回。叹黄龙府里，未行贺酒。朱仙镇上，先奉追牌。共戴仇天，甘投死地，天理人心安在哉。英雄恨，向万年千载，永不沉埋。"他认为就算是高宗没有下十三金牌，岳飞也没有班师回府，岳飞也未必能直捣黄龙，恢复祖宗之大业。这大概是与丘濬对明代边防本着内夷外夷的原则以及以守为本、不以攻为先的政策有关。

（二）秦始皇修筑长城之功过

前人在评价秦始皇建长城的作用时说，长城能够抵御匈奴，保卫国家，让百姓免受战乱之苦。丘濬却离经叛道地说出了自己的观点，他认为修筑长城不能安邦卫国，亦不能抵御外夷。《咏史》二首其一："奇货暗居南国楚，长城苦备北边胡。秦人本意愚黔首，毕竟谁知是自愚。"丘濬认为治国安邦的根本是"修内政"，而秦始皇妄图通过修筑城墙来达到治国安邦的想法是"自愚"的行为。简而言之，丘濬认为秦始皇为了这个工程而劳民伤财，非仁者智者所为。《咏史》二首其二："万人丛里击龙车，说道民愚却不愚。天下简编焚毁尽，圮桥依旧有旧书。"也是对秦始皇焚书坑儒的行为进行了激烈的批判。但是丘濬并没有全盘否定秦始皇功绩，在其家修史书《世史正刚》中提到秦始皇对扩展中国版图有功。

（三）项羽和刘邦之争

在丘濬的拟古乐府《公莫舞》中，他拟项伯的口吻劝说公（项羽）不要听亚父的话，在鸿门宴中杀害刘邦，因为刘邦不会对项羽构成任何的威胁。诗中项伯的观点亦是丘濬的观点，说是乌江自刎，大多数人都为项羽惋惜，如果在鸿门宴中，项羽能够当机立断听取亚父的话杀了刘邦，就能够坐拥天下，不会落得乌江自刎的地步。但是丘濬曾在《公莫舞》写道："天命由来归有德，不在沛公生与死。"这就表明了丘濬对项羽和刘邦之争的观点：生死有命，富贵在天。

三、丘濬对历史人物的吟咏

（一）文人墨客：感情的寄托

丘濬对李白、苏轼、李商隐、陶渊明和欧阳修都有相关的吟咏诗，这些作品，或是直接吟咏，或是间接的借助古迹来吟咏这些文人墨客。其中对李白和苏轼的吟咏就占有一定的分量，有《和李白韵寄题金陵》《过采石吊李谪仙》《和李白凤凰台韵》《丁卯舟中望鞋山因忆解学士吊李白戏作》《岁丁卯过采石吊李白》《读东坡诗》《和东波韵题赤壁图》。而丘濬对这些文人墨客的吟咏，都是在为宣泄其情感作嫁衣。丘濬于明正统十二年赴试礼闱，不第，过梅光，有《丁卯舟中望鞋山因忆解学士吊李白戏作》《岁丁卯过采石吊李白》等著作，从其《丁卯舟中望鞋山因忆解学士吊李白戏作》中"不知天公肯借不，我欲蹴之湖海泳。等闲踏碎黄鹤楼，等闲踢翻鹦鹉洲。惊醒采石李，触起耒阳社。更游赤壁要老苏，唱和凤凰台上惊人句"可以看出，这一次考试失利，对他没有丝毫的影响，反而激发了他的斗志。他敢以张九龄，李白、苏轼等人自比，这说明丘濬是自负的。再来看《和东波韵题赤壁图》："静对新图，闲歌古句，竖起冲冠发。何时载酒江心，重溯流月。"但是在京试的路上，丘濬屡战屡败，心灰意冷之下，他告归省亲。这阶段有《辛未岁过扬州怀古》《和李太白寄题金陵》《和李太白凤凰台韵》《咏史复同志昂诸公和李商隐无题诗韵四首》等诸作。其中《和李太白凤凰台韵》写道："酒人壮怀豪兴发，岂知人世有穷愁。"这时候丘濬的失望就跃然于纸上了。又有《辛末岁过扬州怀古》："秋风归棹倚芜城，一片闲情对明月。锦缆起鸥伤往事，青钱跨鹤笑狂生。吴公塘路已陈迹，后主观花空有明。欲访平山旧阑槛，有无山色暮云横。"丘濬在感叹之余，想要去平山堂，但是又顾及天气，最后他到底去没去平山堂，我们不可得知。但是这时候丘濬已经没有了"不知天公肯借不，我欲蹴之湖海泳。等闲踏碎黄鹤楼，等闲踢翻鹦鹉洲"的无所畏惧的精神了。

（二）忠义志士：政治理想的延伸

丘濬从小才能出众，在六岁时便作了《五指山》一诗，有学者对评价其诗时说，最后一句："岂是巨灵伸一臂，遥从海外数中原"除了写山峦的宏伟壮观外，也暗示了作者对仕途的向往和自己的人生志向。如果说《五指山》是丘濬含蓄地表达了自己的政治理想和人生向往，那么其以八哥鸟为题材所写的诗句

"应与凤凰为近侍，敢同鹦鹉斗聪明"就张狂地表示了自己的政治理想和人生向往。丘濬对政治的向往是显而易见的，这从他对历代忠义志士的吟咏中便可得知。丘濬于明正统十二年赴试礼闱，不第，过梅光，有诗《题文丞相庙》："举世纷纷败名节，独捐一死正纲常。英魂千古谁褒奖，自有真人出凤阳。"这首诗所吟咏的对象是大宋丞相文天祥。文天祥为了抵抗元军所表现出的宁死不屈的民族气节，是为人们所称赞的。丘濬在这首诗中同样对文天祥给予了赞同，同时又表现了自己对仕途的坚持。

《过梅光题张丞相庙》："平生梦想曲江公，五百年来间气钟。行客不知经世业，往来，惟羡道旁松"张九龄，韶州曲江（今广东韶关市）人，唐开元丞相，政治家、诗人，被誉为"岭南第一人"。无论是在政治，还是文学上，张九龄都对丘濬产生了重大的影响。丘濬把张九龄看作是唐代的第一流人物、江南的第一流人物和岭南的第一流人物，可见丘濬对张九龄的推崇之高，其《寄题曲江张丞相祠堂》十首诗全都是对张九龄的赞美。写这首《过梅关题张丞相庙》诗时，丘濬在文学上已得到一些人物的认可，可是仍被京试拒之门外。丘濬在其所崇拜之人的庙前一扫考试失利的失落，作诗聊以自慰，颇有怀才不遇的感慨。后来，丘濬中举后得到了重用，但是仅极限于笔墨工作上。将近老期，他一身的政治才华仍无地施展。用丘濬自己的诗《白发》来形容丘濬此时苦闷的心情最为贴切："短发忽死死，天公示老期。百年将及半，有志未曾施。"这时期丘濬又有《过曲江谒张文献公词》《谒文丞相庙》《苏武归朝图》《苏武图》《梁父吟》等诸作，其中《梁父吟》："君不见张道济嗾赵颜昭，又不见李饶拔白敏中。实当不祥公窃位，不畏天命悲人穷。梁父吟，用意深，卧龙久已，谪仙亦消沉。"这首诗写于成化二十三年（1487），这年丘濬升职为礼部尚书，同时他的《大学衍义补》完成。他希望皇帝能采取此书中的诸多建议，但是皇帝只对它们表示了嘉许，没有付诸行动。他自比是卧龙，但是皇帝没有重用他，丘濬内心的苦闷就在纸上清晰地呈现出来了。但是我们都知道丘濬对政治生涯的追求是非常的执着，他不满足于笔墨的成就，在做笔墨工作之余，又满心的期待皇帝能够在别的职务上重用他，让他的政治理想得以实现。其中《苏武归朝图》写道："茂陵烟树碧萧疏，白首生还志不渝。面目依稀犹似昔，节旄零落已无余。归期不待生乳，远信真诚雁寄书。颇有幽怀忘未得，梦魂时或到穹庐。"这就表明了丘濬对政治生涯的态度。所以说，丘濬对张九龄、文天祥、苏武、李广等人的吟咏，实则是在诉求自己对政治仕途的追求。

四、丘濬对隐士的吟咏中的批判

丘濬有《竹林七贤》诗："太行之阳修竹林，昔贤于此闲登林。江山如故人何在，空有清风传至今。晋人旷达尚玄语，弃置礼法净如土。神州陆沉二百年，当时岂但王夷甫。"

竹林七贤是后人对嵇康、阮籍、山涛、向秀、刘伶、王戎及阮咸七人的合称。魏正始年间（240－249），当社会处于动荡时期，文士们不但无法施展才华，而且时时为身家性命所担忧。因此文人们便开始在虚拟的神仙世界中寻求精神上的寄托。因此玄学便得以快速的发展，竹林七贤亦是玄学的倡导者。"晋人旷达尚玄语，弃置礼法净如土"中嘲讽晋人从虚无缥缈的神仙境界中去寻找精神寄托，用清谈、吟诗、喝酒、佯狂等方式来排遣自己内心苦闷，而把礼法制度置之度外。丘濬认为："礼之在于天下，不可一日无。中国所以光于日表，人类所以灵于万物，以其有礼也。"有后人说王夷甫清谈误国，丘濬却认为西晋的灭亡跟当时盛行的玄学直接的关系。在《竹林七贤图》中有："晋人旷远尚玄语，其源起王与何。二人开其端，七贤为之倡。自从决礼仪防，狂澜颓波莫能障"。这对玄学的批判就不言而喻了。

严子陵是东汉人，曾与东汉开国皇帝光武帝刘秀是同窗好友，博学强识。在乱世之中，严子陵回到自己的故乡余姚隐居。后来，刘秀当了皇帝，曾多次邀请严子陵出山，帮助他治理江山，严子陵都拒接了，最后索性居家搬迁到富春江边，以种田、钓鱼为生，后人称他钓鱼的地方为"严子陵钓台"。因此，严子陵视富贵如浮云的气节，不停地被人们歌颂于今。范仲淹还为他建了祠堂，并写了《严先生祠记》来赞颂他的气节。丘濬有《严子陵图》："长笑刘歆头，不及严陵足，厥角稽手势若崩，况敢横足加帝腹。严先生，可壮哉！钓台岂但高云台，清风辽邈一万古，落入颓波挽不回。"从此诗中可以看出，丘濬一改前人对严子陵的看法，别人看来是清风高洁，在丘濬眼里却是颓波。丘濬崇尚实学，认为一个人学习的目的就是能够解决现实问题，这在他的著述中多次提到。又有人说过丘濬诗文满天下，绝不为官作。而玄学所提倡的抛弃礼法制度，寻求个人世界，丘濬认为这是不可取的。

五、丘濬对女性的吟咏

一个人的家庭环境对一个人的成长是有着重要的影响的。丘濬七岁时，他的父亲丘传去世。在丘濬的成长过程，对他影响至深的两女人，不外乎就是他的母亲李氏和发妻金氏。前者李氏出身书香世家，自然是恪守道德、善良贤惠、知书达理。在丈夫丘传去世后，李氏坚守贞节，守寡一生，秉持孟母之贤，养育两名幼子。正是母亲循循善诱的启蒙教育，给丘濬上了人生的第一节课，并对他以后的发展有着至关重要的影响。丘濬曾自诩说："幼有志用世"，这与李氏所施的幼年教育分不开。后者金氏，是崖州百户金桂的女儿。从丘濬的《悼亡诗》系列看，丘濬对金氏有着深厚的感激和缅怀之情。《悼亡诗》其一写道："择配得孟光，足慰平生心。一见如夙昔，友之如琴瑟。意气两不疑，苦日时相缄。欣愿自此毕，恩爱何其深。"正统二十年（1447），丘濬27岁时上京赴春试，不第，肄业太学。景泰二年，再试礼部，下第，南归省亲。《悼亡诗》其四曰："嗟我登文场，再不遂。学陋惭为师，恳辞得如志。万里忽归来，相对如梦寐。移灯频近床，悲喜两叫至。叠叠用甘言，慰我不得意。"丘濬从小便胸怀壮志，这时科场的两度失意给了他致命的打击。丘濬心灰意冷之时，便请辞归乡。在妻子的"叠叠用甘言，慰我不得意"的开导劝慰中，丘濬心情得以平复。在金氏去世后，丘濬追忆缅怀这位恪守妇道的女子。丘濬曾写到："临终噬我指，与作终天诀。双泪不住流，念念不忍别。"可见，金氏对丘濬的影响是铭刻肺腑、深入骨髓的。在丘濬的咏史诗中，对人物的吟咏占有很大的比重，而其中对女性的吟咏也占有一定的比重。在咏史诗丘濬以女性的口吻来写，笔风不失刚劲，气魄的同时，又融入了女性的柔美、细腻和多情。

（一）为明妃伤

明妃是汉元帝的妃子，名王嫱，字昭君，因避司马昭讳，故称明君，是丘濬咏唱最多的人之一，在丘濬为数不多的咏史诗中，就有《明妃曲》三首、《明妃图》三首、《题明妃图》《因诵白乐天咏昭君汉使，若回寄之句偶成三绝》《明妃》二首、《昭君词翻白乐天诗案》二首。从丘濬所写的明妃系列中，丘濬将一个深明大义的宫中女子的哀愁娓娓道来。她有倾国倾城貌，却不得入君王眼，怎能不恨。但是聪明如她，又怎甘心老死深宫中，于是抱着不成功便成仁的心态请嫁。她嫁为人妇了，君王却对她一见倾心，只是木已成舟。《明妃曲》其一："朔雪调宫鬓，胡霜裂汉裙。画工虽可恨，不似奉春君。"《明妃图》其一："生在汉台下，分明见汉君。孤弦弹破梦，恍惚一行吟。"在他乡，为毛延寿一个她不爱，却又敬的尽心尽力。无论是为汉庭的安稳，还是为了毛延寿的知遇之恩，她都是令人尊重又心疼的女子。《题明妃图》："莫向西风怨画师，从来旸谷日光遗。当时不遇毛延寿，老死深宫谁得知。"虽然她深知她以一个女儿身，能为国君分担忧愁，安定边疆，是非常难得的，她应该感到庆幸。但是她只是一个普通的女子，人生在汉庭，心亦在汉庭，却远嫁胡儿，一想到要老死他乡，怎能不悲伤，怎能不怨恨。《明妃曲》其二："娇态能倾国，娥眉解杀人。妾身亦何幸，为国靖边城。"明妃虽然明白，她只身到胡地，就再也难回汉庭了，但是仍然心存希望，希望君王能把她赎回汉庭。于是她开始聊以自慰，以这样的方式来安慰自己的思乡之情，《因诵白乐天咏昭君汉使，若回寄之句偶成三绝》："君王惊见妾容颜，临去含情带怒看。咫尺宫门留不得，龙庭万里赎应难。君王非不惜娥眉，临到行时悔已迟。咫尺宫门留不得，龙庭岂有赎回期。妾身非不恋宫阙，一涉胡儿心已非。纵使君王怜见赎，也应无面更南归。"

这一明妃系列，丘濬大都以明妃的口吻来轻柔细语的道来，一个身姿曼妙，但眉宇之间不失刚毅之气的女性形象便呈现在读者面前。

（二）为绿珠唱

《绿珠行》："奈尔何，为尔死，恩爱谁知止于此．忍教白璧属他人，注目相看如洗。君以貌爱妾，妾以心事君，宁在君前死为鬼，不向贼边生作人。百尺楼不见地，奋身一跃翻空坠。三斛明珠易一珠，一朝纷纷如粉碎。谁知荒僻山海涯，天亦生此明媚珠。"

这首歌咏的对象是西晋白州博川县人，姓梁，名绿珠，貌美而艳丽。晋代石崇用了三十斗珍珠买到绿珠。石崇还专门为绿珠建造房子，供她衣食住行住。俩人恩爱如诗中所写"手心擎出月光珍，回视群姬等泥土。四时行乐春复春，欢笑不知天有晨。"羡煞旁人，其中便有孙秀。孙秀窥觑绿珠美貌已久，趁着赵王司马伦作乱，赵王的党羽孙秀便派人来索取绿珠，不得。便煽动赵王，灭石崇全族，绿珠被逼，坠楼而死。丘濬以绿珠细腻的口吻，来向世人述说她和石崇的爱情故事。人物形象而性格饱满，说到两人相爱的甜蜜快乐时光时，语气轻快、温柔。说到自己不愿意就范，而坚决赴死时，语气刚毅而决绝。表现了作者对绿珠消香玉损的怜惜，亦赞美了绿珠为殉爱情而坠楼，对爱情不渝忠贞的行为表现。

结语

综上所述，丘濬能被名人称为"当世通儒""中兴贤辅"，这就说明了他在学术，文章和政治上的地位显然是被肯定的。丘濬作为海南历史上不可缺失或少的海南文人代表，以其独特的艺术风格高扬旗帜，为岭南诗歌的发展写下了光辉的一页。丘濬有一首论诗的诗："吐语操词不用奇，风行水上茧抽丝。眼前景物口头语，便是人间绝妙词"。这首诗就足以表现丘濬追求朴实、自然的诗歌艺术风格，咏史诗亦是追求这样的风格。丘濬的咏史诗体裁丰富多样，时间和空间跨度比较大，人物和事件涉及也比较广泛。但是其诗都是以质朴和自然而又意蕴深沉的风格语气来表达他对历史人物、历史事件和历史古迹的所见、所知和所思，没有太多华丽的辞藻和刻意的技巧。就丘濬的咏史诗来说，还有很多有价值的内容需要更多的学者来继续进行研究。

参考文献：

［1］（明）丘濬著．丘濬集［M］．第八册．海口：海南出版社，2004.

［2］李焯然．丘濬评传［M］．南京：南京大学出版社，2005.

［3］杨进业．丘濬史事考辨［J］．广东社会科学，1985（03）.

［4］周伟民、唐玲玲．丘濬年谱［J］．海南大学学报（人文社会科学版），2000（01）.

［5］郑朝波．论丘濬的史学思想［J］．新东方，2009（162）.

［6］李焯然．丘濬著述考［J］．明史研究论丛（第一辑），2004.

［7］冼心福、王翔海．读邱达明琼台诗话评注（J）．海南大学学报（社会科学版），1995（01）.

［8］郑力民．巧化口头语，赋得绝妙词——丘濬其人与诗［J］．海南师院学报，1992（02）.

海南儋州山歌的艺术价值研究

羊茂兴①

摘 要：儋州山歌不但是儋州人们的艺术魁宝，也是中华民族艺术宝库的一枝奇葩，有着独特的艺术特色和坚强而瑰丽的艺术生命力。因其有深厚的文化底蕴、独特的魅力、优美的意境，大胆的想象和联想，出色的艺术手法，优雅的韵律，独具儋州特色的乡土人情而独树一帜，绽放出无穷的魅力和强大的生命力。但新型的生活环境和民俗心理的转变导致儋州山歌的传承发展前景不容乐观，针对儋州山歌的传承问题提出语言是传承的根本、丰富内容和演唱形式及发展山歌文化产业三个策略来传承和发展儋州山歌。

关键词：儋州山歌；艺术价值；传承；发展

前言

海南儋州山歌是儋州民众使用儋州方言根据歌本体的声韵和格律演唱的一种民间文学，属于诗词类。主要的形式是男女对唱（赛歌）、独唱、论歌等。2008 年批准为海南省非物质文化遗产保护项目。因此，更应该对它进行学术性的研究，并且进行合理的保护、传承与发展。然而，通过收集资料发现对于海南儋州山歌的研究少之又少，而已有的一些资料主要集中在音乐性、山歌的题材、艺术特点及发展传承等方面，对于艺术价值的研究很少。本文立足于实践行动，深入群众，通过进行问卷调查和访谈对海南儋州山歌的艺术价值进行研究，深入挖掘其文化内涵与社会价值，并且探讨其发展前景，系统地总结出其

---

① 作者简介：羊茂兴，海南热带海洋学院 2012 级汉语言文学专业学生。
指导老师：党永刚（1973 - ），男，河南镇平人，海南热带海洋学院人文学院讲师，硕士，主要从事少数民族文化文学研究。

发展意义和传承的方式方法，以期促进其更好地传承与发展。

一、海南儋州山歌的调查

（一）海南儋州的简介

儋州，古称"儋耳"，地处于海南岛西北部地区，以北部湾为邻，东经109.5°、北纬19.5°，陆地所占面积多达3400平方千米，是海南省陆地面积最大的地级市。家庭户户数214100户，户口在本地住在本地的有105万（截至2009年12月31日），是海南第二大市。这里以汉族人口为主，约占93%，同样也杂居着黎、苗、壮等少数民族，约占7%。民族繁多，便造就了语言的多样化，使用人数较多的有儋州话、临高话、军话、白话、黎话海南话等，但日常生活当中，人们之间的交流还是以儋州话为主。儋州靠近东亚地区，临近大陆季风气候的边缘，处于热带季风气候，冬暖夏凉，四季如春。这里的人们更是热情好客，乐于助人，勤于劳作。在儋州这块美丽的土地上，人民世世代代和睦相处、繁衍生息、劳作耕耘，不仅塑造了团结协作和不屈不挠的民族精神，还创造了光辉灿烂的民俗文化，儋州山歌就是流传下来的精华之一。

（二）儋州山歌的历史与认识现状

儋州山歌由来已久，具体的来源年代和起源地点，因缺乏必要的文献记载已难以考察。在热于儋州山歌研究圈界内，存在着宋代说、元代说、明代说、清代说等多种说法，可这都只是学者们的猜测和推断，缺少明确的史料依据。目前，我比较认可谢有造在《儋州山歌唐诗美》所论述的观点：儋州山歌起源西汉以前。山歌根据音乐曲谱歌唱、节奏开放自由、轻松活泼、边唱边物的调声不一样，它是依据歌本体的声韵和格律来演唱的。山歌以个人独唱和男女对唱为主，不需要大的动作来配合。调声是群体唱，男女跳舞对唱，有歌有舞。儋州调声与儋州山歌有着明显的区别，调声时一般都伴随着山歌的表演，但是唱山歌时不一定有调声的表演。比如要唱三天三夜地请神歌，是没有调声的。

儋州山歌不只是在儋州使用，而是在儋州话使用的地方。如在三亚、白沙东方市、乐东等地的部分城镇也使用该方言。儋州市中和镇是笔者出生和生长地方，北宋著名诗人苏轼曾在此地设立书院，教书育人，推动了山歌的繁荣和发展。笔者以此地的菜市场、和那大红旗市场、那大大荣市场、东城长坡市场等人流密集进行问卷调查和到街头走访。根据调查问卷的数据显示，大部分人对儋州山歌都略知一二，但谈到了解的却寥寥无几，真正亲身参加过山歌活动的人比例也较低。据调查，还可以得出，随着多媒体发展，越来越多的人通过这一途径了解到儋州山歌。山歌的内容丰富多样，以歌唱爱情和幸福生活为主，这切合了人们的愿望。有百分之九十五的人表示没有真正了解韵律，了解演唱形式的只有百分之七而已。对于把"儋州山歌列入中小学的本地乡土教育部分"这个问题，则有百分之五十四的人对此做法漠不关心。更加令笔者担心的是竟然有百分之六十六的人表示，入住大城市以后不讲儋州话，这给地方文化传承上产生极大的冲击。

（三）儋州山歌的传承状况

千百年来，儋州山歌因为自身的发展和特性贴近群众、反映出人们愿望和道出人们的情怀而得到大家喜爱以及赞赏。可如今，随着社会的发展，新型环境的产生和民俗心理的转变，使得儋州山歌的传承上面临不少令人深感担忧的问题。

街头访问：为了获得充足资料，笔者于 11 月 7 日赶回家乡进行街头访问。近几年来，每年的十月份到十二月份这段时间，是儋州山歌作品出版最多的时候。当日，笔者赶赴东城镇长坡影音店，该店也在试播最新出版的山歌作品，如往常一样，人们围在店里站着欣赏作品。笔者也趁此机会，访问了部分观众。

笔者："大叔啊，今年有几多新作品出来不？"

观众一："好多的，有狗侬的，有羊宣念的，有符姗姗的，说不完。"

笔者："那您觉得今年的作品比以前的有的不同呢？"

观众一："今年有很多有味的，又有几个癫人出来了，孩子考上大学的也有，但最多是爱情的啰！"

笔者："大姐，每年都买山歌的新片吗？"

观众二："不是每年都买，不过这小侬从大陆归时定着买几幕，十零多二十元钱一幕，好贵哦！"

笔者："那今年有些新意思出来不？呀都是原来俄样？"

观众二："有是有，但不多，都是捡以前那些老歌来唱的，不过，我最好看狗侬，癫癫的，有味！"

笔者："老板，今年的歌剧团与演员好像变多了哦！"

观众三："几时，主要还是那几佬咦，新出来额几佬作些小配角咦，这山歌片老歌还多过头了，儋州着有多几奴像宝山、安侬、来米那种的才好看！"

（对话来自笔者访问笔记）

问卷调查情况：笔者主要采取的是随机问卷调查的方法，对中和菜市场、和那大红旗市场、那大大荣市场、东城长坡市场上10岁以上的市民或者村民进行随机调查。

统计结果：如下表

问题	10～18 岁	18～40 岁	40 岁以上
是否听说过儋州山歌	65%	80%	100%
是否愿意唱	1%	17%	65%
是否会唱	0%	26%	66%

在接受调查的10岁以上的村民中，大多数人都听说过儋州山歌，但是会唱的人很少，而且愿意去唱的人少之又少。最重要的是，10岁到18岁之间的这个年龄段的人群基本不愿意去唱，也不会唱；18-40岁这个年龄段的人有17%愿意唱，但是有的人也称不是很喜欢；40岁以上这个年龄段的人有65%愿意唱，是唱山歌群中人数最多的人，但是他们也有一些顾虑和犹豫。儋州山歌正面临着断层或失传的危险。儋州山歌会唱和愿意唱的越来越老龄化，会填词编曲的人越来越少，更甚者感兴趣的人也越来越少。

二、儋州山歌的艺术价值

儋州山歌不但是儋州人们的艺术魁宝，也是中华民族艺术宝库的一枝奇葩，因其有深厚的文化底蕴、独特的魅力、优美的意境，优雅的旋律，独具儋州特色的乡土人情而独树一帜，绽放出无穷的魅力和强大的生命力。

（一）独特的魅力

儋州山歌，是儋州当地人民群众最喜闻乐见的民间艺术形式之一，具有在语言、唱法、体裁等方面的特色，正是这些使其发出独特的魅力。

1. 语言的独特性

儋州山歌主要是使用儋州方言来创作和演唱的，凡有结婚生子、建屋乔迁、上学入伍、祝寿吊丧等，多请人赋诗酬唱、咏志寄情。如碰上名家留墨，文艺节目采访，或者有征集诗联活动，大家便自然涌现，形成"一唱千和"的热闹繁荣的场面。在儋州，通俗的儋州山歌的普及程度远远超于典雅的诗词，更让当地民众容易接受。三国曹植，才高八斗，七步成诗，而本地人民不用搜肠刮肚的酌推敲，便能"出口成歌"，并且意思表达明白透彻，生动感人，节奏抑扬顿挫，优美和谐。因为本地人热于诗词外，还具有独特的儋州方言，具有三十六韵，一个意思有多种表达，如喝酒，也可以说挨酒、吃酒、饮酒、叼酒、哑酒等。儋州话是世界上最独特的语言，它对每一个汉字都有两种读法，即口语读法和字音读法，于是组成口语系统和字音系统。由于儋州话字音保留着古汉语的阴、阳、上、去、入五个声调，使得它的平仄格律、声调音韵与古汉语基本相同，因此，儋州人使用儋州话字音进行诗词联曲创作和吟诵非常熟练。另外，对联的创作有时也可以使用口语进行创作，通常称为"口语对联"。

2. 演唱的独特性

儋州山歌有自己独特的演唱形式，主要有独唱、对唱、论歌等。

独唱是指歌者有感而发，自己演唱，可临时创作也可按照歌本演唱，节奏自由悠扬，音调高亢跌宕，旋律优美动人，以个人抒情、歌颂大好河山为主，具有很高欣赏价值。

对唱是指青年男女触景生情而即兴对唱，或者打擂台对唱，以及职业歌手（俗称歌爸、歌妈）的对歌。对唱以两个歌手为主，也有别人帮歌的，尤其是歌爸歌妈的对歌常有帮歌者，这种对歌常伴有过生日、入新宅、祝寿、上大学等活动，时间较短的有半天，长的可延续几天几夜。擂台对歌和歌爸歌妈的争理歌的演唱多为即时创作，不但具有音乐性，还增加挑逗性和趣味性，是非常热闹的，对出好歌会让观众鼓掌不断，是最能体现山歌才华的演唱方式。青年男女之间的对歌多为求爱，对歌委婉，演唱曲调更为高亢悠扬，吟诵意味少而增强了山歌的旋律。

论歌即晚间或午间闲暇时，群众聚在一起（俗称啰村），乘凉听歌，由村里的善歌者看着歌本高声咏唱，有时边咏唱边讲解山歌的意思或者山歌里面的故事，时间短则一两个小时，长则通宵达旦，期间有些村民会拿茶水出来招待。论歌音乐性减少了，同时也增加吟诵性，也让更多的人理解山歌中的意思，对山歌的推广和流传有很大的作用。

3. 体裁的独特性

儋州山歌的体裁，主要有四句体山歌、二句体山歌、二句半、三句半歌、四六句山歌、六句半山歌和多句山歌等。体裁的多样，更方便群众自由表达心中意愿，也顺应了儋州山歌历史发展的必然趋势。以下简单介绍四句体山歌、打二句和三句半等几种体裁。

四句体这种体裁的山歌，是儋州山歌的轴心与主导，除它四句体的单独一种形式使用外，其他体裁的山歌都基于这种四句体而变化，或加或减。成为另一种体裁的山歌。四句体山歌原属大量的情歌，尤其是所谓的"登科歌"之类的格式，后来逐渐发展起来，青年男女"风华才情对歌"和擂台争理对歌，一般都使用这种体裁。还有，故事的叙述、劝化、宣传、褒扬、贬诉等内容，也多使用这种体裁。目前来看，凡是被公认为优秀的山歌作品，并且流传久远的，绝大多数是这种四句体山歌，如张纲二的《痴情守五更》。

二句体山歌也叫"题"，没有音乐性，一般属于念的形式，人们惯称"念题"。这种体裁是从四句体山歌发展到一定程度后，由于调声的兴起而逐步大量的产生和普及。开始是临时作兴，从四句体山歌中，抽出第三句和第四句来念，叫作"题"；后来又回复到山歌调，稍加变化，装上忖音和活音来唱，叫作"打二句"。如："不来而是心不到，侬见不丢得而来。"二句体山歌深受广大的儋州劳动妇女喜爱，甚至使得其具有音乐性，衍生出了独在妇女人群中流行的"哭嫁歌"和"哭丧歌"。

三句半山歌也是四句体山歌脱胎换骨的产物，它本质还属四句体山歌。有的放半句在前代替第一句，有的放在后代替第四句，只按歌的内容需要与音律的巧连而随意所置。但要成韵，不能同一韵中随意倒置。这类山歌在即兴对唱、独唱过程往往是变化无常，因此，这类山歌突破了传统四句体山歌的限制，更加便于人们更加自由得表达和传唱，韵律和谐顺口。如："花茂软，一花插下百花春；百色花开百色叶，几引人。"

（二）"儋州山歌不亚于唐诗"

儋州山歌是一种独特的民间艺术形式，它拥有优美的意境、丰富的想象和联想、出色的艺术手法和优雅的韵律，是儋州广大人民的劳动和智慧的结晶。1962年，当代文学大师郭沫若生亲临儋州实地考察后，用一句十分精辟的话来赞美它："儋州山歌，不亚于唐诗啊！"这并非是郭诗人的故意夸奖，而是恰到好处的点赞啊！

1. 优美的意境

唐诗之所以能够千古传诵，最根本的就是它向世人展现了无限美好的震撼人们心灵的意境。同样，儋州山歌所表现出来的意境也是诗情画意的。在这点上，儋州山歌丝毫不逊于唐诗宋词的。例如儋州才子张纲二的一首《水月歌》：

水本与月同一片，水在江河月在天；

秋月影照清江水，不真月共水同眠。

这首山歌中，由水、月、江河、天等意象组成一幅月照江水、水与月相融的美妙画面，这种画面虚实相生，情景交融，难以言传却韵味无穷，形成闲静凄凉的优美意境。秋收时节，当晚月光明亮，作者趁着闲情雅致，步于江河边缘，月光皎洁而显出些许凉意。此时正独自一人，抬头望着江水，望着天上的月亮，不免想起佳人，希望自己和远方的佳人如同当晚的水与月一样，一起同眠，然而现实是残酷的，作者也马上认识现状，"水在江河月在天"，"不真月与水共眠"，彼此分居各一处，表达出了作者思念故人而又不沉迷其中的理性情感。

2. 大胆的想象和联想

儋州山歌的作者大多都是一般的老百姓，他们没有多高学历，也没有受到专门的培训，然而他们却能够出口成歌，可叫他们用笔写出来，这可就有些难度了。儋州山歌的作品虽然有不少是通俗，但也有一些作品却是大胆的想象和联想的结晶。他们创作大多从自我的感受出发，着眼于身边的事物，充分施展他们想象和联想，表达他们简单而无限的情意。如以下这首山歌：

> 十五月光映地下，月中丹桂正开花；
>
> 想心飞上月宫去，与姑嫦娥饮花茶。

月中时分，作者抬头仰望，月如银盆，高挂空中，明亮而皎洁，万匹银光披盖大地，此时作者思绪翩翩，想象着在月亮上的丹桂正在盛开，香飘千里；丹桂如此美丽，香气袭人，作者恨不得插上丰羽，飞到月宫，与嫦娥同桌，共饮花茶。看完整首山歌不得不感叹作者的想象力之丰富和大胆，站在地球，思绪却飞达月宫，与嫦娥共饮花茶，想象奇特又具有一股浪漫气息。

3. 出色的艺术手法

儋州山歌之所以优美动听，活泼生动，丰富多彩而又意味深长，跟它能够出色地容纳大量的文学创作手法和艺术表现技巧是离不开的。优美的儋州山歌和一切的文学艺术作品一样，都注意恰当、贴切、生动地运用各种各样的修辞手法，能够打动人们的心扉，让人回味无穷，并且有很强的感化力。唐代诗人在创作作品时，往往会援引有关熟语、资料和典故来说明问题，增加文学性，儋州山歌也不例外。如：

> 读书何怕贫家里，匡衡家穷登史书；
>
> 凿壁偷光书会读，劝咱子女效习它。

这首山歌援引匡衡"凿壁偷光"的典故。匡衡小时家里很穷，白天辛苦劳作，晚上没有钱买灯油读书。后来，他在自己家的墙壁上，凿开小洞，利用邻居家透过小洞的微软灯光读书，终于成了有名的经济学家，还能赶赴朝廷任宰相。引用这则典故说明天道酬勤，只有用功读书，才能成材的道理。

在作者的创作活动中，由于表达上需要，往往是多种辞格或表现手法的综合运用，以便达到更好修辞效果和更高的欣赏价值。如："哥想变身作鸟类，倚在担干头去归；去归站在姑门口，入出透香妹汗随。"这首山歌就采用了假设、拟物、白描、抒情等手法，增加了山歌的艺术性。

4. 优雅的韵律

儋州山歌源远流长，历史悠久，它讲究平仄格律，声调音韵，节奏跌宕起伏，旋律优雅，但使用的是儋州话的口语系统，运用口语进行创作和演唱。需要强调的是，儋州话的口语读法在唱起山歌创作和演唱过程中，形成不同于汉字原来的平仄格律、声调音韵，许多原来属于上、去、入声的仄声字都变成了平声，而平声字读成仄声。笔者下文的平仄格律、声调音韵分析均才用儋州话口语读法。如以下这首《人生歌》：

一世人生得几久（读"gou"上声），一年四季换春秋（读"cou"阴平）；
人生不得千年老（读"liao"上声），不似水干水换流（读"lou"阳平）。
这首山歌的平仄为：仄仄平平仄仄仄，仄平仄仄仄平平；
　　　　　　　　　平平平仄平平仄，平仄仄平仄仄平。

从以上的例子分析说明，不但有着跟现代汉语的四种声调和押韵，而且平仄格律跟唐代近体诗比较接近，还有自身语言音韵的特色。儋州山歌按照平平仄仄的一般格律来创作和演唱，又不脱离自身语言音韵和阴、阳、上、去四种声调特色，恰到好处地运用和整合，使得山歌节奏跌宕起伏，旋律优雅，达到非凡的艺术效果。

（三）积极广泛的内容

儋州山歌自古以来，是儋州人民陈述事理、赞美大自然风光、抒发情感、抨击邪恶、褒扬正义、憧憬未来、寄托精神的一种文艺形式。由于其内容积极广泛，应有尽有，人们可随时随地用于宣传与教育，展开歌颂和揭露，当作叙事、表达情感、说理、教世的工具，甚至当作革命斗争的武器。

儋州方言地区，百年以来，流传着一则非常著名的山歌，即《二十四孝顺歌》，全篇共 98 首，句句感人，直入心扉，首首含泪，寄托着无限深意。如："血也流干汗出尽，拨得云开月见凸。煮热水，净儿身，八桶罗裙包起身。一个身份做二个，看妈不似以前人。"这首山歌描述了天下母亲"十月怀胎，一朝分娩"的痛苦情景，感人肺腑，使人听时忍俊不禁，催人泪下。身为子女的听到也颇为感慨，认识到父母生养我们是多么不易，明白歌中所唱的"父母恩深似海底，贵重咱爹母两人。"山歌内容积极，以叙事感人，委婉又动人，使人感悟深省，刻骨铭心，这种效果比直接的劝说和告诫要有用得多。

吸毒不但违背国家法律、有害身心健康，还能使人丧失心志，使家庭倾家荡产。许多年前非常流行的一首《鸦片烟鬼歌》，凭其积极向上的内容，至今仍被传唱。山歌讲述的是，一名有家室的青年吸食鸦片的开端、发展和后果。首先，青年开始吸毒时，自以为高人一等，不顾妻子、朋友以及他人劝告，一意孤行，只要口袋有钱，便迫不及待地到烟馆，过过烟瘾，沉没在仙境般的虚幻里，出来还想拈花惹草。慢慢地，其家里的财产也被吸光。后来，他烟瘾发作时，不得不不顾脸面，上街乞讨，入屋行窃，甚至儿童所戴的颈环也不放过，被人逮到就跪地求饶。逐渐地，骨瘦如柴，名声扫地，命赴黄泉，正如山歌所唱："自作终归着自受，这遭灾打鬼来收；死路在前走下去，遗臭万年万代留。"这首山歌利用白描手法进行叙述，生活气息浓郁，语言通俗易懂，富有乡土韵味，利于大众所接受和传唱。同时，通过描写青年吸毒的悲惨结局来告诫和警示人们远离毒品。

儋州山歌内容积极广泛，而非只涉及一个范围，如：

在家妇女思念丈夫、期盼其尽快归来的，如："快回归饮家乡水，莫居乡外冷风吹；野外花香好带刺，在家还有一枝梅。"

记录政府执政为民、并且深得人心的，如"诚意为民办好事，工作务实不务虚；与党中央心一致，爱民如爱女与儿。"

提倡孝顺、尊老爱幼的，如："对待老人着孝顺，年青着敬老三分；山中常有千年树，世上难逢百岁人。"

描写自然山水的，如："晚翠松林绿幽幽，一年绿四季春秋；白衣公作松林岭，银河穿过岭腰流。"

总而言之，儋州山歌内容涉及面广泛，几乎无所不及，数量浩如烟海，内容积极向上，其影响家喻户晓，深入人心。

（四）特色的乡土人情

儋州，这块拥有"诗乡歌海""诗词之乡"和"楹联之乡"诸多美誉的土地，它除了风景优美，气候宜人等地理环境优势之外，还具有特色的乡土人情。

独特的地理环境、人们生活习惯和思维方式，产生了独特的语言，酿就了独特而美妙的儋州山歌和儋州调声。

海南话，这种语言不同程度上渗透着海南的各个市镇，成为海南交流的主要使用语，但是，儋州除外。由于地域上的隔离，长期以来的交通和通信工具的限制，以及儋州话本身语态稳定等原因，它目前还保留着自己的语言——儋州话。这种语言具有两种系统，即口语系统和字音系统，当地比较有名的儋州山歌和儋州调声的创作和演唱，均采用口语系统读法。

儋州人对女性有许多独特的称谓，对结婚，并且有孩子的女性称为"妈人"，对刚结婚不久女性称为"新妇"，而对于年轻的未婚姑娘则有"聚拢妹""小姑""姑侬"等雅称。其中，最有意思的算是"聚拢妹"。笔者认为，这个雅称是由当时年轻的未婚姑娘结伴而睡的习惯而得。以往儋州的农村家庭生活条件较差，都没有自己的单房，所以年轻的未婚姑娘们通常聚集在家庭条件较好的姐妹的家里，谈天论地，结伴而睡。这种姑娘们聚中再一起睡觉的房间，当地人称为"女笼"。

对儋州山歌熟悉且还能出口成歌的山歌手，可以说数不胜数，而有些专门以给人家对唱山歌挣钱的职业山歌手，被称为"歌爸""歌妈"。对歌具有一种对抗风采，考验歌手的应对能力和歌唱水平。这种即兴式的对歌要求歌手具有歌唱天赋、深厚广博的山歌素材、丰富的阅历与常识。每一场对歌不受时间限制，不受题材的束缚，古今中外，天文地理，随意道来，出口成章，韵律优美，连绵不绝。

"儋州自古歌如海，民歌催得百花开；人人都是山歌手，山山水水是歌台。"这首山歌在儋州广为流传，说明了儋州山歌的盛况。20世纪90年代，儋州山歌对众多，几乎每个村子至少有一个，在田野山坡、村头巷尾，茶余饭后，人们拿着山歌本尽情歌唱，随处可见；随着经济和科技的发展，山歌剧团和职业演员越来越多，发行的山歌电影和电视剧也不断增加，人们欣赏山歌多来自多媒体。艺术没有改变，只是欣赏方式改变了。

三、如何更好地继承和发展传统的山歌文化

儋州山歌作为非物质文化遗产，所具有的民族历史积淀和民间文化遗产的代表性是不容置疑的。儋州山歌虽然在改革开放以后出现一时盛况，但从上文的分析和论述中，可以看出其现状及发展前景不容乐观。重视民俗文化的整理、

保护和传承是我们当代人应尽的责任。因此笔者针对儋州山歌面临的传承问题进行分析，并希望能找到一个行之有效的策略来继承和发展民间民俗文化。

（一）语言是传承的根本

儋州山歌属于诗词类的文学形式，而文学就是语言的艺术，没有语言，就算立意再好而没有成功的语言表达也不过是味如嚼蜡，所以要高度重视语言问题。儋州话是儋州山歌的基础，没有儋州话就没有所谓的儋州山歌。今年来，随着经济快速发展，城市化的加快推进，人们之间的交往也更加密切，人们为了更好地融入新的集体而普遍使用国语，不愿意甚至忘记再讲本地方言，这给本地方言的使用人群和民间文学的生存空间带来了极大的冲击。国语的普及是非常值得肯定和赞赏的，但在我们使用国语时，也要记记自己的本地方言。在外面与人交流时使用国语，不但方便了沟通，还增加一种国度集体感，而当回到家乡时，使用本地方言与交流，也许会让你倍感亲切。创作上要做到准确鲜明、生动简洁、顺口通俗，这也是语言上的问题。因此笔者认为，语言是一种民间文学的根本，继承语言，是民间文学得到传承的前提。

（二）丰富内容和演唱形式

儋州山歌历史悠久，大量的作品在劳动、生活中产出，取之不尽，用之不竭。山歌作品数量虽多，但内容广泛而题材贫乏，多与青年男女之间的爱情有关。如果山歌的创作只局限于爱情，它必然会束缚作者的思想，妨碍他们打开思路去创作，从而使得内容上雷同、单调，无法产生震撼人心的艺术效果。新时代在发展，演唱形式也只是有对唱、独唱和论歌三种，难以满足人民表达。因此，要勇于改革和创新儋州山歌，多条线路发展，使其构思新颖、主题深刻、形象鲜明，内容丰富，有真情实感，从而成为生动感人艺术作品。

（三）发展山歌文化产业

随着儋州经济社会的发展，开发、弘扬民间文化，发展文化事业，越来越被人们所认识和重视，为儋州山歌的发展创造了极为宽松、有益的环境。儋州山歌是儋州重要的文化之一，也是儋州最大地方特色和社会资源之一，要擅于挖掘出其蕴含的经济因素，利用其文化因素创造更多的经济价值，推动其走向市场，发展文化产业。

结语

儋州山歌作为传承几千年的民间艺术形式，是一个值得重视和研究的对象。

因条件与课题的限制，本文论述面有限，有许多未能涉及的地方，如儋州山歌的发展史和山歌文化与上层建筑的关系问题等。本文已涉及的专题也只是初步探讨，其中大部分虽说没有明确结论，但也提供了一些思路，为更深入的调查奠定基础。希望未来能有更多的人深入儋州民间进行儋州山歌调查，充分挖掘山歌的优秀元素。让更多的人享受儋州山歌的魅力，并为儋州山歌的传承和发展做出一份贡献。

参考文献：

［1］羊中兴．儋州调声山歌（文学卷）海南历史文化大系［M］．海南出版社，2008.

［2］陈寿其．儋州山歌．今日儋州［J］，2008（4）.

［3］碧生玉．浅析儋州山歌的历史发展关系．今日儋州［J］，1999（16）.

［4］符美霞．儋州山歌及其艺术特点．《海南大学学报（社会科学版)》［J］，1996，14（1）.

［5］野翁．如何繁荣儋州山歌和调声的探讨．今日儋州［J］，2002（2）.

［6］陈海波．对儋州山歌调声起源及发展的一些思考．儋州报［N］，2009 - 8 - 23（2）.

［7］贾娟娟．儋州山歌的艺术特点及文化传承．《艺术教育》，2015（1）.

［8］谢有造．儋州山歌唐诗美．儋州文艺［J］，2013（8）.

［9］陈海波．继承发展儋州山歌调声．今日儋州［J］，2012（7）.

［10］苏之吅．浅析爱情山歌的艺术特色．儋州文艺［J］．2011（2）.

［11］黎友合．儋州山歌和绝句格律的比较．儋州风采［J］．2008（17）.

附录 1　问卷调查

儋州调声的了解程度调查

尊敬的女士/先生：

您好！我是海南热带海洋学院 12 级汉语言文学专业的学生羊茂兴。现在我正在进行一项关于儋州山歌的调查，很想倾听您的意见。希望您能抽出一点时间，所有问题没有对错之分，仅代表您的意见，但对我的调查十分重要。请您不要有任何顾虑，放心作答，您的支持是本调查成功的关键，非常感谢您的合作与支持！

1. 年龄_____岁，性别_____，居住地_____

2. 你的职业是？

a. 农民 39% b. 技术人员 24% c. 管理人员 16% d. 其他 21%

3. 文化程度？

a. 小学 34% b. 中学 31% c. 大学或以上 6% d. 其他 29%

4. 是否听说过儋州山歌？（选"是"的直接往下填，选"否"的跳过）

a. 是 83% b. 否 17%

5. 你会唱儋州山歌吗？

a. 会 33% b. 不会 67%

6. 你愿意唱儋州山歌吗？

a. 愿意 30% b. 不愿意 12% c. 其他 58%

7. 你喜欢儋州山歌吗？

a. 喜欢 24% b. 不喜欢 18% c. 没有感觉 58%

8. 是否了解儋州山歌？

a. 了解 13% b. 不了解 8% c. 了解一点点 79%

9. 有没有亲自参与过山歌？

a. 有 12% b. 没有 88%

10. 你觉得应该组织儋州山歌吗？

a. 应该 33% b. 不应该 36% c. 其他 31%

11. 在什么情况下你们会组织山歌？（可多选）

a. 想唱的时候就组织 53% b. 传统节假日 34% c. 有重大喜事 66% d. 其他 21%

12. 你了解儋州山歌的韵律吗？

a. 了解 5% b. 不了解 65% c. 了解一点点 30%

12. 你们山歌唱的内容是什么？（可多选）

a. 爱情 89% b. 幸福生活 76% c. 其他 41%

13. 你了解儋州山歌的演唱形式吗？（填"不了解"的跳过）

a. 了 7% b. 了解一点点 83% c. 不了解 10%

14. 你认为儋州山歌的保护制度合理吗？

a. 合理 36% b. 不合理 56% c. 其他 8%

15. 现在您主要从哪里欣赏到儋州山歌艺术的？（多选）

a. 舞台 22% b. 当地电视节目 12% c. 音频、视频等 45% d. 当地民间 76% c. 文献资料 0% f. 其他 8%

16. 如果您全家搬到大城市里住了，您还愿意教您的孩子讲儋州话吗？

a. 愿意 34 b. 不愿意 66%

17. 如果把儋州山歌列入中小学的本地乡土教育部分，你的意见是怎样的呢？

a. 赞成 33% b. 无所谓 54% c. 反对 13%

18. 在新型的环境下，应该怎么继承发展儋州山歌？

《诗经》中"止"字量化分析

郑天纯①

摘 要：《诗经》现存三百余篇，据笔者分析统计，其中出现"止"字的共有 51 篇，计 122 次，大量见于大雅、小雅。按"止"字在诗句中的位置来计，出现在句首的共 11 次，句中 6 次，出现最多是在句末，据统计共有 105 次。本文主要对"止"字在《诗经》中的用法用量做全面的分析。"止"字在《诗经》中的用法主要有：作动词"居"（如《大雅·公刘》："止基乃理"）、"停"（如《小雅·青蝇》："止于樊"）、"救"（如《大雅·云汉》："无不能止"）等。或作语气词，义同"了"或"矣"（如《周颂·雍》："至止肃肃"）。也作名词"行止""容止"（如《大雅·荡》："既愆尔止"）等。代词"之"或"此"（如《大雅·韩奕》："韩侯迎止"）。此外，在《小雅·小旻》中"止"字作形容词用，译为"大"。

关键字：《诗经》；"止"字；用法；用量

一、前言

《诗经》是我国古代伟大的文学作品，在汉以前称为《诗》，自汉始称《诗》为经，此后在长期的封建社会中一直被推崇为经典。司马迁《史记·孔子世家》云："古者《诗》三千余篇，及至孔子，去其重，取可施于礼义，上采契、后稷，中述殷、周之盛，至幽厉之缺，始于衽席。……三百零五篇，孔子皆弦歌之"② 这是说《诗经》原有三千余篇，后孔子删诗，仅留三百余篇。对

---

① 作者简介：郑天纯，海南热带海洋学院 2011 级汉语言文学专业毕业生。
　指导老师：木斋（1951－），男，黑龙江人，博士，吉林大学教授，2013 至 2014 年聘为琼州学院住校教授，主要从事古代文学研究。
② 司马迁．史记［M］．内蒙古：远方出版社 2008 年版 第 190 页

于究竟是不是孔子删诗，孔子有没有删诗，后人虽有异议，但可以确定的是，《诗经》传至孔子时代，仅存三百余。今本《诗经》所载诗篇与孔子时代流传下来的基本无异，共三百一十一篇，其中六篇为笙诗，有声无辞①。

研究《诗经》在我国已有两千多年的历史，关于《诗经》的研究，著述多至汗牛充栋，内容包罗万象。《诗经》的训诂义疏是《诗经》研究的一大重点，古代对《诗经》中的字的研究，通常是对全本《诗经》的注译或音韵研究，如汉代毛亨的《毛诗训诂传》②，这是我国最早的毛诗注本。此后诸类注本释义多不胜数，如同是汉代的郑玄，以毛诗为本，兼采三家，著《毛诗传笺》③，对《毛诗》注解。唐孔颖达著《毛诗正义》，以颜师古考订的《五经定本》文字为标准本，采取汉魏至唐初《诗经》训诂义疏，以疏不破注的原则对《毛诗传笺》再作疏释。宋朱熹著《诗集传》④，汇纳百川，采众家之长，不分门户，大小不捐，上至汉儒，下至南宋学者，只要说解合理，皆悉数吸收。《诗集传》讲求思想解放，不迷信包括孔子在内的任何权威，且其注释不局限于《大序》《小序》的解释，新意迭出。

关于《诗经》中"止"字的研究，历代学者都有不同看法，散见与各类注疏译本或论著中。于省吾先生的《诗经中"止"字的辨释》首次对"止"字做出了系统的用法分析。在《澤螺居詩經新證》⑤中，于省吾先生从古文字的立场解释了"之"字混用成"止"字的现象及原因，认为："《诗经》中的'止'字，有的应作'之'，有的乃'止'字之讹。其用作'容止'和'止息'之'止'者应改作'止'，这是由于传抄或传刻之讹；其用作指示代词或语末助词之'止'者应释作'之'，这是由于汉人窜改未尽所致。"⑥这一见解十分精辟，且具有说服力，令人信服。

此后关于《诗经》"止"字的研究，通常都是建立在于省吾先生的研究基础上进行的。如季旭昇在《从战国文字中的「屮止」字谈诗经中之字误为止字

---

① 今本《诗经》多去笙诗，仅留三百零五篇，周振甫《诗经译注》则保留了这六篇笙诗，并对其做注。

② 毛亨《毛诗训诂传》（见于《十三经注疏》[C].北京：中华书局影印1980年版）

③ 郑玄《毛诗传笺》（见于《十三经注疏》[C].北京：中华书局影印1980年版）

④ 朱熹.诗集传 [M].北京：文学古籍刊行社1955年版

⑤ 于省吾.澤螺居詩經新證 [M].北京：中华书局1982年版

⑥ 于省吾.澤螺居詩經新證 [M].北京：中华书局1982年版 第178页

的现象》①　一文，就是对于省吾提出的这一观点做出的研究解释，同时他的考证也让省吾先生的观点更具说服力。而陈灿在《〈诗经〉中的"止"字》②一文中，不仅对于省吾先生的这一观点做了考证，更是对"止"字的用法做了详尽的分类。且陈灿在"止"字的用法分类上，提出与于省吾先生不同的观点，认为"止"字除了做动词、语辞以及作"之"字以外，还有做名词与形容词的用法。对此，笔者也在本文中进行了考证，认同陈灿的观点。舒志武《〈诗经〉"止"字小议》③　根据《毛传》《郑笺》《孔疏》所注，对"止"字进行了用法分类，一是动词，一是作语辞用，此外，还分出一类作"之"字讲。这种分类方法与于省吾先生的分类基本相同，却不如陈灿的分类细致完整。汤斌《〈诗经〉中"止"字的本义、引申义、假借义》④　中，则具体指出了"止"字在《诗经》中的本义、引申义以及假借义。从"止"字的用法演变来研究《诗经》"止"字的用法。

除这些专门针对"止"字研究的外，也不乏其他涉及"止"字的研究。如申欣的《〈诗经〉与〈楚辞〉语气词比较研究》⑤　一文，对《诗经》与《楚辞》中的使用的语气词做出分析与对比研究。按语气词在句首、句中、句尾的不同，分析语气词的不同用法。文中提到的语气词就包括用于句尾的"止"字，申欣认为，"止"字在《诗经》中用于句尾时，做语气词用，意同"矣"，可译为"了"。

本文效宋朱熹先生，集众家传疏，以周振甫《诗经译注》⑥　为参考本，找出《诗经》305 篇中所有出现"止"字的篇章诗句，对《诗经》中单一的"止"字做整理分析，统计其用量及用法。

---

① 季旭昇. 从战国文字中的「屮止」字谈诗经中之字误为止字的现象［J］. 复旦大学出土文献与古文字研究中心 2009 年（http：//www. gwz. fudan. cdu. cn）
② 陈灿.《诗经》中的"止"字［J］.《古汉语研究》2004 年 01 期
③ 舒志武.《诗经》"止"字小议［J］.《中南民族学院学报（哲学社会科学版）》1990 年 03 期
④ 汤斌发.《诗经》中"止"字的本义、引申义、假借义［J］.《兰州大学学报》1982 年第 01 期
⑤ 申欣.《诗经》与《楚辞》语气词比较研究［D］. 南京师范大学. 2012 年
⑥ 周振甫. 诗经译注［M］. 北京：中华书局 2013 年版

二、《诗经》中出现的"止"字整理

《诗经》现存三百余篇，除去笙诗 6 篇，今本《诗经》所载共 305 篇。在这 305 篇诗歌中，出现"止"字的就有 51 篇。其中有颂 10 篇，大雅 13 篇，小雅 20 篇，风 8 篇。出现"止"字次数多达 122 次，按"止"字出现在诗句中的位置来计，出现在句首的共有 11 次，句中仅有 6 次，而出现在句末多达 105 次。笔者按这样的分类方式，对《诗经》中出现的所有"止"字及出现"止"字的诗句，做逐一的归类与分析。

（一）"止"字用于句首的诗句整理及用法分析

《诗经》中句首出现"止"字 11 次，诗句有：

（1）《大雅·公刘》：止基乃理，爰众爰有。①

周振甫《诗经译注》："止，居。"② 《诗经》朱熹集传："止，居。……既止基于此矣，乃疆理其田野"③。李家声《诗经全译全评》："止基，居处的基址。"④ 故此处"止"应译为"居"。

（2）《大雅·公刘》：止旅迺密，芮鞫之即。

《诗经》朱熹集传："其止居之众日以益密，乃复即芮鞫而居之，而幽地日以广矣。"⑤ 李家声："止，停住。旅，寄居。"⑥ 故"止旅"的意思就是指"停下然后寄居"，因此"止"字在此处译为"停止"。

（3）《小雅·青蝇》：营营青蝇，止于樊。

本篇三见"止"字，且句式用法相同。周振甫："止于樊。停在篱笆上。"⑦ 另两句"止于……"也皆译作"停在……"，故此处"止"字译为"停"或"停落""止息"。

（4）《小雅·绵蛮》：绵蛮黄鸟，止于丘阿。

本篇三见"止"字，且句式用法相同。本篇同《小雅·青蝇》，止，停落、

① 周振甫 . 诗经译注［M］. 北京：中华书局 2013 年版 第 408 页（本文所有《诗经》诗句皆引自此书。）

② 周振甫 . 诗经译注［M］. 北京：中华书局 2013 年版 第 408 页

③ 朱熹 集传 . 诗经［M］. 上海：上海古籍出版社 2013 年版 第 373 页。

④ 李家声 . 诗经全译全评［M］. 北京：华文出版社 2002 年版 第 520 页。

⑤ 朱熹 集传 . 诗经［M］. 上海：上海古籍出版社 2013 年版 第 373 页。

⑥ 李家声 . 诗经全译全评［M］. 北京：华文出版社 2002 年版 第 520 页。

⑦ 周振甫 . 诗经译注［M］. 北京：中华书局 2013 年版 第 339 页。

止息。

（5）《秦风·黄鸟》：交交黄鸟，止于棘。

本篇三见"止"字，且句式相同。朱熹《诗集传》："言交交黄鸟，则止于棘矣。"① 止，停落、止息。

"止"字在《诗经》中位于句首时，其用法有"居""停"两种。且只在大雅、小雅以及风中出现，在颂中，没有"止"字用于句首的情况。

（二）"止"字用于句中的诗句整理及用法分析

《诗经》中句中出现"止"字共6次，诗句有：

（1）《周颂·雍》：有来雍雍，至止肃肃。

此句在周振甫《诗经译注》中译为："到来以后严肃又恭敬。"② "至"字译为到来，那么"止"字在这里便做"至"的助词用，表示"到来以后"。

（2）《大雅·绵》：曰止曰时，筑室于兹。

《诗经》朱熹集传中，释此句为："乃告其民曰：'可以止于是而筑室矣。'或曰时，谓土功之时也。"③ 止，居。

（3）《大雅·桑柔》：靡所止疑，云徂何往？

朱熹："居无所定，徂无所往。"④ 陈奂："《仪礼·乡射》注：疑，止也。"⑤《诗经》朱熹集传："疑，读如《仪礼》'疑立'之'疑'，定也。"⑥ "止疑"即"定居，安居"。此处"止"同"疑"，都有"居"的意思。

（4）《小雅·祈父》：胡转予于恤？靡所止居。

孔疏："汝何为移我于所忧之地，使我无所止居乎？"⑦ 止，居。

（5）《小雅·雨无正》：周宗既灭，靡所止戾。

孔疏释此句为："周室为天下，所宗其道已灭，将无所止定。"⑧ 毛传："戾，定也。"⑨ 此处"止"字用法与上同，"止戾"同"止疑""止居"，都是

---

① 朱熹.诗集传［M］.北京：文学古籍刊行社1955年版 第306页。
② 周振甫.诗经译注［M］.北京：中华书局2013年版 第477页。
③ 朱熹 集传.诗经［M］.上海：上海古籍出版社2013年版 第341页。
④ 朱熹.诗集传［M］.北京：文学古籍刊行社1955年版 第851页。
⑤ 陈奂.诗毛氏传疏［M］.北京：中国书店影印1984年版
⑥ 朱熹 集传.诗经［M］.上海：上海古籍出版社2013年版 第395页。
⑦ 十三经注疏［C］.北京：中华书局影印1980年版 第433页。
⑧ 十三经注疏［C］.北京：中华书局影印1980年版 第477页。
⑨ 十三经注疏［C］.北京：中华书局影印1980年版 第477页。

"定居，安居"的意思。故"止"译为"居"。

（6）《小雅·巧言》：匪其止共，维王之邛。

周振甫《诗经译注》："止，职。共：恭。职恭，尽责。"① 郑笺："邛，病也。小人好为谗佞，既不共其职事，又为王做病。"② 止，职事。

"止"字位于句中，其用法多为"居"，在《周颂·雍》中做语助词用，《小雅·巧言》中为"职事"。

（三）"止"字用于句末的诗句整理及用法分析

由于《诗经》中句末出现"止"字的诗句较多，为便于统计，故在此处将诗句按颂、大雅、小雅、风的分类方式再做如下分类：

周、鲁、商颂中句末出现的"止"字。

《诗经》颂中出现"止"字共计 15 次，诗句有：

（1）《周颂·振鹭》：我客戾止，亦有斯容。

周振甫："我的客人到来。"③ 李家声："我们的客人来到了。"④ "止，语气词。"⑤ 此处"止"字作语气词可译为"了"。

（2）《周颂·有瞽》：我客戾止，永观厥成。

此处"我客戾止"同上，亦是"我的客人来到了"的意思，故"止"亦是作语气词"了"字用。

（3）《周颂·闵予小子》：念兹皇祖，陟降庭止。维予小子，夙夜敬止。

朱熹："《楚辞》云：'三公揖让，登降堂只'，与此文势正相似。"⑥ 高亨《诗经今注》："止，语气词。"⑦

（4）《周颂·访落》：访予落止，率时昭考。

《诗经》朱熹集传："言我将谋之于始，以循我昭考武王之道。"⑧ 周振甫："止，语助词。"⑨

---

① 周振甫. 诗经译注 ［M］. 北京：中华书局 2013 年版 第 297 页。

② 十三经注疏 ［C］. 北京：中华书局影印 1980 年版 第 454 页

③ 周振甫. 诗经译注 ［M］. 北京：中华书局 2013 年版 第 474 页。

④ 李家声. 诗经全译全评 ［M］. 北京：华文出版社 2002 年版 第 597 页。

⑤ 李家声. 诗经全译全评 ［M］. 北京：华文出版社 2002 年版 第 598 页。

⑥ 朱熹. 诗集传 ［M］. 北京：文学古籍刊行社 1955 第 951 页。

⑦ 高亨. 诗经今注 ［M］. 上海：上海古籍出版社 1980 年版 第 498 页。

⑧ 朱熹 集传. 诗经 ［M］. 上海：上海古籍出版社 2013 年版 第 441 页。

⑨ 周振甫. 诗经译注 ［M］. 北京：中华书局 2013 年版 第 483 页。

（5）《周颂·敬之》：维予小子，不聪敬止。

《诗经》朱熹集传："我不聪而未能敬也，然愿学焉。"① 郑笺："群臣戒成王以'敬之敬之'。"② 故此处"止"作"之"。

（6）《周颂·良耜》：茶蓼朽止，黍稷茂止。

严粲《诗辑》云："茶、蓼皆秽草，既朽败矣。黍稷乃茂盛矣。"③ 故此处"止"同"矣"。

（7）《周颂·良耜》：百室盈止，妇子宁止。

周振甫："装满百室好停止，妇子心里才安止。"④ 李家声："所有屋子都装满，妻子儿女得安宁。"⑤ 此处"止"字只作语助词用，并无实义。

（8）《周颂·赉》：文王既勤止，我应受之。

郑笺："文王既劳心于政事，以有天下之业，我当而受之。"⑥ 此处"既勤止"与"应受之"句式相同，故"止"同"之"。

（9）《鲁颂·泮水》：鲁侯戾止，其马蹻蹻。

本篇三见"鲁侯戾止"，且句式相同。朱熹集传云："此饮于泮宫而颂祷之辞也。"⑦ 故"鲁侯戾止"意为"鲁侯来到泮宫"，"止"字无实义，只作助词。

（10）《商颂·玄鸟》：邦畿千里，维民所止。

朱熹："止，居。言王畿之内，民之所止，不过千里。"⑧ "所止"指居住的地方，因此这里是"所+止"构成名词性"所"字结构。止，居。

大雅中句末出现的"止"字。

《诗经》大雅中出现"止"字共计18次，诗句有：

（1）《文王》：穆穆文王，於缉熙敬止。

朱熹："止，语辞。"⑨

（2）《大明》：文王嘉止，大邦有子。

---

① 朱熹 集传 . 诗经［M］. 上海：上海古籍出版社 2013 年版 第 440 页。
② 十三经注疏［C］. 北京：中华书局影印 1980 年版 第 599 页。
③ 严粲 . 诗辑［M］. 清嘉庆十五年刊本 .
④ 周振甫 . 诗经译注［M］. 北京：中华书局 2013 年版 第 488 页。
⑤ 李家声 . 诗经全译全评［M］. 北京：华文出版社 2002 年版 第 618 页。
⑥ 十三经注疏［C］. 北京：中华书局影印 1980 年版 第 605 页。
⑦ 朱熹 集传 . 诗经［M］. 上海：上海古籍出版社 2013 年版 第 455 页。
⑧ 朱熹 . 诗集传［M］. 北京：文学古籍刊行社 1955 年版 第 1004 页。
⑨ 朱熹 . 诗集传［M］. 北京：文学古籍刊行社 1955 年版 第 713 页。

郑笺云："文王闻大姒之贤，则美之。"①　毛传："嘉，美也。"②　故此处"止"即"之"。

（3）《绵》：迺慰迺止，迺左迺右。

方玉润："慰，安也。止，居也。"③

（4）《生民》：履帝武敏歆，攸介攸止。

《诗经》朱熹集传："姜嫄出祀郊禖，见大人迹而履其拇，遂歆歆然如有人道之感。于是即其所大所止之处，而震动有娠，乃周人所由以生之始也。"④　朱熹："介，大也。"⑤　李家声："止，止息。"⑥

（5）《卷阿》：凤凰于飞，翙翙其羽，亦集爰止。

郑笺："爰，于也。凤凰往飞翙翙然，亦于众鸟集于所止。"⑦　止，指示代词，此。

（6）《民劳》：民亦劳止，汔可小康。

本篇五见"民亦劳止"。郑笺："汔，几也。今周民罢劳矣，王几可以小安之乎。"⑧　止，语气词，矣。

（7）《荡》：既愆尔止，靡明靡晦。

陈焕《诗毛氏传疏》："止，威仪容止也。"⑨

（8）《抑》：淑慎尔止，不愆于仪。

朱熹《诗集传》："止，容止也。"⑩

（9）《抑》：於乎小子，告尔旧止。

"告尔旧止"，周振甫："告你旧的章程。"⑪　朱熹集传："旧，旧章也，或曰久也。止，语词。"⑫

---

①　十三经注疏［C］．北京：中华书局影印 1980 年版 第 570 页。

②　十三经注疏［C］．北京：中华书局影印 1980 年版 第 570 页。

③　方玉润著，李先耕点校．诗经原始［M］．北京：中华书局 1986 年版 第 480 页。

④　朱熹集传．诗经［M］．上海：上海古籍出版社 2013 年版 第 361 页。

⑤　朱熹．诗集传［M］．北京：文学古籍刊行社 1955 年版 第 776 页。

⑥　李家声．经全译全评［M］．北京：华文出版社 2002 年版 第 505 页。

⑦　十三经注疏［C］．北京：中华书局影印 1980 年版 第 545 页。

⑧　十三经注疏［C］．北京：中华书局影印 1980 年版 第 548 页。

⑨　陈奂．诗毛氏传疏［M］．北京：中国书店影印 1984 年版

⑩　朱熹．诗集传［M］．北京：文学古籍刊行社 1955 年版 第 846 页。

⑪　周振甫．诗经译注［M］．北京：中华书局 2013 年版 第 428 页。

⑫　朱熹 集传．诗经［M］．上海：上海古籍出版社 2013 年版 第 391 页。

（10）《云汉》：大命近止，靡瞻靡顾。

毛传："大命近止，民近死亡也。"① 朱熹："大命近止，死将至也。"② 故"止"在此处应是指"停止、死亡"。

（11）《云汉》：靡人不周，无不能止。

郑笺："'周'当作'赒'。王以诸臣困于食，人人赒给之，权救其急，后日乏无不能豫止。"③ 马瑞辰《毛诗传笺通释》："无不能止，言虽赒之，而其乏无不能救止也。止即救也。"④

（12）《云汉》：大命近止。无弃尔成！

《诗经》朱熹集传："虽今死亡将近，然不可以弃其前功。"⑤ 故"止"即"死亡"。

（13）《韩奕》：韩侯迎止，于蹶千里。

郑笺："韩侯亲自迎之，于彼蹶父之邑里。"⑥ 止，代词，之。

（14）《召旻》：我相此邦，无不溃止。

孔疏："言我视此王之邦国，无有不乱止，言其必将乱也。"⑦ 陈奂《诗毛氏传疏》："溃，乱也。止，语辞。"⑧

小雅中句末出现"止"字。

《诗经》小雅中出现"止"字共计 44 次，诗句有：

（1）《四牡》：翩翩者雏，载飞载止，集于苞杞。

"载飞载止"，李家声释："时而飞着又停下。"⑨ 止，停落、停下。

（2）《采薇》：采薇采薇，薇亦作止。曰归曰归，岁亦莫止。

郑笺注"作，生也。……今薇生矣。"⑩ 孔疏："我本期以采薇之时，今薇亦生止，……曰：'何时归？'曰：'何时归？'必至岁亦莫止之时乃得归。"⑪ 裴

---

① 十三经注疏［C］. 北京：中华书局影印 1980 年版 第 562 页。
② 朱熹. 诗集传［M］. 北京：文学古籍刊行社 1955 年版 第 865 页。
③ 十三经注疏［C］. 北京：中华书局影印 1980 年版 第 562 页。
④ 马瑞辰. 毛诗传笺通释［M］. 北京：中华书局 1989 年版
⑤ 朱熹 集传. 诗经［M］. 上海：上海古籍出版社 2013 年版 第 400 页。
⑥ 十三经注疏［C］. 北京：中华书局影印 1980 年版 第 572 页。
⑦ 十三经注疏［C］. 北京：中华书局影印 1980 年版 第 579 页。
⑧ 陈奂. 诗毛氏传疏［M］. 北京：中国书店影印 1984 年版
⑨ 李家声. 经全译全评［M］. 北京：华文出版社 2002 年版 第 282 页。
⑩ 十三经注疏［C］. 北京：中华书局影印 1980 年版 第 413 页。
⑪ 十三经注疏［C］. 北京：中华书局影印 1980 年版 第 413 页。

学海:"'止'犹'矣'也。'止'与'之'古同音,故'之'训'矣','止'亦训'矣'。"①

(3)《采薇》:采薇采薇,薇亦柔止。曰归曰归,心亦忧止。

此处"止"字用法同上,止,矣。下亦同。

(4)《采薇》:采薇采薇,薇亦刚止。曰归曰归,岁亦阳止。

止,矣。

(5)《杕杜》:日月阳止,女心伤止,征夫遑止。

孔疏:"日月阳止,十月之时。尔室家妇人之心忧伤矣,以为征夫而今已闲暇且应归矣。"②

(6)《杕杜》:卉木萋止,女心伤止,征夫归止。

裴学海:"'止'犹'矣'也。"③

(7)《杕杜》:卜筮偕止,会言近止,征夫迩止。

郑笺:"合言于繇为近,征夫如今近尔。"④ 朱熹:"合言于繇而皆曰近矣,则征夫其亦迩而将至矣。"⑤ 止,语气词。

(8)《采芑》:方叔莅止,其车三千,师干之试。

本篇三见"方叔莅止"。李家声:"大将方叔已来临。"⑥"止,语气词。"⑦

(9)《采芑》:方叔率止,乘其四骐,四骐翼翼。

本篇四见"方叔率止"。李家声:"方叔率兵来战地。"⑧ 郑笺:"率者,率此戎车士卒而行也。"⑨ 孔疏:"大将方叔率之以行。"⑩ 可见此处"率"已有"率戎车士卒"之意,故"止"字只作语气词。"方叔率止,执讯获丑",郑笺:"方叔率其士众,执将可言,问所获敌人之众,以还归也。"⑪

(10)《采芑》:鴥彼飞隼,其飞戾天,亦集爰止。

---

① 裴学海.古书虚字集释[M].北京:中华书局 1982 年版 第 778 页。
② 十三经注疏[C].北京:中华书局影印 1980 年版 第 416 页。
③ 裴学海.古书虚字集释[M].北京:中华书局 1982 年版 第 778 页。
④ 十三经注疏[C].北京:中华书局影印 1980 年版 第 417 页。
⑤ 朱熹.诗集传[M].北京:文学古籍刊行社 1955 年版 第 436 页。
⑥ 李家声.经全译全评[M].北京:华文出版社 2002 年版 第 318 页。
⑦ 李家声.经全译全评[M].北京:华文出版社 2002 年版 第 320 页。
⑧ 李家声.经全译全评[M].北京:华文出版社 2002 年版 第 318 页。
⑨ 十三经注疏[C].北京:中华书局影印 1980 年版 第 425 页。
⑩ 十三经注疏[C].北京:中华书局影印 1980 年版 第 425 页。
⑪ 十三经注疏[C].北京:中华书局影印 1980 年版 第 426 页。

陈奂："爰，于也。亦集于其所止。"① 止，指示代词。

（11）《庭燎》：君子至止，鸾声将将。

本篇三见"君子至止"。陈奂："君子为来朝之，君子故传云为诸侯也。"②
止，语气助词。

（12）《沔水》：鴥彼飞隼，载飞载止。

郑笺："'载'之言'则'也。言隼欲飞则飞，欲止则止。"③ 此处"止"
与"飞"相对，译为"停"。

（13）《祁父》：胡转予于恤？靡所底止。

朱熹："底，至也。"④《毛诗正义》作"厎"⑤，《尔雅·释诂》："厎，止
也"。故"止"即"至"。

（14）《正月》：瞻乌爰止，于谁之屋？

朱熹："如视鸟之飞，不知其将止于谁之屋也。"⑥ 止，停落。

（15）《小旻》：国虽靡止，或圣或否。

毛传言："靡止，言小也。"孔疏注："靡止，犹言狭小无所居，'止'故为
小也。"⑦ 马瑞辰："按《传》以'靡止'为小，则止宜训大矣。……《传》：
'止，至也。'《尔雅》：'垤，大也。'《释文》：垤，本又作至。……止与至同
义，至为大，则止亦为大矣。"⑧ 故"止"即"大"。

（16）《小弁》：维桑与梓，必恭敬止。

孔疏："毛以为言凡人父之所树者维桑与梓，见之必加恭敬之止，况父身
乎，固当恭敬之也。"⑨ 故"止"即"之"。

（17）《楚茨》：神俱醉止，皇尸载起。

孔疏："于时神皆醉饱矣，故皇尸则起而出也。"⑩ 朱熹："于是神醉而尸

---

① 陈奂. 诗毛氏传疏［M］. 北京：中国书店影印 1984 年版
② 陈奂. 诗毛氏传疏［M］. 北京：中国书店影印 1984 年版
③ 十三经注疏［C］. 北京：中华书局影印 1980 年版 第 432 页。
④ 朱熹. 诗集传［M］. 北京：文学古籍刊行社 1955 年版 第 492 页。
⑤ 十三经注疏［C］. 北京：中华书局影印 1980 年版 第 433 页。
⑥ 朱熹. 诗集传［M］. 北京：文学古籍刊行社 1955 年版 第 148 页。
⑦ 十三经注疏［C］. 北京：中华书局影印 1980 年版 第 449 页。
⑧ 马瑞辰. 毛诗传笺通释［M］. 北京：中华书局 1989 年版
⑨ 十三经注疏［C］. 北京：中华书局影印 1980 年版 第 425 页。
⑩ 十三经注疏［C］. 北京：中华书局影印 1980 年版 第 469 页。

起，送尸而神归矣。"① 故"止"即"矣"。

（18）《甫田》：攸介攸止，烝我髦士。

此处"止"字用法同《大雅·生民》"攸介攸止"。止，止息。

（19）《甫田》：曾孙来止，以其妇子。

李家声："止，语气词。"②

（20）《大田》：曾孙来止，以其妇子。

同《甫田》，止，语气词。

（21）《瞻彼洛矣》：君子至止，福禄如茨。《诗经》

本篇三见"君子至止"。朱熹集传："言天子至此洛水之上，御戎服而起六师也。"③"止"放于"至"后，做语气词。

（22）《车舝》：高山仰止，景行行止。

郑笺："景，明也。古人有高德者则慕仰之，有明行者，则而行之。"④

裴学海："'止'犹'之'也，指事之词也。《释文》云：'仰止'，本或作'仰之'，《礼记·表记》篇引《诗》：'高山仰止，景行行止'。《释文》云：'仰止，本或作仰之，行止，《诗》作行之'，宋本《史记·孔子世家》赞引《诗》'高山仰止，景行行之'；《三王世家》云：'高山仰之，景行 之'，是'止'与'之'古通用，故'止'可训'之'。"⑤ 因此此处"止"即"之"。

（23）《宾之初筵》：其未醉止，威仪反反。曰既醉止，威仪幡幡。

高亨《诗经今注》："止，语气词。"⑥"既醉止"即"已经醉了"，与前面的"未醉止"相对，故"止"字作语助词，表醉酒前后。

（24）《宾之初筵》：其未醉止，威仪抑抑。曰既醉止，威仪怭怭。

同上，止，语助词。

（25）《宾之初筵》：宾既醉止，载号载呶。

孔疏："宾既醉于酒止，于是则号呼则讙呶，而唱哗也。"⑦ 止，语助词。

国风中句末出现的"止"字。

---

① 朱熹. 诗集传［M］. 北京：文学古籍刊行社 1955 年版 第 627 页。
② 李家声. 诗经全译全评［M］. 北京：华文出版社 2002 年版 第 422 页。
③ 朱熹 集传. 诗经［M］. 上海：上海古籍出版社 2013 年版 第 303 页。
④ 十三经注疏［C］. 北京：中华书局影印 1980 年版 第 482 页。
⑤ 裴学海. 古书虚字集释［M］. 北京：中华书局 1982 年版 第 778 页。
⑥ 高亨. 诗经今注［M］. 上海：上海古籍出版社 1980 年版 第 346 页。
⑦ 十三经注疏［C］. 北京：中华书局影印 1980 年版 第 487 页。

《诗经》十五国风中出现"止"字共计 25 次，诗句有：

（1）《召南·草虫》：亦既见止，亦既觏止。

本篇六见"止"字，且句式用法相同。裴学海："毛传曰：'止，辞也。'"① 周振甫《诗经译注》："止，语助词。"②

（2）《鄘风·相鼠》：相鼠有齿，人而无止。人而无止，不死何俟？

郑笺："止，容止。"③

（3）《齐风·南山》：既曰归止，曷又怀止。

《诗经》朱熹集传注："止，语辞。"④ 朱熹："怀，思也。文姜既从此道归乎鲁矣，襄公何为而复思之乎？"⑤ 此处第一个"止"字应当是做语助词用，表已经，可译为"了"，"曷又怀止"中"止"字应作"之"字，代文姜。

（4）《齐风·南山》：葛屦五两，冠緌双止。

于省吾："'冠緌双之'，'之'字指冠緌左右下垂者言之。"⑥ 故此处"止"字也当作"之"。

（5）《齐风·南山》：鲁道有荡，齐子庸止。既曰庸止，曷又从止。

此处"庸止"中"止"的用法同"归止"的"止"，"曷又从止"同"怀止"。

（6）《齐风·南山》：既曰告止，曷又鞠止。

朱熹《诗集传》云："今鲁桓公既告父母而娶妻矣，又曷为使之得穷其欲而至此哉？"⑦ "既曰告止"，止，语助词。"曷又鞠止"，止，代词，代文姜。

（7）《齐风·南山》：既曰得止，曷又极止。

"得止"照应前文"匪媒不得"，李家声："既已郑重娶到妻。"⑧ 故"止"字在此作语助词。"极，达到最高限度。"⑨ "极止"意为"放纵她（文姜）到最高限度。"故"止"字在此作代词"之"用。

---

① 裴学海．古书虚字集释［M］．北京：中华书局 1954 年版 第 779 页．
② 周振甫．诗经译注［M］．北京：中华书局 2013 年版 第 20 页．
③ 十三经注疏［C］．北京：中华书局影印 1980 年版 第 319 页．
④ 朱熹 集传．诗经［M］．上海：上海古籍出版社 2013 年版 第 119 页．
⑤ 朱熹．诗集传［M］．北京：文学古籍刊行社 1955 年版 第 68 页．
⑥ 于省吾．泽螺居诗经新证［M］．北京：中华书局 1982 年版 第 187 页．
⑦ 朱熹．诗集传［M］．北京：文学古籍刊行社 1955 年版 第 69 页．
⑧ 李家声．诗经全译全评［M］．北京：华文出版社 2002 年版 第 169 页．
⑨ 李家声．诗经全译全评［M］．北京：华文出版社 2002 年版 第 170 页．

（8）《齐风·敝笱》：齐子归止，其从如云。

本篇三见"齐子归止"。李家声："归，出嫁。止，语气词。"①

（9）《魏风·陟岵》：上慎旃哉，犹来无止。

方玉润《诗经原始》："无止，谓无止于彼而不来也。"② 止，停留、滞留。

（10）《秦风·终南》：君子至止。

本篇二见"君子至止"。《诗经》朱熹集传："至止，至终南之下也。"③ 李家声："止，语气词。"④

（11）《陈风·墓门》：墓门有梅，有鸮萃止。

李家声《诗经全译全评》："止，语气词。"⑤

（12）《陈风·墓门》：夫也不良，歌以讯止。⑥

裴学海《古书虚字集释》："'止'犹'之'也。指事之词也。"⑦ 故"止"即"之"。

"止"字用于句末时，其用法多变，多是作语末助词使用，常见的用法还有动词，以及"之"字误用的情况。也有较为少见的用法，如作名词或形容词使用。

三、《诗经》"止"字用法归纳

"止"字本义是指人的脚，段玉裁《说文解字注》云："止即足字。"⑧ 后用形声字"趾"代替，"止"字由其本义引申出"停步""停息""停止"等义。郝懿行《尔雅义疏》："止者，息之待也。止训至也，居也，处也，留也，皆休息之义。"

"止"字在《诗经》中的用法，大致有以下几类：

---

① 李家声. 诗经全译全评［M］. 北京：华文出版社 2002 年版 第 173 页。

② 方玉润著，李先耕点校. 诗经原始［M］. 北京：中华书局 1986 年版 第 27 页。

③ 朱熹 集传. 诗经［M］. 上海：上海古籍出版社 2013 年版 第 153 页。

④ 李家声. 诗经全译全评［M］. 北京：华文出版社 2002 年版 第 219 页。

⑤ 李家声. 诗经全译全评［M］. 北京：华文出版社 2002 年版 第 237 页。

⑥ 今本《诗经》中多将此处写作"歌以讯之"，《列女传》《广韵》《楚辞补注》中引《诗》作"止"，本文参考周振甫《诗经译注》，亦作"止"。

⑦ 裴学海. 古书虚字集释［M］. 北京：中华书局 1982 年版 第 778 页。

⑧ 许慎撰，段玉裁注. 说文解字注［M］. 浙江：浙江古籍出版社 2010 年版。

1. 作动词。

在《诗经》中，"止"字作为动词使用，通常是译为"居"或"停落、止息"，也有"死亡""救"的意思。诗篇有：

（1）颂：《商颂·玄鸟》。

（2）大雅：《公刘》《绵》《桑柔》《生民》《云汉》等篇。

（3）小雅：《青蝇》《绵蛮》《祁父》《雨无正》《四牡》《沔水》《祁父》《正月》《甫田》等篇。

（4）风：《秦风·黄鸟》《魏风·陟岵》等篇。

2. 作语气词。

"止"字在《诗经》中被大量用于句末，一般用于句末的都是作句末语辞，因此在《诗经》中，"止"字最多的用法，是做语气词"了""矣"等用。诗篇有：

（1）颂：《周颂·雍》《周颂·振鹭》《周颂·有瞽》《周颂·闵予小子》《周颂·访落》《周颂·良耜》《鲁颂·泮水》等篇。

（2）大雅：《文王》《民劳》《抑》《召旻》等篇。

（3）小雅：《采薇》《杕杜》《采芑》庭燎》《楚茨》《甫田》《大田》《瞻彼洛矣》《宾之初筵》等篇。

（4）风：《召南·草虫》《齐风·南山》《齐风·敝笱》《秦风·终南》《陈风·墓门》等篇。

3. 作代词。

《诗经》中"止"字用作代词有两种情况，一是用在介词后，作介词的宾语，译作"此"。二是于省吾指出的，当作"之"字的情况。于省吾先生著《澤螺居詩經新證》，从古文字的立场指出「之」字和「止」字在小篆到隶楷的中间阶段，字形非常接近。在甲骨文中，指示代词"之"有时会写作"止"，如"止夕允不雨"中的"止夕"，即"之夕"。《诗经》中"止"字作指示代词"之"时就是这种情况。诗篇有：

（1）颂：《周颂·敬之》《周颂·赍》等篇。

（2）大雅：《大明》《卷阿》《韩奕》等篇。

（3）小雅：《采芑》《小弁》《车舝》等篇。

（4）风：《齐风·南山》《陈风·墓门》等篇。

4. 作名词。

"止"字在《诗经》中作为名词使用，并非是使用的本义"足"，而是其引申出的"容止"，因为"人之行为礼节，有赖于足之动作周旋"。① 诗篇有：

（1）大雅：《荡》《抑》等篇。

（2）风：《鄘风·相鼠》。

5. 作形容词。

在《诗经》中，"止"字有一例被用作形容词的情况。即《小雅·小旻》"国虽靡止"中，"靡止"是"小"的意思，"止"即"大"。

结论

《诗经》中出现"止"字共计122次，其中出现在诗句句首的有11次，出现在居中的6次，句末多达105次。共计诗篇51篇，颂10篇，大雅13篇，小雅篇，风8篇。其用法有做动词、名词、形容词、语气助词以及形容词五种。用作最多的是作语气助词，相当于"了"或"矣"。

"止"字本义是指人的脚，其引申义主要有居住、停止、停息、举止、容止等。在《诗经》中多是用于做句末语辞，表"了""矣"，或表感叹、表时态等。"止"字作动词用时，多是用于句首，意为"居"或"停落、停息"，用于句中或句末时，其用法较多变，且其译法一直存在争议。除了其原有的引申义，在《大雅·云汉》"无不能止"中用作"救"，这是在其他地方所没有的用法。而在《小雅·小旻》"国虽靡止"中，"止"字更是用作了形容词，译为"大"。

① 朱熹 集传．诗经［M］．上海：上海古籍出版社 2013 年版 第 178 页。

附录：《诗经》中出现"止"字的篇章诗句

位置	用量		篇目	诗句	用法
句首	11次	颂			
		大雅	《公刘》	止基乃理	居
				止旅迺密	停止
		小雅	《青蝇》	止于樊	停落、栖止
				止于棘	停落、栖止
				止于榛	停落、栖止
			《绵蛮》	止于丘阿	停落、栖止
				止于丘隅	停落、栖止
				止于丘侧	停落、栖止
		风	《秦风·黄鸟》	止于棘	停落、栖止
				止于桑	停落、栖止
				止于楚	停落、栖止
句中	6次	颂	《周颂·雍》	至止肃肃	语助词
		大雅	《绵》	曰止曰时	居
			《桑柔》	靡所止疑	居
		小雅	《祁父》	靡所止居	居
			《雨无正》	靡所止戾	居
			《巧言》	匪其止共	职事
		风			

位置	用量		篇目	诗句	用法
句末	105次	颂	《周颂·振鹭》	我客戾止	语气助词
			《周颂·有瞽》	我客戾止	语气助词
			《周颂·闵予小子》	陟降庭止	语气助词
				夙夜敬止	语气助词
			《周颂·访落》	访予落止	语气助词
			《周颂·敬之》	不聪敬止	代词，之
			《周颂·良耜》	荼蓼朽止	语气助词
				黍稷茂止	语气助词
				百室盈止	语气助词
				妇子宁止	语气助词
			《周颂·赉》	文王既勤止	代词，之
			《鲁颂·泮水》	鲁侯戾止	语气助词
				鲁侯戾止	语气助词
				鲁侯戾止	语气助词
			《商颂·玄鸟》	维民所止	居
		大雅	《文王》	於缉熙敬止	语气助词
			《大明》	文王嘉止	代词，之
			《绵》	迺慰迺止	居
			《生民》	攸介攸止	止息
			《卷阿》	亦集爰止	指示代词，此
			《民劳》	民亦劳止	语气助词
				民亦劳止	语气助词
				民亦劳止	语气助词
				民亦劳止	语气助词
				民亦劳止	语气助词
			《荡》	既愆尔止	容止
			《抑》	淑慎尔止	容止
				告尔旧止	语气助词

位置	用量		篇目	诗句	用法
句末	105次	大雅	《云汉》	大命近止	停止，死亡
				无不能止	救
				大命近止	停止，死亡
			《韩奕》	韩侯迎止	代词，之
			《召旻》	无不溃止	语气助词
		小雅	《四牡》	载飞载止	停落
			《采薇》	薇亦作止	语气助词
				岁亦莫止	语气助词
				薇亦柔止	语气助词
				心亦忧止	语气助词
				薇亦钢止	语气助词
				岁亦阳止	语气助词
			《杕杜》	日月阳止	语气助词
				女心伤止	语气助词
				征夫遑止	语气助词
				卉木萋止	语气助词
				女心伤止	语气助词
				征夫归止	语气助词
				卜筮偕止	语气助词
				会言近止	语气助词
				征夫迩止	语气助词
			《采芑》	方叔莅止	语气助词
				方叔率止	语气助词
				方叔莅止	语气助词
				方叔率止	语气助词
				亦集爰止	指示代词，此
				方叔莅止	语气助词
				方叔率止	语气助词
				方叔率止	语气助词

位置	用量		篇目	诗句	用法
句末	105 次	小雅	《庭燎》	君子至止	语气助词
				君子至止	语气助词
				君子至止	语气助词
			《沔水》	载飞载止	停
			《祁父》	靡所底止	至
			《正月》	瞻乌爰止	停落
			《小旻》	国虽靡止	大
			《小弁》	必恭敬止	代词,之
			《楚茨》	"神俱醉止"	语气助词
			《甫田》	攸介攸止	止息
				曾孙来止	语气助词
			《大田》	曾孙来止	语气助词
			《瞻彼洛矣》	君子至止	语气助词
				君子至止	语气助词
				君子至止	语气助词
			《车舝》	高山仰止	代词,之
				景行行止	代词,之
			《宾之初筵》	其未醉止	语气助词
				口既醉止	语气助词
				其未醉止	语气助词
				曰既醉止	语气助词
				宾既醉止	语气助词
		风	《召南·草虫》	亦既见止	语气助词
				亦既觏止	语气助词
				亦既见止	语气助词
				亦既觏止	语气助词
				亦既见止	语气助词
				亦既觏止	语气助词

续表

位置	用量		篇目	诗句	用法
句末	105次	风	《鄘风·相鼠》	人而无止	容止
				人而无止	容止
			《齐风·南山》	既曰归止	语气助词
				曷又怀止	代词，之
				冠緌双止	代词，之
				齐子庸止	语气助词
				既曰庸止	语气助词
				曷又从止	代词，之
				既曰告止	语气助词
				曷又鞫止	代词，之
				既曰得止	语气助词
				曷又极止	代词，之
			《齐风·敝笱》	齐子归止	语气助词
				齐子归止	语气助词
				齐子归止	语气助词
			《魏风·陟岵》	犹来无止	停留、滞留
			《秦风·终南》	君子至止	语气助词
				君子至止	语气助词
			《陈风·墓门》	有鸮萃止	语气助词
				歌以讯止	代词，之

参考文献：

[1] 朱熹 集传. 诗经 [M]. 上海：上海古籍出版社，2013 年版

[2] 李家声. 诗经全译全评 [M]. 北京：华文出版社，2002 年版

[3] 朱熹. 诗集传 [M]. 北京：文学古籍刊行社，1955 年版

[4] 周振甫. 诗经译注 [M]. 北京：中华书局，2013 年版

[5] 陈奂. 诗毛氏传疏 [M]. 北京：中国书店影印，1984 年版

[6] 十三经注疏 [C]. 北京：中华书局影印，1980 年版

[7] 高亨. 诗经今注 [M]. 上海：上海古籍出版社，1980 年版

[8] 严粲. 诗辑 [M]. 清嘉庆十五年刊本.

[9] 方玉润著，李先耕点校. 诗经原始 [M]. 北京：中华书局，1986 年版

[10] 陈奂. 诗毛氏传疏 [M]. 北京：中国书店影印，1984 年版

[11] 马瑞辰. 毛诗传笺通释 [M]. 北京：中华书局，1989 年版

[12] 裴学海. 古书虚字集释 [M]. 北京：中华书局，1982 年版

[13] 于省吾. 泽螺居诗经新证 [M]. 北京：中华书局，1982 年版

[14] 许慎撰，段玉裁注. 说文解字注 [M]. 浙江：浙江古籍出版社 2010 年版

[15] 汤斌.《诗经》中"止"字的本义、引申义、假借义 [J].《兰州大学学报》1982 年第 01 期

[16] 舒志武.《诗经》"止"字小义 [J].《中南民族学院学报（哲学社会科学版)》1990 年 03 期

[17] 陈灿《诗经》中的"止"字 [J].《古汉语研究》2004 年 01 期

[18] 李旭昇. 从战国文字中的「虫止」字谈诗经中之字误为止字的现象 [J]. 复旦大学出土文献与古文字研究中心 2009 年（http://www.hwz.fudan.edu.cn)

[19] 司马迁. 史记 [M]. 内蒙古：远方出版社，2008 年版

[20] 刘淇. 助字辨略 [M]. 北京：中华书局，1983 年版

[21] 申欣.《诗经》与《楚辞》语气词比较研究 [D]. 南京师范大学. 2012 年版

《长相思》词牌研究

梁烨①

摘 要："长相思"出自于梁陈乐府《长相思》，后被用为词牌。从唐朝到宋朝，《长相思》词牌共计作品132首。《长相思》是唐宋词坛史上出现较早的一个很有特色的小令词调。唐代白居易是创词牌之人，在此之后也出现了很多名篇佳作。本论文分为四个部分，第一部分，主要是对词牌《长相思》与乐府《长相思》关系的研究，以及对《长相思》词牌异名的辨析。第二部分主要是对《长相思》词牌主题类型及演进脉络的分析，第三部分是对《长相思》词牌典型意象的概括和分析。第四部分是陈述笔者发现的《长相思》词牌的三例新的"又一体"。

关键词：长相思，词牌，主题，意象，又一体

一、《长相思》词牌研究概述

前人对于《长相思》的研究甚少，在《康熙词谱》与《词律》中很难查阅到。在当代，对《长相思》的研究几乎无处可寻。经过笔者的查阅发现，近代人研究仅仅是对《长相思》的个别名篇进行赏析。有关于《长相思》专门的论述，目前笔者发现只有高中坡和杜霞霞的《试论唐宋〈长相思〉词的创作与嬗变》与刘影的论文《乐府〈长相思〉的研究》。

在高中坡与杜霞霞的《试论唐宋〈长相思〉词的创作与嬗变》中，高中坡与杜霞霞通过对《长相思》词牌资料的搜集研究，发现白居易是《长相思》词

---

① 作者简介：梁烨，海南热带海洋学院2010级汉语言文学专业毕业生。
　指导老师：柯继红（1973 –），男，湖北罗田人，海南热带海洋学院人文学院讲师，博士，主要从事古代文学研究。

的首创之人，首创作品是《长相思·汴水流》。二人还对《长相思》词的来源进行研究，并对唐宋这两个时期的有关《长相思》词作进行整理。从文中可见，《长相思》在南宋时期得到全面繁荣。南宋共有 80 余词，这一时期在题材内容上出现多元化，相思、离别、羁旅之思、抨击社会生活的作品不断涌现。因此在这篇论文中，作者是对《长相思》的创作情形进行了梳理，整理出了《长相思》词是在何时出现的，何时进行了发展，何时又进入了全盛时期。并且从中知道，每个时期传达的主题又有什么异同。不足之处在于这篇论文对于《长相思》内容研究覆盖面不够广，体制不够全面。

刘影的论文《乐府〈长相思〉研究》，系统且较为全面地对《长相思》进行了罗列分析，它主要分为四节，第一节为曲名研究，从郭茂倩的诗前小序中，探寻这一曲名的来源，并对《长相思》及其类似的曲名进行了细致的辨析，为后文研究的深入奠定了基础；第二节为曲调研究，主要从音乐的层面考察了《长相思》所属的曲调、演奏乐器和后世的流传情况，揭示了《长相思》从宫廷逐步走向民间的真实过程；第三节为曲辞研究，从文学的层面系统地介绍了《长相思》曲辞的体式、主题、意象和风格等方面的特点，帮助人们更深入的了解《长相思》这一曲调；第四节是综合研究，重点论述了后世的《长相思》作品在曲名、体裁和格律等方面的变化，这篇论文研究内容十分广泛，但是在意象研究、曲名辨析及格律研究几个方面仍然不够深入。笔者将根据自己搜集的资料，在他们的研究基础上进行深入拓展。

二、《长相思》词牌源起

（一）词牌《长相思》与乐府《长相思》之间的关系

据《乐府诗集》《康熙词谱》中记载，《长相思》又名《山渐青》《长相思令》《双红豆》等，《长相思》是乐府中的篇名，后来乐府诗发展成为唐教坊曲。"长相思"三字在《古诗十九首·第十七首《孟冬寒气至》中"客从远方来，遗我一书札。上言长相思，下言久别离"中出现。汉代晚年以后，"长相思"并入《乐府诗集》[①] 中，被收入杂曲歌辞中，后来成了乐府。

《长相思》作为乐府诗，其由来考证较难，所以只能通过郭茂倩的《乐府诗集》中的《长相思》小序来推断《长相思》的来源，在《乐府诗集》中所载吴

---

① ［宋］郭茂倩，《乐府诗集》，中华书局，1979. 第十八卷，第46页.

氏之《长相思》，其中颇有"行人久戍"以寄相思之意，所以据此推测，刘宋吴迈远可能就是《长相思》的创调之人。

唐朝中期乐府《长相思》经过发展，演变成词牌《长相思》。这一时期中唐词人白居易创造了词牌《长相思》，并且使其具有一定的字数，格律。可以说《长相思》词牌最早出现在唐朝，唐朝之后《长相思》在体裁上发生了很大的变化，体裁由最早的乐府变成了词和曲。在唐代以前《长相思》的作品都属于古体诗，但发展都后世，还是主要以词和曲为主。

唐朝时期，《长相思》的词作已经出现，再到宋朝的时候《长相思》的词已经取代了诗，成为新的流行体裁。此时的《长相思》分为小令与长调。最早的小令是以白居易的作品为正体。"长调"是以柳永的"画鼓喧街"为正体，经过资料分析，发现后世关于《长相思》的长调作品出现较少。

（二）《长相思》词牌异名辨析

《长相思》作为脍炙人口的作品，前人留下了很多具有代表性的词作，也有许多的别名，有《相思令》《吴山青》《山渐青》《忆多娇》《越山青》《青山相送迎》等。在《康熙词谱》中记载，宋朝时期林逋的《长相思》，因为词中有"吴山青"句，因此名《吴山青》。宋朝时期张辑的《长相思》，因为末句有"江南山渐青"句，因此名《山渐青》。

（三）白居易对《长相思》词牌的贡献

《长相思》词调，在清初期间文者万树的"《词律》"① 卷二和王奕清等的"《词谱》"② 卷二均有较具体的说明，但实质相当的琐碎。王奕清列了五体，而实际上只有平韵格一体。《词律》和《词谱》均以为白居易所作《汴水流》为正体。《词谱》列白居易词《汴水流》为定式：

汴水流。（韵）泗水流。（叠）　流到瓜州古渡头。（韵）　吴山点点愁。（韵）

思悠悠。（韵）　恨悠悠。（叠）　恨到归时方始休。（韵）　明月人倚楼。（韵）

"《汴水流》全词三十六字，八句八韵。上下片各四句三平韵一叠韵。此词

---

① ［清］万树.词律［Z］.北京：中华书局，1957.卷二，第72页.

② ［清］王奕清，等.康熙词谱［Z］.北京：中国书店，1983.卷二，第48页.

及欧词为正体，其他压韵异同，皆变格也。"① 此词前后段第二句，都是用叠韵，这首《长相思》，主要是描写一位女子在凄凉的月色下，倚楼怀人。前三句用三个"流"字，通过写流水波折相衬出女子心中的万分不舍。下面用两个"悠悠"，表现人物的复杂感情。流水和月光的描写，更能衬托出一种哀伤的情怀，增添了凄凉的氛围。通过《词律》的考证以及各类古典的考证得出：白居易是《长相思》的创词之人，白居易所作的《汴水流》为《长相思》正体。

三、《长相思》词牌主题研究

《长相思》在宋以前都是以"相思"为主题思想，在宋朝之后则不然，渐渐出现了闲适之作和悟世之作。

《长相思》词牌典型主题举例

1. 相思之作

《长相思》所表达的是相思之情。因此唐宋之际出现了大量的相思之作。我们首先来看北宋词人欧阳修《长相思·花似伊》。

花似伊。柳似伊。花柳青春人别离。低头双泪垂。

长江东。长江西。两岸鸳鸯两处飞。相逢知几时。

这首词出自中唐时期，词中上阕写流水、冷月，表现了离别的难舍难分之情，下阕直抒胸臆，作者看着夜晚凄冷的月亮，而归人至今未回，抒发自己深深的思念之情。

再看南宋词人刘克庄《长相思（寄远）·朝有时》。

朝有时。暮有时。潮水犹知日两回。人生长别离。

来有时。去有时。燕子犹知社后归。君行无定期。

这首词写思妇之怨，朝暮都有定时，潮水每天有早潮晚潮两次来回，只有人生一别相见无期。去有时日，来也应有时日。燕子在春社后飞回来，思妇所想之人却不知何时能归。这首词以思妇的口吻，借潮汐和燕子有定时来作比，埋怨丈夫或情人久别未归。

除此之外，还有一些相思之作，例如张先《相思令·苹满溪》，林逋《长相思·吴山青》，张炎《长相思·（赠别笑倩）去来心》等七十多首词都是描写《长相思》词牌的相思之作。

---

① ［清］王奕清，等．康熙词谱［Z］．北京：中国书店，1983．卷二，第48页．

2. 闲适之作

宋朝以后还出现了一些对山水田园描写的闲适之作。例如王质《长相思（渔父）·山青青》。

山青青。水青青。两岸萧萧芦荻林。水深村又深。

风冷冷。露泠泠。一叶扁舟深处横。垂杨鸥不惊。

在王质的《长相思·渔父》中，诗人摆脱忙碌的事宜，在山水风景间享受悠闲地生活，这与凄惨悲伤之感相反，突出了一种让人心旷神怡，悠然自得的闲适之感。

在《长相思》词作中，还有李石《长相思（佳人）·花深红》，张孝祥《长相思·小楼重》，吕胜己《长相思·体夭夭》，吕胜己《长相思（效南唐体）·展鬐蛾》，吕胜己《长相思（探梅摘归）·冒寒吹》，刘辰翁《长相思（喜晴）·上元晴》，黄升《长相思（春晚）·惜春归》，杨韶父《长相思·溪水清》。这些《长相思》词作都是闲适之作。

3. 悟世之作

《长相思》词作最初都是以"相思"为主，但是随着时代的变化发展，文人看法有所不同，给《长相思》赋予了一些更为深层的主题—悟世之作。我们看吴淑姬《长相思令·烟霏霏》。

烟霏霏。雪霏霏。雪向梅花枝上堆。春从何处回。

醉眼开。睡眼开。疏影横斜安在哉。从教塞管催。

这首词通过把梅花在雪中的遭遇与自己的辛酸命运作类比，来表达作者对于自由的渴望。

除这首词之外，在唐宋词牌中表现"悟世之作"的词还有：万俟咏《长相思·声声》。无名氏《长相思·去年秋》。袁正真《长相思·南高峰》。程垓《长相思·酒孤斟》。刘克庄《长相思（惜梅）·寒相催》。刘克庄《长相思·烟凄凄》。向滈《长相思·桃花堤》。

（二）《长相思》词牌主题演进脉络

通过对《全唐五代词》《全宋词》的研究，发现《长相思》词牌在唐朝时期，主题是以"相思"为主。北宋时期《长相思》词牌继续发展，其中欧阳修、晏几道等词人沿袭了白居易的创作，在主题上有所延伸，在北宋末期出现了羁旅之思的主题，南宋时期出现了繁荣的发展，这一时期产生了田园、秋夜、闺情、暮春等多种主题的《长相思》词作。

1. 相思为主的主题——唐朝

《长相思》最早在唐朝出现，除白居易两首之外还有四首作品。在这六首《长相思》词作中，所描述的情感基本上都是闺愁之感、盼归念远和相思之情。下面介绍几例代表词作，用具体例子来分析相思之情。

汴水流，泗水流，流到瓜州古渡头。吴山点点愁。

思悠悠，恨悠悠，恨到归时方始休。月明人倚楼。

这首词主要是描写一位女子在月光下，凝望着脚下的流水，望着远处的山，自己只身孤苦无依，面容憔悴。词人通过浅显易懂的语言，和谐的音律描绘出思女复杂的心理情感，流水和月光相接，更能衬托出一种哀伤的情怀，增加了艺术的情感。我们再看冯延巳《长相思·红满枝》。

红满枝，绿满枝，宿雨厌厌睡起迟。闲庭花影移。

忆归期，数归期，梦见虽多相见稀。相逢知几时？

在这里主要是讲时光匆匆，春天就这样过去了，女子对大好春光却视若无睹，她一点也打不起精神来，终日厌厌的。这是因为她的爱人一去不返，也许今生再也没有相逢的时候。通过这首词，我们可以领会到这是一篇关于描写思女复杂情感的词。

此外白居易《长相思·深画眉》、李煜《长相思·一重山》、吴二娘《长相思·深花枝》。这些词作所描述的情感基本上都是闺愁盼归，念远相思为主。

2. 出现羁旅主题——北宋末

北宋时期《长相思》有了短暂的发展。这一时期的词人，大多数延续了白居易的作品风格，也出现了新的思想感情：羁旅之思。下面用具体例子来分析羁旅之思。

短长亭。古今情。楼外凉蟾一晕生。雨馀秋更清。

暮云平。暮山横。几叶秋声和雁声。行人不要听。

这是一首描写羁旅之思的词。通过"凉"字，暗示行人触景生情，写秋景主要是为了衬托萧瑟之感。通过这首词我们可以了解到，这一时期的《长相思》已经渐渐注入新的情感元素，不仅仅是简单的闺愁盼归之情，还有羁旅之思的情感元素。

经过对《全唐五代词》以及《全宋词》的研究，这一时期的作家还有；杨适《长相思（题丈亭馆）·南山明》、张先《长相思·粉艳明》、周邦彦《长相思·举离觞》、周邦彦《长相思·马如飞》、周邦彦《长相思·好风浮》、周邦彦《长相思·沙棠舟》、朱敦儒《长相思·昨日晴》、吕本中《长相思·要相忘》、邓肃《长相思·一重山》、邓肃《长相思·一重溪》、万俟咏《长相思·一声声》。这一时期的诗人，打破了原本单一的主题内容，出现了新的情感主题。

3. 多种主题并呈——南宋时期

《长相思》在南宋出现了多元化的发展。产生了很多《长相思》的词作，题材类型多样，还出现了田园、秋夜，抨击社会现实的主题。

（1）抨击社会时弊

抨击社会时弊的词作，作为古代文学词作中的主题之一，在南宋出现了很多，例如刘克庄《相思（惜梅）·寒相催》。

寒相催。暖相催。催了开时催谢时。丁宁花放迟。

角声吹。笛声吹。吹了南枝吹北枝。明朝成雪飞。

这首词的副标题是"惜梅"，写到了花开以及花谢，表现出作者的惜花之情，词的下阕延伸到作者情感的抒发，下阕与上阕相呼应，隐指危机存在。通过这首词我们可以了解到南宋时期，《长相思》词作已由原来的"相思之情"演变为"抨击社会时弊的爱国情怀"。除此之外，袁正真《长相思·南高峰》、晏几道《长相思·长相思》、程垓《长相思·酒孤斟》、刘克庄《长相思·劝一杯》、向滈《长相思·桃花堤》、赵鼎《长相思·归去来》都是以"爱国情怀"为主的。

（2）悼念之词

南宋时期《长相思》还有悼念之词，其中陆游就是以《长相思》为名写了五首有关悼念爱妻的词，在陆游《长相思（五之一）·云千重》中

云千重。水千重。身在千重云水中。月明收钓筒。

头未童。耳未聋。得酒犹能双脸红。一尊谁与同。

上阕写到作者在山水间悠然自得，下阕以景抒情，想到此时此刻自己还身强体壮，却孤身一人，来表达诗人对妻子的无限真挚的思念。除此之外还有《长相思（五之二）·桥如虹》《长相思（五之三）·面苍然》《长相思（五之四）·暮山青》《长相思（五之五）·悟浮生》。这几首都是用来描写悼念亡妻的词。

南宋这一时期，《长相思》还出现了"暮春"这样的主题，例如李石《长相思点（暮春）·花飞飞》，王质《长相思（暮春）·红疏疏》。还有"田园"这样

的主题，例如王质《长相思（渔父）·山青青》，刘辰翁《长相思（喜晴）·上元晴》。以及"秋夜"这样的主题，例如黄升《长相思（秋怀）·天悠悠》，黄升《长相思（秋夜）·砧声齐》。

通过对这些词作主题的分析，可以很明显地看出，《长相思》词牌在南宋具有很大的发展，不仅仅是主题上的变化，在数量上也是唐朝以及北宋时期无法比拟的。

四、《长相思》词牌常用意象研究

《长相思》词作中出现了很多常用的意象，比如动物、植物、景色等，在这里笔者将围绕唐宋这两个时期，有关于《长相思》词中出现的几种常用意象进行分析。

1. 蝉

通过对《长相思》赏析，词人为了表达"相思"主题，用了很多意象，其中就有描写动物的意象。比较常见的有"蝉"，"蝉"一般是突出悲凉之感，例如谭宣子《长相思·蝉影明绡傅体轻。》万俟咏《长相思（山驿）·楼外凉蟾一晕生》等，下面对万俟咏的《长相思（山驿）·短长亭》进行赏析。

短长亭。古今情。楼外凉蟾一晕生。雨馀秋更清。

暮云平。暮山横。几叶秋声和雁声。行人不要听。

在这首词中，写的是作者在山中驿馆所见，作者用"凉蝉"不用别的词，首先是为了押韵，其次是因为"蝉"可以表现出"凉"意。有一种凄凉之感。因此可以了解到，在意象中用到蝉都是一种情感的宣泄，表达羁旅之思

2. 鸿雁

"鸿雁"自古以来都是词人笔下传递相思之情的使臣，在许多词人笔下，"鸿雁"都是用来抒发作者的相思之情。例如赵长卿《长相思·云中过雁悲》、向滈《长相思·归雁横云落日低》、李煜《长相思·塞雁高飞人未还》等词作中，也经常出现"鸿雁"。下面对洪适《长相思·朝思归》进行赏析。

朝思归。暮思归。塞雁三年不见飞。断肠天一涯。

千思归。万思归。梦到窗前拂淡眉，觉来以泪垂。

这首词描写女子盼望在外的夫君回家，夫君犹如像塞外的大雁，梦中与丈夫相聚，可是觉一醒却是一场空梦，表现女子盼归的伤感之情。因此文人墨客用"鸿雁"都是抒发作者旅途在外的伤感之情。

3. 柳

通过对《长相思》词牌意象的赏析发现，《长相思》词以"柳"为意象的词就有洪适的《长相思·柳青青》、欧阳修的《相思令（双调）·柳绕堤》等14首，"柳"谐音就是"留"，主要表达挽留的含义，柳絮纷飞是留不住的意思。这种意象表达了作者内心失落，空虚，寂寞的伤感之情。下面分析张辑《山渐青·（寓长相思）》，来感受"柳"给我们带来的相思之意。

山无情。水无情。杨柳飞花春雨晴。征衫长短亭。

拟行行。重行行。吟到江南第几程。江南山渐青。

这首词写作者即将远征，内心的不舍与盼归之情。因此"柳"就是留念的意思，古人主要借"柳"来抒发不舍之情。

4. 月

古往今来"月"在中国诗词中具有特殊的地位，诗词中的"明月"象征聚散，以月圆比喻人的团聚，以月缺比喻人的离别，来表达相思的情感。在《长相思》中，有13首以"月"为意象的词作，例如，蔡伸《长相思·我心坚》中"小窗前。月婵娟。玉困花柔并枕眠。今宵人月圆。"描绘出在月圆之节，良人难见的凄凉场景。

5. 流水

流水常常能引起人们对时光流逝变迁的感叹。笔者在《长相思》中也发现了6首有关于描写"流水"意象的词作。在白居易《长相思·汴水流》中

汴水流，泗水流，流到瓜州古渡头。吴山点点愁。

思悠悠，恨悠悠，恨到归时方始休。月明人倚楼。

这首词主要是描写一位女子在月光下，凝望着脚下的流水，望着远处的山，自己面容憔悴，只身孤苦无依的场景。词人通过浅显易懂的语言，描绘出思女复杂的心理情感。流水和月光相接，抒发出一种哀伤的情怀。因此"流水"经常给人带来无奈、萧条凄凉的感受。

6. 细雨、烟雾

"细雨""烟雾"都是寄托词人愁苦的情绪。笔者在《长相思》的词作中，也常常见到有关于描写"细雨""烟雾"的意象。例如李石《长相思（暮春）·三月江南烟雨时》。刘克庄长相思（饯别）·雨萧萧》等6首。

李石《长相思（暮春）·花飞飞》

花飞飞。絮飞飞。三月江南烟雨时。楼台春树迷。

双莺儿。双燕儿。桥北桥南相对啼。行人犹未归。

这首词描写烟雨时节，烟雨纷飞，双双对对的莺儿燕鸟，在桥的南北两方相互鸣啼，可是在外的行人依旧未能归家，表现作者漂泊在外的思乡之愁。因此"细雨""烟雾"都是可以寄托出作者漂泊他乡的愁绪。

通过对这六种意象进行分析，可以发现，在《长相思》词作中经常通过"蝉""雁""柳""明月""流水""细雨"等作为意象，来表达作者忧愁、凄凉的思想情感。

五、《长相思》词牌体制研究

在研究《长相思》词牌的过程中，笔者据《康熙词谱》记载，《长相思》的格律为"一调五体"。笔者又对《康熙词谱》所记录的"又一体"进行了深入的思考，又发现了《长相思》词牌的三首新的"又一体"。同时，笔者也对《长相思》词牌"一调多体"的现象进行了浅思。

（一）对《康熙词谱》"又一体"的三例补充

"又一体"是指在字数、句数、押韵等方面发生了一些变化，使其词牌正体发生了变化，这样的词作称为该词调的"又一体"。① 在研究《长相思》词牌的过程中，笔者又发现《长相思》词牌的三种新的"又一体"。

（1）向子諲《长相思·年重月》

年重月。（句）月重光。（韵）万瓦千林白似霜。（韵）扁舟入醉乡。（韵）山苍苍。（韵）水茫茫。（韵）严濑当时不是狂。（韵）高风引兴长。（韵）

向子諲《长相思》为双调三十六字，前段四句三平韵，后段四句四平韵，前片四句有三句是平韵，第一句不押韵，而后片四句都押韵。

（2）吕本中《长相思·要相忘》

要相忘。（韵）不相忘。（叠）玉树郎君月艳娘。（韵）几回曾断肠。（韵）欲下床。（韵）却上床。（韵）上得床来思旧乡。（韵）北风吹梦长。（韵）

吕本中《长相思·要相忘》是三十六字，前段四句三平韵一叠韵，后段四句平韵，前片四句三平韵第二句为叠韵，后片四句都押韵。蔡伸《长相思·我心坚》。李石《长相思·花飞飞》。均照此填。

---

① ［清］王奕清，等. 康熙词谱［Z］. 北京：中国书店，1983. 卷二，第48页.

（3）蔡伸《长相思·村姑儿》

村姑儿。（韵）红袖衣。（韵）初发黄梅插稻时。（韵）双双女伴随。（韵）
长歌诗。（韵）短歌诗。（叠）歌里真情恨别离。（韵）休言伊不知。（韵）

此体为双调三十六字，前段四平韵，后段四句三平韵一叠韵。它是与之前相反前片四句都押韵，后片四句三平韵第二句叠韵。与之相同的词王之道《长相思·花一枝》。赵长卿《长相思·敛愁眉》。程垓《长相思·酒孤斟》。韩疁《长相思·郎恩深》。周密《长相思·灯辉辉》。

这三种《长相思》词牌"又一体"的发现，是我通过对《全唐五代词》《全宋词》以及王力的《诗词格律》中分析研究所得，由于资料不全词数寻找较少，仅供参考研究。

（二）对《长相思》词牌"一调多体"现象的思考

在《康熙词谱》以及《词律》上都注明，白居易所作《长相思·汴水流》为正体。《汴水流》词牌是三十六字八句八韵，此词前后段开始的两句，都用叠韵。此外白居易又在此的基础上对《长相思》进行演变为"又一体"，即《长相思·深画眉》，这一体是双调三十六字，前四句三平韵一叠韵，后段四句三平韵。前片四句三韵，第二句是叠韵，后片第一句不押韵。

晏几道的《长相思》，也是《长相思》的"又一体"。此词前后段首句叠用"长相思"四句，又与各家不同。此后欧阳修也发展了《长相思》的"又一体"，晏词属双调三十六字，前后段各四句四平韵，前后段第二句未用叠韵。而欧词则是前片、后片都用平声韵，没有叠韵。在刘光祖的"又一体"中，此词后段将正体的平声韵改成仄声韵，与各家异。根据"《康熙词谱》"[1] 记载，现在的词谱都是原先的旧词，调名是相同，句法的字数相同者可以相互校对。但是将字数不同，平仄不同的词作划分成为"又一体"。通过《康熙词谱》及《词律》中对于《长相思》词牌的论述，大致将《长相思》分为一调五体，其字数上、格式上并无差别，只有在押韵上有所不同。

结论

"长相思"出自于梁陈乐府《长相思》，后被用为词牌。从唐朝到宋朝，《长相思》词牌共计作品132首。《长相思》是唐宋词坛史上出现较早的一个很

---

① ［清］王奕清，等. 康熙词谱［Z］. 北京：中国书店，1983. 卷二，第53页

有特色的小令词调。唐代白居易是创词牌之人，在此之后也出现了很多名篇佳作。本论文分为四个部分，第一部分，主要是对词牌《长相思》与乐府《长相思》关系的研究，以及对《长相思》词牌异名的辨析。第二部分主要是对《长相思》词牌主题类型及演进脉络的分析，第三部分是对《长相思》词牌典型意象的概括和分析。第四部分是陈述笔者发现的《长相思》词牌的三例新的"又一体"。

笔者对唐、宋这两个时期的《长相思》词作进行了深入研究，分析了《长相思》词牌的源起，对词牌异名进行了辨析，陈述了《长相思》词牌主题演进脉络，整理了词牌常用意象，同时发现了《长相思》词牌的三首新的"又一体。

新的三首"又一体"是笔者遵从《康熙词谱》对"又一体"的论述，根据搜集资料研究分析所得，具有一定的研究价值和参考意义。

参考文献

［1］吴熊和．唐宋词通论［M］．北京：商务印书馆，2003.

［2］高喜田，寇琪．全宋词作者词调索引［M］．北京：中华书局，1992.

［3］丈蜀．词学概说［M］．北京：中华书局，2000.

［4］王力．诗词格律．［M］．北京：中华书局，1977.

［5］王力．汉语诗律学．［M］．上海：上海教育出版社，2005.

［6］潘慎．中华词律词典．［M］．长春：吉林人民出版社，2005.

［7］梁启勋．词学．［M］．北京：中国书店，1985.

［8］［清］查培继．词学全书．［M］．北京：中国书书店，1984.

［9］［宋］郭茂倩．《乐府诗集》［M］．中华书局，1979.

［10］唐圭璋．全宋词［Z］．北京：中华书局，1999.

［11］［清］万树．词律［Z］．北京：中华书局，1957.

［12］［清］王奕清．康熙词谱［Z］．北京：中国书店，1983.

［13］曾昭岷，曹济平，王兆鹏等．全唐五代词［Z］．北京：中华书局，1999.

［14］刘影，乐府《长相思》研究［D］．北京：首都师范大学学报，2009年.

［15］高中坡、杜霞霞，《试论唐宋〈长相思〉词的创作与嬗变》，辽宁行政学院学报，2007年第9期.

古诗十九首与曹植五言诗中地理方位的量化分析

霍瑞娟①

摘　要： 五言诗在中国诗歌史上的地位举足轻重，它在探索中国诗歌的演进历程中也具有不容小觑的重要意义。现在对五言诗的研究已经逐渐成为一个热点，也取得了不俗的成绩，《古诗十九首》和建安时期一些诗人的作品以其极高的艺术成就成为热点研究对象，木斋先生《古诗十九首与建安诗歌研究》中提到对地理方位的量化分析，在《古诗十九首》与建安五言诗中有大量地理方位词，这是了解诗歌写作背景与诗人人生轨迹的重要因素，也是诗歌重要的文化细节。

关键词： 古诗十九首；曹植五言诗；木斋；地理方位；量化分析

一、概说

《汉魏古诗与建安五言诗中地理方位的量化分析》这个论文题目乃是由我的毕业论文指导老师木斋先生提出。纵观古今，前人对汉魏古诗与建安五言诗的研究主要是有关风格、鉴赏、艺术特征、思想内容等方面的研究，对其地理方位的量化分析的研究，寥寥无几。木斋先生在他的学术专著《古诗十九首与建安诗歌研究》中分析了若干古诗中的地理方位，由于并非针对性的研究所以并不系统和全面。此选题是笔者在木斋先生研究基础上继续深入、系统、全面的对汉魏古诗与建安五言诗中的地理方位做出量化分析。汉魏古诗与建安五言诗中有大量的地理方位名词，这在现代人理解诗歌方面是一个很大的障碍，地理方位名词是古诗中一个不可忽视的文化细节，本文希望通过前人的基础和自身

---

① 作者简介：霍瑞娟，海南热带海洋学院2010级汉语言文学专业毕业生。
　　指导老师：木斋（1951－），男，黑龙江人，博士，主要从事古代文学研究。

的努力研究，对汉魏古诗与建安五言诗中的地理方位做出考证，希望对汉魏古诗与建安五言诗的解读产生积极的意义，也希望借此抛砖引玉，让更多有能力的学者对古诗中地理方位词做出更深入、细致、全面、系统的研究。

对汉魏古诗与建安五言诗中地理方位的研究是具有探索性的，古今学者在对诗歌的研究中可能略有提及，但无人系统全面地分析研究过此方面，所以本文是一个新颖的，探索性的研究。2009 年，木斋先生在其学术专著《古诗十九首与建安诗歌研究》中对《古诗十九首》与曹植诗歌对比的研究中提到了地理方位的分析，比如《涉江采芙蓉》《西北有高楼》《七哀诗》《朔风诗》等诗中的"江""魏都""高楼""西北""阿阁"等，并对这些词做出了分析。2013 年台湾梁蕙兰的论文《建安五言诗女性化写作的代言与自言——以木斋相关研究为缘起》中对建安五言诗歌题材的研究中对诗歌的地理方位也有所提及，作者分析了邺城、清河、漳水等地理名词。

本文将主要对《古诗十九首》以及曹植五言诗中的地理方位词做出量化分析，并进行一定的对比研究，让地理方位词这个文化细节在诗歌解读中发挥重要的价值。

二、《古诗十九首》中所出现的地理方位词

（一）"胡马""越鸟"见于：《行行重行行》

行行重行行，与君生别离。

相去万余里，各在天一涯。

道路阻且长，会面安可知。

胡马倚北风，越鸟巢南枝。

相去日已远，衣带日已缓。

浮云蔽白日，游子不顾返。

思君令人老，岁月忽已晚。

弃捐勿复道，努力加餐饭。

《古诗十九首》的写作时代与作者不明，这首诗作者亦不详，但很明显可以看出是由于离别相思所作。从此诗的地理方位来看，诗中的两位主人公处于异地分离状态。"相去万余里，各在天一涯"，"天一涯"犹言"天一方"，[1] 作者

---

[1] 王清维著《古诗名篇》，中国发展出版社 2005 年版。

和爱人天各一方，两人在空间上隔了千万余里。"胡马倚北风，越鸟巢南枝"这句诗里出现了两个地理名词"胡""越"，以及两个方位词"北""南"，"胡"指北方地区，"越"指南方百越之地，包括现在的福建、两广地区等。① 这里作者运用了比兴手法，强烈地表达了对远行君子的强烈思恋。李善《文选注》引《韩诗外传》："诗曰：'代马依北风，飞鸟栖故枝。'皆不忘本之谓也。"桓宽《盐铁论·未通》："故'代马依北风，飞鸟翔故巢'，莫不哀其生也。"可见是汉代习常用语。代，古国名，在今河北蔚县。《吕氏春秋·孝行览第二·长攻》汉高诱注："传曰：冀州之北土，马之所生也，故谓代为马郡也。"② "胡马倚北风，越鸟巢南枝"和"代马依北风，飞鸟栖故枝""代马依北风，飞鸟翔故巢"结构用词高度相似，大致可以推测这些诗的写作时代之间不会有特别大的跨度，"胡马"的所在地应该也在河北及其附近一带。

　　木斋先生所著《古诗十九首与建安诗歌研究》中认为《行行重行行》乃是曹植回复甄后《塘上行》之作。③ "对比甄后《塘上行》：蒲生我池中，其叶何离离。傍能行仁义，莫若妾自知。众口铄黄金，使君生别离。念君去我时，独愁常苦悲。想见君颜色，感结伤心脾。念君常苦悲，夜夜不能寐。莫以豪贤故，弃捐素所爱？莫以鱼肉贱，弃捐葱与薤？莫以麻枲贱，弃捐菅与蒯？出亦复何苦，入亦复何愁。边地多悲风，树木何翛翛！从君致独乐，延年寿千秋。"④ 木斋先生通过一系列的比对和论证，认为甄后所作《塘上行》和应为曹植所作《行行重行行》，都是灌均告发植、甄两人的不伦之恋后，两人被迫分开之际所作，但是应在甄后被刺死的诏命下达之前，否则，也就不会有两人这次的呼应诗歌。⑤ 依此来看的话，诗中"相去万余里，各在天一涯"我们就可以知道这天涯两端的人分别是曹植和甄后，被人告发恋情而分离。根据三曹年表："魏文帝黄初二年（公元221年），植贬爵安乡侯，改封鄄城侯。丕赐甄后死。"⑥ 甄后被赐死是在黄初二年六月，所以曹植回应甄后的《行行重行行》应在黄初二年六月之前。"曹植从黄初元年十一月就一直逗留在鄄城，甄后则一直在邺城，

① 林庚《中国历代诗歌选》，清华大学出版社2006年版。
② 邬国平选注《汉魏六朝诗选》，上海古籍出版社2005年版，第55页。
③ 木斋《古诗十九首与建安诗歌研究》，人民出版社2009年版，第240页。
④ ［宋］郭茂倩编《乐府诗集》，中华书局1979年版，第521页。
⑤ 木斋《古诗十九首与建安诗歌研究》，人民出版社2009年版，第244页。
⑥ 张作耀《曹操评传》，南京大学出版社2006年版，第562页。

曹植在可能一直待到黄初二年春夏之交，才从鄄城返回邺城。"① 之后曹植和甄后两人应该都待在邺城，而且发生了某些重大事件，恋情被告发，因此这首诗应为两人被迫分开后曹植所作。

（二）"河畔""行不归"见于：《青青河畔草》

　　青青河畔草，郁郁园中柳。

　　盈盈楼上女，皎皎当窗牖。

　　娥娥红粉妆，纤纤出素手。

　　昔为倡家女，今为荡子妇。

　　荡子行不归，空床难独守。

《青青河畔草》叙述了一位女子的生活片段，她在新春柳叶发新芽之际，站在楼上思念远方的丈夫，从诗中看她本是一位美丽的风尘女子，后来嫁作他人妇，熟料丈夫却是一位荡子，她不禁在心中呐喊："荡子行不归，空床难独守！""荡子"历来指久游不归、不务正业的男子②，由诗中"荡子行不归"中"行不归"可知，这位女子所思之人远游在外，久久不归。作者将女子的思恋、悲怨、寂寞及希望写的出神入化，让读者看到了一位个性不凡的女子。

此诗中首句中有地理名词"河"，众所周知，在古诗文中但凡写到"河"皆是指"黄河"，所以由此可知"郁郁园中柳"的"园"和"盈盈楼上女"的"楼"都在黄河附近，但黄河绵延多省，具体在哪无法定论。

木斋先生在其著作《古诗十九首与建安诗歌研究》中认为：《青青河畔草》当为曹植所作。③ 其主要理由有两点：首先，《青青河畔草》与甄后之死的背景是吻合的。甄后是曹丕的妻子，但曹丕常常远行不归："延康元年正月，文帝即王位，六月南征，后留邺。"④ 所以甄后自延康元年六月与文帝曹丕分开，独自留在邺城，一直到黄初二年六月被赐死，所以和"荡子行不归，空床难独守"的境况很贴合。其次，甄后之死与曹植本人是有关系的。甄后之死，是由于郭女王郭后诋毁所致：建安中曹丕纳袁熙妻甄氏于邺，颇有宠。但是丕为帝后，"山阴公"（即原来的汉献帝）奉二女以嫔于魏，郭后，李、阴贵人并爱幸，后

---

① 木斋《古诗十九首与建安诗歌研究》，人民出版社 2009 年版，第 245 页。
② 邬国平选注《汉魏六朝诗选》，2005 年版，上海古籍出版社，第 56 页。
③ 木斋《古诗十九首与建安诗歌研究》，人民出版社 2009 年版，第 225 页。
④ 木斋《古诗十九首与建安诗歌研究》，人民出版社 2009 年版，第 226 页。

（甄氏）愈失意。曹丕得知甄氏有怨言，不顾旧时情谊，便于黄初二年遣使赐死。① 郭后是一位城府很深，谋略不浅的女人，甄后在黄初二年六月被赐死，郭后于黄初三年被立为皇后。曹植皇储之争的失败以及他爱着的甄后的死亡，宣示着曹丕的彻底胜利。"黄初二年春夏之际，曹植刚刚经历丧父之痛，自己失去庇护的时候，甄氏的不幸遭遇，对于曹植来说，难免有惺惺相惜的深重同情，也难免寄托着自己的哀思。综上所述，曹植应该是在黄初二年春夏之交，于黄河边上的鄄城写作《青青河畔草》这首诗，盖因黄初元年曹丕尚未离开邺城，甄后也尚未有'荡子行不归，空床难独守'的遭遇。曹植此作既寄托对甄氏不幸遭遇的同情，也升华为对一切有情人难成眷属的深深同情，更比兴寄托了自己由于君臣兄弟之间难以弥合的情感而感受到的彷徨和悲哀"，② 鄄城位于今天的山东省西南部，南北两面跨黄河，所以木斋先生的言论有理有据，可以成立。

（三）"陵""宛""洛""两宫""双阙"见于：《青青陵上柏》

青青陵上柏，磊磊涧中石。

人生天地间，忽如远行客。

斗酒相娱乐，聊厚不为薄。

驱车策驽马，游戏宛与洛。

洛中何郁郁，冠带自相索。

长衢罗夹巷，王侯多第宅。

两宫遥相望，双阙百余尺。

极宴娱心意，戚戚何所迫？

这首诗的作者亦无法考证，首先我们如果把它当做无名氏诗歌解读的话，写的是主人公感于人生白驹过隙，时光飞逝，以行乐来消愁但愁更愁的这样一种境况。诗中出现了大量的地理方位名词："陵""宛""洛""长街""巷""第宅""两宫""双阙"，在作者和写作时代背景不确定的情况下，我们可以浅析一下这些地理方位词。"陵"：大阜曰陵。即陵墓的意思；"长街"：四达之道；"第宅"：孟康曰'有甲乙次第，故曰第'；"两宫"：指南宫北宫，相去七里；"双阙"：古今注，阙，观也，古每门树两观于其前，所以标表宫门也，登

---

① 张作耀《曹操评传》，南京大学出版社 2006 年版，第 481 页。
② 木斋《古诗十九首与建安诗歌研究》，人民出版社 2009 年版，第 227 页。

之则可以远观，故谓之观。人臣将至此则思其所阙，故谓之阙。① "宛"：是河南南阳最早的地名之一。宛，即反映了"盆地"的地貌特征，又反映了它的生态环境。"洛"，在《说文解字》中是这么解释的："洛"，水。出左冯归德北夷畍中。东南入渭。② 意思是：洛，河川名，源自于左冯翊归德北夷界中，向东南流入渭河。字形采用"水"做偏旁，"各"做声部。现在河南省洛阳市的古称也是"洛"，所以"洛"不但是水名，也是古城名。"宛"（今河南南阳）是东汉的"南都"，"洛"（今河南洛阳）是东汉的京城。这两地，在当时都是繁华之地。

首先，由以上可以推断出此诗发生地在"宛""洛"及其附近，所以诗中的"陵""两宫""双阙"等地理方位的所在地也在"宛""洛"等地。前文已经说了："宛"（今河南南阳）是东汉的"南都"，"洛"（今河南洛阳）是东汉的京城。在后来的魏晋等朝代中，宛、洛附近也一直是政治中心。其次，"陵""宫阙""极宴"等表明此诗的作者及背景都与帝王宫廷贵族等关系密切。

木斋先生在其著作《古诗十九首与建安诗歌研究》中认为"所谓《古诗十九首》，主要是针对植、甄关系而发生的。"③ 虽然《青青陵上柏》是与爱情无关的一首诗，但以木斋先生的研究来看，它有可能是曹植后期的作品，它的写作时间和背景有两种可能。首先第一种可能是曹植于黄初四年跟随曹丕从宛城回洛阳参加会节气时所写；第二种可能是曹植晚年，也就是太和六年参加元会期间在洛阳所作。诗中"洛中何郁郁"一句就能说明此诗是写于洛阳的。就第一种可能来说，曹植在《洛神赋．序》中有写道："黄初三年余朝京师"，④ 又有曹植《赠白马王彪》李善注引曹植集．"黄初四年五月，白马王、任城王与余俱朝京师，会节气"，则黄初三年曹植来朝京师，应在五月。黄初四年，曹丕是在宛举办的元会，则曹植必定应该从鄄城赶来参加元会。而且很有可能一直跟随曹丕在宛，在三月丙申，跟随曹丕返回洛阳，参加黄初四年五月在洛阳举办的会节气，按照这个背景，"驱车策驽马，游戏宛与洛"也就说得通了。第二种可能是曹植、曹彪兄弟于太和五年岁末至六年二月参加元会时在洛阳所作。诗中的"青青陵上柏"一句中的"陵"，在之前已经说了，"陵"是"大阜"的意

① ［清］王士禛《古诗笺．上》，上海古籍出版社 1980 年版，第 2 页。

② ［清代陈倡议刻本］许慎《说文解字》，中华书局影印版。

③ 木斋《古诗十九首与建安诗歌研究》，人民出版社 2009 年版，第 248 页。

④ ［清］钱仪吉《三国会要》，上海古籍出版社 2006 年版，第 257 页。

思，则有可能是帝王及其家族之陵寝，首先一种可能是这里的"陵"指曹操西陵，但史料记载中并没有曹植自封地入京先去拜谒西陵的记载。第二种可能是这里的"陵"指的是平原公主的陵墓，曹植受命曾为其写过诔文。曹植《答明帝诏表》："奉召并见圣恩所作故平原公主诔。文义相扶，章章殊兴，句句感切，哀动神明，痛贯天地。楚王臣彪等闻臣为读，莫不挥涕。"① 由此可见曹植、曹彪还在洛阳一直待到太和六年二月。"游戏宛与洛"则可以理解为近十年来曹植围绕洛阳一带奔走的人生经历，也可以理解为曹植来京朝觐一事。"宛洛"是当时曹魏重要的政治中心，《汉书》："南阳郡有宛县，洛，东都也。② 南阳在洛阳以南，当时亦称为"南都"。"两宫遥相望，双阙百余尺"中的"两宫"和"双阙"亦是这首诗中最重要的地理方位名词。木斋先生的著作《古诗十九首与建安诗歌研究》中说明："这两宫指的是曹魏新建洛阳城中的两宫。在大量的文献中，记载着该城的汉代宫城是由南北两个宫城组成，即学者们一般认为的南北对峙的形制。其中南宫南邻洛水，南北宫之间以楼阁复道相连，相距七里。"③所以"两宫遥相望"可以这般解释。"双阙"所谓"阙"，笔者之前已经做过解释：阙，观也，古每门树两观于其前，所以标表宫门也，登之则可以远观，故谓之观。人臣将至此则思其所阙，故谓之阙。"曹魏洛阳的双阙建筑，应该是来源于曹魏建安时期的双阙建筑，是模仿邺城双阙而建成的新建筑物。"但这些仅仅是一个比较具有可能性的推测，具体的还需要再探索。④

（四）"西北""高楼""阿阁""杞梁妻"见于：《西北有高楼》

西北有高楼，上与浮云齐。

交疏结绮窗，阿阁三重阶。

上有弦歌声，音响一何悲！

谁能为此曲？无乃杞梁妻。

清商随风发，中曲正徘徊。

一弹再三叹，慷慨有余哀。

不惜歌者苦，但伤知音稀。

① ［晋］陈寿撰，［南朝宋］裴松之注《三国志．魏书．杨阜传》，中华书局1982年版，第707页。
② 木斋《古诗十九首与建安诗歌研究》，人民出版社2009年版，第257页。
③ 木斋《古诗十九首与建安诗歌研究》，人民出版社2009年版，第259页。
④ 木斋《古诗十九首与建安诗歌研究》，人民出版社2009年版，第263页。

愿为双鸿鹄，奋翅起高飞。

木斋先生在其《古诗十九首与建安诗歌研究》一书中，认为《西北有高楼》大体也可以认定是曹植所作。此诗中出现了"西北""阿阁"两个地理方位词，对于理解这首诗有非常最要的作用。木斋先生在《古诗十九首与建安诗歌研究》中，细致研究了《西北有高楼》的写作背景，其中对本诗中的地理方位词也有细致研究，具体如下："高楼这个词汇在汉魏诗人中，首先是曹丕在六言诗中使用，《黎阳作诗》：'中有高楼亭亭，荆棘绕蕃丛生'，五言诗作中，只有曹植《七哀诗》使用：'明月照高楼，流光正徘徊。上有愁思妇，悲叹有余哀'，与《西北有高楼》，可谓姊妹篇，同样手法，同样的风格。"① 而在曹植曹丕的诗文中，"西北有"这个词汇也曾露脸，比如曹丕《杂诗二首·其二》："西北有浮云，亭亭如车盖"。曹植《杂诗》："西北有织妇，绮缟何缤纷。"之所以曹植曹丕双方都提到"西北"这个方位，是由于铜雀台正在邺城的西北方向，这首诗中的"西北有高楼"应该正是指铜雀台，而铜雀台中也正是曹氏政权宫室之所在，是后宫嫔妃居住的地方。"阿阁"："吴旦生日：'明堂咸有四阿'，《注》：'四阿若今四注屋。'故五臣之注阿阁，亦谓阁有四阿也。"② 隋树森《古诗十九首集释》引：薛综《西京赋》注曰：'殿前三阶也。'③ 按：阿阁、绮窗、三重阶，都表明此高楼非市井街面之高楼，而是帝王殿宇之高楼，作为曹魏邺城之高楼，则非铜雀台莫属。隋树森引李善注："此刻镂以象之"，随后按语说：后汉书《梁冀传》：'窗牖皆有绮疏青锁'，注曰：'绮疏谓镂为绮文。'④ 木斋先生论证过，古诗十九首为建安十六年之后曹魏文人所作，而在曹操时代崇尚质朴，臣子不可能住如此豪华的宅第。"交疏结绮窗，阿阁三重阶"，正是《魏都赋》所说的"殿居绮窗"，也正是曹植《杂诗·其六》诗中的"飞观百余尺，临牖御棂轩"。"飞观"和"双阙"，应该是同一种建筑的不同说法。⑤ "崔豹《古今注》曰：'阙，观也。古每门树两观于其前，所以标表宫门也。其上可居；登之则可远观。故谓之观。人臣至此，则思其所阙，故谓之

---

① 木斋《古诗十九首与建安诗歌研究》，人民出版社 2009 年版，第 217 页。
② [清] 吴景旭著《历代诗话》，"阿阁"条，京华出版社 1998 年版，第 224 页。
③ 隋树森编著《古诗十九首集释》，中华书局 1955 年版，第 25 页。
④ 同上。
⑤ 木斋《古诗十九首与建安诗歌研究》，人民出版社 2009 年版，第 217 页。

阙。'① 曹植《登台赋》:"浮双阙乎太清"与"立冲天之华观"。

　　诗中的女主人公住在这样的建筑里,其身份只能是帝王贵族家族的;其次,音乐歌舞在汉魏时期是帝王宫廷贵族垄断的,那种市井歌女的现象也可能存在,但绝无可能居住在"上与浮云齐"的西北高楼上,以曹植的身份在这贵族女性的楼下倾听歌声也是合理的,也正合曹植和甄氏之间在这一个阶段的身份和关系。因此诗中的女主人公可以判断是甄后。诗中"无乃杞梁妻"中的"杞梁妻"是一个流传很广的故事:"相传春秋时齐国大夫杞梁伐莒时战死,其妻痛苦自杀。据《琴操》记载,琴曲《杞梁妻叹》即杞梁妻痛悼其夫所作;崔豹《古今注》则谓此曲为杞梁妻之妹朝日所作。以上二句言何人能奏出如此悲哀动人的曲调,莫不是杞梁妻吗?"② 这个故事在汉魏文人的诗歌作品中,只有曹植两次使用,说明这个故事在汉魏时期就有流传,而且带有地域性,曹植出生和贬谪之地都在山东一带,这个故事最早也流传在齐鲁之间。木斋先生在《古诗十九首与建安诗歌研究》中有所论述:"杞梁妻故事,确实发生于泰山、梁山一带,泰山附近,实为历史上杞梁之家族故地;后世传说故事中杞梁妻与泰山发生联系,其源头均应于此。——这正是泰山成为'孟姜女故事区域'的史实背景。"③ 曹植之所以是汉魏时期唯一一位写到杞梁妻的诗人,是因为他和山东的不解之缘,他对山东文化足够了解。曹植初封平原,后改封临淄,再迁鄄城,都是在山东境内,况且曹植从小生活的鄄城,正在梁山脚下。由之前所论述可得出这样一个结论:整个汉魏时期只有铜雀台地处西北而有名,也只有铜雀台可以满足"上与浮云齐"的规模高度,又处在某个都市的西北位置,同时,也只有邺城、洛阳的诗人集团能写这样的抒情五言诗。其次来说,只有甄后可以满足居住在铜雀台和具有"一弹再三叹,悲叹有余哀""无乃杞梁妻"等条件。还有一点就是这首诗的创作水准在整个汉魏时期也只有曹植的诗作与之可以媲美。所以,这首诗通过木斋先生论证,基本可以断定为曹植的作品。

　　(五)"江""远道""旧乡"见于:《涉江采芙蓉》

　　涉江采芙蓉,兰泽多芳草。

　　采之欲遗谁,所思在远道。

① 隋树森编著《古诗十九首集释》,中华书局 1955 年版,第 23 页。

② 郁贤皓主编《中国古代文学作品选·第二卷秦汉魏晋南北朝部分》,高等教育出版社 2003 年版,第 56 页。

③ 参见周郢《孟姜女故事与泰山》,《文史知识》2008 年第 6 期,第 75 页。

还顾望旧乡，长路漫浩浩。

同心而离居，忧伤以终老。

《涉江采芙蓉》是一首抒情诗，无需多解说，我们可以看出它是一首游子远游在外的思乡诗，木斋先生认为此诗确定无疑是曹植所作，具体论证在他的著作《古诗十九首与建安诗歌研究》中有叙述。木斋先生根据比对曹植早期思甄的作品和《涉江采芙蓉》而得出这一结果。"曹植一生爱情诗作所涉及的现实女性，仅仅是甄后一人而已，从李善注引《记》所记载的，曹植于建安九年于邺城一见甄氏'昼思夜想，废寝于食'之后，再也没有和其他女性相爱的记载或传闻。"① 但是鉴于叔嫂关系，曹植这段隐秘私情只能深藏心底，无法启齿。他对甄后的爱恋，以及后来他和甄后的相互爱恋大量的体现在曹植的作品之中。比如曹植写于曹丕迎娶甄宓后的《感婚赋》："思同游而无路，情壅隔而靡通。哀莫哀于永绝，悲莫悲于生离。……登高楼以临下，望所欢之攸居。"

《涉江采芙蓉》中有"江""远道""旧乡"等地理方位名词，破解了它们，就等于破解了诗歌的写作背景。

木斋先生在《古诗十九首与建安诗歌研究》中认为十九首之《涉江采芙蓉》是曹植骚体诗《离友》的五言诗表达。曹植有《离友》诗，其二曰："凉风肃兮白露滋。木感气兮条叶辞。临渌水兮登重基。折秋华兮采灵芝。寻永归兮赠所思。感离隔兮会无期。伊郁悒兮情不怡。"这首诗和第一首一并在《离友》二首诗下，在《离友》的诗前有一段序，大意是此二首诗是写给友人夏侯威者，但就从《离友》第二首的诗歌内容来看，显然不符写给友人这一条件。诗中作者"临渌水兮登重基。折秋华兮采灵芝。寻永归兮赠所思"，他采灵芝，是要等回归之后赠给他所思念的人，如果这个他所思念的人是一位男子，他要给他赠灵芝，显然让人无法接受。而且他说："感离隔兮会无期。伊郁悒兮情不怡。"赵幼文在此诗下作按语说："《魏志．武帝纪》：'建安十八年、夏四月至邺'，而此篇所述皆秋日景物，疑与前作异，似非怀念夏侯威者，未能考其写作岁月"。② 由此可见，赵幼文先生的怀疑是很在理的，那么这首《离友》诗到底写在何时何地呢？木斋先生认为，根据《武帝纪》的记载，曹操于建安十七年十月征讨孙权，曹操从征，所以这首诗应该写于这次从征，南方气候炎热，所

① 木斋《古诗十九首与建安诗歌研究》，人民出版社2009年版，第202页。
② 赵幼文校注《曹植集校注》，人民文学出版社1984年版，第56页。

以虽然已到十月，却仍然是深秋景色。① 把这首《离友》诗和《涉江采芙蓉》比对来读："涉江采芙蓉，兰泽多芳草。采之欲遗谁，所思在远道。还顾望旧乡，长路漫浩浩。同心而离居，忧伤以终老"，都是采撷，曹植采的是灵芝，十九首采的是芙蓉，但是"芙蓉"有水中灵芝的，美号。二者都是采了芳草要送给远方所思念的人，"感离隔兮会无期。伊郁悒兮情不怡"和"同心而离居，忧伤以终老"的意思惊人的相似。据木斋先生考证，甄氏喜爱芳草、芙蓉，曹植曹丕兄弟都曾有过采撷赠送求爱的行为。综上所述，《涉江采芙蓉》应该正是曹植在建安十七年十月份左右写于长江边上的思念甄氏的作品。因此"涉江采芙蓉"中的"江"就是长江，而在当时，整个长江流域还没有出现有人会写五言诗的记载，只有像曹植这样来自北方的人才能写，而且这首诗的水平和曹植的诗歌水准很一致。况且"还顾望旧乡"一句，说明作者并不是本地人，而是来自远方，所以此处的"旧乡"就是指邺城。"所思在远道"，他思念的人在远方，当时甄氏的所在地是邺城，所以"远道"也是指邺城。

（六）"泰山阿"见于：《冉冉孤生竹》

> 冉冉孤生竹，结根泰山阿。
> 与君为新婚，兔丝附女萝。
> 兔丝生有时，夫妇会有宜。
> 千里远结婚，悠悠隔山陂。
> 思君令人老，轩车来何迟！
> 伤彼蕙兰花，含英扬光辉；
> 过时而不采，将随秋草萎。
> 君亮执高节，贱妾亦何为？

"冉冉孤生竹，结根泰山阿。"竹而曰"孤生"以喻其子子孤立而无依靠，"冉冉"是柔弱下垂的样子。这是女子的自喻。"泰山"是本诗中出现的唯一一个地理名词，众所周知，泰山位于今天的山东省境内。"阿"是山坳。山是泰山这样雄伟的山，又在山坳之处，可以避风，这是以山比喻男方。《文选》李善注曰："结根于山阿，喻妇人托身于君子也。"② 诚是。"与君为新婚，兔丝附女

---

① 木斋《古诗十九首与建安诗歌研究》，人民出版社 2009 年版，第 204 页。
② 郁贤皓主编《中国古代文学作品选．第二卷秦汉魏晋南北朝部分》，高等教育出版社 2003 年版，第 57 页。

萝。"兔丝和女萝是两种蔓生植物，其茎蔓互相牵缠，比喻两个生命的结合。《文选》五臣注："兔丝女萝并草，有蔓而密，言结婚情如此。"从下文看来，兔丝是女子的自喻，女萝是比喻男方。"为新婚"不一定是已经结了婚，正如清方廷珪《文选集成》所说，此是"媒妁成言之始"而"非嫁时"。① "为新婚"是指已经订了婚，但还没有迎娶。"兔丝生有时，夫妇会有宜。"这还是以"兔丝"自喻，既然兔丝之生有一定的时间，则夫妇之会亦当及时。言外之意是说不要错过了自己的青春时光。"千里远结婚，悠悠隔山陂。"从这两句看来，男方所在甚远，他们的结婚或非易事。这女子曾企盼着，不知何时他的车子才能到来，所以接下来说："思君令人老，轩车来何迟!"这首诗开头的六句都是比，这四句改用赋，意尽旨远，比以上六句更见性情。"伤彼蕙兰花，含英扬光辉。过时而不采，将随秋草萎。"这四句又用比。蕙和兰是两种香草，用以自比。"含英"是说花朵初开而未尽发。"扬光辉"形容其容光焕发。如要采花当趁此时，过时不采，蕙兰亦将随秋草而凋萎了。这是希望男方趁早来迎娶，不要错过了时光。唐杜秋娘《金缕衣》："花开堪折直须折，莫待无花空折枝。"与此两句意思相近。最后二句"君亮执高节，贱妾亦何为?"张玉谷说："代揣彼心，自安己分。"诚然。这女子的疑虑已抒写毕尽，最后遂改为自我安慰。她相信男方谅必坚持高尚的节操，一定会来的，那么自己则不必怨伤。②

　　如果这首诗依此看来有两种主旨：首先一种是女主人公抱怨丈夫婚后远别；第二就是抱怨男主人公迎娶之迟。无论是哪种情况都表现出了女主人公企盼的心境。如果在不确定本诗作者的情况下，对这首诗的解读也就大抵如此了，诗中的地理名词"泰山"可以推测出这个故事发生在山东境内，无须做太多解读。但是木斋先生在其著作《古诗十九首与建安诗歌研究》一书中认为这首诗有可能是甄氏写给曹植的，如此的话"泰山"这个地理名词和本诗的写作背景就有了很大的关系。

　　笔者在前文已经多次提到木斋先生关于古诗十九首的论述，认为古诗十九首中若干作品是曹植的思甄之作，但是关于《冉冉孤生竹》，木斋先生认为是甄氏写给曹植的作品。笔者在前文说到了曹植少年时对甄氏一见倾心，一生不悔，由起初的单相思到后来植、甄两人的相互爱恋，但是无法越过叔嫂世俗身份的

---

　　①　隋树森著《古诗十九首集释》，中华书局1957年出版，第30页。

　　②　吴小如主编《汉魏六朝诗鉴赏辞典》，上海辞书出版社1992年版，第144－145页。

障碍，尤其生在帝王家族，他们注定一辈子都不能恩爱地生活在一起。根据史书提供的资料，曹丕在登基之后甄后竟然三次拒绝赴洛京主持长秋宫落成大典，并且上书请曹丕另立皇后，如果不是和曹植相爱以求自由，很难想象身在后宫的甄后有什么理由要放弃皇后的位置。《魏书》曰："有司奏建长秋宫，帝玺书迎后，诣行在所，后上表曰：'妾闻先代之兴，所以飨国久长，垂祚后嗣，无不由后妃焉。故必审选其人，以兴内教。今践阼之初，诚宜登进贤淑，统理六宫。妾自省愚陋，不任柒盛之事，加以寝疾，敢守微志。'玺书三至而后三让，言甚恳切。"① 由此分明可看出植、甄二人向曹丕摊牌，希望曹丕给予两人自由，否则甄后的三让实难解释。在分析古诗十九首之第一首《行行重行行》的地理方位的量化分析的时候，笔者陈述过，曹植从黄初元年十一月就一直逗留于鄄城，甄后则待在邺城，曹植在鄄城可能一直待到黄初二年春夏之交，才从鄄城返回邺城。木斋先生认为这首诗可能是甄后在此期间写给曹植的，是思念曹植，盼他回归的作品。这期间，已不再是曹植的单恋时期，而是到了两人已经互相爱恋的阶段，曹植在立储之争中失败，开始将他的人生重点转到感情上来，甄后三拒曹丕希望获得自由，都是两人对未来美好生活的天真向往。所以，甄后这首诗是满怀希望期待曹植早日返回邺城，两人结为秦晋之好。"冉冉孤生竹，结根泰山阿"，曹植此时所在的鄄城正是在山东境内，所以说"泰山阿"。"孤生竹"也是比喻曹植孑然一身，和甄后分离独居鄄城。接下来兔丝女萝的比喻，作者强调了一位女性柔弱无所依靠的心境。"千里远结婚，悠悠隔山陂"曹植和甄后一个在邺城一个在鄄城，可不是隔着千里长途，重重山峦吗？"思君令人老，轩车来何迟！伤彼蕙兰花，含英扬光辉；过时而不采，将随秋草萎。"后面这六句作者叙说了时光易逝、容颜易老的心思，因为此时甄后已经四十岁了，对时间很敏感，她希望对方赶快归来，不要发生过时而不采的悲剧。最后两句"君亮执高节，贱妾亦何为"大意为：君不归来，诚然是对乃兄之高节，但我已将心交付于你，如此你又将我此生的托付置于何地呢？综上所述，这首诗应该是身处邺城的甄氏写给远在鄄城的曹植的，时间大概是在黄初二年的上半年。

---

① 木斋《古诗十九首与建安诗歌研究》，人民出版社 2009 年版，第 245 页。

（七）"庭中""路远"见于：《庭中有奇树》

庭中有奇树，绿叶发华滋。

攀条折其荣，将以遗所思。

馨香盈怀袖，路远莫致之。

此物何足贵？但感别经时。

在前文笔者浅析了古诗十九首之第六首《涉江采芙蓉》，《庭中有奇树》和其有高度的相似性。两者都是采遗以赠所思的主题，《涉江采芙蓉》中所采是芙蓉，而《庭中有奇树》中是折下开着繁茂花朵的树枝，而且所思之人皆在远方而无法送达。木斋先生在其著作《古诗十九首与建安诗歌研究》一书中认为这首《庭中有奇树》同《涉江采芙蓉》一样，亦为曹植之作，同样是写给所思之人甄氏的，笔者在前文已经陈述过木斋先生对此的分析。《涉江采芙蓉》的写作地点是在江边，而《庭中有奇树》的写作地点我们从诗歌首句可以看出是在一个庭院里。因此两首诗的写作背景是不同的，写作的时间地点是不同的。木斋先生认为《涉江采芙蓉》作于前，《庭中有奇树》在后，和曹植写作《青青河畔草》是同一时期的，对于《青青河畔草》的写作背景，笔者在前文已经详细介绍了是在黄初二年春末夏初之际写于黄河河畔的鄄城，此时曹植刚刚经历丧父之痛。对于曹操死后曹植首次去鄄城的时间历来都有争论，曹植《请祭先王表》曰："臣虽比拜表，自计违远以来，有踰旬日垂竟，夏节方到，臣悲伤有心。念先王公以夏至日终，是以家俗不以夏日祭。至于先王，自可以今辰告祠……臣欲祭先王于北河之上。"① 笔者在前文已经陈述过，"河"在古籍中专指黄河，曹植《表》里所说的河上当指的是黄河河畔，曹植在太和四年以前居住过的都邑有鄄城、东阿、雍丘，鄄城笔者在前文已经叙述过了，它是黄河穿城而过的城市。曹植此次上表的时间是延康元年四月，因此可以推断出他初次就国正是他祭奠曹操的地方，也就是鄄城。至于曹植是什么时候离开鄄城的，各种史书记载不明。"但曹植的《九尾狐表》写于黄初元年十一月于鄄城，这就可以证明他在黄初元年十一月之前依然逗留在鄄城，因此《庭中有奇树》的写作时间应该是在延康元年四月到黄初二年五月之间。"② 诗中"此物何足贡"中的

---

① ［魏］曹植《请祭先王表》，赵幼文校注《曹植集校注》，人民文学出版社 1984 年版，第 207 页。

② 木斋《古诗十九首与建安诗歌研究》，人民出版社 2009 年版，第 211 页。

"贡"道明了了曹植与甄后之间的君臣关系，此时甄氏已经贵为皇后，那么曹丕肯定已经登基了，"十月，丕逼禅代汉，改延康元年为魏黄初元年"①，曹丕于延康元年十月登基。"路远莫致之"一句说明两人分隔两地，在前文笔者陈述过，此时甄氏在邺城而曹植在鄄城，而且两人之间的距离不只是这地理空间上的距离，更是君臣、叔嫂等世俗关系之间难以跨越的鸿沟。"但感别经时"中"经时"二字说明两人已经分别一年，所以曹植于黄初元年春夏之际写此诗思念甄氏，"绿叶发华滋"一句也可佐证写作的季节。综上所述，《庭中有奇树》是曹植黄初二年春夏之际于鄄城自己的庭院府邸所写的思甄之作。

（八）"东城""燕赵"见于：《东城高且长》

东城高且长，逶迤自相属。

回风动地起，秋草萋已绿。

四时更变化，岁暮一何速！

晨风怀苦心，蟋蟀伤局促。

荡涤放情志，何为自结束？

燕赵多佳人，美者颜如玉。

被服罗裳衣，当户理清曲。

音响一何悲！弦急知柱促。

驰情整中带，沉吟聊踯躅。

思为双飞燕，衔泥巢君屋。

笔者在前文中提到过，《汉书》："南阳郡有宛县，洛，东都也。"②《汉魏六朝诗选》："东城二句：'东城，指洛阳东城城垣。'"③ 由此可断定诗中"东城"乃是洛阳无疑。"燕赵"："燕国、赵国，此泛指其所在地区，即今河北北部、山西西部一带。"④ 因此此诗的作者与时代背景应是汉魏时期的洛阳，因为在东汉和曹魏时期，洛阳都是政治中心，谓之东都。

从诗文中可看出，作者因无法摆脱苦闷便转向荡涤情志，诗人大约是独自一人，徘徊在洛阳的东城门外。他所见之景和物似乎都蒙上了一层了苦闷的色彩，从"高且长"的东城，到凄凄变衰的秋草，以至于鸟、蟋蟀，似乎都成了

---

① 张作耀著《曹操评传》，南京大学出版社2006年版，第525页。

② 木斋《古诗十九首与建安诗歌研究》，人民出版社2009年版，第257页。

③ 邬国平选注《汉魏六朝诗选》，上海古籍出版社2005年版，第69页。

④ 同上，第69页。

苦闷人生的某种象征，自"燕赵多佳人"以下，即上承"荡情"之意，抒写诗人的行乐之境。当"何为自结束"的疑虑一经解除，诗人那久抑心底的声色之欲便勃然而兴，做了一个"燕赵佳人"梦，这"梦"在表面上很"驰情"、很美妙，但若将它放在上文的衰秋、"岁暮"、鸟苦虫悲的苍凉之境中观察，就可知道：那不过是苦闷时代人性备受压抑一种失却的快乐与美感的补偿，一种现实中无法"达成"的虚幻的"愿望"而已。当诗人从这样的"白日梦"中醒来的时候，还是会因苦闷时代所无法摆脱的"局促"和"结束"，而倍觉凄怆和痛苦。①

（九）"东门""郭北墓"见于：《驱车上东门》

驱车上东门，遥望郭北墓。

白杨何萧萧，松柏夹广路。

下有陈死人，杳杳即长暮。

潜寐黄泉下，千载永不寤。

浩浩阴阳移，年命如朝露。

人生忽如寄，寿无金石固。

万岁更相送，圣贤莫能度。

服食求神仙，多为药所误。

不如饮美酒，被服纨与素。

关于诗中第一个地理方位词"东门"，有如下解释。《续汉书百官志》："洛阳城十二门，一曰上东门。"② 东汉京城洛阳，共有十二个城门。东面三门，最靠北的叫"上东门"。③《水经注》曰："穀水又东屈而径建春门石桥下，即上东门也。④"《朝野佥载·卷一》最后一则有"至渑池缺门，营于穀水侧"这样的记载，并注"穀水"曰："河名。出河南陕县东崤山，流经渑池入洛河。"笔者在前文已经对洛河做过解释，也是在河南境内。由此可见，诗中"上东门"是在洛阳城无疑。第二个地理名词"郭北墓"，《风俗通》曰："葬于郭北，北首，求诸通幽之道也。"⑤《汉魏六朝诗鉴赏辞典》释："郭北：城北。洛阳城北的北

---

① 吴小如主编《汉魏六朝诗鉴赏辞典》，上海辞书出版社1992年版，第153页。

② ［清］王士禛《古诗笺》上海古籍出版社1983年版，第8页。

③ 吴小如主编《汉魏六朝诗鉴赏辞典》，上海辞书出版社1992年版，第153页。

④ ［清］王士禛《古诗笺》上海古籍出版社1983年版，第8页。

⑤ 同上，第8页。

邙山上，古多陵墓。"① 汉代沿袭旧俗，死人多葬于郭北。洛阳城北的北邙山，但是丛葬之地；诗中的"郭北墓"，正指邙山墓群。

诗中主人公出上东门，一出城门便"遥望郭北墓"，见得他早就从消极方面思考生命的归宿问题，心绪很悲凉。因而当他望见白扬与松柏，感叹生命的短促如此怨怅，对于死亡的降临如此恐惧，而得出的结论很简单，也很现实：神仙是不死的，然而服药求神仙，又常常被药毒死；还不如喝点好酒，穿些好衣服，只图眼前快活吧！他对人生如寄的悲叹，当然也隐含着对于生命的热爱，然而对生命的热爱最终以只图眼前快活的形式表现出来，却是消极的，颓废的。生命的价值，也就化为乌有了。这首诗也反映出了汉魏文人对生命价值的一个思考。

（十）"郭门""故里间"见于：《去者日以疏》

去者日以疏，来者日以亲。

出郭门直视，但见丘与坟。

古墓犁为田，松柏摧为薪。

白杨多悲风，萧萧愁杀人。

思还故里间，欲归道无因。

此诗从题材范围、艺术境界以至语言风格看来，有些近似第十三首《驱车上东门》，是出于游子所作。由于路出城郊，看到墟墓，有感于世路艰难、人生如寄，在死生大限的问题上，愤激地抒发了乱世怀归而不可得的怆痛之感。

在首句中作者表达了死者弥久，生者弥疏的感慨。二句"出郭门直视"中，"郭门"：城外曰郭，"郭门"就是外城的城门。古墓变为田，松柏成薪火，最后一句"思还故里间，欲归道无因"中，"故里间"：古代五家为邻居，二十五家为里，后来泛指居所，凡是人户聚居的地方通称作"里"。"间"是里门也。"故里间"，犹言故居。② 这首诗，和"驱车上东门"的内容基本相同，所表现的情感是前面一篇的引申。

三、曹植五言诗中所出现的地理方位词

萧涤非先生在所著《汉魏六朝乐府文学史（增补本）》中曾说："曹氏父子

---

① 吴小如主编《汉魏六朝诗鉴赏辞典》，上海辞书出版社 1992 年版，第 153 页。
② 吴小如主编《汉魏六朝诗鉴赏辞典》，上海辞书出版社 1992 年版，第 154 页。

之产生，实为吾国文学史上一大伟绩。曹操四言之独超众类，曹丕七言之创为新体，既各擅长千古，而五言之集大成，子建尤为百世大宗。以父子三人，而擅诗坛之三绝，宁非异事，而作品之富，影响之大，则三曹中，又以子建为最焉。"① 由此可见曹植在五言诗史上的地位，他的成就之高、影响之大。笔者将选取曹植五言诗中的一些优秀作品，对其中的地理方位做出量化分析，以便更好地理解诗歌以及感受诗歌的价值。

（一）"泰山""梁甫"见于：《泰山梁甫行》

八方各异气，千里殊风雨。

剧哉边海民，寄身于草墅。

妻子象禽兽，行止依林阻。

柴门何萧条，狐兔翔我宇。

首先此诗的题目中就有两个地理方位词：泰山、梁甫，《古诗今选》注曰："泰山、梁甫，两山名，在今山东省境内。"② 梁甫，又名梁父，泰山下的小山，古时死人丛葬的地方。由此可得，作者这首诗的写作背景是在远行泰山一带时所作。首句"八方各异气，千里殊风雨"中"八方"在《古诗今选》中注为："东、南、西、北、东南、西南、东北、西北。"③ 《汉书司马相如传》注曰："天地四方谓之六合，四方四维谓之八方。"④ 总之此句的意思为地域辽阔宽广，气候因此也不同。"剧哉边海民，寄身于草墅"中的"边海"，《古诗今选》注曰："海边的倒置"，⑤ 说明所处地方是在滨海地区。

此诗作者用白描的手法反映了滨海居民贫苦的生活，表现了作者对他们的深切同情。至于此诗的写作时代与背景，说法不一。《古诗今选》中认为这首诗是建安十二年，诗人随父亲曹操远征辽东乌桓，经过今河北省冀东边海地区时所作。⑥ 另有朱乾云："咏齐之土风也。此诗殆作于封东阿鄄城之日乎？吾闻君子不鄙夷其民；斯民也，三代之所以直道而行也。山泽之民，木石鹿豕为伍，

---

① 萧涤非著《汉魏六朝乐府文学史（增补本）》，人民文学出版社 2011 年版，第 135 页。
② 程千帆撰注《古诗今选》，上海古籍出版社 1987 年版，第 48 页。
　　同上，第 48 页。
③ 黄节撰《汉魏乐府风笺》，中华书局 2008 年版，第 244 页。
④ 程千帆撰注《古诗今选》，上海古籍出版社 1987 年版，第 48 页。
⑤ 同上，第 48 页。
⑥ 黄节撰《汉魏乐府风笺》，中华书局 2008 年版，第 244 页。
　　同上，第 244 页。

何其常然，愿性非有异也；得贤君而治之，皆盛民也；今无矜恤之心而有鄙夷之意，子建亦昧于素餐之义矣。"① 朱乾认为此诗是曹植徙封东阿就国鄄城之时所作，他认为曹植鄙夷封地人民，并无体恤下民之心。笔者并不同意这个说法，曹植的诗文中多次反映了对民生疾苦的关心，怎会鄙夷其封地人民？黄节先生注："东阿鄄城皆非边海之地，此悯汉末黄巾之乱，人民流离而作。朱乾所论非也。"② 他认为朱乾的言论是错误的，曹植徙封的东阿鄄城都不是滨海地区，所以朱乾的言论不能成立。他认为此诗是作者表达对汉末黄巾寇乱中流离失所、生活贫苦的深切同情所作。笔者认为《古诗今选》的说法和黄节先生的看法尚且说得通。

（二）"北邙""洛阳"见于：《送应氏诗》

步登北邙山，遥望洛阳山。

洛阳何寂寞，宫室尽烧焚。

垣墙皆顿擗，荆棘上参天。

不见旧耆老，但睹新少年。

侧足无行径，荒畴不复田。

游子久不归，不识陌与阡。

中野何萧条，千里无人烟。

念我平生亲，气结不能言。

此首诗的写作背景比较明朗，"这篇诗是建安十六年作者在洛阳送应瑒，应遽兄弟随曹操北征马超而做的"。③ 郭缘生《述征记》："北邙，洛阳北邙岭，靡迤长阜，自荥阳山连岭修亘，暨于东垣。"④ 由此得知，北邙山也位于洛阳境内。"洛阳何寂寞，宫室尽烧焚"一句写的是初平元年，董卓逼汉献帝迁都长安，尽烧洛阳宫室。《后汉献帝纪》："车驾至洛阳，宫室尽烧。"⑤ 虽然此时距离董卓焚烧洛阳已经过去了二十年，但洛阳依旧是残垣断壁、荒草丛生、道路损坏、良田荒芜。"中野何萧条，千里无人烟"写出了洛阳城的荒凉，《东观汉

---

① 黄节撰《汉魏乐府风笺》，中华书局 2008 年版，第 244 页。

② 同上，第 244 页。

③ 程千帆撰注《古诗今选》，上海古籍出版社 1987 年版，第 49 页。

④ ［清］王士禛《古诗笺》上海古籍出版社 1983 年版，第 62 页。

⑤ 同上，第 62 页。

记》："北夷作寇，千里无烟火"。① 人民生活仍然很困苦，使作者感到难言的悲痛。

（三）"高楼""西南风"见于：《七哀诗》

明月照高楼，流光正徘徊。

上有愁思妇，悲叹有余哀。

借问叹者谁？言是宕子妻。

君行逾十年，孤妾常独栖。

君若清路尘，妾若浊水泥。

浮沉各异势，会合何时谐？

愿为西南风，长逝入君怀。

君怀良不开，贱妾当何依？

笔者在前文已经分析过《古诗十九首》之《西北有高楼》，它的用词、结构以及艺术成就和《七哀诗》高度相似，同样的手法、同样的风格，可谓是姊妹篇。木斋先生论证《西北有高楼》的作者乃是曹植，这首诗似乎可以更好地佐证这一点。在前文笔者已经分析了："高楼"乃是指铜雀台，而铜雀台中也正是曹氏政权宫室之所在，是后宫嫔妃居住的地方。"愿为西南风"一句，《古诗》曰："从风入君怀，四坐莫不欷"，李周翰曰："西南坤地，坤、妻道也，故愿为西南风。"② 因此笔者认为这首诗与《西北有高楼》一样，也是关乎曹植和甄后的恋情的，所表达的感情也是相似的。

（四）"吴国""东路""淮泗"见于：《杂诗·其五》

仆夫早严驾，吾将远行游。

远游欲何之，吴国为我仇。

将骋万里途，东路安足由。

江介多悲风，淮泗驰急流。

愿欲一轻济，惜哉无方舟。

闲居非吾志，甘心赴国忧。

首先从首句"仆夫早严驾，吾将远行游"了解到作者叫车夫整治车马，他欲出门远行。原因何在呢？乃是因为"吴国为我仇"，"吴国"，当时魏、蜀、

---

① ［清］王士禛《古诗笺》上海古籍出版社 1983 年版，第 62 页。

② 黄节撰《汉魏乐府风笺》，中华书局 2008 年版，第 246 页。

吴三足鼎立，三分天下，每一方都想要吞并另外两方，一统天下，所以相互之间是仇视的，① 所以诗人如此说。"将骋万里途，东路安足由"意为骏马奔驰万余里，作者指的是南下攻打吴国的漫长道路，"东路"指由洛阳回到鄄城的路，因为鄄城在洛阳东边，"安足由"说明作者认为"东路"没有值得走的意义。黄初四年，曹植由鄄城回到洛阳朝见哥哥文帝曹丕，此诗是朝见后准备回鄄城时所作。此诗表达了他希望远行万里，南征吴国的意愿，东归鄄城，他觉得没有什么意义。"江介多悲风，淮泗驰急流"中"江介"指江间，"淮""泗"是两水名，淮河发源于河南省桐柏山老鸦叉，东流经河南，安徽，江苏三省，淮河下游水分三路。主流通过三河闸，出三河，经宝应湖、高邮湖在三江营入长江；泗水是山东省中部较大河流。发源于鲁中山地新泰市南部太平顶西麓，西南流入泗水县境后改向西行，至曲阜市和兖州市边境复折西南，于济宁市东南鲁桥镇注入京杭大运河。南征孙权的吴国，要经过淮水和泗水流域，以到达长江流域。② 诗歌最后四句表达了自己愿为国立功却权不在己，报国无门的无奈。"在黄初四年朝时，曹植写了一篇《求自试表》，表示不愿意安享富贵，而愿意为国为民做些事情，特别是愿意为削平蜀吴，统一全国而出力。但曹丕猜忌很重，不批准他的请求，这篇诗可能是在这种情况下写的"。③

（五）"名都""京洛""南山""平乐""城邑"见于：《名都篇》

　　名都多妖女，京洛出少年。
　　宝剑值千金，被服丽且鲜。
　　斗鸡东郊道，走马长楸间。
　　驰骋未能半，双兔过我前。
　　揽弓捷鸣镝，长驱上南山。
　　左挽因右发，一纵两禽连。
　　余巧未及展，仰手接飞鸢。
　　观者咸称善，众工归我妍。
　　归来宴平乐，美酒斗十千。
　　脍鲤臇胎鰕，寒鳖炙熊蹯。

---

① 程千帆撰注《古诗今选》，上海古籍出版社 1987 年版，第 54 页。
② 程千帆撰注《古诗今选》，上海古籍出版社 1987 年版，第 54 页。
③ 同上，第 55 页。

鸣俦啸匹侣，列坐竟长筵。

连翩击鞠壤，巧捷惟万端。

白日西南驰，光景不可攀。

云散还城邑，清晨复来还。

曹植的人生以建安二十四年为界，有一个明显的转折，这种转折对他的文学创作也有了很大改变。武帝时期，曹植生活优渥，太子之立，不无失意，骨肉无恙，他的作品酣宴戏乐之事，无甚悲痛之音。郭茂倩曰："名都者，邯郸临淄之类，此时人骑射之妙，游骋之乐，而无忧国之心也。"按子建黄初元年被遣就国，此当系建安中居京师所作。① "京洛出少年"中"京洛"即洛京，洛阳是东汉京城，笔者在前文多次解释过。"斗鸡东郊道，走马长楸间"一句中"东郊道"意为城东郊的大道，"楸树间"是指路旁种植楸树的大道。"长驱上南山"中"南山"指洛阳郊外的南山。② "归来宴平乐"一句中"平乐"为观名，平乐观在洛阳西门外，汉明帝时所造。③ "云散还城邑"中"城邑"也就是指洛阳城。本诗绘声绘色的描述了一群贵族少年一天之中貌似充实，实则空虚的生活，他们年轻力胜，武艺精能，却把时间消磨在饮宴、游戏之中。在曹植笔下，"结云清晨来还，则盘游无已可见，却含而不露，信如陈胤倩所云'万端感慨，皆在言外。'④"

结语

本文通过对《古诗十九首》与曹植六首优秀五言诗地理方位的量化分析，从时间地点以及历史事件等因素卜对诗歌的写作背景有了较清晰的认识，发现二者所在的时空高度吻合，二者诗歌中所出现的共同地理方位词主要是在洛阳、邺城、鄄城等地区，也就是今河南、河北、山东等北方地区，其中主要以洛阳为中心，如《古诗十九首》中的"宛""洛""东城"等，是可以和曹植五言诗中的"洛阳""京洛"吻合的，当时的曹氏政权也正是以洛阳为中心的。曹植长居山东鄄城，《古诗十九首》中"泰山阿"以及"杞梁妻"的典故都是以山东为背景的。在《古诗十九首》中部分作品是以宫廷贵族为背景的，如"两

---

① 萧涤非著《汉魏六朝乐府文学史（增补本）》，人民文学出版社 2011 年版，第 139 页。

② 程千帆撰注《古诗今选》，上海古籍出版社 1987 年版，第 53 页。

③ 同上，第 53 页。

④ 萧涤非著《汉魏六朝乐府文学史（增补本）》，人民文学出版社 2011 年版，第 139 页。

宫""双阙""高楼""阿阁"等,《西北有高楼》中的"高楼"所指就是铜雀台,而它正是曹氏政权宫室之所在,曹植也正是曹氏政权的一员,并且曹植《七哀诗》中也提到了"高楼":"明月照高楼,流光正徘徊",这首诗和《西北有高楼》的诗句非常之相似,在曹植的诗文中和《古诗十九首》相似的语句多达数十句,在此就不详细说明了,因此木斋先生所论曹植为古诗十九首主要作者的观点是有极大的可能的。

其中一些五言诗的分析结果也佐证了曹植和甄后恋情存在的可能。《行行重行行》《青青河畔草》《涉江采芙蓉》《西北有高楼》《庭中有奇树》等应是曹植的思甄作品,而《冉冉孤生竹》则可能是甄后盼曹植归来的作品。根据曹植两个分明的人生阶段,笔者分别选取了建安时期和文帝时期不同的五言诗作地理方位的量化分析,反映出曹植前期较为优裕、无恙的生活和后期倍受猜忌、多次徙封的状况。本文通过地理方位的分析结果对曹植的人生历程以及他和甄宓的恋情有了一个清晰的轨迹;其余五言诗的分析也反映出了汉魏人民的生活状态,对当时的地理格局也有了较好的认识。

参考文献:

[1] 王清淮. 古诗名篇 [M]. 北京:中国发展出版社,2005.

[2] 林庚. 中国历代诗歌选 [M]. 北京:清华大学出版社,2006.

[3] 邬国平. 汉魏六朝诗选 [M]. 上海:上海古籍出版社,2005.

[4] 木斋. 古诗十九首与建安诗歌研究 [M]. 北京:人民出版社,2009.

[5] [宋] 郭茂倩. 乐府诗集 [M]. 上海:中华书局,1979.

[6] 张作耀. 曹操评传 [M]. 南京:南京大学出版社,2006.

[7] [清] 王士禛. 古诗笺. 上 [M]. 上海:上海古籍出版社,1980.

[8] [东汉] 许慎. 说文解字 [M]. 北京:中国戏剧出版社,2010.

[9] 余冠英. 汉魏六朝诗选 [M]. 北京:人民文学出版社,1958.

[10] [清] 钱仪吉. 三国会要 [M]. 上海:上海古籍出版社,2006.

[11] [晋] 陈寿撰. [南朝宋] 裴松之注三国志. 魏书. 杨阜传 [M]. 上海:中华书局,1982.

[12] [清] 吴景旭. 历代诗话 [M]. 北京:京华出版社.

[13] 隋树森. 古诗十九首集释 [M]. 上海:中华书局,1955.

[14] 郁贤皓主编. 中国古代文学作品选. 第二卷秦汉魏晋南北朝部分 [M]. 北京:高等教育出版社,2003.

［15］周郢.孟姜女故事与泰山［J］.文史知识2008（6）.

［16］赵幼文校注.曹植集校注［M］.北京：人民文学出版社，1984.

［17］吴小如主编.汉魏六朝诗鉴赏辞典［M］.上海：上海辞书出版社，1992.

［18］萧涤非.汉魏六朝乐府文学史（增补本）　［M］.北京：人民文学出版社，2011.

［19］程千帆撰注.古诗今选［M］.上海：上海古籍出版社，1987.

［20］黄节撰.汉魏乐府风笺［M］.上海：中华书局，2008.

古诗十九首的主题分类

苏菲①

摘　要： 抛弃比兴说直接用本质说尝试作分类，《古诗十九首》分为情爱主题、及时行乐主题和酒宴主题三类，其中情爱主题诗共计 13 首，除《涉江采芙蓉》这首诗外，其余的 12 首均含有送行离别的主题，及时行乐主题诗共计 6首，酒宴主题诗共计 2 首，通过以上量化分析，前人认为其主题主要是以男女比君臣或朋友离别或是抒发游子思妇之思的说法值得质疑，由此可见，前人的说法皆被儒家思想所遮蔽，当代学者木斋先生提出新观点，即曹植甄后恋情说，经研究分析认为其主要是情爱主题诗。

关键词： 古诗十九首；主题；情诗

一、前言

《古诗十九首》最早出现于《昭明文选》中。南朝梁武帝的宗子、知名文学家萧统编辑的《昭明文选》是我国现存第一部诗文总集。他在编辑《昭明文选》时，发现了这十九首古诗，于是便把它们编辑在一起，并为它们加了一个总标题，即"古诗十九首"，而且每一首诗均以诗的第一句作为题目。关于《古诗十九首》的主题，学术界对它做了很多研究，说法甚多，大致可以分为四种说法。一是比兴寄托说，以男女比君臣，比如臣不得于君，忠人被逐等寻求微言大意的说法。自唐代至清末的许多专书多持此观点；二是比兴友朋说，如清沈德潜的《古诗源》；三是抒发游子思妇之思的说法。主要是从游子角度看，其追求荣誉和名利的思想以及不能如己所愿的失落感、在客游中对朋友、妻子的

---

① 作者简介：苏菲，海南热带海洋学院 2010 级汉语言文学专业毕业生。
　指导老师：木斋（1951 –），男，黑龙江人，博硕士，主要从事古代文学研究。

思念之情以及对人生哲理的感慨。另外从思妇角度看，其伤叹时光飞逝，思念丈夫之情；四是曹植甄后恋情说，如元陈绎曾《诗谱》："情真，景真，事真，意真。澄至清，发至情。"① 钟嵘"旧疑是建安曹王所制"《诗品》②；木斋"古诗十九首的作者主要是是曹植，也有甄后的作品，少量是曹丕的作品"《古诗十九首与建安诗歌研究》。③

《古诗十九首》为文人乐府诗的一个重要预测，对五言诗的成长有着重要作用，也在中国古典诗歌发展史上有显著地位和深远影响，其题材内容和表现手法为后裔效法，几乎形成模式。其艺术风格，也影响到后代诗歌的制作与品评。就以前诗歌的成长来说，刘勰《文心雕龙》称它为"五言之冠冕"④，钟嵘的《诗品》歌颂它为"天衣无缝，一字千金"⑤。称其为"千古五言之祖"并不过分。史诗上以为《古诗十九首》为五言古诗之权舆的评述，明王世贞称"（十九首）谈理不如《三百篇》，而微词婉旨，遂足并驾，是千古五言之祖"⑥。陆时雍则云"（十九首）谓之风余，谓之诗母"《古诗镜》⑦。《古诗十九首》的出现，标志着文人五言诗的成熟。这是一个新的诗歌样式和熟练的艺术技能，也为五言诗的发展奠定了牢固的基础，在我国诗歌发展史上产生了深远影响。

二、《古诗十九首》学术史梳理

（一）比兴寄托说

比兴寄托说，是以男女比君臣，比如臣不得于君，忠人被逐等寻求微言大义的说法。自唐代至清末的许多专书多持此观点。如清吴淇《古诗十九首定论》："要皆臣不得于君而托意于夫妇朋友"。⑧ 清朱筠《古诗十九首说》："诗有性情，与观群怨是也。诗有倚托事父事君是也。诗有比兴，鸟兽草木是也。言志之格律，尽于此三者矣。后人咏怀寄托，不免偏有所着。十九首包涵万有，磕着既是。凡五伦道理，莫不毕该，却又不入理障，不落言诠，此所以独高千

---

① ［元］陈绎曾《诗谱》，历代诗话系列，分为古体、律体、绝句体和杂体。
② ［南宋朝］钟嵘撰《诗品》卷上，人民文学出版社 1961 年版，第 17 页。
③ 木斋著《古诗十九首与建安诗歌研究》，人民出版社 2009 年版。
④ ［南宋朝］刘勰《文心雕龙》，人民出版社 1981 年版。
⑤ ［南宋朝］钟嵘《诗品》，上海古籍出版社 1994 年版。
⑥ ［明］王世贞《艺苑厄言》，中华书局 1955 年版。第 175 页。
⑦ 陆时雍《古诗镜》卷二，河北大学出版社 1983 年版。
⑧ ［清］吴淇《古诗十九首定论》二卷，中华书局 1955 年版。

古也。"① 清沈德潜《古诗源》、清王康《〈古诗十九首绎〉后序》也都认为逐臣之思是内容的一个方面。清饶学斌《月午楼古诗九首详解》:"此造谗被弃,怜而同患,而遥深恋阙者之辞也。""一以思友,一以思君,其两例即贯通古今"。② 清吴汝纶《古诗钞》:"汝纶闻吾友张廉卿称枚乘诸篇皆讽刺吴王毋反之旨,服其心知古人之意,因推之《十九首》中大率此意",③ 这是这类说法中比较特殊的一个。

(二)比兴友朋说

比兴有朋说,比如清沈德潜《古诗源》:"十九首大率逐臣弃妻,朋友阔绝,死生新故之感。中间或显言,或显言,反覆低徊,抑扬不尽,使读者悲感无端,油然善人,此国风之遗也。"④ 沈德潜此说法影响很大,几乎形成主流说法,很多专家学者都引用了他这一说法。

(三)抒发游子思妇之思的说法

抒发游子思妇之思的说法。主要是从游子角度看,其追求荣誉和名利的思想以及不能如己所愿的失落感,在客游中对朋友、妻子的思念之情以及对人生哲理的感慨。另外从思妇角度看,其感叹时光飞逝和思念丈夫之情。在历代相关论述如下:明王世贞《艺苑危言》认为他主要是抒发不得志之情:"不得已托之名","名亦无归矣,又不得已而妇之酒","至于被服纨素,其趣愈卑,而情益可怜矣"。⑤ 清王康《〈古诗十九首绎〉后序》:"盖其逐臣弃友,思妇劳人,托镜抒情,比物连类,亲疏厚薄,死生新故之感"。⑥ 钱基博《古诗十九首讲话》概括为:"一曰怀春",凡5首,《燕赵多佳人》(他《拆东城高且长》为两首,此首为下半部分)、《青青河畔草》《迢迢牵牛星》《西北有高楼》,又细分其为处女、荡妇、静女、寡妇不同类型。"二曰伤离"7首,"三曰悲穷"2首,"四曰哀逝"6首。⑦ 王尘缁《古诗十九首新笺》认为《古诗十九首》"为夫妇二人之赠答",《十九首》是夫妇二人的赠答之作,并详细分析哪首是妇寄夫,哪首是夫答妇,哪首又是妇答夫,此论很有价值,参照木斋之研究可以见出不

① [清]朱筠《古诗十九首说》五卷,中华书局1955年版,第95页。
② [清]饶学斌《月午楼古诗十九首详解》二卷,上海古籍出版社。
③ [清]吴汝纶《古诗钞》,上海古籍出版社1928年版。
④ [清]沈德潜《古诗源》,华夏出版社1998年版,第149页。
⑤ [明]王世贞《艺苑危言》,中华书局1980年版。
⑥ [清]王康《〈古诗十九首绎〉后序》,中华书局1955年版,第93页。
⑦ 钱基博《古诗十九首讲话》,兴华大学半月刊1934年版,第74页。

同学者对《古诗十九首》理解之异同，有利于将十九首的作者和背景引向更为深入的探索。① 马茂元《古诗十九首探索》中详细地总结和探讨，"在《十九首》里，表示不是游子之思，便是思妇之词。总之，这是两个不同题材，但本质上是一个问题的两个方面"，在东汉社会历史条件下，论述了游子出现的时代背景，并对此思想作如下评价："这种思想是庸俗而粗野的，它的气质是浪漫而颓废的，但其中却蕴藏着某种现实的、积极的因素。"表现在：首先，表明对儒学的反叛，有着鲜明的时代意识。其次，揭露了黑暗现实。再次，展示了诗人复杂的精神世界，三个方面："'不如饮美酒，被服纨与素'是一种境界；'置书怀袖中，三年字不灭'是另一种境界；'不惜歌者苦，但伤知音稀'又是另一种境界。"②

（四）曹植甄后恋情说

曹植甄后恋情说，比如元陈绎曾："情真，景真，事真，意真。澄至清，发至情。"③（《诗谱》）明许学夷："汉、魏古诗，虽本乎情之真，未必本乎情之正，故性情不复论耳。或欲以《国风》之情论汉、魏之诗，犹欲以《六经》之理论秦、汉之文，弗多得矣"。④（《诗源辩体》卷三）。清王夫之："艳诗有述欢好者，有述怨情者，《三百篇》亦所不废……其述怨情者，在汉人则有'青青河畔草，郁郁园中柳'……婉娈中自矜风轨"。⑤（《姜斋诗话》）清王寿昌《小清华园诗谈》卷上："何谓缠绵？曰：如古之'客从远方来，遗我一端绮'"。⑥

以上四种说法即独立又相互联系，第二种比兴友朋说是由第一种比兴寄托说的演变而来的，第四种曹植甄后恋情说又是对第三种抒发游子思妇之思的说法的继承。综上所述，关于《古诗十九首》主题，说法甚多，古人认为其是以男女比君臣，如臣不得于君，忠人被逐等寻求微言大义的说法或是朋友离别，如大率逐臣弃妻，朋友阔绝，死生新故之感的说法以及当代曹植甄后恋情说，古人也有提到情爱主题，但并没有引起后来学者的关注，因此，本文是首次在《古诗十九首》主题问题做全面的梳理。

---

① 王尘缁《古诗十九首新笺》，中华书局 1955 年版。
② 马茂元《古诗十九首探索》，陕西人名出版社 1981 年版。
③ ［元］陈绎曾《诗谱》，历代诗话系列，分为古体、律体、绝句体和杂体。
④ ［明］许学夷《诗源辨体》卷三，人民出版社 1981 年版。
⑤ ［清］王夫之《姜斋诗话》，人民出版社 1961 年版。
⑥ 郭绍虞，清诗话续编，上海古籍出版社 1983 年版。

三、《古诗十九首》主题分类

古诗十九首的主题大致有以下三种：

（一）情爱主题

1. 《行行重行行》①

行行重行行，与君生别离。相去万余里，各在天一涯。

道路阻且长，会面安可知？胡马倚北风，越鸟巢南枝。

相去日已远，衣带日已缓。浮云蔽白日，游子不顾返。

思君令人老，岁月忽已晚。弃捐勿复道，努力加餐饭。

《古诗十九首》中第一首诗《行行重行行》是一篇情爱主题诗。关于《行行重行行》的主题，方廷珪曰："此为忠人放逐，贤妇被弃，作不忘欲返之词。顿挫绵邈，真得风人之旨。"董讷夫曰："正喻夹写，一气旋转，怨而不怒，有诗人忠厚之意焉，其放臣弃友所作与？盖不徒伤别之感也。"张琦曰："此逐臣之辞。谗诏蔽明，方正不客，可以不顾返也；然其不忘欲返之心，拳拳不已，虽岁月已晚，优努力加餐，翼幸君之悟而返已。"② 姜任修释曰"哀无怨而生离也。"③ 张玉谷曰："此思妇之诗。"④ 刘光箦曰："此为君臣朋友之交中被谗间而见弃绝者之词。"⑤ 方东树曰"此只是室思之诗。"⑥ 张庚认为："此臣不得于君而寓意于远别离也。"⑦ 当今学者木斋则认为"此诗是曹植离别甄后的感思之作"。⑧ 笔者认为这是一首情爱主题诗。句中"行行重行行，与君生别离"明显表现出女主人公对游子远行的不满，"相去日已远，衣带日已缓"由此可见女主人公因长期思念而变得憔悴不堪，"思君令人老，岁月忽已晚"正所谓相思才几日，世上已千年，女主人公有此感慨皆由于长年累月的相思、忧愁与烦恼而度日如年，感叹自己易逝的青春。陆时雍曰："一句一情，一情一转"。⑨ 这首诗

---

① ［宋］郭茂倩编《乐府诗集》，吉林出版社 2010 年版，第 273 页。

② 上举诸家评语，隋树森《古诗十九首集释》卷二，中华书局 1955 年版，第 17 页。

③ 隋树森撰，姜任修注《古诗十九首释》卷三，中华书局 1955 年版，第 82 页。

④ 隋树森撰，张玉谷注《古诗十九首赏析》卷三，中华书局 1955 年版，第 111 页。

⑤ 隋树森撰，刘光箦注《古诗十九首注》卷三，中华书局 1955 年版，第 165 页。

⑥ 隋树森撰，方东树注《论古诗十九首》卷三，中华书局 1955 年版，第 117 页。

⑦ 隋树森撰，张庚注《古诗十九首解》卷三，中华书局 1955 年版，第 68 页。

⑧ 木斋《古诗十九首与建安诗歌研究》，人民出版社 2009 年版，第

⑨ 隋树森《古诗十九首集释》，中华书局 1955 年版，第 16 页。

字字句句都暗含着女主人公真挚而痛苦的爱情呼唤。

至此，我们可以判断《行行重行行》是一首情诗。这首诗的主人公感叹别离的痛苦、忍受相思的煎熬，自己的相思和游子的一去不复返相对照，但还是试图自我安慰，也希望远行的游子自己多保重。

2. 《青青河畔草》①

青青河畔草，郁郁园中柳。盈盈楼上女，皎皎当窗牖。

娥娥红粉妆，纤纤出素手。昔为倡家女，今为荡子妇。

荡子行不归，空床难独守。

关于《青青河畔草》的主题，张庚曰："此诗刺也。"② 姜任修释曰："伤委身失其所也。"③ 张玉谷曰："此见妖冶而傲荡游之诗。"④ 刘光蒉认为"此托为离妇之词。"⑤ 当代学者木斋则认为"此诗所诉说的是久别未归的寂寞和想念，通过这首诗寄托对甄氏不幸遭遇的同情，也升华为对一切有情人难成眷属的深深同情，更比兴托托寄了自己由于君臣兄弟之间难以弥合的情感沟壑而受到的彷徨和悲哀。"⑥ 笔者经研究认为这是一首情诗。"河畔草""园中柳""楼上女""当窗牖""红粉妆""出素手"根据这前六句可知描绘了一幅女子窗前看风景图画。近看眼前充满生机的景色，遥想当年往事，"昔为倡家女，今为荡子妇"原本是个"倡家女"，如今已为"荡子妇"，身份的变换，即由未婚女转变为已婚妇女，这一转变让女主人公以为摆脱了"倡家女"的宿命，但嫁的却是不思归的荡子，日夜独守空房，以致发出"荡子行不归，空床难独守"的心声，这是女主人公内心深处的渴望以及对爱情真实裸露。关于这首诗，陆时雍曰："疏节亮音，浅浅寄言，深深道歉。'荡子行不归，空床难独守'一语衷托出。"⑦ 从这最后一句也可以看出这是一首表达爱情的诗。

3. 《冉冉孤生竹》⑧

冉冉孤生竹，结根泰山阿。与君为新婚，兔丝附女萝。

---

① ［宋］郭茂倩编《乐府诗集》，吉林出版社 2010 年版，第 275 页。

② 隋树森撰，张庚注《古诗十九首解》卷三，中华书局 1955 年版，第 69 页。

③ 隋树森撰，姜任修注《古诗十九首释》卷三，中华书局 1955 年版，第 82 页。

④ 隋树森撰，张玉谷注《古诗十九首赏析》卷三，中华书局 1955 年版，第 111 页。

⑤ 隋树森撰，刘光蒉注《古诗十九首注》卷三，中华书局 1955 年版，第 165 页。

⑥ 木斋《古诗十九首与建安诗歌研究》，人民出版社 2009 年版，第 249 页。

⑦ 隋树森《古诗十九首集释》卷二，中华书局 1955 年版，第 18 页。

⑧ ［宋］郭茂倩编《乐府诗集》，吉林出版社 2010 年版，第 275 页。

兔丝生有时，夫妇会有宜。千里远结婚，悠悠隔山陂。

思君令人老，轩车来何迟！伤彼蕙兰花，含英扬光辉。

过时而不采，将随秋草萎。君亮执高节，贱妾亦何为！

《冉冉孤生竹》的主题，不同的专家学者有不同的说法，张庚曰："此贤者不见用于世而托言女子之嫁不及时也。"① 姜任修释曰："怨迟暮也。"② 张玉谷曰："此自伤婚迟之诗。"③ 刘光篑则认为"此初有所约而终相见背者自抒其怨思也。"④ 笔者认为这也是一首情诗。"思君令人老，轩车来何迟"正所谓思念催人老，女人的青春年华是短暂的，经不起时间的考验，女主人公正为此抱怨远行的情人姗姗来迟。"伤彼蕙兰花，含英扬光辉"女主人公希望在自己拥有最美好的青春岁月时，有情人在身边陪伴，换言之，就是想与情人一起度过一生中最美好的时光，而今却有"过时而不采，将随秋草萎"的担心，女主人公担心自己的容颜随时光的流逝而转瞬即逝的心急如焚，在久别时，女主人公也只能眼睁睁的看着自己的青春飞逝而无可奈何，除此之外别无他法，情人"君亮执高节"信守高节而爱情坚贞不渝，女主人公也能"贱妾亦何为"守着相思苦苦地等待着自己心上人。对于这首诗，陆时雍曰："情何其委婉，语何其凄其！"谭元春曰："全不疑其薄，相思中极敦厚之言，然愁苦在此"。陈柞明曰："此望录于君之辞，不敢有决绝怨恨语，用意忠厚。"李因笃曰："每读此有超然独立，无状及时之感，而终之曰：'君亮执高节，贱妾亦何为？'可谓发乎情止乎礼。"⑤ 至此，也可判断这就是一首情诗。

4.《庭中有奇树》⑥

庭中有奇树，绿叶发华滋。攀条折其荣，将以遗所思。

馨香盈怀袖，路远莫致之。此物何足贵？但感别经时。

关于《庭中有寄树》的主题，张庚曰："此臣不得于君，而托与于奇树也。"⑦ 张玉谷曰："此亦怀人之诗。"⑧ 刘光篑则认为"此鸿需穷经稽古学成而

① 隋树森撰，张庚注《古诗十九首解》卷三，中华书局1955年版，第74页。
② 隋树森撰，姜任修注《古诗十九首释》卷三，中华书局1955年版，第85页。
③ 隋树森撰，张玉谷注《古诗十九首赏析》卷三，中华书局1955年版，第113页。
④ 隋树森撰，刘光篑注《古诗十九首注》卷三，中华书局1955年版，第167页。
⑤ 上举诸家评语，隋树森《古诗十九首集释》卷二，中华书局1955年版，第27页。
⑥ ［宋］郭茂倩编《乐府诗集》，吉林出版社2010年版，第288页。
⑦ 隋树森撰，张庚注《古诗十九首解》卷三，中华书局1955年版，第74页。
⑧ 隋树森撰，张玉谷注《古诗十九首赏析》卷三，中华书局1955年版，第113页。

无由自远于君之词。"① 当今学者木斋先生认为是曹植赠甄思甄之作。笔者经研究分析认为这是一首情诗。"庭中有奇树，绿叶发华滋"庭中有一棵枝繁叶茂的奇树，枝繁叶茂暗含生活充满着无尽的希望和生机。"攀条折其荣，将以遗所思"主人公因"攀条"而引起对心上人的缅怀，想将之送给远方的人。"馨香盈怀袖，路远莫致之"花是如此的美好，如此馨香，却因路途遥远而无法送到心上人手上。"此物何足贵，但感别经时"主人公也是由于离别太久，想借着花表达自己的怀念之情。此诗读来是有些伤感与疏远，但"攀条折其荣，将以遗所思。馨香盈怀袖，路远莫致之。"显露出主人公对心上人的情感还是难于割舍的。就这首诗，陆时雍曰："末二语无聊自解，卷卷申情。"谭元春曰："气质从三百篇中来"。孙鑛曰："与涉江采芙蓉同格，独'盈怀袖'一句意新，复应以'别经时'视披鲛快，然冲味微。"② 因此，可判断这是一首情诗。

5.《涉江采芙蓉》③

涉江采芙蓉，兰泽多芳草。采之欲遗谁？所思在远道。

还顾望旧乡，长路漫浩浩。同心而离居，忧伤以终老！

关于《涉江采芙蓉》的主题，张庚曰："此臣不得于君之诗。"④ 姜任修释曰："忧终绝也。"⑤ 张玉谷曰："此怀人之诗。"⑥ 刘光篑则认为"此诗节短而托意无穷，古今同慨。"⑦ 当代学者木斋先生同样认为这是曹植赠甄思甄之作。笔者认为这首是一首情诗。前两句描绘的是女子采莲图，女子在水中采莲，嬉戏，画面充满欢乐，但此时却出现"采之欲遗谁？"的疑问，原来是因为"所思在远道"，这一刹那便引起了主人公的无限相思。"还顾望旧乡，长路漫浩浩"回忆起在家乡的心上人，但因路途遥远，遥望无边无际，相见遥遥无期，这又添加主人公心中的忧愁。"同心而离居，忧伤以终老""同心"二字说明两人趣味相投，有共同的思想基础，也表明两人情投意合，互相爱恋，但由于"长路慢浩浩"只得两地"离居"，也只能在怀念情人的愁苦忧伤中孤独终老。这看来是满腹忧愁以及一丝丝的抱怨，但这同样也是主人公对爱情的另类告白。陆时

① 隋树森撰，刘光篑注《古诗十九首注》卷三，中华书局 1955 年版，第 167 页。
② 隋树森《古诗十九首集释》卷二，中华书局 1955 年版，第 27 页。
③ ［宋］郭茂倩编《乐府诗集》，吉林出版社 2010 年版，第 282 页。
④ 隋树森撰，张庚注《古诗十九首解》卷三，中华书局 1955 年版，第 72 页。
⑤ 隋树森撰，姜任修注《古诗十九首释》卷三，中华书局 1955 年版，第 84 页。
⑥ 隋树森撰，张玉谷注《古诗十九首赏析》卷三，中华书局 1955 年版，第 112 页。
⑦ 隋树森撰，刘光篑注《古诗十九首注》卷三，中华书局 1955 年版，第 167 页。

雍曰："落落语致，绵绵情绪。'同心而离居，忧伤以终老；怅望何所言，临风送怀抱；此物何足贵，但感别经时'"一语馨衷，最为简会。李因笃曰："思友怀乡，寄情兰芷，离骚数千言，括之略尽。"① 张琦曰："离骚滋兰芷树惠之旨。"② 至此，《涉江采芙蓉》就是一首情诗。

6.《迢迢牵牛星》③

迢迢牵牛星，皎皎河汉女。纤纤擢素手，札札弄机杼。

终日不成章，泣涕零如雨。河汉清且浅，相去复几许？

盈盈一水间，脉脉不得语。

《迢迢牵牛星》的主题，古人说法也不少，姚鼐曰："此近臣不得志之作。"方廷珪曰："篇中以牵牛喻君，以织女喻臣。臣近君而不见亲于君，由无人为之左右，故托为女望牛之情；水待舟以渡犹上待友以获；否则地虽近君，终归疏远，即时人'卬须我友'之义。"张琦曰："忠臣见疏于君之辞。"④ 张玉谷曰："此怀人者托为织女乙牵牛之诗。"⑤ 刘光箕认为"此亦君子守道不遇之词。"⑥ 笔者认为这是一首情诗。牵牛和织女原本是两个星座名称，即牵牛星座和织女星座。牵牛星称"河鼓二"，在银河东边，织女星又称"天孙"，在银河西边，与牵牛星相对。在曹丕《燕歌行》，曹植的《洛神赋》和《九咏》里，牵牛星与织女星已不仅仅是星座名称，而是已经被拟人化，被赋予人类的情感，且已结为夫妇，成为一对令人羡慕的恩爱夫妻了。而曹植与甄后之间又有"汉女""游女"的戏称，曹植因甄氏皮肤白皙，所以每次都用"皎"来形容赞美甄氏之美。"河汉女"是甄氏的自称，"牵牛"则是甄后对曹植的爱称。因此，这首诗实际上的讲述的就是曹植与甄氏之间的爱情，以及表达两人之间咫尺天涯的哀怨。"迢迢牵牛星，皎皎河汉女"说的是两人长期分隔两地。"纤纤擢素手，札札弄机杼"女主人公正在编织，却"终日不成章，泣涕零如雨"因相思而整天织不出什么图案，女主人公更感悲伤而哭泣。"河汉清且浅，相去复几许"明显女主人公在抱怨远行的情人"不顾返"，"盈盈一水间，脉脉不得语"这是对

---

① 上举诸家评语，隋树森《古诗十九首集释》卷二，中华书局 1955 年版，第 23 页。
② 隋树森《古诗十九首集释》卷二，中华书局 1955 年版，第 24 页。
③ ［宋］郭茂倩编《乐府诗集》，吉林出版社 2010 年版，第 283 页。
④ 上举诸家评语，隋树森《古诗十九首集释》卷二，中华书局 1955 年版，第 30 页。
⑤ 隋树森撰，张玉谷注《古诗十九首赏析》卷三，中华书局 1955 年版，第 114 页。
⑥ 隋树森撰，刘光箕注《古诗十九首注》卷三，中华书局 1955 年版，第 167 页。

相隔千里期盼的情人，那种欲言又止的思念。陆时雍曰："末二语就是微挑，追情妙会。绝不费思一点。"① 李因笃曰："写无情之星，如人间好合绸缪，语语神话，值追南雅矣。"② 很明显这首诗就是一首情诗。

7.《孟冬寒气至》③

孟冬寒气至，北风何惨栗，愁多知夜长，仰观众星列。

三五明月满，四五蟾兔缺。客从远方来，遗我一书札。

上言长相思，下言久离别。置书怀袖中，三岁字不灭。

一心抱区区，惧君不识察。

关于《孟冬寒至气》主题，张庚曰："此妇人以君子久役不归而致其拳拳也。"④ 姜任修释曰："惧交不忠而怨长也。"⑤ 张玉谷曰："此亦思妇之诗。"⑥ 刘光箦则认为"此亦怀君之作。"⑦ 笔者经研究分析认为这是一首情诗。"孟冬"旧历冬季的第一月，即十月，就新的一年来说，女主人公已在等待思念情人的愁苦中，熬过了春、夏和秋三个季节，即九个月 270 天。长期的思念盼望，让女主人公觉得"北风何惨栗"寒风刺骨。"愁多知夜长"满怀的愁思，使夜晚变得更加漫长，思念使女主人公辗转难眠而"仰观众星列"。"三五明月满，四五蟾兔缺"夜夜看星星，看月亮，盼"三五"月圆，月圆，素有团圆之意，可日夜盼望的情人却没回来与自己团聚，女主人公又挨到"四五"月缺，情人仍然没回来，如此循环往复。好在"客从远方来，遗我一书札"人是没盼回来，盼回了"一书札"，书札"上言长相思，下言久离别"，却唯独没提到近况与归期，但女主人公还是"置书怀袖中，三岁字不灭"就这么一封信，她还是视如珍宝，可见女主人公对远行情人的痴恋。最后一句"一心抱区区，惧君不识察"我一心一意爱着你，只怕你不知道这一切，她内心深处生怕情人不懂自己的心，这一句在向远行情人表达自己深深的爱意。这首诗，随着女主人公内心真情的逐渐流露，使得读者更能理解她的等待、盼望、期待中的满怀愁苦，后面也就越能理解和同情女主人公对那"一书札"的情感。整首诗字字句句都在写情，

---

① 隋树森《古诗十九首集释》卷二，中华书局 1955 年版，第 30 页。

② 隋树森《古诗十九首集释》卷二，中华书局 1955 年版，第 30 页。

③ ［宋］郭茂倩编《乐府诗集》，吉林出版社 2010 年版，第 300 页。

④ 隋树森撰，张庚注《古诗十九首解》卷三，中华书局 1955 年版，第 80 页。

⑤ 隋树森撰，姜任修注《古诗十九首释》卷三，中华书局 1955 年版，第 88 页。

⑥ 隋树森撰，张玉谷注《古诗十九首赏析》卷三，中华书局 1955 年版，第 116 页。

⑦ 隋树森撰，刘光箦注《古诗十九首注》卷三，中华书局 1955 年版，第 169 页。

陆时雍曰："末四语古人深于造情；善造情者，如身履其境而有其事，古人所以善立言。"李因笃曰："索居之苦，良友之思，绵绵，相迫而出，笔端自具造物矣。"张琦曰：一书之后，邈三岁，在远者或忘之，知区区之心，宝爱珍重如此"故曰'君不识察'不言怨，深于怨矣。"① 至此，这是一首情诗。

8.《西北有高楼》②

西北有高楼，上与浮云齐。交疏结绮窗，阿阁三重阶。

上有弦歌声，音响一何悲！谁能为此曲？无乃杞梁妻。

清商随风发，中曲正徘徊。一弹再三叹，慷慨有余哀。

不惜歌者苦，但伤知音稀。愿为双鸿鹄，奋翅起高飞。

关于《西北有高楼》主题，张庚曰："此抱道而伤莫我知之诗。"③ 姜任修释曰："关高才不遇也。"④ 姚鼐曰："此伤知己中难遇，思远引而去。"⑤ 张玉谷曰"此忠言不用而思远引之诗。"⑥ 刘光蕡认为"此为困于富贵不能行其志者之词。"⑦ 当今学者木斋先生认为这也是曹植赠甄思甄之作。笔者认为这是一首情诗。"上有弦歌声，音响一何悲！"此时女主人公所弹奏的是清商乐，清商乐是一曲以悲越慷慨为美的曲子。"谁能为此曲？"谁能弹出这样悲壮的曲子呢？"无乃杞梁妻"是那悲夫为齐君战死，悲恸之声使杞的都成为之倾颓的女子，一个女子的哀愁能使城墙为之坍塌，可见这女子心中的悲伤惊天地泣鬼神，而女主人公此刻弹这首曲子，是想借这首曲子表达自己内心深处的悲伤与忧愁。"清商随风发，中曲正徘徊"从这句中可以看出周围气氛甚是凄凉。"一弹再三叹，慷慨有余哀"女主人公抚琴长叹，"不惜歌者苦，但伤知音稀"这不仅是叹惜这曲中的痛苦，更悲痛的是对心上人深情的呼唤而发出"愿为双鸿鹄，奋翅起高飞。"，陆时雍曰："无衷徘徊，四顾无侣。'不惜歌者苦，但伤知音稀'，'愿为双鸿鹄，振翅起高飞'空中送情，知向谁是？言之令人悱恻。"⑧ 由此可见，这就是一首表达情爱的诗歌。

---

① 上举诸家评语，隋树森《古诗十九首集释》卷二，中华书局 1955 年版，第 40 页。

② ［宋］郭茂倩编《乐府诗集》，吉林出版社 2010 年版，第 278 页。

③ 隋树森撰，张庚注《古诗十九首解》卷三，中华书局 1955 年版，第 71 页。

④ 隋树森撰，姜任修注《古诗十九首释》卷三，中华书局 1955 年版，第 83 页。

⑤ 隋树森《古诗十九首集释》卷二，中华书局 1955 年版，第 23 页。

⑥ 隋树森撰，张玉谷注《古诗十九首赏析》卷三，中华书局 1955 年版，第 112 页。

⑦ 隋树森撰，刘光蕡注《古诗十九首注》卷三，中华书局 1955 年版，第 166 页。

⑧ 隋树森《古诗十九首集释》卷二，中华书局 1955 年版，第 40 页。

9. 《明月皎夜光》①

明月皎夜光，促织鸣东壁。玉衡指孟冬，众星何历历。

白露沾野草，时节忽复易。秋蝉鸣树间，玄鸟逝安适？

昔我同门友，高举振六翮。不念携手好，弃我如遗迹。

南箕北有斗，牵牛不负轭。良无盘石固，虚名复何益？

关于《明月皎夜光》主题，张庚曰："此不得于朋友而怨之诗。"② 姜任修释曰："忧时思自立也。"③ 张玉谷曰："此刺贵人不念旧交之诗。"④ 刘光箦认为"此为有盛衰之感，而汉人情冷暖势力之交终无所益也。"⑤ 方东树则认为"感时物之变，而伤交道之不终，所谓感而有思也。"⑥ 笔者经研究认为这是一首情诗。这首诗所讲述的是女主人公对心上人怨爱交杂的情感路程。"明月皎夜光，促织鸣东壁"夜晚很冷，女主人公却在这样寒冷的夜晚在月下徘徊，如果不是有什么忧愁，搅得心神不宁，谁也不会在这样的夜晚出来徘徊。"玉衡指孟冬，众星何历历"，在月光下看到的是一片璀璨的夜空，突然感到时光飞逝"白露沾野草，时节忽复易"而此刻女主人公身在树影间，听见了断断续续的秋蝉唱歌，怪不得平日的鸿雁都不见了，原来已是秋雁南归的时节了，可却不见心上人回来，因此顿感"昔我同门友，高举振六翮。不念携手好，弃我如遗迹。南箕北有斗，牵牛不负轭。良无盘石固，虚名复何益？"内心充满了无限的孤独与寂寞，也是对心上人不守磐石之约的责备。从女主人公爱恨交集的复杂情感看，这就是一首情诗。

10. 《凛凛岁云暮》⑦

凛凛岁云暮，蝼蛄夕鸣悲。凉风率巳厉，游子寒无衣。

锦衾遗洛浦，同袍与我违。独宿累长夜，梦想见容辉。

良人惟古欢，枉驾惠前绥。愿得长巧笑，携手同车归。

既来不须史，又不处重闱；亮无晨风翼，焉能凌风飞？

眄睐以适意，引领遥相睎。徙倚怀感伤，垂涕沾双扉。

① ［宋］郭茂倩编《乐府诗集》，吉林出版社 2010 年版，第 295 页。

② 隋树森撰，张庚注《古诗十九首解》卷三，中华书局 1955 年版，第 73 页。

③ 隋树森撰，姜任修注《古诗十九首释》卷三，中华书局 1955 年版，第 84 页。

④ 隋树森撰，张玉谷注《古诗十九首赏析》卷三，中华书局 1955 年版，第 113 页。

⑤ 隋树森撰，刘光箦注《古诗十九首注》卷三，中华书局 1955 年版，第 166 页。

⑥ 隋树森撰，方东树注《论古诗十九首》卷三，中华书局 1955 年版，第 120 页。

⑦ ［宋］郭茂倩编《乐府诗集》，吉林出版社 2010 年版，第 290 页。

关于《凛凛岁云暮》的主题，张琦曰："此思友之辞。"① 姜任修释曰："恶媒绝路阻，不得已而托梦，通精诚也。"② 张玉谷曰："此亦思妇之诗。"③ 刘光箦则认为"此亦所思不遂，托为思妇以怀游子也。"④ 笔者认为这是一首情诗。诗是在寒冬深夜里梦境的描写，反映出一种因相思而坠入迷离恍惚中的惆怅心情。在一个寒冷的岁末，女主人公因冷风刺骨而担心在外的情人有没有穿暖，此时女主人公回忆起两人当初的情意，她为此进入了虚幻而美好的梦境中，梦见自己的心上人"良人惟古欢，枉驾惠前绥，愿得长巧笑，携手同车归"，这是一场美梦。在梦中好不容易可以投入情人温暖的怀抱中，却又迎来"既来不须臾，又不处重闱"，到头来还是空欢喜一场。"亮无晨风翼，焉能凌风飞"只恨自己没有一双翅膀，飞到心上人的身边。"眄睐以适意，引领遥相睎。徙倚怀感伤，垂涕沾双扉"也只能在无奈的等待中独自伤心落泪。陆时雍曰："此篇直而不倨，以含情未。"陈祚明曰："此诗言之尽矣，但良人之寡情，于言外见之，会未斥言也。"李因笃曰："空闺思妇，曲尽其情。"方廷珪曰："此篇见人不可忘旧姻。推之弃妇思夫，逐臣思君，同此心胸眼泪。哀而不伤，怨而不怒，和厚直追三百篇。"⑤ 由此可见，这是一首情诗。

11.《客从远方来》⑥

客从远方来，遗我一端绮。相去万余里，故人心尚尔！

文彩双鸳鸯，裁为合欢被。著以长相思，缘以结不解。

以胶投漆中，谁能别离此？

关于《客从远方来》主题，张庚曰："此感恩而自言其历久不忘也。"⑦ 姜任修释曰："美合志以止离心也。"⑧ 张玉谷曰："此亦思妇之诗。"⑨ 李因笃曰："从'永以为好'意写出如许浓至。"方廷珪曰："见朋友不以远近易心。"⑩ 笔

①　隋树森《古诗十九首集释》卷二，中华书局 1955 年版，第 39 页。

②　隋树森撰，姜任修注《古诗十九首释》卷三，中华书局 1955 年版，第 88 页。

③　隋树森撰，张玉谷注《古诗十九首赏析》卷三，中华书局 1955 年版，第 115 页。

④　隋树森撰，刘光箦注《古诗十九首注》卷三，中华书局 1955 年版，第 169 页。

⑤　上举诸家评语，隋树森《古诗十九首集释》卷二，中华书局 1955 年版，第 39 页。

⑥　[宋] 郭茂倩编《乐府诗集》，吉林出版社 2010 年版，第 301 页。

⑦　隋树森撰，张庚注《古诗十九首解》卷三，中华书局 1955 年版，第 81 页。

⑧　隋树森撰，姜任修注《古诗十九首释》卷三，中华书局 1955 年版，第 89 页。

⑨　隋树森撰，张玉谷注《古诗十九首赏析》卷三，中华书局 1955 年版，第 116 页。

⑩　上举诸家评语，隋树森《古诗十九首集释》卷二，中华书局 1955 年版，第 41 页。

者认为这是一首情诗。这首诗情调非常的平和安适，可见作者写此诗时心态是非常的平静安适的，其至是有一丝丝的窃喜的，它不像《冉冉孤生竹》有一种埋怨的情绪，也不似《凛凛岁云暮》那样心中充满惆怅之感。"客"突然造访，送来"一端绮"，并告诉女主人公这是她的心上人从远处托他送来的，相隔万里的心上人送来的，这其中包含着自己所思念之人对自己无限的关怀与惦念，为此，女主人公心花怒放想到"文彩双鸳鸯，裁为合欢被"，其至想把这"一端绮"裁剪成一条温暖的合欢被并"著以长相思，缘以结不解"把自己的想法和爱缝进被子里，但想到用于填充棉被的丝绸也有松散之日，于是又想到了"以胶投漆中，谁能别离此"让爱在心中永驻。整首诗来看，女主人公难掩喜悦之情、幸福之感和对心上人的一片痴情跃然纸上。从以上分析来看，不难看出这通篇所写的就是一个情字，这同样是一首情诗。

12.《明月何皎皎》①

明月何皎皎，照我罗床帏。忧愁不能寐，揽衣起徘徊。

客行虽云乐，不如早旋归。出户独彷徨，愁思当告谁？

引领还入房，泪下沾裳衣。

关于《明月何皎皎》主题，张庚曰："此写离居之情。"② 姜任修释曰："伤末路计无复之地。"③ 张玉谷曰："此亦思妇之诗。"④ 方东树认为"客子思妇之作。"⑤ 方廷珪曰："为久客思妇而作。凡商贾仕宦，俱可以类相求。"⑥ 吴图生曰："此亦感慨不得意之作，思妇托辞耳。"⑦ 笔者认为这是一首情诗。"明月何皎皎，照我罗床帏"皎洁光亮的明月照着主人公的床，如此美好的夜晚主人公却"忧愁不能寐，揽衣起徘徊"也正是这皎洁的月光引起了他的愁思，使他彻夜不眠在房中徘徊，这是一种无法排遣的担忧又无所依傍的彷徨心境。"客行虽云乐，不如早旋归。出户独彷徨，愁思当告谁？引领还入房，泪下沾裳衣。"在诗中他一再诉说着愁思无处申告的苦衷，无论进出，总是伴随着孤独与寂寞，有时甚至是眼泪打湿了衣服。由此，可判断这也是一首情诗。

---

① ［宋］郭茂倩编《乐府诗集》，吉林出版社 2010 年版，第 303 页。

② 隋树森撰，张庚注《古诗十九首解》卷三，中华书局 1955 年版，第 81 页。

③ 隋树森撰，姜任修注《古诗十九首释》卷三，中华书局 1955 年版，第 89 页。

④ 隋树森撰，张玉谷注《古诗十九首赏析》卷三，中华书局 1955 年版，第 116 页。

⑤ 隋树森撰，方东树注《论古诗十九首》卷三，中华书局 1955 年版，第 123 页。

⑥ 隋树森《古诗十九首集释》卷二，中华书局 1955 年版，第 42 页。

⑦ 隋树森《古诗十九首集释》卷二，中华书局 1955 年版，第 42 页。

13.《东城高且长》①

东城高且长，逶迤自相属。回风动地起，秋草萋已绿。

四时更变化，岁暮一何速！晨风怀苦心，蟋蟀伤局促。

荡涤放情志，何为自结束！燕赵多佳人，美者颜如玉。

被服罗裳衣，当户理清曲。音响一何悲！弦急知柱促。

驰情整巾带，沉吟聊踯躅。思为双飞燕，衔泥巢君屋。

关于《东城高且长》主题，张庚曰："此盖伤岁月迫促而欲放情娱乐也。"②
姜任修释曰："戒志荒也。"③ 张玉谷曰："此伤年华易逝，未得事君之诗。"④
刘光蕡认为"此亦怀才欲试者之词。"⑤ 陆时雍曰："景驶年摧，牢落莫偶，所
以托念佳人。衔泥巢屋，是则荡情放志之所为矣。踢足不伸，祇以自苦，百年
有画，无谓也。'思为双飞燕；衔泥巢君屋'驰情几往，敛襟抚然，语最贵美，
至闲情则滥矣。故同言共致。诗之所用端在此耳。"⑥ 陈柞明曰："怀才未遇，
而缘以通，时序逆流，河清难矣。飞燕营巢，言但得厕身华堂足矣。其所望必
且登之细旌坐而论道，三沐而升，九宾而礼，方遂本怀；而仅言衔泥巢屋者，
此亦言情不尽也。"⑦ 笔者认为这是一首情诗。"晨风怀苦心，蟋蟀伤局促"觉
得自然界中一切生命的短暂，而"蟋蟀"是一种爱情的象征，这更加强了诗人
对生活对人生的沉思。"荡涤放情志，何为自结束！"既然如此，为何不早些涤
除烦恼，放开情怀，去寻求生活中的乐趣呢！而接下来的欣赏佳人、听清商之
曲以及"思为双飞燕，衔泥巢君屋"的遐想，体现了主人公对爱情的表达。毫
无疑问，这也是一首情诗。在这十三首诗中，作如下统计：

两人之间的对答唱和（5首）	《青青河畔草》《庭中有寄树》《冉冉孤生竹》《迢迢牵牛星》《明夜何皎皎》
对爱情的告白（3首）	《行行重行行》《迢迢牵牛星》《涉江采芙蓉》

① ［宋］郭茂倩编《乐府诗集》，吉林出版社2010年版，第298页。
② 隋树森撰，张庚注《古诗十九首解》卷三，中华书局1955年版，第77页。
③ 隋树森撰，姜任修注《古诗十九首释》卷三，中华书局1955年版，第86页。
④ 隋树森撰，张玉谷注《古诗十九首集赏析》卷三，中华书局1955年版，第114页。
⑤ 隋树森撰，刘光蕡注《古诗十九首注》卷三，中华书局1955年版，第168页。
⑥ 隋树森《古诗十九首集释》卷二，中华书局1955年版，第33页。
⑦ 隋树森《古诗十九首集释》卷二，中华书局1955年版，第33页。

对爱情的怀疑（3首）	《行行重行行》《孟冬寒至气》《冉冉孤生竹》
对时光流逝的哀伤（3首）	《涉江采芙蓉》《冉冉孤生竹》《行行重行行》
曹植赠、思甄（3首）	《西北有高楼》《涉江采芙蓉》《庭中有奇树》
用女性口吻描写的诗歌（2首）	《行行重行行》《青青河畔草》

（二）及时行乐主题

1. 《青青陵上柏》①

青青陵上柏，磊磊涧中石。人生天地间，忽如远行客。

斗酒相娱乐，聊厚不为薄。驱车策驽马，游戏宛与洛。

洛中何郁郁，冠带自相索。常衢罗夹巷，王侯多第宅。

两宫遥相望，双阙百余尺。极宴娱心意，戚戚何所迫？

关于《青青陵上柏》的主题，张庚曰："此高旷之士，自言其无入不自得也。"② 姜任修释曰："刺食竟不知止也。"③ 张玉谷曰："此游浣洛以遣与之诗。"④ 姚鼐曰："此忧乱之诗。"⑤ 刘光篑认为"此远人忧世之词。"⑥ 笔者认为这是一首及时行乐主题诗。主人公看到荒凉的山丘上的柏树，感悟到"人生天地间，忽如远行客"，人的一生长期存在于天地之间，就像远方一个匆匆忙忙的过客，平平庸庸碌碌无为的也只是一刹那间。感叹时间流逝，人生短暂，继而生出"极宴娱心意，戚戚何所迫"既然人们都在豪奢饮宴，尽情享受，我为什么要忧愁满面欢颜难展呢？陆时雍曰："物长人促，首四语言之可慨。'级宴娱心意，戚戚何所迫？故为排荡，转入无聊之甚。"陈柞明曰："此失志之士，

---

① ［宋］郭茂倩编《乐府诗集》，吉林出版社2010年版，第276页。

② 隋树森撰，张庚注《古诗十九首解》卷三，中华书局1955年版，第70页。

③ 隋树森撰，姜任修注《古诗十九首释》卷三，中华书局1955年版，第82页。

④ 隋树森撰，张玉谷注《古诗十九首赏析》卷三，中华书局1955年版，第111页。

⑤ 上举诸家评语，隋树森《古诗十九首集释》卷二，中华书局1955年版，第19页。

⑥ 隋树森撰，刘光篑注《古诗十九首注》卷三，中华书局1955年版，第165页。

强用自慰也。"李因笃曰： "宴娱在前，忧从中来；古惟达人多情，可与言此。"① 方东树则认为"言人不如柏石之寿，宜及时行乐。"② 至此，这首诗所要表达的就是一种及时行乐的思想。

2.《生年不满百》③

生年不满百，常怀千岁忧。昼短苦夜长，何不秉烛游！

为乐当及时，何能待来兹？愚者爱惜费，但为后世嗤。

仙人王子乔，难可与等期。

关于《生年不满百》主题，张庚曰："此杀人不及时为乐也。"④ 方东树认为"此刺贪夫戚戚之诗。"⑤ 刘光蕡认为"生年有限，所欲无穷，不如及时行修道，夜以继日。"⑥ 陆时雍曰："起四句名语创获，末二句将前意一喷再醒。'为乐当及时，何能带来兹'念此已是无然；至读'少年不努力，老大徒悲伤'嗟叹自失；乃知此言无不可感。"邵长蘅曰："多为乐所，为一种人言之；惜费，又为一种人言之。"方珪廷曰："直以一杯冷水，浇财奴之背。"董讷夫曰："立意远，足一唤醒醉梦。"⑦ 笔者认为这是一首及时行乐主题诗。"生年不满百，常怀千岁忧"人生只有短短的数十年光景，却经常怀千年的忧愁。"昼短苦夜长，何不秉烛游"及时行乐时埋怨白昼短夜晚长，那为什么不执火烛夜晚游乐。此处为感叹人生苦短。"为乐当及时，何能待来兹?"时光易逝，行乐要及时，时不待我又怎能等到来年。"愚者爱惜费，但为后世嗤"愚蠢的人斤斤计较吝啬守财，去世时两手空空被后人所嗤笑。"仙人王子乔，难可与等期"世间没有像王子乔那样驾鹤升天的，那种日子是很难到来的，所以人要懂得"为乐当及时"。这所表达的是一种及时行乐的思想。

3.《驱车上东门》⑧

驱车上东门，遥望郭北墓。白杨何萧萧，松柏夹广路。

下有陈死人，杳杳即长暮。潜寐黄泉下，千载永不寤。

---

① 隋树森《古诗十九首集释》卷二，中华书局 1955 年版，第 19 页。
② 隋树森撰，方东树注《论古诗十九首》卷三，中华书局 1955 年版，第 118 页。
③ ［宋］郭茂倩编《乐府诗集》，吉林出版社 2010 年版，第 284 页。
④ 隋树森撰，张庚注《古诗十九首解》卷三，中华书局 1955 年版，第 79 页。
⑤ 隋树森撰，方东树注《论古诗十九首》卷三，中华书局 1955 年版，第 167 页。
⑥ 隋树森撰，刘光蕡注《古诗十九首注》卷三，中华书局 1955 年版，第 169 页。
⑦ 上举诸家评语，隋树森《古诗十九首集释》卷二，中华书局 1955 年版，第 19 页。
⑧ ［宋］郭茂倩编《乐府诗集》，吉林出版社 2010 年版，第 292 页。

浩浩阴阳移，年命如朝露。人生忽如寄，寿无金石固。

万岁更相送，贤圣莫能度。服食求神仙，多为药所误。

不如饮美酒，被服纨与素。

关于《驱车上东门》主题，张庚曰："此远人自言其所得也。"① 姜任修释曰"勤远生也。"② 张玉谷曰："此警妄求长生之诗。"③ 笔者认为这是一首及时行乐主题的诗。这首诗讲述的是主人公因看到的坟墓而触发的人生感叹。"人生忽如寄，寿无金石固。万岁更相送，贤圣莫能度"人生犹如旅客住宿，匆匆忙忙住一晚，背起背包拿起行旅，就一去不复返。人的寿命，业并不像金子石头那样坚牢，其实它经不起人们的多少折腾。日日夜夜，春去秋来，往复不已，即便是圣贤之人，也不可能长生不老。时间飞逝，生命短暂，生老病死，这是圣人贤人都无法超越的自然规律，但面对有限的生命时总希望人世间有无限可能性的存在，即总是希望人能长生不老，有金刚不坏之身，于是就有了"服食求神仙，多为药所误"人们求神服灵丹妙药，却经常被药给毒死。人们所求的灵丹妙药不仅不能延长生命，反而害了自己。这首诗，陆时雍曰："汉人诗多含情不露。"孙镶曰："口头语，练得妙，只一直说去，更无曲折，然却感动人，其佳处乃在唤得醒，点得透。"陈柞明曰："此诗感激切甚矣，然通篇不露正意一字。去其意所顾，据要路树。功名光旗常，颂竹帛，而度不可得，年命甚促，今生已矣，转瞬于泉下人等耳。神仙不可至，不如放意娱乐，勿复念此；其无复念此者，正不能不念也夫饮酒被纨素，果遂足乐乎？与极宴娱心意，荣名以为宝，同一旨；妙在全不出正意，故佳。愈淋漓，愈含蓄。"姚鼐曰："此亦忧乱之时，小雅苕华之旨。"董讷夫曰："因墓中之人，而思人生如寄，神仙皆妄，不如饮酒被服以乐余生。虽以自遣，而忧益迫矣。"④ 最后一句"不如饮美酒，被服纨与素"还不如吃好喝饱穿暖，尽管享受当下的快乐！这就是一种看破人生，把握现在，及时行乐的思想观念。

4.《今日良宴会》⑤

今日良宴会，欢乐难具陈。弹筝奋逸响，新声妙入神。

① 隋树森撰，张庚注《古诗十九首解》卷三，中华书局1955年版，第78页。

② 隋树森撰，姜任修注《古诗十九首释》卷三，中华书局1955年版，第86页。

③ 隋树森撰，张玉谷注《古诗十九首赏析》卷三，中华书局1955年版，第115页。

④ 上举诸家评语，隋树森《古诗十九首集释》卷二，中华书局1955年版，第35页。

⑤ ［宋］郭茂倩编《乐府诗集》，吉林出版社2010年版，第287页。

令德唱高言，识曲听其真。齐心同所愿，含意俱未申。

人生寄一世，奄忽若飙尘。何不策高足，先据要路津。

无为守穷贱，坎轲长苦辛。

关于《今日良宴会》主题，张庚曰："此因宴会而相感于出处之诗。"① 姜任修释曰："欲及时也。"② 张玉谷曰："此关豪华之曲而自嘲贫贱之诗。"③ 刘光蒉认为"此见世有势力而无是非。"陆时雍曰："慷慨激昂。'何不策高足，先居要路津？无为受穷贱，坎坷长幸苦'正是欲而不得。"孙鑛曰："造语级古淡，然却有雅味，此等调最不易学。"李因笃曰："与青青陵上柏篇感寄略同，而厥怀而愤。"姚鼐曰："此似动贯讽，所谓谬悠其词也。"④ 笔者认为这是一首及时行乐主题诗。诗人因生命短暂和渺小而伤心而感叹"人生寄一世，奄忽若飙尘。何不策高足，先据要路津。无为守穷贱，坎轲长苦辛。"人生就好比寄旅一样只有一世犹如尘土般微不足道和弱小，一瞬间便能被风吹散。人生此次短暂，为什么不想捷足先登的方式，先高居要位，掌握权力，然后享受财富、荣誉和辉煌？人不能因贫困和经常伤心沮丧。不能沮丧，就自己辛苦了自己，自己折磨自己。这所要传达的也是一种及时行乐的主题思想。

5.《去者日以疏》⑤

去者日以疏，来者日以亲。出郭门直视，但见丘与坟。

古墓犁为田，松柏摧为薪。白扬多悲风，萧萧愁杀人。

思归故里闾，欲归道无因。

关于《去者日以疏》主题，姜任修释曰："疾没也。"⑥ 方东树认为"此客中经过墟墓，有感而思妇之诗。"⑦ 笔者本人认为这是一首及时行乐主题诗。这首诗与前面提到的《驱车上东门》不一样，不是因看到坟墓，而有感于世路艰难，人生如寄，在生死大限的问题上，愤激得抒发了自己心中惘怅之感。"思归故里间，欲归道无因"人生如寄，岁月消逝得如此迅速，要及早享受生活、享受人生，这表现的也是一种及时行乐的思想。陆时雍曰："失意悠悠，不觉百感

① 隋树森撰，张庚注《古诗十九首解》卷三，中华书局 1955 年版，第 70 页。

② 隋树森撰，姜任修注《古诗十九首释》卷三，中华书局 1955 年版，第 83 页。

③ 隋树森撰，张玉谷《古诗十九首赏析》卷三，中华书局 1955 年版，第 112 页。

④ 上举诸家评语，隋树森《古诗十九首集释》卷二，中华书局 1955 年版，第 21 页。

⑤ ［宋］郭茂倩编《乐府诗集》，吉林出版社 2010 年版，第 294 页。

⑥ 隋树森撰，姜任修注《古诗十九首释》卷三，中华书局 1955 年版，第 87 页。

⑦ 隋树森撰，方东树注《论古诗十九首集释》卷三，中华书局 1955 年版，第 168 页。

俱集。羁旅廓落，怀此首丘。富贵而思故乡，不若是之语悴而情悲也。此诗其来无端，其止无尾。去者日以疏，来者日以亲语特感伤。白杨多悲风，潇潇愁杀人，可补骚余未尽。"孙镛曰："起二句奇绝；为田为薪，所感更新；白样雨语，有无限悲哀，调更浑妙。"① 由此可见，这也是一首及时行乐主题诗。

6.《回车驾言迈》②

回车驾言迈，悠悠涉长道。四顾何茫茫，东风摇百草。

所遇无故物，焉得不速老。盛衰各有时，立身苦不早。

人生非金石，岂能长寿考。奄忽随物化，荣名以为宝。

关于《回车驾言迈》的主题，张庚曰："此因不得志于时而思立名于后也。"③ 姜任修释曰："勤惜险也。"④ 张玉谷曰："此自警之诗。"⑤ 刘光篑认为"此感岁月如流而及时勉学也。"⑥ 笔者认为这是一首及时行乐主题诗。这首诗从客观景物"草"的更新变化，联想到人生寿命的短暂。主人公回车远行，在漫长的旅途上，望见旷野茫茫，东风吹动百草而联想到"盛衰各有时，立身苦不早"百草和人生的长短各有不同，但皆由盛而衰，既然生命如此短暂就应该要及时把握，及时获取荣誉和声名。"人生非金石，岂能长寿考"人不像金石般坚固，可人的生命是脆弱的，即使长寿也有尽期，岂能长久下去，因此人生在世时要懂得珍惜光阴"奄忽随物化，荣名以为宝"生命很快就流逝了，所以要尽快获得的声名和荣誉，早立业，早成名，也更应该要及时行乐。至此，可判断这是一首表达及时行乐思想的诗。

"人生天地间，忽如远行客。"《青青陵上柏》。"昼短苦夜长，何不秉烛游。为乐当及时，何能带来兹?"《生年不满百》。"人生忽如寄，寿无金石固。服食求神仙，多为药所误。不如饮美酒，被服纨与素。"《驱车上东门》。"人生寄一世，奄忽若飙尘。何不策高足，先据要路津。"《今日良宴会》。"思归故里闾，欲归道无因"《去者日以疏》。"人生非金石，岂能长寿考。奄忽随物化，荣名以为宝。"《回车驾言迈》。这些诗句表面看来是似乎是颓唐的、悲观的，但在消

---

① 上举诸家评语，隋树森《古诗十九首集释》卷二，中华书局 1955 年版，第 36 页。

② ［宋］郭茂倩编《乐府诗集》，吉林出版社 2010 年版，第 285 页。

③ 隋树森撰，张庚注《古诗十九首解》卷三，中华书局 1955 年版，第 76 页。

④ 隋树森撰，姜任修注《古诗十九首释》卷三，中华书局 1955 年版，第 85 页。

⑤ 隋树森撰，张玉谷注《古诗十九首赏析》卷三，中华书局 1955 年版，第 114 页。

⑥ 隋树森撰，刘光篑注《古诗十九首注》卷三，中华书局 1955 年版，第 167 页。

极的情绪中深藏着的正是它的对立面，这是一种对命运、生命、生活、人生的强烈渴望和留恋，从表面看来，似乎也是无耻地在贪图享乐、腐败、堕落，其实不然，它们是特地历史条件下深刻地表现了对人生、生活的极力追求，这表达的是一种积极乐观的思想精神。

从上面的分析可知，《古诗十九首》中及时行乐主题诗共计 6 首，主人公都因感叹人生苦短，而引发及时行乐活在当下的感慨。

（三）酒宴主题

1.《青青陵上柏》①

青青陵上柏，磊磊涧中石。人生天地间，忽如远行客。

斗酒相娱乐，聊厚不为薄。驱车策驽马，游戏宛与洛。

洛中何郁郁，冠带自相索。常衢罗夹巷，王侯多第宅。

两宫遥相望，双阙百余尺。极宴娱心意，戚戚何所迫？

《青青陵上柏》这首诗前面已将其收入到及时行乐主题诗当中，但此诗也同样描写了酒宴场面，可以视为是酒宴主题的诗歌。这首诗与前面谈到的《驱车上东门》有共同之处，都是感叹生命短暂，但也存在差异，《驱车上东门》是想到在生与死之前要好好享受，但《青青陵上柏》忠的主人公由游京城而兴叹，想到的不单单是在生与死前的吃好穿好的问题。"人生天地间，忽如远行客"人活在世上是如此短暂，就好比一个匆匆的过客，何不"斗酒""娱乐""驱车""策马""游戏""宛与洛"，即设宴寻欢，享受歌舞升平的日子，这一个个描写的都是酒宴的场面。"常衢罗夹巷，王侯多第宅。两宫遥相望，双阙百余尺。极宴娱心意，戚戚何所迫？"在热闹的城市街区，从"王侯第宅"到"两宫"都在豪奢宴饮，尽情享乐，醉生梦死，为什么唯独自己要忧愁满面呢。这所表现的就是一种酒宴的场面，在酒宴上抒发自己的人生感悟。所以说这是一首酒宴主题诗。

2.《今日良宴会》②

今日良宴会，欢乐难具陈。弹筝奋逸响，新声妙入神。

令德唱高言，识曲听其真。齐心同所愿，含意俱未申。

人生寄一世，奄忽若飙尘。何不策高足，先据要路津。

---

① ［宋］郭茂倩编《乐府诗集》，吉林出版社 2010 年版，第 276 页。
② ［宋］郭茂倩编《乐府诗集》，吉林出版社 2010 年版，第 276 页。

无为守穷贱，坎轲长苦辛。

这首诗同样也是前面已经收入到及时行乐主题诗中的，但此诗也更多地表现出了酒宴的主题，可视为酒宴主题诗。"今日良宴会"这句中的"宴会"就点出了全诗的主旨，即描写酒宴场面。古人有宴会必作乐"欢乐难具陈"显然，大家在宴会上都玩得很开心很惬意，满心的喜悦很难用言语来表达，此处写出了宴会的欢乐气氛。古人乐必有曲"弹筝奋逸响，新声妙入神"，从这句中可以感受到"弹筝"的声调是飘逸的，也是最时髦的乐曲。主人公就此曲有了很多感悟，即听弹筝，懂欣赏音乐的人，能听出曲的真意，其实这首曲子的真意是当下一般人的共同心愿，只是大家都不愿说出来而已，主人公借曲道出"人生寄一世，奄忽若飙尘。何不策高足，先据要路津。无为守穷贱，坎轲长苦辛。"的人生感慨。人的一生就像寄旅一样只有一世犹如尘土般微不足道和弱小，一瞬间便能被风吹散。既然人的一生是如此的弱小和卑微，为什么不想办法捷足先登，先高居要位而安享荣华富贵呢？人不能因贫贱而常常满腹忧愁与失意，不能因不得志而跟自己过不去，自己折磨自己。都说曲由心生，主人公这段话说得兴致勃勃，说得满心欢喜。这也是主人公在酒宴上的所见所感。《古诗十九首》中酒宴主题诗共计2首，都是在酒宴上抒发人生感悟。

结语

《古诗十九首》的主题，说法甚多，古人所说的以男女比君臣或朋友离别或是抒发游子思妇之思的说法等主题皆被儒家思想所遮蔽，经研究分析《古诗十九首》中的情爱主题共计13首，其中有2首是女性口吻之作；有5首是情人间的对答唱和；有3首是对爱情的表白；有3首是对爱情的怀疑；有3首是时光流逝的哀伤，另外3首是思念之作。其中除了《涉江采芙蓉》之外，另外12首皆含有送行离别的主题，即送行离别主题。及时行乐主题共计6首，都是对感叹人生苦短，时光易逝，而引发的及时行乐的思想。酒宴主题共计2首，也都是因感叹人生短暂，而摆宴畅饮，抒发内心的感慨。根据文中的分析，《古诗十九首》主要是情爱主题诗。

参考文献：

［1］木斋. 古诗十九首与建安诗歌研究［M］.《人民出版社》，2009.

［2］隋树森. 古诗十九首集释［M］.《中华书局》，1955.

［3］郭茂倩. 乐府诗集［M］. 吉林出版集团有限责任公司 2010.

［4］博璇琮. 古诗十九首的研究首次系统梳理和突破——评木斋的汉魏五言诗研究［J］. 山西大学学报（哲社版），2009（2）.

［5］木斋. 采遗芙蓉：曹植诗文中的爱情意象　兼论建安十六年对曹植的意义［J］. 山西大学学报 2010（5）.

［6］（清）沈德潜选. 古诗源［M］. 中华书局，2007.

［7］木斋. 古诗研究的多种可能性［J］. 河北师范大学学报（哲学社会科学版），2003（36）.

［8］宇文所安. 中国早期古典诗歌的生成［M］. 三联书店，2010.

［9］傅璇琮、陈亮. 来自中古的苦乐爱恨——说乐府［M］. 中国大百科全书出版社 2011.

［10］袁行霈. 中国文学史［M］. 高等教育出版社，2005.

［11］刘勰. 文心雕龙［M］. 人民文学出版社，1962.

［12］木斋. 阿阁宫闱背景的情话——故诗系列论文之一［J］. 学习与探索，2013.

［13］［三国魏］曹植撰，赵幼文校注. 曹植集校注［M］. 人民文学出版社，1984.

［14］邬国平选注. 汉魏六朝诗选［M］. 上海古籍出版社，2005.

［15］胡怀琛. 古诗十九首志疑［J］. 学术世界 1 卷 3 期，1935.

［16］魏宏灿著. 逞才任情的乐章——曹操父子与建安文学［M］. 安徽大学出版社 2010.

［17］王强模著. 古诗十九首评译［M］. 贵州人民出版，1993.

［18］方正. 论〈古诗十九首〉意象的特征［J］. 琼州学院学报，2013.

［19］孙浩宇. "木斋曹植说"之产生缘何可能？——在〈古诗十九首〉研究史的坐标里［J］. 琼州学院校报，2013.

［20］林登顺. 木斋〈古诗十九首〉研究带来新视野［J］. 琼州学院学报，2013.

［21］廖丽琪. 论情诗为曹植诗与古诗的基本属性［J］. 琼州学院学报，2013.

唐宋时期"木兰花"词牌群演变研究

作者：韩零幂①指导教师：柯继红

摘　要："木兰花"类词牌体制演变过程就是文人对于《木兰花》词牌的不断改进、完善和创新的过程。前人对于"木兰花"类词牌体制研究集中于万树的《词律》，王奕清的《康熙词谱》和唐圭璋《全宋词》的分类整理。但是在"木兰花"类词牌体制研究上仍然存在许多不确定性。在参考前人研究的基础上，对"木兰花"类词牌体制演变进行深入研究，发现存在着以《木兰花》词牌为"母曲"的词牌群，包括《木兰花令》《减字木兰花》《木兰花慢》《偷声木兰花》和《摊破木兰花》。"木兰花"词牌群是文人们以《木兰花》为母曲，通过音乐增损、旧曲翻新、词调新作、句式增减、节奏变化等艺术方法创造出的一组新的词体体制。同时，还研究了"木兰花"类词牌的"又一体"现象，提出了《木兰花慢》两例新的"又一体"。

关键词：木兰花；词牌；体制；母曲；格律

序言

根据钦定词谱中记载，《木兰花》的记录最早源自于唐玄宗时教坊曲名，后世的人们又创作出新的"木兰花"类词调。同时，根据钦定词谱中记载，宋朝时代的《木兰花》词，都是和《玉楼春》体制相同，《木兰花》词牌的正体是毛熙正、魏成班所作的。[1]在随后的时间发展中，又出现了令、减字、慢、偷声、摊破这些新的词牌格式，让人不禁沉思，这些曲调之间到底存在怎样的关

---

① 作者简介：寒零幂，海南热带海洋学院 2010 级汉语言文学专业毕业生。
　　指导老师：柯继红（1973 - ），男，湖北罗田人，海南热带海洋学院人文学院讲师，博士，主要从事古代文学研究。

系？本文探讨的是："木兰花"词牌群是以《木兰花》为"母曲"文人运用旧曲翻新、词调新作、摊声、减字等艺术创作手法在原本的《木兰花》词牌基础上进行的演变。

一、前人研究现状

明弘治年间，这些人因为好奇和研究的节奏，总结韵律，修词格律谱。万树的《词律》和康熙年间王亦清等人奉召编写的《康熙词谱》标志着词体格律整理的完成。前人对于木兰花的词牌演变研究有：龙榆生先生的《唐宋诗词格律》，在《词律》和《全宋词》《全唐五代词》中也涉及《木兰花》词牌的分析研究。

龙榆生先生的《唐宋诗词格律》收录了张璋等人的《全唐五代词》和唐圭璋《全唐五代词》《全金元词》。在正文里，以韵调分类，有平韵格、仄韵格、平仄韵转换格、平仄韵通叶格以及平仄韵错叶格。在目录里，索引方式就更多了，以作者名字为索引，例如韦庄《木兰花·独上小楼春欲暮》、柳永的《木兰花》等，而创作《木兰花》的则以词牌作为索引，分别有《木兰花》《木兰花令》《木兰花慢》。他在文中分析《木兰花》为词牌的为仄韵格，将木兰花词牌分为五类：第一类的词牌是五十五字，前片三仄声韵、后片三仄声韵。在《尊前集》中所记载的都是五十六字的《木兰花》。第二类为"令"。《乐章集》入"仙吕调"。所存的词牌格式为前后阕都是三处仄声韵，同时"令"的平仄韵的用法与《玉楼春》都是相同的，但《乐章集》中的《玉楼春》被记录到"大石调"，因此还是存在一定的区别的。三是"减字"类。曲调是"林钟商"，在《乐章集》中成为"仙吕调"。"减字"的基本格式为文章共四十四字，前后阕第一和三句各减去三字，同时平仄韵互换，每片两仄声韵、两平声韵。四是"偷声"类，又称"仙吕调"。"偷声"的格式为词共四十六字，其中有两句，位于文章第三句比其他句少三字，平仄韵互换，与《减字木兰花》相同。[2]这本书比较详细地对"木兰花"类词牌群进行分类，但收录的基本上是名篇名作，具有代表性但是内容不够翔实。

在其他的文章中，大部分是对于《木兰花》现存个别词牌的分析。例如在武秋莉的《论曲按牌填词的比较分析》中，对于两首不同朝代的《减字木兰花》的比较，得出随着朝代的变迁，填词的规律用法都在发生改变。贯云石通过对"木兰花"的创作突破了宋代词人朱敦儒的《木兰花》的原始格式，从原来的曲调的格式是固定的到元代各种调句数可以任意增加或减少，语言风格的改变使元曲更加生活不仅表达能力更强，感情也更加丰富。同样以词调分析的还有刘明澜的《论词调的变化》较为详细的分析减字、偷声、添字、添声、摊声、摊破、转调、集曲类犯调以及宫调相犯之犯调。笔者认为我们在研究《木兰花》的词牌演变可以从这个发展中得到解释和启示。

郑晓韵的《浅析苏轼〈减字木兰花〉中三意审美阶段对当代审美的意义》和沈治钧的《顾随〈木兰花慢〉一阕辨惑》则是以审美的角度去分析《木兰花》词牌的意蕴和感情。在郑的作品中，分析了苏轼的《减字木兰花》但是背景时期却各不相同，自然所表达的感情也是不同的。作者以苏轼三个不同时期的状态为依托，从他在这三个状态所创作的《木兰花》里去分析他的人生价值，分析词作里的审美意蕴。这三个阶段分别是审美期待、确定审美价值引领审美尺度、回归自我。同时也见微知著，词带来的审美价值不仅是作者自我灵魂升华的体现，也值得后世的学习、赏味以及发展。而在沈的文章中，其实是在探讨顾随这首词现在面临着"有意地篡改、故意的误读和深层的误解"[3]做的一个辨析修正。虽然在本文中研究对象主要是唐到元的《木兰花》，但是文章单独分析了顾随的《木兰花慢》从用字的斟酌，立意背景等研究分析，将原创作者顾随本身相结合起来，确定其创作动机，表达的思想和传达的审美观点，修正现存的误解。这种分析方式也是可以借鉴的。

在《〈全宋词〉五十至五十五字小令词谱研究》（玄婷婷）[4]和《〈全宋词〉四十三至四十六小令词谱研究》（翟丽丽）[5]的文章中，对于宋词中现存的以《木兰花》为词牌且满足字数要求的也只是做了一个简单的词谱研究。

对于词的格律和曲调的研究，目前国内的学者和文人还是比较关注的。从明朝到清朝，万树收集了六百六十调，王奕清等人收集了词曲八百二十六调，而在《全宋词》和《全唐五代词》中有三万多首词。同时汉语泰斗王力的《汉语诗律学》也对词韵、平仄、词牌做出了学术性的研究。还有《中国词律》《中华词律字典》等都是在研究词的格律时候所需要的参考书。

现今对于专门研究《木兰花》这单一词牌的演变的研究上仍旧是欠缺的，不系统的。所以本文以《全唐五代词》《全宋词》为依托，旨在将其中的《木兰花》词牌群的现存词进行整理归类和分析，找出其中的联系。

二、"木兰花"词牌群演变情况

根据笔者从《全宋词》《全唐五代词》统计，目前《木兰花》存词共721

首，其中《木兰花·玉楼春》共95首，《减字木兰花》共442首，《木兰花慢》共153首，《木兰花令》共20首，《偷生木兰花》共4首，《摊破木兰花》共3首，单独以《木兰花》命名的共3首。

表一　几种"木兰花"词作数量统计表

	木兰花	木兰花令	减字木兰花	偷声木兰花	木兰花慢	摊破木兰花	总计
全宋词	49	8	227	4	129	3	420
全唐词	46	12	215	0	24	0	301

（一）"木兰花"的母曲格律分析

"母曲"就是一个曲子的基本韵律。在"母曲"的基础上，将声调、字数、押韵、句式等改变就可以产生新的曲子。"母曲"就是一个源头。本文就是探讨"木兰花"词牌群是以《木兰花》为"母曲"，文人运用旧曲翻新、词调新作、摊声、减字等艺术创作手法，在原本的《木兰花》词牌基础上进行的演变。

1. "母曲"《木兰花》及"又一体"的格律

在《花间集》的记录，《木兰花》的作者有三位，分别是韦庄、魏承班、毛熙震，魏成班和毛熙震所创作的是用三七言长短句的仄韵体，而韦庄的词却稍有不同，在开头两句用的是七言仄声韵。

既然有三首作品，那么究竟三者又有怎样的关系呢？

在《钦定词谱》中记载，宋代词人创作的以《木兰花》为词牌名的词作，其实是运用《玉楼春》的格律来做词的。《钦定词谱》中认为，"《木兰花》的正体是毛熙震、魏承班之作"。根据《花间集》中记载的魏承班的作品，有《木兰花》1首，《玉楼春》2首。全词共八句且每句七字的就被称为是《玉楼春》的格律。《木兰花》的正体则是韦词、毛词、魏词，共三种体式。但是由于毛、魏二人体式与《木兰花》体式相异，特做如下分析。

表二　三首《木兰花》格律对比表

	韦庄《木兰花》	《木兰花》毛熙正	《木兰花》魏成班
字数	五十五	五十二	五十四
押韵	押仄韵	押仄韵	押仄韵
句式	773377777	337337337337	3373377777
格律	（平仄谱符号）	（平仄谱符号）	（平仄谱符号）

这是《木兰花》的三种体式，从表上可以看出韦庄的词是双调，共五十五字，开头为七字仄声韵，第二句连续两句三言，全词都是仄声韵。而毛诗《木兰花》从格律上来看是双调，共五十二字，与韦词相比少三字，采用的格式是三三七，前后段各六句，三仄韵。魏诗也是双调，上阕是三三七的格式，后阕是七言仄声韵。在格律上面，毛词和韦词相比，满、匀、对、事、带、薄都不押韵。同时在平仄方面，"朱、扉、莺、声、匀、檀、归、斜、晖、临、前、堪、金、屏、幽"应该用仄声韵，而"翠、院、寂、粉、一、又、小、阁、岂、着、想、冷、画、帐"应该用平声韵。魏词和韦词相比，碧、开、迟、曲、凝、蕊都不押韵，同时在平仄方面，"芙、蓉、堂、深、开、金、屏、拖、迟、迟、鸳、鸯、凝、双"应用仄韵，"旖、玉、似、宝、倚、渚、锦、一"应用平韵。因此在《钦定词谱》中毛和魏二人的《木兰花》被定义为《木兰花》词牌的又一体。

2.《玉楼春》和《木兰花》词牌体制辨析

在《钦定词谱》中记载，宋人常将《玉楼春》和《木兰花》二者体式混用，那么二者为什么会被混用，之间存在怎样的关系呢？

《玉楼春》名称的由来是出自于《花间集》中的记载，顾敻的词有"月照玉楼春漏促""柳映玉楼春日晚"，《尊前集》里欧阳炯也有"春早玉楼烟雨夜""日照玉楼花似锦，楼上醉和春色寝"，所以取这种调为《玉楼春》。宋人对于

《木兰花》和《玉楼春》词牌的误解，根据《尊前集》中记载的，原因是欧阳炯的"儿家夫婿"这首词和庾传素"木兰红艳"这首词实际上是《玉楼春》的体式。但是由于欧词最后一句是"同在木兰花下醉"，庾词第一句是"木兰红艳多情态，不似凡花人不爱"，于是他们就给自己的词又取一个名叫《木兰花》，这就导致宋人在唱词流传中误将二者混用。下面看《玉楼春》的四种体式：

表三　《玉楼春》四种体式的格律表

玉楼春	顾敻"拂水双飞来去燕"	顾敻"月照玉楼春漏促"	牛峤"春入横塘摇浅浪"	李煜"晚妆初了明肌雪"
字数	五十六	五十六	五十六	五十六
句式	77777777	77777777	77777777	77777777
押韵	六仄二平	六仄二平	六仄二平	五仄三平
格律				

在第一首《玉楼春》中，前后段第二句的第二个字、第六个字都是仄声韵，第三句的第二个字、第六个字都是平声韵，第四句第二字、第六字都是仄声韵，第二首中后段第一句不押韵，第三首词中前后段两韵。第四首词前后段两起句，平仄都是不同的。

同时从表二表三的格律分析对比中，我们也可以得出，《玉楼春》和《木兰花》属于两个不同的词牌名。格律不同，字数不同，用韵变调也是不同。

3.《木兰花令》和《木兰花》的关系

在《康熙词谱》中记载，《木兰花令》是《木兰花》的"学名"或"雅号"。但是前人并没有明确的定义这二者的关系，那么《木兰花令》是否和《木兰花》是同一体式呢？

我们看下表：

表三　《木兰花》和《木兰花令》格律对比表

	木兰花	木兰花令
字数	五十六	五十六
句式	七言八句	七言八句
押韵	五平三仄	五平三仄
格律	○●⊙○◎●⊙ ○●○●○◎● ●○○●○○● ○○●○●○● ○○●○●○● ●○●○●○● ○○●●○●● ○●○○●○●	○●⊙○◎●⊙ ○●○●○◎● ●○○●○○● ○○●○●○● ○○●○●○● ●○●○●○● ○○●●○●● ○●○○●○●

从表格上可以看出《木兰花令》的格律是双调，共五十六字，上片三仄韵下片两仄韵。而《木兰花》词牌是双调，共五十六字，开头为七字平声韵，第二句连续两句三言，上片三仄韵下片两仄韵。

由表中可见《木兰花令》与《木兰花》的字数完全一样，同时《木兰花令》和《木兰花》都是以仄韵定格，字数、句式都是相同的，在参照《全唐词》《全宋词》中现存的《木兰花令》词牌中，可以看出《木兰花令》是在《木兰花》词牌的基础上演变而成的。

（二）减字、偷声和"母曲"《木兰花》的关系

《减字木兰花》是唐教坊曲名。"减字"，顾名思义，在原有的定格里去掉一些字。在乐坊里流传的词的曲调虽有定格，但在歌唱演奏的时候，乐工会根据现场气氛，自身需要和曲目的难易程度进行对音节韵度、歌词、韵脚等进行修改，使歌曲更加动听。"减字"是从歌词的内容上判定，"偷声"是从曲调的长短、节奏的快慢来分辨。

所以我们在这里就要分析《减字木兰花》《偷声木兰花》和《木兰花》之间的内在关系。

笔者从搜集的资料中看看，《减字木兰花》是双调四十四字，上下片各两仄韵，两平韵。它与《木兰花》的格律对比的区别在于"减字"在母曲的上片和下片的第一、三句各减三字，押韵处变成平仄韵互换，上下片各两仄韵，两平韵。钦定词谱中记载：《偷声木兰花》被定义为"仙吕调"，全词共五十字，上

下片在《木兰花》的原有格律上第三句各减三字，平仄韵互换。

下图是这三者的对比：

表四 《减字木兰花》《偷声木兰花》和《木兰花》的格律对比表

	减字木兰花	偷声木兰花	木兰花
字数	四十四	四十六	五十六
句式	47474747	66477547	七言八句
押韵	两平两仄	四仄四平	五仄三平
格律			

通过对比可以看到《减字木兰花》是双调。由《木兰花》上下片第一、三句各减三字而成，以平仄换韵的四十四字体为固定格式。"减字"上下片各二十二字，前两句仄声韵，后两句平声韵。《偷声木兰花》在《木兰花》的基础上在前后段第三句减去三字，第一、二句中两仄韵，第三四句中两平韵，下半片也是两仄韵两平韵的格式。所以我们可以确定减字、偷声都是在以《木兰花》为母曲的前提下进行的创作演变而成的新词牌。

（三）《木兰花慢》和《木兰花》的关系

"慢"的称呼是从"慢曲子"而来，就是词人根据慢曲而创作的声调长节拍缓的词。《钦定词谱》中这样定义慢词"盖调长拍缓，即古曼声之意也"[1]23，"'慢'是相对于'急'而言的，慢曲就是根据乐曲的节奏来定义的"[1]23。

所以这里我们来分析《木兰花慢》和《木兰花》的内在联系：

表五　《木兰花慢》和《木兰花》的格律对比表

	木兰花慢	木兰花
字数	一百零一	五十六
句式	5334628662333433321266	七言八句
押韵	七平一仄	五平三仄
格律	●○○●●●○○●○○ ●●○○●○○○●○ ○○●○●○○●○○ ○●○○●●○○●○ ●○○ ○●○●○●○○●○ ●●○○●○○●○○ ●○○○●○○●○○ ○●○○●○○●○○ ○●○●○○●○○ ●○○	○●○●⊙◎○⊙ ○●○●●○○ ●●○○○●● ○○●●●○○ ●●○○○●● ○○●●●○○ ●●○○○●● ○○●●●○○

《木兰花慢》是双调。共一百〇一字，上片十句五平韵，下片十句七平韵。在钦定词谱中记载，《木兰花慢》是柳永首创。我们也可以看到，一百〇一个字的慢词属于长慢词。《木兰花慢》是在《木兰花》的基础上，进行了曲调的拉长和字数的增加，格式的变换而形成的新的曲目。后来在《乐章集》中被记录到"南吕调"。由表中可见，《木兰花慢》相对于《木兰花》，是将曲子进行拉长，那么所填的词就要进行配合曲调修改。柳永在《木兰花》的基础上把原本的七言拉长到十言甚至者十一言，这样一来这首曲调在演奏和歌唱起来的时候就会变得缓慢而充满情愫。同时柳永还将原本仄声韵的基础上增加字数，而且换成平声韵，使曲调的韵律也变慢。所以我们可以得出，"慢"也是在原有"木兰花"母曲上进行的演变。

（四）《摊破木兰花》和《木兰花》的关系

添声、添字、摊声、摊破是从音乐角度分析，是对原本的音乐节奏曲调上添入乐句或让节奏变得繁复激情。

唐朝的时候，人们创造出一种新的演奏方法，就是在歌词上增多字句，从而推出新调。或者在片末或句末插入或增添一个短乐句，使得新的歌曲不仅是曲调上演奏的技巧得到提升，同时也是新的创作突破。添字或摊破的另一种方法是增入音节，就是在原本的歌词后面加入新的词用来增加韵律的长度。

　　那么《摊破木兰花》又和《木兰花》存在怎样的联系呢？我们看下表：

表六　《摊破木兰花》和《木兰花》的格律对比表

	摊破木兰花	木兰花
字数	六十	五十六
句式	74484477744	七言八句
押韵	平声韵	五平三仄
格律	○○○○○●●○ ●●○○○○○○ ○○●●○○○○ ○●○○○○●○ ●○○○●●○○ ●●○○○○○○ ●○○○○●●○ ○●○○●●○○	●○⊙○◎○●⊙ ●●○○○○●⊙ ●●○○○●○ ○○●●○○● ○○●●○○● ●○○○○●● ○○●●○○○ ○●○○●●○

　　由表中可见，《摊破木兰花》是把《木兰花》的原有曲调中的第二句、第四句以及第八句的七字一句摊破为八字，成为四四的结构句式，同时原来的押仄声韵改为押平韵，把平韵移到句末，平仄相应有所变动，使得整个曲调变得悠扬婉转。所以《摊破木兰花》也是以《木兰花》为母曲，进行演变。

　　（五）总结

　　通过上述分析，我们可以做出结论，无论是"令""慢""减字""偷声"还是"摊破"，都可以称为这些词牌是以《木兰花》为母曲的词牌群。都是以《木兰花》的格律为基准，进行新的创作。在填词方面，通过对原有字数上的减字数、加句子使之成为新的词牌格律；在乐曲方面以偷声、摊破为依托，以曲调的变化来将母曲的原有字数、调拉长或者缩短，将其进行创作演变。

三、"又一体"的补充研究：几种新的又一体

　　"又一体"是在正体的基础上，通过对句子的长短、字数的多少和押韵等方面的修改和变化，使读者明显感觉到新的词体和与其匹配的乐谱发生了变化，这样的词作才能称为该词调的"又一体"。在研究"木兰花"词牌群的过程中，

笔者发现，就目前所记录的"又一体"研究上，还可以继续深入发现，探寻是否存在新的"又一体"。

根据《钦定词谱》记载，现统计出已有记载的"又一体"有：

表七　"木兰花"词牌群的"又一体"统计表

	木兰花	木兰花令	减字木兰花	偷声木兰花	木兰花慢	摊破木兰花
又一体	3	0	0	0	11	0

笔者总结现存的木兰花词作，和《钦定词谱》中记载的又一体对比，发现了 2 首《木兰花慢》新的又一体。现制成下表：

表八　"木兰花"词牌群新的"又一体"表

词牌名	又一体
减字木兰花	无
偷声木兰花	无
木兰花慢	"木兰花慢 一 范周 美兰堂昼永，晏清暑、晚迎凉。 控水槛风帘，千花竞拥，一朵偏双。银塘。 尽倾醉眼，讶湘娥、倦倚两霓裳。 依约凝情鉴里，并头宫面高妆。莲房。 露脸盈盈，无语处、恨何长。 有翡翠怜红，鸳鸯妒影，俱断柔肠。凄凉。 芰荷暮雨，褪娇红、换紫结秋房。 堪把丹青刼写，凤池归去携将。"[1] "木兰花慢 二 刘克庄 水亭凝望久，期不至、拟还差。隔翠幌银屏，新眉初画，半面犹遮。须臾淡烟薄霭，被西风扫不留些。失了白衣苍狗，夺回雪兔金蟆。 乘云径到玉皇家。人世鼓三挝。试自判此生，更看几度，小住为佳。何须如钩似玦，便相将、只有半菱花。莫遣素娥知道，和他发也苍华。"[2]
木兰花令	无
摊破木兰花	无

---

① 唐圭璋．全宋词［M］．北京：中华书局，1998，第 4887 页

② 唐圭璋．全宋词［M］．北京：中华书局，1998，第 3635 页

据分析，《木兰花慢》是双调，共有一百一零一字，上片十句为五平韵，下片十句为七平韵。

而这里的范周的词与正体的区别是"露脸盈盈"该句不押韵，"有翡翠怜红"中的"怜""红"应该用仄声韵。

刘克庄的词区别于正体的是字数为一百字，在格律上面和正体不同的有：拟还差、半面犹遮、须臾、西风扫不留些失、回雪兔金蟆乘、云径、到玉皇家、三拽试、住为佳何、须如、相将只有半菱花莫、他发也苍华都是不押韵的。同时，"留、金、生、钩、菱"应该用仄声韵，"失、雪、径、试、似、应、只、莫、发"应该用平声韵。

虽然《减字木兰花》存词量大，但现存的《减字木兰花》所存的词作格式字数完全相同。而木兰花慢在体式上面多样性比较强。笔者由于资料不齐全，只是在唐代和宋代的存词中发现一二。

四、对龙榆生关于《木兰花》词体格式研究的思考

关于词体格式的研究，龙榆生先生在这方面是非常具有权威性的，本文所研究的《木兰花》词牌格律是遵循龙榆生先生的格律研究的。在龙榆生先生的研究中，将《木兰花》词牌的格律分为五种，（以正体为准）。分别是："格一（仄韵换韵格），格二（仄韵定格），格三（减字木兰花），格四（偷声木兰花），格五（木兰花慢）。"即龙先生认为现存的《木兰花》词牌题材大致分为五种。同时龙榆生先生将这些词牌群放在一起研究，是有意识的认为这些词牌群存在着联系。

本文将这种联系定义为，"令""慢""减字""偷声"都是在原有的《木兰花》的格律基础上进行的有规律的变化。

但是龙榆生先生对于《摊破木兰花》的格律体式并没有给出明确的定义和分类，由于笔者搜集的"摊破"类有三首词，都是贺铸所写，分别是"南浦东风落幕潮""芳草裙腰一尺围"和"桂叶眉从恨自成"。现将其作为一种新的词牌格律，在龙榆生研究的原有五种格律之上再补充一种新的格律形式，以供参考研究。

格六（摊破木兰花）

○○○○●●○　　　●○○○●○○●○○

○○○●●●○○　　○●○○●●○○
●●○○○●●○　　●○○○●○○○
●○●●●○○　　○●○○●●○○

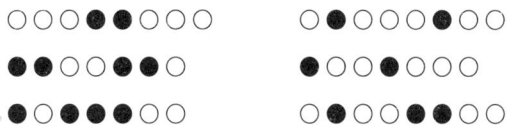

五、"木兰花"词牌群演变对于现代诗词创作的启示

"木兰花"词牌群的演变过程就是文人对于词曲的孜孜追求完美的过程。但是我们在阅读诗词的时候除了我们本身对于文字的运用和情感的释放之外，不要忽略掉词中所包含的音乐美—格律。格律就是为了配合演奏而存在的，它是一种曲调，一种范式。诗词作为一种艺术形式，我们要尝试发现其中的艺术美，艺术具有内容唯一性、审美共同性和新颖性。艺术的根本目的是审美，诗词归根到底也都是为了达到文学审美这一目标的方式。我们总是在创作诗词的时候总是在强调意象美、意境美，却忽略掉研究格律的变化，我们只是在感受词给我们带来的文字美和意象美，却在无形中忽视感受到其中饱含韵律美、音乐美。

根据笔者分析"木兰花"词牌群发现，《减字木兰花》多为应制之作，也可称为官方歌曲，大部分由为官者创作词，以供演奏。《木兰花慢》多为情景交融，抒发作者心中的愁绪，多为民间流传，代表词人柳永。柳永的词在民间具有很高的地位，青楼妓院里的女子以得到柳永词为荣。无论是《木兰花》本身还是减字、偷声、慢、令，文人在改变格律曲调的根本目的就是为了更好地将抽象的思维转化为具体的文字和声音。从笔者搜集的资料来看，《减字木兰花》和《木兰花慢》是《木兰花》词牌中先存词量最多的，而根据笔者对于这些存词的分析发现，《减字木兰花》格式固定，曲调固定。而《木兰花慢》格式多变，曲调多变，反倒是其他几种词牌存词较少。

研究诗词格律，不仅要学会辨识、分类和赏析，最高的境界就是学会灵活运用格律、发展格律，甚至在原有的基础上创作出新的格律。如果只是一味的单一模仿，是没有任何意义的，所以在现代诗词创作中要注意到这一点。

同时创作诗词还涉及一个受众审美能力的问题。简单讲，就是美的东西，受众能不能接受？多少人能接受？接受多少程度？我们可以发现，《木兰花》词牌群现存的词有的是出自于教坊，有的是来自民间，目前现存完整的词牌就是由于受到广泛的传唱才得以流传。在笔者收集的资料中发现有很多的词牌存词不完整，比如作者无名氏、词的内容遗失等，这说明这些词的使用频率不高。在古代，词的优美通过曲来表现，在现代优秀的歌曲的词也是非常的美。这些归根结底还是受众审美水平与施众创作水平的提高，也是对于词和格律曲调完美把握的体现。所以现今的我们应该重视格律，并将其传承下来。

结语

从"木兰花"类词牌的演变来看，同一个"母曲"，前人在填词的时候都不是固定使用的。不仅可以从音乐上打破原有的韵律，也可以在篇目上、句子上、用词上、押韵上进行修改变化，创作出新的词调。这种词牌群的演变打破了传统意义上的"篇有定句，句有定字，韵有定位，字有定声"的束缚，新的词牌在"母曲"的基础上，句式可变、字数可变、平仄可变、格式可变。词牌群和又一体的存在是文学中相当艺术化的过程，它不是刻板的，而是可变的，有一定的规律，但是规律又不是固定的。

"木兰花"类词牌从原本"母曲"的仄韵体，双调五十六字，上下片各三仄韵，前后阕都用相同的格式，发展到减字、平仄韵互换、偷声、摊破，或者在母曲的基础上增加句子使整个曲子的节奏变慢，这些变化可以使词调在演唱、传诵之时，更加吸引听众、读者。由此可见，格律既是相对固定的，又是可变的。

新的词体不是凭空而来，而是在原有的格律基础上进行的再创作。本论文就是通过研究"木兰花"类词牌群的体制，发现"木兰花"类词牌就是以《木兰花》为母曲进行填词，在文字方面通过减字、增字等方式，在乐曲方面以偷声、摊破为依托，进行创作演变而制做出的词牌群。各词牌之间有着明显的逻辑关联。

参考文献：

［1］［清］王奕清等．康熙词谱［M］．北京：中国书店，1983.

［2］龙榆生．唐宋词格律．［M］．上海：上海古籍出版社，2007.

［3］郑晓韵．浅探苏轼〈减字木兰〉中"三意审美阶段"对当代审美的意义［J］．天府新论，2005（4）：126.

［4］玄婷婷．《全宋词》五十至五十五字小令词谱研究．［D］．山东：山东师范大学，2012.

［5］翟丽丽．《全宋词》四十三字至四十六小令词谱研究．［D］．山东：山东师范大学，2013.

传播学视野下陈与义《无住词》的解读

张旋①

摘　要：《无住词》是两宋之交文人陈与义的词集，一卷十八首。本文试从学科交叉方向对陈与义的词作进行分析研究，即用现代的传播学理论阐释古老的诗词文化。首先从传播思想角度看，《无住词》蕴含丰富的思想内涵，爱国忧民、热爱生活、重视友情、豁达淡然的生活态度，为《无住词》传播提供价值基础；其次从传播方式角度看，后人对《无住词》采用多种解读方式，包括笺注、评点、鉴赏，为《无住词》广泛传播提供可能性和途径；再次从传播效果角度看，相较于其诗歌，《无住词》影响力较弱，接着从传播主体、传播接受者以及传播环境方面探析其内在原因。

关键词：陈与义；《无住词》；传播思想；传播方式；传播受众

陈与义（1090－1138），字去非，号简斋。洛阳（今属河南）人。天资卓越，少有文才，为同辈所钦慕。徽宗政和三年（1113），陈与义登上舍甲科，授开德（今河南濮阳）府教授，累迁太学博士，著作佐郎，后谪监陈留（今河南开封南）酒税。金兵入至中原，陈与义自陈留寻避地，道经商水（今属河南），由舞阳至南阳（今属河南）。后又辗转襄阳（今属湖北）至湖南岳阳境内。金兵继续南下之时，又南逃衡阳（今属湖南），过九嶷山，经永州（今属湖南），来到贺州（今广西贺县）。金兵撤回江北后，经广东、福建、于绍兴元年（1131）到了越州（今浙江绍兴）行在，任命为兵部侍郎。次年随高宗到临安，

① 作者简介：张旋，女，汉语言文学专业 2010 级本科毕业生。
指导老师：吴超华（1982－），女，福建漳州人，海南热带海洋学院人文学院讲师，硕士，主要从事古代文学研究。

历官中书舍人，吏部侍郎，湖州知州，翰林学士、知制诰。累官至参知政事。著有《简斋集》十六卷，共有 626 首诗。在 1982 年，中华书局的出版《陈与义集》，是整理了元人写本《简斋诗外集》一卷以及宋末刘辰翁《须溪先生评点简斋集》十五卷，还有南宋胡稚笺注的《增广笺注简斋诗集》三十卷综合而成的，共有 3 篇赋，4 篇杂文，626 首古体诗，还有 18 首词。

一、陈与义及《无住词》的研究概况

目前学术界对陈与义其人其作品的研究，取得了很多成果，主要表现为以下几个方面：

一是陈与义集的校注和编年。包括白敦仁的《陈与义集校笺》和《陈与义年谱》，以及金德厚、吴书荫校点的《陈与义集》。

二是陈与义不同的创作时期及其创作心态。包括宁智峰的《陈与义诗歌分期新探》和《浅论北宋党争对陈与义的心态及创作的影响》，吴中胜的论文《陈与义南渡期内在心理探析》《陈与义心态探微》和《陈与义与陶、杜心态比较论》，赵元雪的《论陈与义居湘时期的诗歌创作及其特色》，以及娄娃芳的《靖康之难与陈与义诗风转变》等等；

三是陈与义创作的艺术渊源。主要有黄俊杰《陈与义诗歌艺术探源》、杨玉华的《试论简斋诗对前人的继承》，莫砺锋的《江西诗派研究》，吴中胜的《"诗宗已上少陵坛"吗——再评陈与义学杜》，黄俊杰的《陈与义词"摩坡仙之垒"的内在考察》。

四是陈与义与江西诗派的渊源。莫砺锋的《江西诗派的后起之秀》，李琨的《陈与义属于江西诗派吗》，沙晓会的《陈与义对江西诗派的继承与新变》。

五是陈与义的艺术风格。包括巨传友的《陈与义战乱诗研究》，霍松林的《感觉、视觉和听觉的交替与综合——说陈与义〈早行〉诗的艺术特色》，还有吴淑钿的《论陈与义诗歌的主要风格》。

六是陈与义的作品赏析。有赵齐平的《析陈与义的〈雨晴〉》，高峰的《抚今追昔 无限感慨——陈与义〈临江仙〉词赏析》，还有杨丽的《试论陈与义〈牡丹〉一诗的悲剧美》，以及梁玉竹的《一花一世界——略论陈与义的咏花

诗》。①

从以上概述可以看出，学术界对于陈与义及其作品做过较为系统的研究，但也存在明显偏向，以中国知网上收录的文献论文为例，偏向情况如下：

1. 大部分学者都是对陈与义的诗歌进行的研究，而对陈与义的《无住词》涉及甚少。知网收录的大概只有十二篇文献记录，其中大部分是在 20 世纪八九十年代，而 21 世纪对于《无住词》的研究，在知网上只有五篇。

2. 这些论文在研究《无住词》的角度上比较单一，大致从思想内容，艺术特色等方面进行，或者对某个具体词篇赏析。例如闵定庆老师在九江师专学报上的《陈与义〈无住词〉浅说》，主要是从《无住词》的思想内容方面进行的研究，而闵定庆老师的另一篇《陈与义〈无住词〉编年》，则是结合作者所处的时代背景进行词作研究。杨玉华、杨修昌老师对陈与义的《无住词》进行了综合论述，分别从思想内容、艺术特色和艺术渊源方面进行研究。

传统词学观念下的《无住词》研究，内容不外乎探讨作品的写作背景、思想感情、创作风格、艺术特色和价值等方面，读者对作品的认识程度和视角将会变得浅薄和单一。本文试从学科交叉的方向对陈与义的词作进行分析研究，即用现代的传播学理论阐释古老的诗词文化。这也是研究中国古典文学的一种新的方向和探索。

传播学作为一门新兴的学科，起源于二十世纪一二十年代，在中国发展时间较为短暂，随着二十世纪七十年代美国传播学传统学派和欧洲传播学批判学派的介绍和引进，中国传播学逐渐发展并具有自己的特色。那么什么是传播？美国著名社会学家查尔斯·库利在 1909 年出版的《社会组织》中为传播下了一个比较完备的定义："传播指的是人与人关系赖以成立和发展的机制——包括一切精神象征及其在空间中得到传递，在时间上得到保存的手段。它包括表情、态度和动作、声调、语言、文章、印刷品、铁路、电报、电话以及人类征服空间和时间的其他任何最新成果。"而美国学者哈罗德·拉斯韦尔在 1948 年发表的《传播在社会中的结构与功能》一文中提到了著名的传播过程的五大要素：谁（who）、说了什么（says what）、通过什么渠道（in which channel）、对谁说（to whom）、产生了什么效果（with what effect），则奠定了传播学研究的范围和

---

① 《文学百科大辞典》，胡敬署，陈有进，王富仁等主编，北京：华龄出版社，1991 年，第 233 页。

基本内容。王兆鹏教授在《宋代文学传播探原》中细分为六个层面：传播主体、传播环境、传播方式、传播内容、传播对象和传播效果。① 从上述可以看出，其实传播就是一种过程，传播者将信息传达给受众，并对受众产生效果。简而言之，传播就是信息流动的过程。而传播学就是研究这种人类社会信息传播活动及其规律的科学。

二、《无住词》的生产创作——从传播思想解读

自从有人类传播即存在，有传播就有围绕传播展开的人类思想，即传播思想。从传播学角度看，陈与义是传播主体，《无住词》是主体要传播的内容，内容中体现的情感和内涵就是传播思想。《无住词》十八首，有描写自然景物、感伤时事，忧伤怀古之作，具有浓郁的抒情性质。从文学角度看《无住词》，它是感性的抒情之作，而从传播学视角解读《无住词》，则是兼具感性与理性的美。

（一）爱国忧民的传播思想

陈与义因得到宋徽宗的赏识进入仕途而感恩，宋代知识分子因受理学影响，都具有强烈的社会责任感，"先天下之忧而忧"。并且《无住词》大多作于词人晚年，即在靖康之变后，处在动乱的时代，陈与义密切关注国事，强烈的感恩报国、爱国忧民的思想在词里留下了很多投影，如：

《虞美人》②

十年花底承朝露，看到江南树。洛阳城里又东风，未必桃花得似、旧时红。

胭脂睡起春才好，应恨人空老。心情虽在只咏诗，白发刘郎辜负、可怜枝。

十年时间，在江南，看尽桃花开开落落一年又一年，不禁让人想起洛阳的桃花，只是"年年岁岁花相似，岁岁年年人不同。"或许洛阳城里桃花依旧，但是那赏花人早已不在，故乡虽在，但是那如画的江山却被别人侵略践踏，这是一种多么令人揪心的疼痛！就像南宋刘辰翁所说："读之，宛然当日之痛。"这样的痛失河山的沉痛，是那些"直把杭州作汴州"的人所不会拥有的，这正是陈与义爱国思想的写照。

词人感物生情，因春景而联想到国破山河在，这种爱国情愫在特定的节日

---

① 《宋代文学传播探原》，王兆鹏著，武汉：武汉大学出版社，2013 年 6 月第 1 版，第 1 页。

② （宋）陈与义著，吴书荫、金德厚点校 . 《陈与义集》［M］. 北京：中华书局，2007：483 页。

显得更加浓烈。屈原，是我国第一位伟大的爱国诗人，他坚贞不屈、爱国忧民的形象是自古以来文人们的楷模。建炎三年，陈与义在洞庭避敌，恰逢端午，于是触时生情，借缅怀屈子抒发自己的国破家亡之痛：

忆秦娥·五日移舟明山下①

鱼龙舞，湘君欲下潇湘浦。潇湘浦，兴亡离合，乱波平楚。

独无尊酒酬端午，移舟来听明山雨。明山雨，白头孤客，洞庭怀古。

临江仙②

高咏楚词酬午日，天涯节序匆匆。榴花不似舞裙红。无人知此意，歌罢满帘风。

万事一身伤老矣，戎葵凝笑墙东。酒杯深浅去年同。试浇桥下水，今夕到湘中。

这两首词都是端午所作，都寄托了词人处在乱世，中原横溃，金兵横行，而词人老迈，无法力挽狂澜的感慨。《忆秦娥》传递了这样一种信息：学者文人，多是狷介耿直之士，屈原的风操品节，忠君爱国的情怀令人无限仰慕，赞美了屈原在诗歌上的辉煌成就，在端午之际，借祭奠伟大诗人的机会，做一次灵魂的洗礼，给自己增加信念和力量。而《临江仙》多少有些徒自伤老，曾经的大好河山不复存在，昔日的宴会轻歌曼舞，回到眼前，多少无可奈何，多少悲壮凄婉，只能将满腔情意化作一杯薄酒，倒入江中祭奠屈原，聊以慰藉。虽然都是作于同一时间，都是抒发了作者的爱国情怀，但是第一首词的思想显然比第二首词更加积极。

（二）热爱生活的传播思想

陈与义虽然经历坎坷，但是他依旧热爱生活，很多词中都表达了他对生活情趣的留恋和向往。例如：

《菩萨蛮·荷花》③

南轩面对芙蓉浦，宜风宜月还宜雨。红少绿多时，帘前光景奇。

绳床乌木几，尽日繁香里。睡起一篇新，与花为主人。

---

① （宋）陈与义著，吴书荫、金德厚点校.《陈与义集》［M］.北京：中华书局，2007：484页。

② 同上，485页。

③ （宋）陈与义著，吴书荫、金德厚点校.《陈与义集》［M］.北京：中华书局，2007：492页。

　　这首词创作于绍兴五年，据李心传《建炎以来系年要录》卷十九云："绍兴五年六月丁巳，给事中陈与义充显谟阁直学士提举江州太平观。陈与义与赵鼎论事不合，故引疾求去。"① 词中描写的静谧的环境，清丽的景物，以及词人在这样的环境中的舒适心情，读之，让人眼前出现一位悠然自得，与水为邻，与自然为友的高士形象。另一首词：

《虞美人》②

　　扁舟三日秋塘路，平度荷花去。病夫因病得来游，更值满川微雨、洗新秋。

　　去年长恨挐舟晚，空见残荷满。今年何以报君恩，一路繁花相送、过青墩。

　　也是同一时间创作的。"三日"是写实，从临安到青墩，水路大概三日行程。"秋塘"点季节与时间，"平度"二字，写出了舟行的平稳，反映了作者心情的舒畅。小船在荷塘的水面上慢慢滑行，这境界多美！从字里行间，可以看出诗人内心的愁苦，这与他爱国、思想的情怀是密不可分的。积淀在心中的痛，借助这些美好的景色来宣泄，用良辰美景来抚慰受伤的心灵，将繁花常开当作鼓舞生活的信念。虽然处在战乱之时，但是苦难之日也要拥有快乐，这是处于逆境时最需要、最宝贵的精神。

　　（三）重视友情的传播思想

　　注重朋友间的情谊是我们中华民族的传统美德之一，更何况像词人这种经历不凡，一生起起伏伏，这种时刻的友情，更是值得称颂。从《无住词》中，我们可以看到词人对朋友的依依不舍，和朋友之间的心心相印。例如：

《虞美人》③

　　张帆欲去仍搔首，更醉君家酒。吟诗日日待春风，及至桃花开后、却匆匆。

　　歌声频为行人咽，记著尊前雪。明朝酒醒大江流，满载一船离恨、向衡州。

　　这首词是陈与义回忆曾经在洛阳的生活，大约是词人晚年退居湖州青墩镇寿圣院时的怀旧之作。当时正值宋徽宗当朝的宣和年间，天下太平，岁月悠游。然而，当词人晚年客居无住庵时，已经发生天翻地覆的变化。金兵南下，战火纷飞，徽宗、钦宗被俘，宋室南迁，陈与义备尝流离之苦，晚年隐遁僧舍，抚今追昔，百感交集。和好友席益异地相逢，"超然堂上""冰盘围坐"只为了

---

①　李心传著，胡坤点校．《建炎以来系年要录》［M］．北京：中华书局，2014：311 页。

②　同①488 页。

③　（宋）陈与义著，吴书荫、金德厚点校．《陈与义集》［M］．北京：中华书局，2007：486 页。

"消尽尊中酒"，这种喜悦之情无法言表，但是又不禁想到又要分别，"及至桃花开后却匆匆"，恋恋不舍之情溢于言表，情真意切，感人至深。

（四）豁达淡然的传播思想

战乱爆发，词人从此颠沛流离，但依旧怀有一种淡然豁达的心态。下面两首词，丝毫看不出喧嚣的战乱和辛苦的流离：

《南柯子·塔院僧舍》①

矫矫千年鹤，茫茫万里风。阑干三面看秋空。背插浮屠千尺、冷烟中。

林坞村村暗，溪流处处通。此间何似玉霄峰。遥望蓬莱依约、晚云东。

《浣溪沙》②

送了栖鸦复暮钟，栏干生影曲屏东。卧看孤鹤驾天风。

起舞一尊明月下，秋空如水酒如空。谪仙已去与谁同。

这两首词，都是创作于绍兴五年，且都是作于青墩僧舍，前一首"千年鹤""万里风""林坞""溪流"这些美好的自然景象，让人不禁有种处于仙境，身为仙人的感觉。后一首"栖鸦""孤鹤""明月""秋空"，超脱世俗的美景，诗酒流连，只恨没有谪仙同酌。词人居于佛门圣地，难免有一种超然物外的玄想，明净的秋天，词人看千年孤鹤，听万里风声，赏如水月光，所居环境幽雅清净，没有人打扰，处处营造出一种安静闲适的感觉。

由此可见，虽然生活在苦难的时代，命运多舛，但是从《无住词》的字里行间，我们可以感受到作者伤事忧国的爱国情怀，热爱生活的态度，重视友谊的美德，以及豁达淡然的思想。这些思想，不仅是对宋词思想境界的提升，更是传播了中华民族的优良传统。

三、《无住词》的文人点评——从传播方式解读

当传播者创作出传播内容以后，要想到达受者的手中，还要经过各种方式的传播。不同的传播方式，所达到的传播功能和作用是不同的。在传媒不发达的古代，古人运用哪些传播媒介、手段、方式、途径来传播文学，《无住词》是通过什么样的传播方式使得篇目虽少，但是古代词评家们对其却称赞有加。

---

① （宋）陈与义著，吴书荫、金德厚点校.《陈与义集》［M］.北京：中华书局，2007：493 页。

② 同上，489 页。

（一）笺注式传播方式

早在两汉时期，文学作品传播就不仅仅局限于原作的传播，很多会对作品原文进行注释，以此来帮助读者更好地阅读理解和接受。笺注者，不仅是作品的解读者、诠释者，同样也是传播者。宋胡稚笺注《增广笺注简斋诗集》三十卷无住词一卷，胡笺贯穿百家，出入释老，能发简斋之秘。胡稚笺注的特点：知人论世，创作背景的考证，引用了大量的资料，讨论了陈与义创作的渊源。胡笺本是现存最早的陈与义别集传本，而且也是现存诗歌中最早使用"笺注"这一名称的著作，具有很重要的价值。笺注式传播，比原文增加了不少信息和内容，可以引导读者对作品的接受阅读，文学经典的形成，很多时候都与注家的笺注有关。

（二）评点式传播方式

从古到今，很多文人对《无住词》进行评点，在一定程度上帮助作品扩大影响力，也是传播的一种方式。可以从以下方面分析：

1. 概述《无住词》的风格

明代杨慎在《词品》中这样写道："诗为高宗所眷注，而词亦佳。语意超绝，笔力排奡，识者谓其可摩坡仙之垒，非溢美云。"[1]《四库全书总目》也说："此本为毛晋所刊，仅十八阕。而吐言天拔。不作柳弹莺娇之态，亦无蔬笋之气。殆於首首可传，不能以篇帙之少而废之。"[2]

2. 对《无住词》具体篇目的赏析

上述所说，是对《无住词》的风格总述，也有很多人对其中几篇作品加以评价。最被欣赏的当属《临江仙·夜登小阁忆洛中旧游》[3]：

忆昔午桥桥上饮，坐中多是豪英。长沟流月去无声。杏花疏影里，吹笛至天明。

十余年如一梦，此身虽在堪惊。闲登小阁看新晴。古今多少事，渔唱起三更。

这首词，是陈与义词的代表之作，上下两阕形成鲜明的对比。上阕写曾经

---

① （明）杨慎著，岳淑珍校注.《词品》［M］.上海：上海古籍出版社，2009：124 页。

② （清）纪昀总纂.《四库全书总目提要》［M］.石家庄：河北人民出版社，2000：2035 页。

③ （宋）陈与义著，吴书荫、金德厚点校.《陈与义集》［M］.北京：中华书局，2007：486 页。

的豪情和欢宴：词人与朋友满怀壮志，聚会畅饮，相互抒发远大的志向，"杏花疏影里，吹笛到天明"，一派欢乐的景象。然而岁月无情，家国梦想的破灭，好景不复，不禁感慨"古今多少事"，最后却只付与渔人的哼唱中。清代刘熙载的《艺概》中说"词之好处，有在句中者，有在句之前后际者。《临江仙》'杏花疏影里，吹笛到天明。'此因仰承'忆昔'，俯注'一梦'，故此二句不觉豪醑转成恍惚，所谓好在句外者也。"① 《苕溪渔隐丛话》更是赞赏道"此数语奇丽，《简斋集》后载数词，为此词为优"。② 这些都为《无住词》的研究留下了宝贵的资料。

不仅古人对陈与义的《无住词》进行评析，现在也有很多学者鉴赏其中的作品。例如收录在《唐宋词鉴赏辞典》中的两首词，唐玲玲鉴赏《临江仙》，对这首词的上下阕进行详细的分析，"慷慨悲昂的楚歌，诗人屈原的爱国之情，使陈与义在伤时怀旧之中，心情激荡，寄托深厚的家国之感。"③ 说其"酣畅超旷，具有沉郁的豪情壮志。"另一首《临江仙 夜登小阁忆洛中旧游》，吴功正从每句每字进行赏析，整首词的"情调是悲咽、衰飒的，形成苍凉的氛围和意境。"④

3. 评点《无住词》在词史上的地位

纵观古今文人们对《无住词》的研究评论，总的看来，《无住词》在词坛上占据了一席之地，它不仅是陈与义其人其诗研究中的一个非常重要的部分，甚至对研究两宋时期诗词研究也是颇有帮助的。

王灼在《碧鸡漫志》中也指出陈与义词之佳处如其诗之劲健爽利。

词评家张炎在《词源》中也提到："词之难于令曲，如诗之难于绝句，不过十数句，一句一字闲不得。末句最当留意，有有余不尽之意始佳。当以唐花闲集中韦庄、温飞卿为则。又如冯延巳、贺方回、吴梦窗亦有妙处。至若陈简斋'杏花疏影里、吹笛到天明'之句，真是自然而然。大抵前辈不留意于此，有一两曲脍炙人口，余多邻乎率易。近代词人，却有用力于此者。倘以为专门之学，

---

① （清）刘熙载著，袁津琥校注.《中国文学研究典籍丛刊：艺概注稿》［M］. 北京：中华书局，2009：69 页。

② （宋）胡仔，廖德明校注.《苕溪渔隐丛话》［M］. 北京：人民文学出版社，1984：35 页。

③ 唐圭璋，钟振振主编.《唐宋词鉴赏辞典》［M］. 合肥：安徽文艺出版社，2006：696 页。

④ 同上，697 页。

亦词家射雕手。"① 张炎评价《无住词》"自然而然",意味隽永,并进而指出宋代一些词人名气挺大佳作却不多。张炎的评论也是一种文学传播策略,在传播学里叫作"光环效应",一般是将所欲传的作者、作品与文学史上的著名作家、作品或者其他文学现象进行比较,进而得出有利于前者的结论,以促进其传播。这里是将陈与义的《无住词》大加赞美,与其他词人相比,近代词人更是比不上,通过这种方法,以唤起受众的注意。

四、《无住词》传播影响力弱的原因——从传播效果解读

现代传播学的研究表明,人类传播行为受一系列主客观因素的局限,其传播效果往往难如人愿。诸如社群活动空间的广大隔绝、人口的繁多、时间的久远、资料的缺乏、主观认识与客观手段的种种先天后天的局限、受众的理解能力或情绪……都会增加传播的难度,影响传播的效果。传播效果是指传播者发出媒介信息,通过媒介传输到受众而最终导致受众的思想观念、行为方式等产生巨大而微妙的变化。② 从前文可以看出,文人们对陈与义的词评价颇高,可是即使这样,终究比不过他的诗歌名气大。这又是什么原因导致的呢?

（一）传播思想与传播接受者的错位

陈与义诗歌的传播范围远远比词广泛,个人认为,很大程度上与陈与义个人的思想状态有关。传播学理论认为:受者接受传播,表面上是在接受信息及其内容,与传播者个人看似没有关系,但事实上传播者个人也是构成信息内容的重要组成部分。从上面的内容中我们可以知道,虽然《无住词》中包含了爱国思想,热爱生活的态度,但是他的消极避世的倾向也是非常明显的。因为《无住词》大多数作于陈与义生活的晚期,整个思想倾向颇为消极,词的色调也偏向感伤主义。但是他的诗歌创作在个人发展较为鼎盛的时期,所表现出来的又是另一种慷慨激越的感觉,例如《雨晴·天缺西南江面清》③:

---

① 张炎著,夏承焘校注.《词源注乐府指迷笺释》[M].北京:人民文学出版社,1998:58 页。

② 胡正荣.《传播学总论》[M].北京:北京广播学院出版社,1998:295 页。

③ （宋）陈与义,吴书荫、金德厚点校.《陈与义集》[M].北京:中华书局,2007:164 页。

> 天缺西南江面清，纤云不动小滩横。
>
> 墙头语鹊衣犹湿，楼外残雷气未平。
>
> 尽取微凉供稳睡，急搜奇句报新晴。
>
> 今宵绝胜无人共，卧看星河尽意明。

这首诗是他还是太学博士是创作的，雨过天晴，风景美，心情也美。这首抒情诗，诗人描绘了微妙善变的大自然，天空刚刚放晴，白云朵朵飘浮在空中，墙头叽叽喳喳的喜鹊，天边还有偶尔的残雷。整首诗事中有景，景中寓情。虽然短短八句，没有写一个"喜"字，但是却又满满地充斥着喜悦之情。而另一词作，例如《定风波·重阳》①：

> 九日登临有故常，随晴随雨一传觞。
>
> 多病题诗无好句，孤负，黄花今日十分黄。
>
> 记得眉山文翰老，曾道，四时佳节是重阳。
>
> 江海满前怀古意，谁会，阑干三抚独凄凉。

这首词是距靖康之变整整十年时创作的，流离在异乡的词人满怀世事沧桑的感慨，重阳登高之际，却"每逢佳节倍思亲"，不禁想起国家的沦陷，自己流离失所的愁与恨，然而这些心情又有"谁会"，只能"阑干三抚独凄凉"。

一诗一词，虽然都是写到雨，但是时间不一样心境也完全不一样。这种消极的思想在其诗歌面前，就显得尤为强烈和浓重。

（二）传播主体的创作结构倾斜

除此之外，陈与义是江西诗派的代表人物，这时期创作的诗歌传播者不仅仅是他个人，而是另外的传播主体，即江西诗派。宋徽宗时，吕本中作《江西诗社宗派图》，并由此得名。主要有黄庭坚、陈师道、陈与义等25人。在创作实践中，诗派"以故为新"，重要作家的诗作风格迥异，自成一体，成为宋代最有影响的诗歌流派。它的影响遍及整个南宋诗坛。② 不同的传播主体，由于各自的角色身份不同、社会地位和影响力不同，他们传播起来的效果也会不同，这种机构群体的传播影响辐射力从传播作品的数量、速度和广度上是大于陈与义个人的传播影响力的。

---

① （宋）陈与义著，吴书荫、金德厚点校.《陈与义集》［M］. 北京：中华书局，2007：491 页。

② 莫砺锋.《江西诗派研究》［M］. 济南：齐鲁书社，1986：223 页。

而且，《无住词》一共只有十八首，虽说是首首可传，但是陈与义的诗歌却有六百多首，显而易见，六百多首诗歌可以涉及的范围很广，读者的接受范围也很广，这也是其词没有诗传播广泛的一个重要原因。并且，《无住词》并没有单独成集，而是放在了他的《简斋集》里，如果将《无住词》离析于《简斋集》，相信也会对其词的传播有益，也相信《无住词》会更加容易被读者接受。

（三）从受众角度探析

文学作品的传播，最终是要作用于读者受众的，只有接受者接受后才能实现作品的价值。一部作品，如果没有读者的阅读，即使再好，也不能把作品的潜在价值发挥出来。传播学中有一种理论叫作"使用与满足"，是卡茨在1959年首次提出的，后来得到不断的充实与发展，在20世纪70年代逐渐定型，卡茨等人将需求概括为五大类：1. 认知的需要：获取信息、知识和理解；2. 情感的需要：情绪或美感的体验；3. 个人整合的需要：加强可信度、信心、稳固性和身份地位；4. 社会整合的需要：加强与家人、朋友等的接触；5. 纾解压力的需要：逃避转移注意力。

"主要研究媒介受众的一种取向：受众成员对媒介产品的消费是有目的的，旨在满足某些个人的、经验化的需求，不同程度地使自己的某些需求获得满足。"[①]《无住词》当时的受众主要是文人士大夫，文人士大夫的阅读接受，更偏重于文化、审美需求。然而《无住词》中呈现出的这种消极的思想，虽然在一定程度上满足了文人士大夫们心理，但是对于当时的社会背景，那些慷慨激昂，鼓励人心的词作往往更加契合他们的审美需求。所以，我认为这也是影响《无住词》传播的一个原因。

（四）从传播环境角度探析

宋词发展的繁盛，名家众多，风格众多，陈与义词少，风格不鲜明。作品的传播，与作者的知名度有很大的关系，有些作者的作品一写出来就立即得到迅速而广泛的传播，特别是知名度高的作者，陈与义早期官位很高，并且有他祖父的影响，在文人墨客中具有很高的知名度。诗歌的创作多形成于此时，所以影响广泛。陈与义是两宋时期的词人，这个时期的词人数不胜数，其中苏轼、辛弃疾、柳永、李清照、晏殊等等更是当时的代表人物。这些词人，在词作数

---

① ［美］威尔伯·施拉姆，何道宽译．《传播学概论》［M］．北京：新华出版社，1984：
　　202页。

量上远远多于陈与义词，并且现在我们习惯将其分类为豪放派与婉约派，上述词人创作风格鲜明，不仅如此，上面也提到，当时的受众主要是文人士大夫，这些接受者因其社会地位的转变和整个社会环境的变化，导致对《无住词》没有很多的关注，也难以引发这些接受者的阅读兴趣，也就影响了作品的传播热度，没有这些文人的认可和传播，在一定程度上也影响了《无住词》的传播和接受。

结语

对于中国古典文学的学术研究来说，传播学概念的引入为其带来了一股新的发展动力，提供了一种新的研究视角和研究方法。传播学对于探讨文学价值生成和实现过程非常重要，甚至是不可或缺。从传播视角研究陈与义《无住词》，将古典文学理论与现代传播理论相结合，既能丰富读者对《无住词》的认识，从而重新建构陈与义在词学上的地位，同时对陈与义个人研究也将有一个更加开阔的视角。

参考文献：

［1］（宋）陈与义．陈与义集［M］．北京：中华书局，2007年．

［2］王兆鹏．宋代文学传播探原［M］．武汉：武汉大学出版社，2013年．

［3］（明）杨慎著．岳淑珍校注．词品［M］．上海：上海古籍出版社，2009年．

［4］（清）纪昀总纂．四库全书总目提要［M］．石家庄：河北人民出版社，2000年．

［5］（清）刘熙载著．袁津琥校注．艺概注稿［M］．北京：中华书局，2009年．

［6］（宋）胡仔．廖德明校注．苕溪渔隐丛话［M］．北京：人民文学出版社，1984年．

［7］（宋）张炎．夏承焘校注．词源注乐府指迷笺释［M］．北京：人民文学出版社，1998年．

［8］莫砺锋．江西诗派研究［M］．济南：齐鲁书社，1986年．

［9］（美）威尔伯·施拉姆著．何道宽译．传播学概论［M］．北京：新华出版社，1984年．

异代知音——《桃花源记》与《醉乡记》的比较

武永东①

摘　要：王绩作为初唐第一个推崇陶渊明的大诗人，他在写诗作文和为人处世方面多处效法陶渊明。《醉乡记》是他模仿陶渊明《桃花源记》所作。两篇文章在诸多方面具有相似性：两篇文章的作者都有易代政治的人生经历和融汇多家思想的思想基础。体裁上同为杂记体散文却又表现出不同特色，写作技巧上都采取层层推进和虚实结合的写法。两篇文章都采用意象寄托的方法寄寓理想，"桃源"和"醉乡"的理想境界也因为各自不同的价值追求而有了本质上的不同。由此探讨王绩对陶渊明文章风格的继承与发展，以及处于不同时代士人心态的差异，从而以文学史的高度审视隐逸诗人们类似而又不同的价值取向与人生追求。

关键词：陶渊明；《桃花源记》；王绩；《醉乡记》；比较

引言

陶渊明是中国文学史上第一个真正的田园诗人。他曾五仕五隐，于晋宋易代之际展现出独具魅力的生存方式，为历代文人所敬仰。他以平淡而深刻的诗文风格影响了后世诸多文人，成为历代文人摹写自然、抒发自我的精神代言人。《桃花源记》是陶渊明晚年最有影响力的作品。文中所描述的"土地平旷，屋舍俨然，有良田、美池、桑竹之属，阡陌交通，鸡犬相闻。"的世外桃源，千载以来，令无数文人为之神往。历朝历代题咏、考证、仿写之作层出不穷。其中，

---

①　作者简介：武永东，汉语言文学专业 2010 级毕业生。
　　指导教师：智宇晖（1976 - ），男，山西人，海南热带海洋学院人文学院副教授，博士，主要从事古代文学研究。

作为陶渊明接受史上的高峰，王绩及其名作《醉乡记》可谓再续珠玑。

王绩是游离在初唐主流诗坛之外的隐逸诗人。三仕三隐的人生经历与疏放任性的个性特征使得王绩"自觉地把陶渊明作为自己的人生偶像与精神导师"①，自觉地以陶渊明为榜样，成为在人生与创作领域效法陶渊明的第一人。陶渊明曾撰《五柳先生传》，王绩则写有《五斗先生传》。王绩还仿陶渊明《自祭文》而作《自作墓志铭》。王绩的《醉乡记》更是深受《桃花源记》创作的影响。这两篇文章在创作背景、创作笔法、思想旨归等方面具有很大的可比性。以此为切入口，我们得以略窥陶渊明对王绩的深远影响以及王绩异于陶渊明的鲜明个性，从而获得文学史上某些细节的认识与体会。

一、创作的现实与思想根源

易代政治的社会背景是《桃花源记》与《醉乡记》共同的创作基础。

袁行霈在《陶渊明年谱简编》中考订，《桃花源记》大致作于宋武帝永初三年。陶渊明生活的时代正是晋宋易代之际。东晋王朝摇摇欲坠，农民起义相继爆发，地方势力纷纷雄起，战乱频仍。陶渊明的家乡浔阳柴桑，地处荆、扬要冲，历遭兵火骚乱。深受儒家仁爱传统影响的陶渊明，虽隐于山野，却并未割裂与现实社会的联系。他同情百姓疾苦，憎恨混乱的社会现实，但他无法改变现状，只好虚构一个人人安居乐业的世外桃源来寄托自己的政治抱负和美好情趣。

陶渊明的创作有着深厚的现实根源。首先，在陶渊明生活的时代，由于动荡频繁，有无数的老百姓逃亡他乡和深山老林以求生存。陈寅恪先生在《桃花源记旁证》中列举了当时流亡集团建立坞堡以避兵的诸多史实。唐长孺先生进一步考证后，认为主要有逃兵乱与避赋役两类。并论证出《桃花源记》中所反映的社会组织模式正是流民避赋役后形成原始公社村落的现实写照。其次，据马少侨《〈桃花源记〉社会背景试探》一文考证，历史上的武陵溪洞一直是蛮族生活的场所，那里的民众一直过着与世隔绝的无贫富、无贵贱、无徭役、无赋税的原始村社生活。这样一种平和安宁的生活与当时动荡的东晋社会形成了鲜明对比，这无疑触发了作者内心对理想生活的憧憬。再次，逯钦立在《关于陶渊明》一文中考证陶渊明为少数民族后裔，这一特殊身世使得陶渊明对氏族

---

① 刘中文. 唐代陶渊明接受研究［M］. 北京：中国社科出版社，2006：72 页。

村社生活有了更为直观的了解，成为其创作《桃花源记》的生活基础。最后，据唐长孺先生在《读〈桃花源记旁证〉质疑》一文中考证，在陶渊明写作《桃花源记》前，社会上就已经流传着多种与误入桃花源相类似的故事，这无疑为陶渊明提供了创作的素材。

据韩理洲《王绩诗文系年考》考证，《醉乡记》大致应作于唐贞观中王绩退隐之后。王绩一生跨越隋、唐两个朝代。他出身名门，其兄王通是隋末大儒。殷实的家底与丰厚的家学渊源为王绩提供了良好的教育背景。王绩"博闻强记，阴阳历数之术，无不洞晓。"① 仁寿四年，王绩游于长安，时年十五岁，谒见了当朝重臣杨素，被誉为"神仙童子"，可以说王绩是少年得志。二十多岁时，应举孝悌廉洁举，求外任为扬州六合县丞，王绩对此是不甚满意的，他因此在任上耽于饮酒，不为公务。时值大业末年，杨玄感之乱使得隋朝统治阶层分崩离析。王绩感到天下即将大乱，于是弃官轻舟夜遁。唐朝建立后，王绩表现出欣喜之情。"逮承云雷后，欣逢天地初，东川聊下钓，南亩试挥锄。"② 但王绩并非真的满意自己的山野生活，不久，他便应召为待诏门下省。后因兄王凝事受牵连，于是称疾归隐。王绩从进入仕途起始终不受重用，他所怀有的济世情怀也一点点消磨。外加其兄王通在隋时也郁郁不得志，而他的门人入唐后却"多至公辅"③，兄之不遇，己之不遇使得王绩既耿耿于旧朝，又深慨难自立于新朝，愤世嫉俗之作多因此而生，《醉乡记》便是这种情绪宣泄下的代表作。

复杂的思想基础是《桃花源记》和《醉乡记》共同的特色所在。

《桃花源记》所具有的儒家思想是比较明显的。陶渊明年轻时笃信儒家思想。他曾说："少年罕人事，游好在六经。"④ 并有"猛志逸四海，骞翮思远翥。"⑤ 的抱负。他还多次在诗文中引用儒家经典。一直到晚年，儒家的入世精神仍积极地引导陶渊明思考社会问题。《桃花源记》一文中所描绘的桃源的社会画面与《礼记·礼运》篇中所讲述的大同社会有异曲同工之妙，是对儒家理想社会的创造性演绎。《桃花源记》中友爱、亲善的人际关系是陶渊明自身平等、

---

① 韩理洲 . 王无功文集（附录《吕才东皋子后序》）［M］. 上海：上海古籍出版社，1987：220 页。
② 韩理洲 . 王无功文集［M］. 上海：上海古籍出版社，1987：55 页。
③ 韩理洲 . 王无功文集［M］. 上海：上海古籍出版社，1987：1 页。
④ 袁行霈 . 陶渊明集笺注［M］. 北京：中华书局，2010：189 页。
⑤ 袁行霈 . 陶渊明集笺注［M］. 北京：中华书局，2010：241 页。

仁爱思想的投射，也是对等级社会的深刻批判。陶渊明在《桃花源记》中为广大民众谋求出路，作代言，这样一种担当精神与仁人情怀正是儒家思想的核心。

陶渊明发展了魏晋玄学思想。他崇尚老庄的自然观，但又不至于沉溺而走入空谈，"他是一个很实际的，脚踏实地的人"①。这也充分反映在他的文章中。在《桃花源记》一文中，我们既能感受到世外桃源明显的老庄气息，又能感受到桃源人勤劳朴实、亲善友爱的人情之美。这正是作者融合老庄与儒家思想的产物。

《醉乡记》一文比较明显的是老庄思想。郭预衡在《中国散文史》中评论此文："凡所论述，大抵不出老庄。"② 乔象钟、陈铁民主编《唐代文学史》中评论道："宣扬绝圣弃智，返归原始，返归自然。"③ 绝圣弃智正是老庄思想精髓所在。王绩青年时期接受正统儒家教育，但后期逐渐转向老庄，经常"以《周易》《老子》《庄子》置床头，它书罕读也。"④《醉乡记》描述了醉乡人清静无为的生活图景，传达出崇尚酒德的中心思想。这是对老庄思想的极大发挥。在《醉乡记》中，王绩也时常流露出他的批判意识。他写道"禹、汤立法，礼乐繁杂，数十代人与醉乡隔。"明确反对繁文缛节与严刑峻法。无酒德而好饮的桀纣也"卒不见醉乡"。他还把批判的矛头指向幽厉二王，大力赞许"周公旦立酒人氏之职""三十年刑措不用"的行为。而"秦汉，中国丧乱，遂与醉乡绝。"也明确传达出王绩本人对无道乱世的憎恶之情。这些批判思想与王绩本人固有的儒家意识形态是分不开的，也是融合老庄思想的产物。

总之，作者本人复杂的思想基础也使得对其文本的解读有了多种可能性，也正是这一点成就了《桃花源记》与《醉乡记》经久不衰的魅力。

二、创作艺术之异同

《桃花源记》与《醉乡记》两篇文章都有一个共同的表示文体的标志性字眼——记。"记"是古代史传的一种体裁，从本质上来说带有叙事性。逯钦立先生编《陶渊明集》把《桃花源记》归于记传赞述类。而韩理洲先生整理的《王

---

① 袁行霈. 中国文学史（第二卷）［M］. 北京：高等教育出版社，2005：61 页。
② 郭预衡. 中国散文史（中）［M］. 上海：上海古籍出版社，2000：61 页。
③ 乔象钟、陈铁民. 唐代文学史［M］. 北京：人民文学出版社，1995：71 页。
④ 韩理洲. 王无功文集（附录《新唐书王绩传》）［M］. 上海：上海古籍出版社，1987：242 页。

无功文集》则把《醉乡记》直接归为杂著类，同属一类的还有《五斗先生传》《自作墓志铭》等仿陶之文。从这样的分法来看，《桃花源记》和《醉乡记》应该同属于杂记类散文是没有疑义的。但仔细推敲文本，我们就可以发现二者在文学体式上是有着本质不同的。

《桃花源记》通篇讲一个渔人误入桃花源的曲折离奇的故事，情节生动。又因为整个故事从人物到情节都有虚构的特点，是完全有理由被认作小说的。这一点鲁迅在《中国小说史略》中早已指出。近来也有许多学者纷纷撰文从不同角度认定《桃花源记》的小说地位。这是对前代研究者把《桃花源记》误认为写实，从而考据"桃源"之所在和以《桃花源记》为散文而忽略其在中国小说史上影响的研究误区的有力批驳。

《醉乡记》通篇围绕"醉乡"这个特定地点展开叙述。虽然"醉乡"是虚构的产物，但列举历史上的人物与"醉乡"的联系，这里并没有情节的动态发展，完全是杂记的笔法，富有议论特色。

总之，从体裁上来说，《桃花源记》与《醉乡记》虽然同归为杂记类散文，但《桃花源记》是富有小说文体特征的，而《醉乡记》则更多地可以被认为富有议论性的散文。

在写作手法上，《桃花源记》和《醉乡记》也有着诸多共同点。

首先，在语言上，这两篇文章都造语平淡而有深味。像"芳草鲜美，落英缤纷"寥寥数笔便勾勒出桃花源景色奇异的特点。文中对桃源景色的描绘更是简练传神，朴实而亲切。而"不知有汉，无论魏晋"只八个字却寓托了作者无限的感慨。《醉乡记》一文开头便道"醉之乡，去中国不知其几千里也。"也是浅显易懂的话语，却奠定了"醉乡"虚无缥缈、不知所踪的奇幻魅力。而文末作者慨叹"嗟乎！醉乡氏之俗，其古华胥氏之国乎？何其淳寂也如是！"作者内心对醉乡的渴慕、赞赏之情一下子跃然纸上，于平淡中饱含了无限深情。

其次，在行文脉络上，两文都用了层层推进的手法。在《桃花源记》一文中具体表现为层层设疑的写作手法。《桃花源记》一开始便交代了故事发生的时间为"晋太元中"，地点为"武陵"，但并未确切指出具体的年代和地名。而主人公却只有身份却无真实姓名。文中接着写"忽逢桃花林"有异于人间之美，让人疑惑不解。而后写山上的洞口，"仿佛若有光"，路"初极狭，才通人"而后"豁然开朗"，这些描写玄妙至极。更让人感到奇特的是进入桃源后的渔人所见所闻大大超越了读者的期待，以为是仙境而实则是人间，又是一奇。而后渔人出而复寻，之前做好的标记竟然全部消失了，这又是一处让人疑惑不解的地方。这样层层设疑，层层推进的手法着实激发了读者的阅读兴趣。

《醉乡记》采用历史演进的方式，从黄帝与"醉乡"的联系开始，层层递进，一直推演到王绩自己所处的时代。其间跨越数千年，涉及历史人物达十二人，俨然构建起"醉乡"的社会发展史。通过对"醉乡"与中原时断时续的历史原因的描述，作者把"绝圣弃智""醉者神全"以及崇尚酒德的中心思想一一铺展开来，不可谓不巧妙。

最后，在写作技巧上，虚实结合手法的应用也是这两篇文章得以吸引读者的重要原因。《桃花源记》中有真实的时间、地点，却又虚构出渔人进入桃源这一奇幻故事。渔人所看到的并非仙境而是人间，似乎又让人误以为真有其人，真有其事。而文末"太守""南阳刘子骥"又都是实人实事实时实地的事迹。徐公持在《魏晋文学史》一书中着重指出了陶文的这一特色："《桃花源诗》并《记》之魅力，不但在于境界神奇，寄寓独特的理想，其写法亦颇出色……以史传笔法述一奇幻故事，更具真实感，亦更显奇趣。"①《醉乡记》一文所述十二位历史人物其姓名事迹皆于史有据，但这些人物却又被作者主观地与"醉乡"联系起来。"醉乡"本身的虚无缥缈与历史人物的暗中串联，显示出作者超凡的艺术想象力。在这样一种虚实结合的笔法下，"醉乡"似乎变成了一个实际存在的地方。对历史的总结借鉴伴随着扑面而来的奇趣足以让人信服作者所追求的理想境界乃是人间至世。

三、理想世界的构拟

《桃花源记》和《醉乡记》都选取了具体意象作为他们理想世界的代表。这就是"桃花"与"酒"。在这两篇文章里，"桃花"与"酒"都有着一定的象征意味。文学作品中的桃花往往具有浪漫气息。《山海经》载夸父逐日，道渴而死，他的手杖化作了一片桃林，用一种浪漫主义的手法讴歌了夸父的大无畏精神。而《诗经·桃夭》中的"桃之夭夭，灼灼其华。"用桃花烘托出美好、喜庆的氛围。在民间民俗活动中，桃花也占有重要的地位。普通老百姓往往在辞旧迎新之际张挂桃符来祈福灭祸，而桃木剑又是道家的镇邪之宝。在中国的传统文化中，桃花是美丽、吉祥、喜庆的象征。正因为如此，陶渊明创作《桃花

---

① 徐公持. 魏晋文学史 ［M］. 北京：人民文学出版社，1999：588 页。

源记》才会塑造一个隐蔽在桃花林中的美好世界，这在本质上与作者追求的和谐、美满、幸福的人生理想是密切相关的。

"酒"文化在中国可以说是源远流长。酒虽是物质性的，但它往往又成为人们精神世界的代言人。庄子曾说："夫醉者之坠车，虽疾不死。骨节与人同，而犯害与人异，其神全也。"① 宣扬"醉者神全"的精神境界。对酒德的崇尚也成为后世文人的传统。魏晋名士刘伶在《酒德颂》中写道："兀然而醉，豁然而醒，静听不闻雷霆之声，孰视不睹山岳之形。不觉寒暑之切肌，利欲之感情。俯观万物，扰扰焉如江汉之载浮萍。"这种"至人"境界就是中国酒神精神的典型体现。陶渊明说自己"性嗜酒"，王绩与陶渊明一样，也是嗜酒终生，但他与陶渊明的饮酒境界又有着明显的不同。陶渊明"欢然酌春酒，摘我园中蔬"② 更多的是把酒当作生活的点缀，在其间品味生活的美好。其《饮酒》其七中写道："一觞虽独进，杯尽壶自倾。日入群动息，归鸟趋林鸣。"③ 饮酒的姿态与自然相融为一体，而内心的平静和谐也早已溢于言表。王绩虽嗜酒，但他的内心却并不平静，"饮时含救药，醉罢不能愁"④。王绩内心有各种难言的痛苦，他无法做到像陶渊明那样宁静平和。他的个性使他倾向于效法阮籍的狂放，从而表现出魏晋名士的狂狷之气。这种不同的心态反映在《醉乡记》中形成了与桃花源完全不同的理想社会模式。

对于理想世界的描述，《桃花源记》写到"土地平旷，屋舍俨然"，《醉乡记》则描绘为"其土旷然无涯，无丘陵阪险"，"其俗大同，无邑居聚落"，"与鸟兽龟鳖杂处"。一个是村落的聚居形式，一个却是更为原始的散居状态。《桃花源记》中写到桃源人的情感"黄花垂髫，并怡然自乐"，"见渔人，乃大惊"，"便要还家，设酒杀鸡作食"。从这些描写中我们可以发现桃源人是淳朴善良，热情好客的。而《醉乡记》一文中写到醉乡里的人却是"其人任清，无爱憎喜怒。"完全超越了人的情感本质。而"呼风饮露，不食五谷"的饮食习惯完全异于桃花源里的人而具有了神仙的特性。

陶渊明的桃花源虽是一个与世隔绝的地方，但生活在这里的并不是虚无缥缈的神仙，而是勤劳的普通老百姓。这样一个没有剥削，没有压迫，人人安居

---

① 陈鼓应．庄子今注今译［M］．北京：中华书局，1983：464 页。
② 袁行霈．陶渊明集笺注［M］．北京：中华书局，2010：271 页。
③ 袁行霈．陶渊明集笺注［M］．北京：中华书局，2010：177 页。
④ 韩理洲．王无功文集［M］．上海：上海古籍出版社，1987：57 页。

乐业的人间乐园让我们感到无比的亲切与向往。在桃花源的理想社会中，我们既可以看见儒家大同社会的影子，又可以感受到老子小国寡民"甘其食、美其服、安其居、乐其俗"的理想成分。却又没有"民至老死不相往来"的冷漠和绝圣弃智的偏激。可以说，陶渊明的桃花源是一个充满了人情味的纯美世界。营造这样一个世界，陶渊明考虑的并不是自身的福祉，而是整个社会劳苦大众的出路。在这样的意义之上，桃花源就具有了普遍性，成为千百年来谈论社会理想的代名词。

从王绩的《醉乡记》中，我们可以明显地看到《庄子》的至德之世以及《列子》中华胥国的影子。人人能安居乐业，却否定了任何社会生活的痕迹，完全是鸿蒙未开的原始状态，这是对庄子所描绘的"无何有之乡"的具体写照。他的绝圣弃智的思想比老子更进一步，老子曾说："使民复结绳而用之。"① 而王绩却托比黄帝之言道："以为结绳之政已薄矣"，他更进一步批评了礼法和刑罚的使用，认定这是无道之世的象征，相反，他的醉乡就是无拘无束的至德之世。比起桃花源友爱和善的气氛，王绩的醉乡显得冷漠和异化。王绩寄托的理想并不是考虑大众的出路问题，完全是自我精神的解脱之法。他所描绘的异于人间的社会状态是他逃避现实的想象，他反对已经积累的一切知识与经验，带有鲜明的愤激特色。他的醉乡既是对老庄"清静无为"思想的形象表达，也是对自身解放之途的哲学思考。

总之，从整体上来看"桃花源"和"醉乡"所代表的理想社会的制度模式时，我们可以发现他们所描绘的理想社会都有老子"小国寡民""无君"以及庄子"至德之世"的影子，这也是王绩在思想上与陶渊明的交汇，成为二人寄寓人生与社会理想的共同出发点。但正如我们之前指出的，个人的生活经历和思想基础深刻影响着自我表达的价值取向。以平淡为处世核心的陶渊明和以孤傲立身的王绩各自表达了真实的自我。二者并无高下之分，却相继构建了隐逸者的济世情怀和自我追求的精神世界，是伟大的继承与创新，真正的异代知音！

结语

《醉乡记》作为王绩模仿陶渊明《桃花源记》的作品，在写作技巧和精神旨归上，这两篇文章有着较多的相似之处。王绩和陶渊明有着相似的仕途经历，

---

① 以上所引老子言论皆出自辛战军著. 老子译注 [M]. 北京：中华书局，2008：302 页。

也都接受了易代政治的洗礼。从思想渊源上来看，两人都受到多家思想的综合影响。但王绩与陶渊明却在个性上有着根本的不同。一个显得狂狷、高傲，一个则显得平淡、朴实。童庆炳在《文学理论教程》一书中指出："文学风格是作家在用客观事物本身的语言表达和突出客观事物本身的语言表达和突出事物本质特征的同时，通过对象表现自己精神个性的形式和方式。"① 《醉乡记》正是王绩狂狷精神状态的写照，这从根本上决定了《醉乡记》相似于《桃花源记》却又能表现出自己独特的风格。

朱立元在《接受美学》一书中认为接受者"一方面以习惯方式规定着对作品阅读的审美选择、定向和同化过程，而不是纯然被动地接受作品的信息灌输，另一方面则又不断打破习惯方式，调整自身视界结构，以开放的姿态接受作品中与原有视界不一的，没有的、甚至相反的东西。这便是一种创新期待的倾向"② 。王绩对陶渊明的接受是富有创新精神的接受，他更多地吸取了陶渊明创作的技巧来表现个体自我的思想情感。

诚如李剑锋在《元前陶渊明接受史》中所言："《醉乡记》是对《桃花源记》的一次富有创造性的成功接受，是在创作上接受陶渊明所产生的第一个也是最优秀的成果之一。"③ 因此，从多方面探讨《醉乡记》与《桃花源记》的异同必然会使我们对这两篇文章的写作技巧和精神主旨有更深入的认识，也为我们从文学史的高度思考模仿与创新提供了有力例证。

参考文献：

[1] 韩理洲. 王无功文集 [M]. 上海：上海古籍出版社，1987.

[2] 袁行霈. 陶渊明集笺注 [M]. 北京：中华书局，2011.

[3] 袁行霈. 中国文学史 [M]. 北京：高等教育出版社，1999.

[4] 徐公持. 魏晋文学史 [M]. 北京：人民文学出版社，1999.

[5] 许总. 唐诗史 [M]. 南京：江苏教育出版社，1994.

[6] 郭预衡. 中国散文史 [M]. 上海：上海古籍出版社，2000.

[7] 刘中文. 唐代陶渊明接受研究 [M]. 北京：中国社科出版社，2006.

[8] 李剑锋. 元前陶渊明接受史 [M]. 济南：齐鲁书社，2002.

---

① 童庆炳. 文学理论教程 [M]. 北京：高等教育出版社，2008：284 页。

② 朱立元. 接受美学 [M]. 上海：上海人民出版社，1989：142 页。

③ 李剑锋. 元前陶渊明接受史 [M]. 济南：齐鲁书社，2002：119 页。

[9] 乔象钟、陈铁民. 唐代文学史 [M]. 北京：人民文学出版社，1995.

[10] 葛晓音. 山水田园诗派研究 [M]. 沈阳：辽宁大学出版社，1993.

[11] 罗宗强. 魏晋南北朝文学思想史 [M]. 北京：中华书局，1996.

[12] 韩理洲. 王绩诗文系年考 [J]. 太原：山西大学学报. 1983，（2）.

[13] 刘蔚. 从桃源到醉乡——试论王绩对陶诗文化内涵的继承与衍变 [J]. 徐州师范大学学报. 1999，（3）.

[14] 马少侨. 《桃花源记》社会背景试探 [J]. 《求索》. 1983，（3）.

[15] 钱振新. 谈《桃花源记》的创作基础 [J]. 湖南师院学报. 1984，（5）.

[16] 陈婉婉. 《桃花源记》的题材与写作手法 [J]. 台州师专学报. 1996，（1）.

[17] 陈智. 论王绩的生命观及其文学创作中 [D]. 华中师范大学 2009 届硕士学位论文.

[18] 姜荣刚. 王绩新论 [D]. 山西大学 2005 届硕士研究生论文.

[19] 耿胜英. 王绩研究 [D]. 河北大学 2006 届硕士学位论文.

曹操、嵇康四言诗之比较

刘翠娟①

摘　要：四言诗体是中国最为古老的诗歌样式，《诗经》是其高峰。四言诗在汉朝被当作诗歌创作的标准体式，有着很高的地位。随着五言诗的兴盛，四言诗逐渐没落。在这个过程中，魏晋是一个比较特殊的时期，在四言诗人的努力下，四言诗得以中兴。曹操和嵇康是这一时期的两位较为突出的代表诗人，从主题、艺术手法和风格三方面出发，分析两人在主题表达、创作手法以及在诗歌风格上呈现出来的共性与个性，在此基础上结合时代背景，知人论世，可以探究其中的形成原因和影响要素。

关键词：四言诗；魏晋；曹操；嵇康

前言

诗歌，是中华文化中生命力最持久，成就最突出的文学样式之一，四言、五言、七言、杂言到如今无句式长短要求的现代诗，诗歌在我国文学长河中经历了漫长的发展。四言体作为中国最古老的诗歌样式，更是在先秦时期便已经出现，被尊为经典的"诗三百"，是四言体发展到顶峰的标志。盛极必衰，汉魏之际，随着五言诗体的盛行，四言诗也走势衰微，在这期间，魏国文学的兴盛与繁荣，为其再开中兴之局。而在四言诗体的中兴时期，最具代表性的诗人便是建安时期的曹操和正始时期的嵇康，两人今存世的诗作中，尤以四言诗的数量最多，质量最高。

---

① 作者简介：刘翠娟，汉语言文学专业 2012 级学生。
　　指导教师：段莲作（1978 - ），女，河南平顶山人，海南热带海洋学院人文学院副教授，硕士，主要从事古代文学研究。

据逯钦立先生《先秦汉魏晋南北朝诗》所录，曹操诗歌共二十余首，有四言诗七首①，占了其诗作总数的三分之一。五俶先生在《谈五言诗》里有这样的评价："孟德功力，全在四言，《短歌行》《步出夏门行》《善哉行》，苍劲朴素，远非韦孟父子庸腐板重之所能比拟。"② 可见曹操四言诗在其诗作中的地位。另外，《先秦汉魏晋南北朝诗》所录嵇康诗作共 32 首 35 章，其中四言诗有 16 首 18 章，王夫之对嵇康诗作评价："中散五言颓废不成音理，而四言居胜。"③ 由此看来，虽在五言腾涌，七言兴发的魏晋之际，这两位诗人的诗作仍以四言取胜，并且还在前人的基础上走出一条属于魏晋文士的四言之路，为日益衰微的四言开辟了一条不一样的道路。

"中国诗底发展的主流，是由'言志'到'缘情'，而建安恰巧是从'言志'到'缘情'的历史转关"④。曹操作为建安文学的开创者，四言诗体的继承者，在上袭《诗经》、汉乐府的基础上，为四言诗歌打开了另一番局面。而正始时期的嵇康四言诗，是继曹操四言诗后的又一批质量上乘之作。二人的四言诗，在《诗经》和汉乐府的基础上，写出了自己的特色。下面，就主题、艺术手法和风格来对两人的四言诗作比较。

一、主题：雄心壮志与闲情逸致

四言诗发展的高峰是《诗经》，而《诗经》中的四言诗，多是从民间搜集而来，《汉书·食货志》记载："孟春之月，群居者将散，行人振木铎，徇于路以采诗，献之太师，比其音律，以闻于天子。故曰王者不出牖户而知天下。"由此采诗再经过孔子的删减，便形成了我们今天看到的《诗经》。因此加上当时的政治因素，《诗经》中"美""刺"倾向严重，思想感情大而化之都是社会的整体表达，而缺乏个体的个性感受，表现在题材上也相对狭窄。汉代四言诗基本是沿着《诗经》的路线走，多注重《诗经》的政治性与社会道德性，而其抒情性和艺术性大大消减，使得四言诗失去诗歌应有的表达作用。所以共性的主题表达，集体的理性抒情，让四言诗在"五言腾涌"的环境下发展的愈加艰难。

① 逯钦立辑校. 先秦汉魏晋南北朝诗 [M]. 北京：中华书局，2000.

② 五俶. 谈五言诗，见罗联添. 中国文学史论文选集 [M]. 台北：学生书局，1985，191页.

③ 王夫之. 古诗评选：卷三 [M]. 上海：上海古籍出版社，2011.

④ 王瑶. 中古文学风貌·中古文学史论之三 [M]. 上海：棠棣出版社，1951，第 9 页.

到了魏晋时代，文学氛围打开新格局，在玄学清谈之风的带动下，文人有了为自己发言的机会，迎来了中国"文学自觉的时代"①，建安风骨、正始玄音在这一时期形成，深刻地影响着当下及以后的中国文学发展，"三曹""建安七子""竹林七贤"等代表文人更是成为中国古代文学史上的重要人物。而在这种文学大繁荣的时代下，沉寂中的四言诗也得到了发展。

"以情纬文，以文被质"的建安时期，诗人们大都能做到抒发自己的真实情感。在社会形势的影响下，诗人们更加懂得利用敏锐的触觉观感时代，对社会现实的认识和人生志趣的抒发是共有的主题，如曹操半生戎马只为家国天下的大义，和嵇康老庄相伴杯酒度日的小情，都是时代下的产物。这些或大义或小情的表达，正是"文学自觉时代"的独立文人最真实的声音，也是乱世中诗歌共同的主题。

曹操四言诗，"闵时悼乱，歌以述志"，"吟咏性情，记述事业"，或抒发壮志，或悲悯时人，或言史纪事，不管是哪种题材，诗人总能在不同的题材中自觉凸显出自己对家国天下的大志，使每一首诗都表达着作为政治家的独特感受。如《冬十月》写于作者出征的途中，描述的是河北入冬以后的风土景物，前四句"孟冬十月，北风徘徊。天气肃清，繁霜霏霏。鹍鸡晨鸣，鸿雁南飞。鸷鸟潜藏，熊罴窟栖"以天气入手，描写了北方冬天天气的寒冷萧瑟，以及动物在冬天的状态：候鸟南飞，动物冬眠。后两句"钱镈停置，农收积场。逆旅整设，以通贾商"主要描写在冬天里百姓的活动情况，入冬之后，农忙渐歇，百姓都过着闲适的生活，这种安居乐业，一片祥和的景象，让出征归来的诗人大感欣慰，不禁发出感慨："幸甚至哉，歌以咏志！"借此来表达自己的感情以及作为一个政治家希望祖国统一，社会和睦，百姓和乐的宏大志向。朱乾说："《冬十月》，叙其征途所经，天时物候，又自秋经冬。虽当军行，而不忘民事也。"可见诗人对社会民生的关注。又如《土不同》，描写的依然是冬季的景象，却与《冬十月》所描绘的景物情调迥异。"乡土不同，河朔隆冬。流澌浮漂，舟船行难。锥不入地，蘴藾深奥。水竭不流，冰坚可蹈。士隐者贫，勇侠轻非。心常叹怨，戚戚多悲。"在这片土地上，民生凋敝，动乱频繁，不管是自然景象还是社会生活，都让作者见之"戚戚多悲"。理想与现实的差距，就在一条河的距离，这让作者唏嘘的同时，也更加坚定了自己的政治理想。两首诗都是对现实

---

① 罗根泽. 中国文学批评史［M］. 上海：上海古籍出版社，1984，123～129页.

生活的描写，再加上诗人自己对此悲凉世道的感悟，言志与抒情相结合，使诗歌中的时代感得以突出，也表现出一个政治家对乱世的悲悯和感慨。

《短歌行》表面上看是一首兴之所起、有感而发的酒会诗，然而其中却大有深意，抛开酒会的外皮，是名副其实的求贤歌。在乱世之中能崛起，很大的原因就在于曹操能礼贤下士，唯才是用。在招纳人才的过程中，曹操曾先后发出"求贤令""举世令""求逸才令"等政令，这些政令在实际中也起到了很大的作用，为曹操的逐鹿天下打下了坚实的基础。这首《短歌行》，不管是从《诗经》中信手拈来的"青青子衿，悠悠我心。但为君故，沉吟至今。呦呦鹿鸣，食野之苹。我有嘉宾，鼓瑟吹笙"四句，还是结尾的"山不厌高，海不厌深。周公吐哺，天下归心"两句，都是政治所求，巧妙地以诗人的身份导出政治的目的，不显功利，反而有一种脉脉温情的平易近人，更容易让人接受，实属难得。

再如《观沧海》和《龟虽寿》，这是两首比较能集中体现曹操个人志趣的四言诗。在《观沧海》中，作者以丰富的想象力，把看到的景物描写得瑰丽雄奇，而作为政治家的雄心壮志，也在波澜起伏，吞吐宇宙的大海中表现得淋漓尽致。《龟虽寿》更是以"老骥伏枥，志在千里。烈士暮年，壮心不已"直接写出自己不畏惧时间的挑战，即使垂垂老矣，仍有着完成霸业的雄心与决心。而事实也是如此，一生征战沙场的曹操，到最后，也不曾放弃自己的理想。

综上所述，不管是纪事的《冬十月》《土不同》，求贤的《短歌行》，还是表达理想与志向的《观沧海》《龟虽寿》，局部的思想或有其倾向性，大的主题却是不变，始终围绕着一个政治家的角色在服务，可以说，政治家的身份成就了曹操的诗歌。

到嵇康这里，少了几分乱世纠纷，多了些许清静无为。嵇康向来是特立独行的人，五言腾涌的时代，他以四言取胜；名教滥觞的社会，他"越名教任自然"；司马氏独尊的局势，他仍选择站在其对立面。

嵇康最具代表性的四言诗有《幽愤诗》《赠兄秀才入军诗十八首》和《四言诗》，这几首诗，主题可分为两大类，一类为表现人生闲情逸致的归隐情趣，一类是以自身的不幸来抒发对社会现实的不满。

第一类在嵇康的四言诗中是比较常见的主题，如他的宴饮诗系列。嵇康的宴饮诗，与曹操的宴饮诗相比，所要表达的东西则要纯粹得多，对于一个向往"今但愿守陋巷，教养子孙，时与亲旧叙离阔，陈说平生，浊酒一杯，弹琴一曲，志愿毕矣。"（《与山巨源绝交书》）对于心无外物、放纵自如的人来说，喝酒更多的是一种乐趣，或说是一种闲适、自在的生活方式与人生态度，他享受这种态度，所以字里行间表露出来的是一派云淡风轻的优游。如"淡淡流水，沦胥而逝。泛泛柏舟，载浮载滞。微啸清风，鼓檝容裔。放棹投竿，优游卒岁。"（《酒会诗》其一）写的是一种远离尘世，泛舟垂钓的自由自在；"藻泛兰池，和声激朗。操缦清商，游心大象。倾昧修身，惠音遗响。钟期不存，我志谁赏。"表达的是一种以老庄自然为准则的修身养性，这也是嵇康的毕生志趣。与曹操相比，少了几分愁绪，多了几分从容；少了一些刻意，多了一些随意，在基调上自然也就明朗得多了。

第二类代表作为《幽愤诗》。这首嵇康最为成熟的作品，是四言诗的代表作，也是嵇康对自己的全面反思，就像沈德潜所说"诗多自责之辞"。这首诗共有84句，作者第一部分从自身经历写到人生志趣："嗟余薄祜，少遭不造。哀茕靡识，越在襁褓。母兄鞠育，有慈无威。""托好老庄，贱物贵身。志在守朴，养素全真"；第二部分主要是责怪自己在吕安事件中的疏漏，导致自己入狱："曰余不敏，好善闇人。子玉之败，屡增惟尘。""内负宿心，外恶良朋。""咨余不淑，婴累多虞。匪降自天，实由顽疏。理弊患结，卒致囹圄。对答鄙讯，絷此幽阻。"这里的自责，多是责怪自己先天上的性格缺陷，导致遇人不淑，被人陷害；第三部分是全诗感情基调最为沉痛的部分，诗人先以飞鸟自比前生"嗷嗷鸣雁，奋翼北游。"而今却身陷囹圄，"事与愿违，遭兹淹留。穷达有命，亦又何求。"反思自己往日所读圣贤之书，上面的谆谆教导之言犹在耳畔，而自己却随心所欲，生性顽疏，使得人生受到命运的摆布，有志不就；最后一部分的"采薇山阿，散发岩岫。永啸长吟，颐性养寿"是结局的大反转，尽管对于自身的性格再过自责，可对于人生理想的选择和所选道路的坚持，嵇康认为自己是没有错的，就算以生命为代价，他仍会坚持自己现在所走之路，与自己所不齿的司马集团对抗到底！

由此可以看出，自汉代以来主题乏善可陈的四言诗，在曹操、嵇康这里算是一个转折，也是一个巨大的变化。曹诗和嵇诗的主题，在各自的时代下，书写的是个性的以及感性的情绪，这是他们四言诗主题的共同点。不同的是，诗如其人，在魏晋的风云变幻下，现实主义者的曹操对命运的反抗更加主动，雄心壮志驱使着他不断向前，他的人生目标就和他四言诗的主题一样万变不离其宗，就算有诸多变化，仍坚持着不变的信念。嵇康则不同，他想选择自己想过的闲适生活，然而在乱世中，不愿屈就的他注定扮演牺牲者的角色，他只能被动的受命运摆布，因此他的四言诗的主题也是随着生活的改变而进化着，但不管怎么变，嵇康这个企图游离在社会之外的诗人对政治、社会的认识都不如曹操这个真正活在现实中的政治家。

二、艺术手法：创新之路与嬗变之流

总的来说，在艺术手法方面，曹操和嵇康的四言诗都受到了《诗经》很大的影响，然而出彩之处在于曹操和嵇康能在前人佳作的基础上，加以创新，融入自己的想法，构建出自己的特色。下面，笔者将从艺术手法的三个方面来分析两位诗人四言诗中所表现出来的创新与嬗变。

（一）抒情与描写

诗词中主要运用叙述、描写、抒情、说明、议论等表达方式，最常见的是抒情和描写。在《诗经》中，诸如"彼黍离离，彼稷之苗。行迈靡靡，中心摇摇。知我者，谓我心忧；不知我者，谓我何求。悠悠苍天，此何人哉？"（《诗经·王风·黍离》）、"死生契阔，与子成说。执子之手，与子偕老。"（《诗经·邶风·击鼓》）等抒情诗句和"菀彼柳斯，鸣蜩嘒嘒；有漼者渊，萑苇淠淠"（《诗经·小雅·小弁》）、"南有嘉鱼，烝然汕汕。""南有樛木，甘瓠累之。"（《诗经·小雅·南有嘉鱼》）等描写的句子，都是《诗经》的精华。在对《诗经》的继承过程中，曹诗和嵇诗都是抒情与描写并重，对事物的描写和情感的把握颇有前人之功，然而在细节之处，二人有各有其侧重点。

曹操在四言诗表达方式上最大的创新就是抒情性的改变。曹操比较善于借景抒情，融情于景，托物言志，使得作品呈现出一种情景交融的丰富层次感和强烈的抒情性。如《步出夏门行》中的名篇《观沧海》，是这组诗中最出名的一首，是中国山水诗的滥觞，我国"现存的第一首完整的山水诗"，清代沈德潜给出了很高的评价，说其有"有吞吐宇宙气象"①。

"水何澹澹，山岛竦峙。树木丛生，百草丰茂。秋风萧瑟，洪波涌起。"寥寥几笔，诗人用粗犷的线条为读者勾勒出了诗人出征途中登高看到的独特风景，没有过于细腻的描绘，有的只是直白的刻画。然而就是这澹澹的海水、竦峙的山岛、丛生的树木、丰茂的百草，在萧瑟的秋风中，在涌动的洪波中，显得那

---

① 沈德潜．古诗源：卷五［M］．北京：中华书局，2000．

么广阔，好似整个的天地都能包容，诗人有感："日月之行，若出其中。星汉灿烂，若出其里。"苍茫的大海，在诗人的想象中，有了吞吐宇宙的气势，使得日月星河都变得渺小。然而这样气势磅礴的诗句，即使是天马行空的李白、豪情万丈的苏轼也写不出来，因为这是一个怀有远大志向的政治家在乱世中的长远目光，也是对未知征途的信心满满。将自己的豪情壮志与这壮丽的自然景色相融合，是为苍茫无边的大海注入了灵魂，变得更加生动起来，也让作者所要表达的情感更加饱满。

再看嵇康的四言诗，嵇康比较擅长的是景物的描写。嵇康有着明显的草木情节，在他的笔下，青松、翠竹、娇桃、盛柳、合欢……自然的一草一木，都是他诗歌中的精灵。再加上白云、微风、清泉、鸾鸟、归鸿等等唯美意象的点缀，嵇康的诗歌，自然而然给人一种清虚脱俗的感觉。然而，这种描写又并不是精致细微的、纯客观的描绘，而是"以空灵的笔墨，摄取外界景物的神韵，以此传达诗人的高远情趣"①。如"习习谷风，吹我素琴。交交黄鸟，顾俦弄音。""萋萋绿林。奋荣扬晖。鱼龙瀺灂。山鸟群飞。"并没有描绘出山鸟、鱼龙的具体样子，却仍给人一种活灵活现的感觉。这就是嵇康的高明之处，抓住了内在的神韵，外在的感官则留给读者无限想象的空间。

（二）比兴的娴熟与虚实并用

《诗经》在修辞手法上，最大的特点就是赋、比、兴的运用，使得略显单调陈乏的四言体变得生动起来，在这点上，曹操和嵇康都秉承着继承的态度。这种运用在曹诗与嵇诗中都很常见，如曹操《龟虽寿》中的"神龟虽寿，犹有竟时，腾蛇乘雾，终为土灰"二句，和《关雎》中的"关关雎鸠，在河之洲"一样，巧妙地托物起兴，借用长寿的神龟终有一死，腾云驾雾的腾蛇也会尽归尘土来说明万物有生必有死的客观规律，为下文作者所要表达的积极进取的人生态度做铺垫。后再用活用"老骥伏枥"的比喻，更是凸显了作者老当益壮的雄心与自信心，是为一个伟大政治家和军事家该有的气度与胸襟。到了嵇康这里，他的比兴明显已经运用得炉火纯青。如以景物起兴的多重意向的组合"穆穆惠风，扇彼清尘。奕奕素波，转此游鳞。"（赠兄诗其五）如采用相同的景物起兴，反复渲染强化的《赠兄诗》其一、其二中的"鸳鸯于飞，肃肃其羽。"和"鸳鸯于飞，啸侣命俦。"再如"兴"的瞬间对天人合一境界的顿悟"嘉彼钓叟，

---

① 龚斌. 嵇康诗歌简论［J］. 中国韵文学刊，总第 5 期，1990 年 02 期，17 页.

得鱼忘筌"。这些比兴的自由运用，像诗人的性格一样随意，表达出来的效果确是个中有深意，形成了独特的风格。

另外，《诗经》在句式和用字上，都为四言诗的写作打下了基础，被后人作为范本一直沿用。《诗经》句式上的四四体，"四言一句，四句一节，表达一个完整的意思"①。如国风"桃之夭夭，灼灼其华。之子于归，宜其室家。"（《诗经·周南·桃夭》)。用字上，为了让体式规范化，《诗经》中用了很多没有实际意义的虚词，包括《楚辞》也是这样的用字。

而难得的是，曹操的四言诗，突破了汉代四言体仍尊为主流的"诗经体"语汇局面。作为一个政治诗人，其诗有很大的政治目的，以"势"为诗的曹诗，虚词的运用只会消解诗中"慷慨""任气"的气势，因此曹诗中出现虚词"哉"，也是放在末句，这就从根本上改变了四言诗的造句方法。不论是《诗经》还是《楚辞》中，虚词占了很大的部分，是因为在这些四言诗中主要以单音节词汇为主，要把这些单音节串起来，就需要用到虚词，如"在河之洲""求之不得""彼之乐土"等句式。而曹操的四言诗中多采用双音节的词汇，无需虚词，也能构成句子，且这样的句子在表达上显得更加通俗易懂，二二式的节奏，也更加铿锵有力，符合曹诗的风格②。如"对酒当歌，人生几何？譬如朝露，去日苦多。""东临碣石，以观沧海。水何澹澹，山岛竦峙"等，都是从生活中提炼出的朴质语言，形成了曹诗古朴苍劲的语言。

嵇康在遣词造句上深受《诗经》的影响，他的四言诗中运用了大量的叠词和联绵词。《诗经》中重章叠唱，回环复沓的叠词、联绵词的运用如"蒹葭苍苍""鸳鸯于飞""窈窕淑女""杨柳依依""雨雪霏霏""泛泛杨舟，载沉载浮"等，都是《诗经》中的经典句了。据相关研究者统计，在嵇康的四言诗中，共有38处运用了叠词和联绵词，可谓数量众多，并且主要集中在《赠兄秀才入军》十八章和《四言诗》中③，如"鸳鸯于飞，肃肃其羽。朝游高原，夕宿兰渚。邕邕和鸣，顾眄俦侣。俛仰慷慨，优游容与。"（赠兄诗其一）"穆穆惠风，扇彼轻尘。奕奕素波，转此游鳞。"（赠兄诗其五）"淡淡流水，沦胥而逝。泛泛柏舟，载浮载滞。微啸清风，鼓楫容裔。放棹投竿，优游卒岁。"（四言诗其

---

① 韦运韬. 曹操对四言诗的继承与创新［J］. 青海师范大学学报 2009 年 01 期，93 页.

② 冯少飞. 试论曹操四言诗对《诗经》的继承与创新［J］. 剑南文学，2012 年 04 期，47 页.

③ 吴可. 嵇康四言诗源于"国风"论［J］. 名作欣赏，2010 年 23 期，21 页.

一）"龙骥翼翼，扬镳踟蹰。肃肃宵征，造我友庐。"（四言诗其十一）这些句子，都与《诗经》的造句法极其相似。除此之外，还有虚词的运用，也是一个鲜明的特点，如"言""其""矣""嗟""焉""哉""于"等，这不仅是对《诗经》的借鉴，也是诗本身的需要。嵇康崇尚老庄之学，信仰自然玄学，其诗的艺术特征主要是空灵、清峻，虚词对语言的虚化作用，显然符合嵇康的选词要求。

（三）用典的"引"与"化"

在用典方面，两人算是旗鼓相当的个中高手，对《诗经》的灵活运用，也算前无古人，后无来者了，两人都善于使用《诗经》中的成句为自己所要表达的思想服务，故也有嵇康四言"远承《诗经》，近袭曹操"的说法，其实二者之间有着本质的区别。曹操的精妙之处在于"引"，代表作为《短歌行》。《短歌行》全诗共有 32 句，作者直接引于《诗经》中的成句就有"青青子衿，悠悠我心。"（《诗经·郑风·子衿》）、"呦呦鹿鸣，食野之苹。我有嘉宾，鼓瑟吹笙。"（《诗经·小雅·鹿鸣》）6 句成句。并且还恰如其分的镶嵌在了自己的诗歌当中，巧妙的借诗句原有的意思来表达自己的求贤若渴的心情，这样的引用，区别于一般的用典，却更加能体现出诗人深厚的写作功底，丝毫不见生搬硬套。而嵇康的功力则体现为"化"，或化用意象，或化用成句，稍加改动，便使已有的诗句成为自己的新诗，这种化用方式，在嵇康四言中比比皆是，如"有怀佳人"（原句：明发不寐，有怀二人《诗经·小雅·小宛》）、"一苇可航"（原句：谁谓河广，一苇航之《诗经·卫风·河广》）、"泛泛柏舟，载浮载滞。"（原句：泛泛杨舟，载沉载浮《诗经·小雅·菁菁者莪》）。这两种别出心裁的用典方式，也是汉魏以来对《诗经》的继承与创新。

三、风格：慷慨任气与清远峻切

乱世之中多豪杰，豪杰气概多慷慨！就像能豪吟"大风起兮云飞扬，威加海内兮归故乡，安得猛士兮守四方！"的大汉开国皇帝刘邦，作为成功政治家的曹操也不例外。《魏书》有文字这样评价曹操："昼则讲武策，夜则思经传，登高必赋，及造新诗，被之管弦，皆成乐章。"[①] 可见马背之上出文章，指的就是曹操这类政治家兼诗人。也正因为有此双重身份，曹操以"势"为诗的诗风，

---

① 陈寿. 三国志［M］. 裴松之注引. 上海：上海古籍出版社，2011，46 页.

是一种古劲苍凉，却又慷慨任气的风格，同时也是时代影响下的整个建安时期的大体风格，刘勰形容这种风格为："慷慨以任气，磊落以使才。造怀指事，不求纤密之巧；驱词逐貌，唯取昭晰之能。"① 这就是千百年来不褪色的"建安风骨"，曹操作为建安文学的开创者，也是"建安风骨"的代表诗人，慷慨任气的时代风格，在他的作品中得到了完美的体现。

《短歌行》中，开篇四句"对酒当歌，人生几何！譬如朝露，去日苦多。慨当以慷，忧思难忘。何以解忧？唯有杜康。"历来是被批判最多的，认为这不符合曹操慷慨激昂的风格，尤其是"譬如朝露，去日苦多。"二句，完全是一种消极的态度。笔者不以为然，诗人把人的一生比作是"朝露"，并不是消极的世界观，而是一种宏大的世界观，不管你是王侯将相，还是贩夫走卒，在浩瀚天地和滚滚历史洪流面前，不正如朝露般转瞬即逝吗？正因为人生苦短，诗人才希望在有生之年能得到更多的能人贤才帮助，成就一番功业。"青青子衿，悠悠我心。但为君故，沉吟至今。呦呦鹿鸣，食野之苹。我有嘉宾，鼓瑟吹笙。"四句，正是诗人对人才渴望的生动表达。而整首诗最能体现诗人风格的，还要数后两句"山不厌高，海不厌深。周公吐哺，天下归心。"正如清人陈沆在《诗比兴笺》中所说："'人生几何'发端，盖《传》所谓古之王者知寿命不长，故并建圣哲，以贻后嗣。次两引《青衿》《鹿鸣》二诗，一则求之不得，而沉吟忧思；一则求之既得，而笙簧酒醴。虽然，鸟则择木，木岂能择鸟？天下三分，士不北走，则南驰耳。分奔蜀吴，栖皇未定，若非吐哺折节，何以来之？山不厌土，故能成其高；海不厌水，故能成其深；王者不厌士，故能天下归心。"② 这两句，真正写出了曹操作为一个出色政治家应有的胸襟气概和智慧谋略。那种慷慨激越的豪情，与前面深沉中略带几分忧郁愁苦的情绪，相得益彰，使这首政治诗成了一首情感饱满，苍凉古劲，气韵沉雄，笔墨酣畅的千古名篇，也是曹诗中的经典代表。

《步出夏门行》中，《观沧海》的"日月之行，若出其中。星汉灿烂，若出其里。"二句，是恢弘景象的描写，也是雄心壮志的抒发。"老骥伏枥，志在千里。烈士暮年，壮心不已。"是对命运的反抗，也是对自我的鼓励。从这组征途诗中便可看出，即使战争输赢天注定，曹操却并不会认命，而是坚持着自己的

---

① 刘勰. 文心雕龙·明诗［M］. 范文澜注. 北京：人民文学出版社，2011.
② 陈沆. 诗比兴笺［M］. 上海：上海古籍出版社，1959，23 页.

远大理想，始终相信着自己能完成统一大业，对于这样的王者来说，时空早已不是限制，不老的人心是永远前进的动力。

《善哉行》中，"古公亶甫，积德垂仁。思弘一道，哲王于豳。太伯仲雍，王德之仁。行施百世，断发文身。伯夷叔齐，古之遗贤。让国不用，饿殂首山。智哉山甫，相彼宣王。何用杜伯，累我圣贤。齐桓之霸，赖得仲父。后任竖刁，虫流出户。晏子平仲，积德兼仁。与世沈德，未必思命。仲尼之世，主国为君。随制饮酒，扬波使官。"诗人以历史的旁观者和评判者的立场，列数了周文王、泰伯仲雍、伯夷叔齐、周宣王、齐桓公、晏子、孔子六位圣贤之人对历史的贡献，表明了诗人有心效仿古人，希望留下功绩名垂青史的心愿。整首诗的风格大气磅礴，正如毛泽东的《沁园春·雪》，"非雄才大略者不能为之"。再加之怀古内容与四言诗古朴沉稳的节奏韵律相结合，给人一种沉雄壮阔、古劲任气之感。

建安之后，迎来正始文学的时代，这一时期的代表人物当属竹林七贤中的阮籍、嵇康，刘勰这样评价二人："及正始明道，诗杂仙心，何晏之徒，率多浮浅，惟嵇志清峻，阮旨遥深，故能标焉。"①　对于阮籍、嵇康二人风格的整体评价，后人也多采用刘勰"嵇志清峻，阮旨遥深"的说法。二人都是时代中的大家，不同的是，阮籍以五言闻名，《咏怀八十二首》被称为五言诗中的千古佳作，在那个五言腾涌的时代，阮籍的五言诗作可以说是顺势而为，而作为曹操之后的四言代表诗人，嵇康则以四言著称，就像他的性格一样，与时代格格不入。

《嵇康传》中说："（嵇康）恬静寡欲，含垢匿瑕，宽简有大量。学不师受，博览无不该通，长好《老》《庄》。"②　而嵇康自己所作的《养身论》讲的也是以老庄道法自然为基础的养身之道，再加上他多以"青松""竹林""合欢""兰蕙""秋草"等自然草木入诗，虽不若曹操的"江海湖泊、宇宙星河"等意境宏大，却显出清远峻切，空灵飘然的另一种风格，让嵇康遗世而独立的人格魅力彰显其中。可以说，相对于曹操大体上慷慨悲凉的风格来说，嵇康的风格是多变的，或洒脱飘逸，或愤懑悲凉，或清远深邃，就像嵇康在《与山巨源绝交书》中的自我评价："吾直性狭中，多所不堪""性复疏懒""有慢弛之阙；

①　刘勰. 文心雕龙·明诗［M］. 范文澜注. 北京：人民文学出版社，2011，67 页.

②　房玄龄. 晋书·嵇康传［M］. 北京：中华书局，1974.

又不识人情，暗于机宜""刚肠疾恶，轻肆直言"，再加上嵇喜的评价："恬静寡欲，含垢匿瑕，宽简有大量"，可以看出嵇康也是一个矛盾体，就像他一方面向往着治世报国，一方面又因为国将不国而不得不沉湎于山水，他不是纯粹的政治家，不然也不会让自己左右为难，幸而他是一个诗人，内心的万般思绪能化作生动的文字，让我们在他多变的诗风中了解他性格中的不同方面。

从建安到正始，社会政局发生了变化，文人墨客的心态也发生了巨变，不再是一往无前、生机焕发的"慷慨任气"，语气中也少了几分战乱中的悲天悯人，反而是或沉默，或隐忍，或放纵。沉默是强权政治下的无声抗议，隐忍是对时代的无言以对，而放纵，则是沉默、隐忍之后的无奈选择。而嵇康，走出了一条不一样的道路。钟嵘《诗品》中说："晋中散嵇康，颇似魏文，过为峻切。"① 虽然时代时局人心都变了，可嵇康的性情中还有着建安遗留的"任气"，正是这股"任气"，驱使他与司马集团反抗到底。再加上"性好老庄"，不慕功名，只求畅意隐世的生活旨趣，使他的诗在动荡的政局中仍保持着明媚清新的格调。如"良马既闲，丽服有晖。左揽繁弱，右接忘归。风驰电逝，蹑景追飞。凌厉中原，顾盼生姿。"（其九）刻画的是一个雄壮伟岸、英姿飒爽的军人形象，骑着高头大马纵横于战场之上，言辞间尽是涌动的生命力量。最为有名的"息徒兰圃，秣马华山。流磻平皋，垂纶长川。目送归鸿，手挥五弦。俯仰自得，游心太玄。嘉彼钓叟，得鱼忘筌。郢人逝矣，谁与尽言。"（其十四）选取了明丽的色彩来开篇布局，想象自己从军的兄长嵇喜在行军途中在兰圃上休息，马儿悠闲地吃着草，草泽射鸟，长河垂钓，人与自然达到了和谐统一，"目送归鸿，手挥五弦。"的闲适间思考一番人生，在天地间完成了道法自然的领悟，最后，以惋惜的态度，道出了自己对兄长积极出世的不赞同，再一次表达了自己的隐世选择。从这组诗当中，我们看不到将士的浴血奋战，看不到百姓的流离失所，也看不到战场的硝烟弥漫，在就笔下的军旅生活，更像是大户人家的出游，逍遥自在。然而景美物美人美，却不是战士、战场、战争该有的颜色与样子，所以这写的不是从军的生活，而是自己纵情山水的闲情逸致。

随着时局的日益紧张，作者的诗风也有了一定的转变，《赠兄诗》到了后几首，虽然还是"仰落惊鸿，俯引渊鱼。"般自得，却在其中多了份"心之忧矣，永啸长吟。"的别样心绪。

---

① 赵仲邑. 诗品译注 ［M］. 桂林：广西人民出版社，1987.

而到了被诬陷下狱的境地，也是诗人感情变化最为激烈的时候。全诗共有84句的《幽愤诗》，是嵇康最长的四言诗，也是情感最起伏的四言诗。作者第一部分从自身经历写到人生志趣："嗟余薄祜，少遭不造。哀茕靡识，越在襁褓。母兄鞠育，有慈无威。""托好老庄，贱物贵身。志在守朴，养素全真。"；第二部分主要是责怪自己在吕安事件中的疏漏，导致自己入狱："曰余不敏，好善闇人。子玉之败，屡增惟尘。""内负宿心，外恶良朋。""咨余不淑，婴累多虞。匪降自天，实由顽疏。理弊患结，卒致囹圄。对答鄙讯，絷此幽阻。"这里的自责，多是责怪自己先天上的性格缺陷，导致遇人不淑，被人陷害；第三部分是全诗感情基调最为沉痛的部分，诗人先以飞鸟自比前生"嗷嗷鸣雁，奋翼北游。"而今却身陷囹圄，"事与愿违，遘兹淹留。穷达有命，亦又何求。"反思自己往日所读圣贤之书，上面的谆谆教导之言犹在耳畔，而自己却随心所欲，生性顽疏，使得人生受到命运的摆布，有志不就；最后一部分的"采薇山阿，散发岩岫。永啸长吟，颐性养寿。"是结局的大反转，尽管对于自身的性格再过自责，可对于人生理想的选择和所选道路的坚持，嵇康认为自己是没有错的，就算以生命为代价，他仍会坚持自己现在所走之路，与自己所不齿的司马集团对抗到底！全诗感情由缓到急，再趋于平静，以内心独白的方式，自抒心中的愤懑与无奈，情调悲慨，于感性之中不忘理性的发言，正如沈德潜在《古诗源》中的精辟评价："通篇直直叙去，自怨自艾，若隐若晦，好善闇人，牵引之由，显明臧否，得祸之由也。至若'澡身沧浪，岂云能补。'悔恨之词切矣。末托之颐性养寿，正恐未必能然之词，华亭鹤唳，隐然言外。"这种曲折起伏的感情，"哀而不伤，远而不乱，性情品格高出魏晋几许。"

曹操、嵇康二人的四言诗，合在一起就能看出一个时代的轮廓，主动参与者的慷慨任气与被动反抗者的清峻冷冽，在二人的诗风间体现得淋漓尽致。他是当世的豪杰，乱世中的契机让他有无限动力努力去开创一个新的时代，只要坚持，就有无限可能；他是时代的过客，将倾的大厦即使他有心支撑却抵不过历史的洪流，作为一个时代终结的见证者，他除了以自己的方式发出最后的抗议，还能做什么？所以，不管是曹操的慷慨任气还是嵇康的清远峻切，都是时代的缩影，却是不同的时代弦音。

总结

是时势造英雄呢，还是英雄造时势？经历了风霜的四言，在两个身份地位，人生志趣、创作风格都不相同的诗人笔下得到了中兴，是否有历史推动的作用？答案是肯定的，不管是曹操的慷慨任气，还是嵇康的或清峻或空灵或遗世独立，都是时代精神的体现，这个时代是建安风骨，是正始玄音，是魏晋风度的开端，更是"文学自觉"的时代。在这种时代精神的影响下，曹操与嵇康效法《诗经》，却又能做到"以情纬文，以文被质"，吟咏出于性情，摆脱了自汉代以来形成的四言桎梏，让四言体焕发出另一种华光。

参考文献：

［1］逯钦立辑校．先秦汉魏晋南北朝诗［M］．北京：中华书局，2000．

［2］殷义祥．三曹诗选译［M］．南京：凤凰出版社，2011．

［3］戴明扬．嵇康集校注［M］．北京：人民文学出版社，1962．

［4］罗根泽．中国文学批评史［M］．上海：上海古籍出版社，1984．

［5］五傲．谈五言诗，见罗联添．中国文学史论文选集［C］．台北：学生书局，1985．

［6］王夫之．古诗评选［M］．上海：上海古籍出版社，2011．

［7］王瑶．中古文学风貌［M］．上海：棠棣出版社，1951．

［8］许学夷．诗源辨体［M］．杜维沫校注．北京：人民文学出版社，1987．

［9］刘勰．文心雕龙［M］．范文澜注．北京：人民文学出版社，2011．

［10］陈祚明．采菽堂古诗选［M］．上海：上海古籍出版社，2009．

［11］陈沆．诗比兴笺［M］．上海：上海古籍出版社，1959．

［12］沈德潜．古诗源［M］．北京：中华书局，2000．

［13］房玄龄．晋书［M］．北京：中华书局，1974．

［14］赵仲邑．诗品译注［M］．桂林：广西人民出版社，1987．

［15］龚斌．嵇康诗歌简论［J］．中国韵文学刊，1990年02期．

［16］吴可．嵇康四言诗源于"国风"论［J］．名作欣赏，2010年23期．

［17］韦运韬．曹操对四言诗的继承与创新［N］．青海师范大学学报，2009年01期．

毛尖镇布依族情歌艺术分析

（汉语言文学专业 2012 级　刘倩）

摘　要：贵州省毛尖镇是少数民族布依族的典型聚居地，布依族民歌是该地最具意义的文化代表之一。其中作为重要组成部分的布依族情歌，无论是在艺术手法上还是在思想内容上，都集中展现了布依族人民的质朴和谐的生活和独特的智慧。本文通过对布依族情歌不同内容的整理将其分成三类：互动型、单方诉说型、"第三者"劝说陈述型。每一类型分别从男性和女性口吻中，揭示布依族人民的婉约热烈的性格、对自然的信仰、思想的成熟与开放，以及布依族情的艺术功能和传播功能。

关键词：毛尖镇；布依族情歌；情歌分类；艺术手法；思想内容；情歌功能；

布依族民歌主要用两种语言进行演唱，一种是布依族方言，一种是普通话。作为口头传播的文学，布依族民歌极具地域性和特殊性。由于布依族没有自己文字，这种口头文学显得尤为珍贵。经过布依族人民的口耳相传以及后代不断的改编，布依族民歌作为一种文化的载体，默默传承着布依人民的物质文明和精神文明。布依族民歌作为非物质文化遗产，2008 年以后开始受到社会各界的关注。其中爱情类的民歌占很大比重，是布依人民社交活动中不可缺少的一部分。毛尖镇是典型的布依族聚居地，该地布依族传统文化保存的较为完整。尤其是以布依人民为演唱者的情歌。

选题的主要对象是毛尖茶镇布依族爱情类民歌，本文将挑取该地部分具有代表性的爱情类民歌进行分类和具体分析。有关于布依族民歌的研究集中于贵州省内，尤其是各大高校的学者们以及相关的从业人员。他们在这方面的贡献是极具价值的。但资料显示，对布依族民歌的研究主要集中在两个方向：一、贵州省少数民族代表民歌《好花红》的个案研究；二、贵州省布依族民歌起源、发展、继承的系统研究。也有学者就布依族民歌整体的语言特色和歌调做研究的，也有很少的学者研究布依族情歌。其中，毛尖镇的布依族情歌暂时还没有学者进行研究。选题的创新在于广泛收集毛尖茶镇布依族爱情类民歌，选取部分进行审美分析，从这一种类别探究这一类民歌的特色，发掘毛尖茶镇布依民歌中的美。

一、毛尖镇布依族情歌概况

（一）毛尖镇布依族的民歌简介①

毛尖镇是我国贵州省黔南州布依族苗族自治州下辖的一个乡镇。2015 年，摆忙乡和江州镇合并，成为毛尖镇。毛尖镇的名字源于该地盛产毛尖茶，丰富、庞大的茶文化产业带动地区经济的发展。除此之外还有丰富的煤矿资源，到 2015 年为止毛尖镇共有六个煤矿。毛尖镇的国土面积为 160.28 平方公里，地理环境独特，处于都匀市西部著名自然风景区螺蛳壳地区，东临都匀市石门坎水库，西临高寨水库。该地区拥有典型的喀斯特地貌，丘陵山地为主，植被覆盖率极高，平均海拔为 1500 米左右。该地区为亚热带季风气候，四季分明。毛尖镇的居住人口主要是布依族和苗族，占总人口的 95% 以上。日常用语是布依族语或贵普话。

布依族是我国少数民族之一，主要分布在我国西南部，根据 2010 年的人口普查资料显示，我国布依族总人口约有 287 万人，在少数民族总人口排名之中，位列第 12。其中贵州省的布依族人口最多。作为毛尖镇的主要居住者之一，布依族拥有自己独特的民族文化。该地布依族是百越民族中的一支，没有经过大规模的迁徙，人口分布比较集中。1953 年，正式改名为布依族。民族信仰主要是自然崇拜、祖先崇拜和图腾崇拜，同时拥有自己的节日，如四月八，主要是布依人民为了祭祀所信仰的土地神，祈祷一年能够风调雨顺。还要使用天然树叶染成的无色米饭等。

布依族的生活、文化和精神主要是靠口耳相传或"手把手"教授。布依族没有文字，但是它有一种特殊的口头传播文化，就是布依族民歌。布依族民歌集中反映了人们的生活环境和思想意识。其演唱内容和形式都十分丰富。例如

①　指导教师：陈智慧（女），研究专长：文艺美学、海南历史文化。

内容有：情歌、叙事歌、对酒歌、拦门歌、劳动歌、古歌等；演唱形式有：对唱、独唱、合唱、重唱等。布依族民歌由于地区不同等原因，相同的歌词内容会有不同的歌调，因此各个地区的布依族民歌呈现出不同的特色。地区又会举行布依民歌的比赛，各个种类的民歌演唱者相互学习、相互切磋。如同"百家争鸣，百花齐放"一般。由于布依族民歌拥有独特的文化内涵，为保护我国古老的传统文化，2008 年布依族民歌被列入第二批国家非物质文化遗产名录。

（二）毛尖镇布依族情歌概述

情歌做为毛尖镇民歌的重要组成部分，和其他种类的歌曲相比，有着它特殊的地位、意义与价值。情歌演唱的场合没有固定，在拦门歌、对酒歌中时常会穿插情歌。与其他种类不同的是，布依族人民演唱的情歌不仅可以表情达意，还可以调动气氛。和黔西南的苗族民歌相比，毛尖镇布依族民歌内容相对来说精简许多。作为毛尖镇演唱歌曲的首选之一，布依族情歌在人们心中具有不可撼动的地位。

布依族情歌的内容也是十分值得研究的布依族文化之一。由于该民族没有文字，作为文化传承的载体，其内容从各个角度反映了布依族人民的生活方式、风俗习惯、精神寄托等等。也可以在歌曲内容的表达上，从特定的环境和心理活动中，探究布依族人民不同的性格。

毛尖镇布依族情歌发展现状十分火热，主要通过场合的视角，从三个不同的角度来分析发展火热的现状。分别是：日常生活、节日庆典和文艺宣传。毛尖镇的布依族人民虽然和外界保持着联系，但是自给自足额小农经济并没有完全瓦解。许多布依人民都任然保持着耕作的传统。因此在日常生活中，比如劳作的时候，会突然有感而发，想起心中牵绊的人儿，唱起布依情歌。亦或是无所事事的时候，当思绪漫天飞舞，捕捉到心中的丝丝情愫，也会唱起布依情歌。或是在日常聚会中，主人与客人也会通过对唱布依情歌来活跃气氛。

布依族有自己的信仰，那么就会拥有自己独特的节日。比如"四月八"，这是一个和农事有关的节日，不同的地区，庆祝四月八的时间也会不同。毛尖镇四月八的时间为农历四月初八，这时正值每年的春季，布依人民会使用特殊的植物制作花米饭，用来招待客人，庆祝节日，祈祷本年风调雨顺，农作物丰收。作为一个节日，每户布依人家都有走亲访友的习惯和传统，这时，如果有未婚的男性或者女性，就会唱起情歌，进行情感的沟通与交流，主要目的是活跃节日气氛，次要目的是寻找情投意合的"另一半"。但是已婚男性和已婚女性也不会被排斥在外，作为一个活泼友爱的民族，节日中唱布依情歌同时是活跃节日气氛的一种途径。传统节日中，"三月三"、"六月六"等，情歌也是其中一个重要组成部分。特别地，有一种活动专门是为未婚青年准备的。在这样的活动中，通过男性和女性的布依情歌对唱，寻找意中人。由于布依情歌的对唱要勇气和智慧，因此，在这种类型的活动中，能够大方、机智、敏捷地唱出自己心中的想法，往往就能够得到较多人的青睐。

从文艺宣传的角度上看，是将演唱者作为一个纯粹的表演者。演唱最直接的目的并不是向某一个对象展示自己的情感，而是通过最直接的方式，将布依情歌展现在舞台上，从而达到较好的宣传效果，最终能够因此带来某种利益回馈。比如2010年以来，毛尖镇地区越来越重视布依民歌的发展，政府鼓励布依人民学习布依民歌，其中布依情歌作为最具代表性之一的布依民歌文化，多次被搬上地区文艺晚会的舞台。通过舞台宣传、包括摄影、音频等的宣传，毛尖镇布依情歌尤其受到人们的关注和喜爱。

二、对布依族情歌的分类与内容分析

（一）互动型

将布依族情歌分成几大类，第一类便是"互动型"。从字面上可以看出，这种类型的情歌不是个体演唱的，需要两人以上的演唱者，你来我往，具有交流的性质，就叫互动型。布依族是一个情感即朴实又热烈的民族，布依情歌以歌会友的社交性质十分明显，互动型就囊括了这种具有社交性质的所有情歌。这一类情歌的演唱者往往是非常活泼的、未婚的男性与女性。展现了一幅有趣的、自由的，追求爱情的画面。

"互动型"下又分成两个小类，"男女对唱"和"大胆求爱"。男女对唱是情歌中最典型的互动唱法，这种方式往往也是布依人民最衷爱的。一般来说，男女对唱是由一名男性和一名女性一起参与演唱，多名男性和多名女性的对唱较少。男性的铿锵有力和女性的温柔婉约，不仅在声调上体现了刚柔并济，更在场合中能够起到活跃气氛的作用，也是男女双方，表情达意最直接的方式。

"男女对唱"体现了在爱情中的主人公交流情感最直接的方式，也体现了布依族青年男女在追求爱情时的自主意识和强烈的表现欲望。"大胆求爱"则侧重体现了爱恋中其中某一方的表达情感的方式。在这一小类型中，分别在男性口吻和女性口吻中上各举两个例子，通过单方面大胆、直接地求爱歌曲，从侧面表达出演唱者渴望与另一方形成情感交流互动的愿望。

1. 男女对唱

例一：

女：月亮出来照大街，轻轻起床把门开。风吹花枝月下摆，疑是情歌后门来。

男：月亮出来三丈高，见妹房中心如烧。我想推门怕门响，决心爬墙不怕高。

女：妹在后园折菜苔，见哥山上打干柴。心想喊哥来陪妹，又怕喊哥哥不来。

男：哥在山中捡干柴，见妹园中折菜苔。心想变成相思鸟，一翅飞到妹的怀。

女：妹我天亮就起床，明在梳头暗望郎。眼睛盯着大路看，盼哥来约妹赶场。

男：哥在对门大路口，见妹窗前早梳头。哥在路上招招手，望妹点头不点头。

女：太阳渐渐要落坡，筛子拦门洞洞多。不怕爹婆管得紧，只要点子出得合。

男：太阳渐渐要落西，哥我很早就来的。今晚哥妹来相会，全靠妹你有心机。

女：小山倒来靠大山，鲤鱼无水靠大滩。妹我无夫来靠你，不知靠得靠没得。

男：妹你无夫莫着急，正遇哥我也无妻。只要妹你不嫌弃，你我相配成夫妻。

女：我似鲜花不会生，单单生在烂泥坑。单单生在烂泥处，情愿去死不去生。

男：妹你是朵牡丹花，生在对门牡丹山。生在对门牡丹处，妹死哥我舍不得。

　　女：吃了早饭就爬坡，爬到半山闯到哥。心想跟哥结姊妹，不知哥想是如何。

　　男：抽杆草烟拍次灰，拍在石板做一堆。为其抽烟才上瘾，为其玩花心才飞。

　　女：吃了早饭来结交，遇下大雨水淹桥。妹在桥头坐起等，等到哪时水才消。

　　男：吃了早饭就来玩，来到花园不见花。急忙来到桥头看，水没淹妹才心干①。

　　首先从演唱人物上看，这是一首由一位未婚男性和一位未婚女性对唱的情歌。由女起头，每方各唱四句。男女对唱一次为一节，这首歌有八节。上下句对仗较为工整。这首歌的意象可以分成以下几类：1）植物：花枝、菜台、鲜花、牡丹花、花；2）动物：相思鸟、鲤鱼；3）日常生活用品：床、门、筛子、草烟；4）其他：月亮、太阳、后园、小山、大山、大滩、烂泥坑、坡、桥；一首歌中的意象可谓丰富多彩，囊括生活用品、以及自然环境中随处可见的客观事物。这些意象的用途在这首歌中体现为协助表达歌唱内容，侧面反映毛尖镇布依人民的生活环境。

　　这首歌讲述男女主人公从相互思念到想结交的情感纠葛。可分成四个部分，一二节为第一部分：相思：三四节为第二部分：相约；五六节为第三部分：相见；七八节为第四部分：相交。四个部分按照事情发展顺序一步一步由浅到深，第四部分为整首歌的高潮。意向正是男女主人公情感爱恋中处不同时期的代表和指示。这首歌可以借用电影中蒙太奇的手法，将每一部分代表的画面拼接起来。二人的相思，如《诗经》中"寤寐思服"、"辗转反侧"，不同于古代的是，此时的诗歌双方都能表达相思之苦。不在是一方苦苦追求。相思之后就要想方设法的见面，奈何女方的父母管的比较严格，会阻拦双方见面。布依族虽然婚恋相对而言比较自由，但对男女平时相会之事还是会有所阻拦。除非是比较正

----

　　①　该歌曲收集于 2014 年 7 月，毛尖镇双堡村二组。演唱者：刘双、罗伟。

式隆重的场合，男女可以自由对歌、随心所欲。"太阳渐渐要落坡，筛子拦门洞洞多。不怕爹婆管得紧，只要点子出得合。"太阳落山是，照在倚靠着墙壁的筛子上，地下会出现筛子洞洞的影子。将这些影子比喻成各种各样男女主人公偷偷见面的方法，从侧面露出一丝幽默的机智与无可奈何的"狡黠"，也可以看出二人十分活泼、不受世俗的羁绊束缚。

男女对唱作为你情我愿互动形的情歌代表，充分体现了在爱情面前人人平等的权利、在布依情歌的对唱中，也充分体现了双方在爱情中的主动性和趣味性。从男女双方在爱恋中的举动：相约、相邀、到高潮部分的相结交，不难发现在这段感情中，阻碍的外因除父母之外，几乎没有。双方在爱恋中相对比较自由。在意象中，不难发现生活在大山之中的布依人民将生活环境也唱入歌中，一种自然、淳朴甚至野蛮的气息扑面而来。这也正是趣味性的体现。将人生大事，用几个简单的比喻就利索、巧妙的表达出来，让人忍俊不禁。如女唱："我似鲜花不会生，单单生在烂泥坑。单单生在烂泥处，情愿去死不去生。"男唱："妹你是朵牡丹花，生在对门牡丹山。生在对门牡丹处，妹死哥我舍不得。"女主人公将自己比喻成生不逢时的鲜花，贬低自己种种不好，借机试探男主人公的态度，得到的答案当然是十分满意的。对方将自己比喻成珍贵的牡丹花，并且是生在对门的牡丹山。布依族人民对于"对门"这个概念有特殊的情感。"对门"通常是指和自己家形成相对地势的地区，通常口语中最多的是"对门坡"，即自己家相对应的、能看到的山坡。布依人民认为这是一种吉祥的象征，如同在风水上说的"靠山面水"。

例二：

男：妹家门口有条沟，一年四季水长流。全愿丢妹跟哥走，没愿丢妹别人逗。

妹家门口有块塘，一年四季水泱泱。全愿丢妹跟哥走，没愿丢妹别人框。

女：出门得见艳山花，得见艳山懒回家。全愿跟哥懒回去，没愿回家受艰难。

出门闯到艳山梅，闯倒艳山妹懒回。得见艳山懒回去，免得回家受吃亏。

男：哥家坐在毛栗山，毛栗结子丫对丫。情愿妹你跟哥走，哥我愿妹做一家。

哥家坐在毛栗林，毛栗结子根对根。情愿妹你跟哥走，哥我愿妹一条心。

女：一个花碗几道枯，几时得哥做妹夫。几时得哥同家坐，有人有客哥招呼。

一个花碗几道花，几时得哥做一家。几时得哥和家坐，有人有客哥倒茶。

男：三月爬田哥得爬，四月拿牛哥得拿。情愿跟妹做一路，有人有客招待他。

三月栽秧哥得栽，八月打米哥得抬。情愿跟妹做一路，有人有客哥安排。

女：汗菜红杆没红苔，时时把哥记在怀。我在走路心在想，睡在梦中醒来唉。

汗菜红杆没红根，时时把哥记在心。我在走路心在想，睡在梦中醒来跟。①

这是一首布依族口语色彩比较浓重的男女对唱歌曲，每一节中，男女各唱八句。该歌的口语有："全愿"（希望对方全心全意的意思）、"逗"和"框"（都是打趣、逗趣嬉闹的意思）、"枯"（从前用稻草捆绑碗时留下的印记）、"毛栗"（野生板栗）。这首歌的意象大致可以分为两大类，地点和植物。1）地点：门前沟、门前塘、毛栗山；2）植物：艳山花、艳山梅、毛栗、秧、米、汗菜。

和前一首情歌不同，这首歌的意象集中在某一地点和相对应地点的某一种植物。这首歌也不像前一首有事情发展的先后顺序、有一个完整的过程。这首歌更倾向于表现男女爱恋时期的一种状态。无论是在门前沟还是门前塘、在毛栗山还是毛栗林，都表达了"哥"、"妹"想要喜结连理，成为一家人的真挚而热烈的愿望。

歌中大多相互对应，且有运用"兴"的手法，先言他物，以之引起所咏之词。从环境着手，显得整首情歌多了许多人情的味道，即生动，又有趣。如男方唱，家门口有一条水沟，水沟水长流，希望心中的情妹和"哥"走，不愿意将情妹落下，让别人抢走。女方回应，出门看见漫山遍野的艳山花，外面的景色是如此的迷人，不愿意在回家去受苦难，希望和情哥在一起，这样就可以免受在家遭遇的艰难。男女双方都从正面表达了想要追随对方过幸福生活的迫切愿望。接下来每一节均是如此，只不过意象不同，所表达的环境不同，但都是表达同样的思想。

这首歌作为"你情我愿互动形"的代表之一，有以下几个理由。首先在内

---

① 该歌曲收集于 2014 年 7 月，毛尖镇双堡村二组。演唱者：刘双、罗伟。

容上，集中的表达了，男女在爱恋时的高潮时期，双方想要成为一家人的真挚而迫切愿望。这是一个最美好的阶段。情歌的开头双方就先表明态度，只愿意追随彼此。随后男女双方均谈论到日后生活在一起的家常。以一种幻想未来的方式，来反问何时才能实现双方的愿望。情感的强烈、真挚、朴素。其次在手法上，既有正面的直抒胸臆，又有侧面的"旁敲侧击"。这首歌开篇和结尾直接表达双方的情义且将所有对未来的憧憬以一种很平淡的口吻诉说，因为双方通过幻想未来的生活，男能拉牛下地、女能在家招待客人。歌词具有强烈的画面感，描绘一幅男耕女织的小农经济生活画面。

2. 大胆求爱型

例一（男性）：

> 山中独木没成林，
> 世上无伴没成人。
> 哥想结妹成个伴，
> 妹看合心没合心。①

这首歌只有简单的四句话，但是是以一个男性口吻唱出。整首歌的意思是，在深山中只有一棵单独的树是不可能长成一片森林的。如同在人世间，永远孤独一人的话，生活就枯燥无味。演唱者希望能和女方结成伴，幸福快乐的生活在一起。但是不知道女方的情义，就只能这样唱出来，看女方愿不愿意和"我"在一起。

从手法上看，这首歌仍然是运用"兴"的手法，先描述和"成双成对"有关的事物。才表达出演唱者向女方求爱的想法。这样表情达意的效果是特别的，即有婉转、又有直接。从中可以看出在男性大胆求爱这一方面，演唱者还是比较幽默谐趣的。

例二（男性）：

> 不学灯芯团转亮，
> 要学磨子共条心。
> 打开窗门说亮话，
> 劝妹不玩哥良心。
> 同妹共走人生路，

---

① 该歌曲收集于 2014 年 7 月，毛尖镇凌云村。演唱者：孟怀亚。

> 连妹一人不翻心。
>
> 我劝妹你耐心等,
>
> 哥妹栽花定成林。①

这首歌比前一首稍长一些,共有八句。同样也是男性口吻。这首歌的意思是,演唱者希望女方能和我一样,对彼此能一心一意,别无二心。就好比磨子只有一个心,才能正常运作。不能像煤油灯的灯芯一样,一周都是明亮的。(比喻三心二意)打开天窗说亮话,希望女方不要随意玩弄"我"的情义,希望能和女方一起,执子之手与子偕老,共度漫漫人生。"我"劝女方你耐心的等,如果我们能在一起,肯定能有幸福快乐的结局。

从男性口吻中不难看出,"不学灯芯团转亮,要学磨子共条心。打开窗门说亮话,劝妹不玩哥良心"。是一种非常真诚的,带有些规劝的语气。可以看出布依女性,在爱情面前,还是比较自由的,能有自己的想法、自己的选择。男性在这首歌中,表达情意之真挚,对爱情的追求、自主的信念。如同汉乐府诗《孔雀东南飞》中,刘兰芝对丈夫焦仲卿所发出的爱情誓言。"君当作磐石,妾当作蒲苇。蒲苇纫如丝,磐石无转移。"意思是爱情是坚不可摧的,为了爱情,你要像磐石一样坚守不移,我要像蒲苇一样坚韧难断。这样的誓言表达了刘兰芝与焦仲卿追求爱情与婚姻的自由与自主的坚定信念。"我"希望我们能像磨子一样,永远都对彼此一心一意。不学四处投放光明的灯芯,三心二意,顾此失彼。

大胆求爱形,从男性的角度中可以反观女性在爱情中的主动地位。第一首情歌是男性直接类型的求爱,第二首虽然表达的也是求爱的意向,但跟多表达了在爱情中,男性对于女性的某种要求。也可以看出男性的坦诚和对爱情的坚毅。

例三(女性):

> 蚂蚁爬树不怕高,
>
> 不怕风吹大树摇。
>
> 妹妹有心结交你,
>
> 不怕大水淹了桥②。

---

① 该歌曲收集于 2014 年 7 月,毛尖镇凌云村。演唱者:孟怀亚。

② 该歌曲收集于 2015 年 2 月,毛尖镇凌云村。演唱者:张学选。

这首情歌是以女性口吻唱出来的，全歌共四句。歌词的大意是：蚂蚁虽然是比较细小的一种动物，但是敢爬上大树，不怕树高更不怕大风呼啸，大树摇摆。"妹妹"有心要结交情郎，如同这小小的蚂蚁，在多的艰难也不会让我退缩。我已经下定决心，就算洪水把桥淹没"妹妹"也不怕。

歌中提到一个重要的意象，"洪水"和"桥"。洪水淹桥，对于布依人民来说，是一种非常严峻和恐怖的自然考验。首先就自然环境而言，毛尖镇地处喀斯特地貌，亚热带季风气候，四级分明，夏季有暴雨，常常会造成洪涝灾害、甚至泥石流。从古至今布依族关于洪涝灾害的民间故事也是广为人知。这首歌开头用蚂蚁爬大树，表明自己的决心，结尾也用大水淹桥来与开头相呼应。女性在大胆求爱的情歌中，也表现出坚定的情感和决心。

布依女性在追求爱情时，直接的话语和热烈的情感也是"大胆求爱形"的典型代表之一。虽然毛尖镇在过去也是典型的"男耕女织"的小农经济生活，但逐渐到后期，女性思想就开始解放。和男性一样逐渐拥有一定的话语权。这个和社会的变革有关。布依女性的大胆求爱也和本民族的性格有着密切的关系。在相对来说，较为封闭的自然环境和社会环境中，布依女性能够充分地发展质朴和自由，这两方面的人性。融入于情歌中，自然能表现出直接和热烈。

例四（女性）：

> 绣花腰带飘带长，
> 飘带上面绣凤凰。
> 妹做凤凰绣飘带，
> 缠住哥哥合做家[1]。

这是女性口吻，"大胆求爱形"的代表之二。全歌共四局，歌词的大意是"妹妹我"心灵手巧，在长长的飘带上，亲手绣上了精致的凤凰，栩栩如生。"我"希望能和"情哥"成为一家人，就好像凤凰被绣在飘带上般，情意绵绵。

这首情歌提到了一个非常重要的意向，"绣花飘带"。布依服饰也是布依族文化的代表之一。毛尖镇布依的部分人民至今还保存着古时候流传下来的穿衣风格和习惯。其中，绣花飘带是年轻女性服饰中不可缺少的一部分。它是女性系在腰间、固定"围腰"的重要纽带，通常飘带长一米，左右各一条，女性系在腰部正后方。腰带上的图案大多是心灵手巧的女性根据自己的喜好，一针一

---

[1] 该歌曲收集于 2015 年 2 月，毛尖镇凌云村。演唱者：张学选。

228

线绣成各种各样的花纹。

这首情歌中，"我"对情郎的情义，通过像彩色的线一样，一针一线的绣在飘带上，踏踏实实、坚定不移。女性大胆地追求爱情时所唱的歌曲内容大多源自布依人民的日常生活，从某种程度上说，布依情歌集中反应了年轻男女的日常生活、以及精神寄托。从歌中，可以看出女性对爱情的重视，在爱情里自主的思想。在字里行间中，透露出主动追求情郎的意味。从这里看，布依情歌中，"大胆求爱"这一类型中，无论是男性还是女性，都自主地拥有个性的想法和热烈的情感。

（二）单方诉说型

通过情歌主体人身份的不同，将布依情歌的第二种称为"单方诉说型"。和"互动型"最大的差异是，单方诉说中，侧重于个人情感的表达，不带有特定的功利性或者强烈的目的性。这种类型的歌曲大多是在不太正式的场合中演唱。演唱者均为独自一人。场合较为随意。独唱由于性质的特殊，和环境的不同，往往独唱的情歌内容是经过演唱者反复思考的，也就具有更深刻的思想内涵。

将"单方诉说型"这一大的类型分为两个小类，分别是"情爱中消极情绪的抒发"、"情爱中积极情绪的抒发"。由于单方诉说不具有互动的倾向，更多的是个人主观情感的表达，因此从内容上又可以分成这两个小类。

关于情爱，最明显的两种情绪是积极情绪和消极情绪。通常这种类型的歌曲都是已婚或未婚的男性或女性单独演唱，演唱的场合比较随意，不正式也不隆重。在这两种情绪的表达中通常包含了演唱者对情爱的感悟与思考。在每一种类型中各举了两位男性、两位女性演唱的例子。通过不同性别的演唱者演唱出的内容，不仅可以揭示男性、女性在抒发两种情绪时的差异，还可以看出布依族男性、女性在爱情里或积极、或消极的思想。

1. 情爱中消极情绪的抒发

例一（男性）：

> 为钱才过金钱街，
> 为花才走牡丹台。
> 哥是独棵桂花树，
> 有花无人自悲哀。
> 自从那天两分离，

冷冷落落到如今①。

这是一首以男性口吻唱出的情歌，全歌共六句话。歌词的大意是，"我"的目的非常明确，是为了追求荣华富贵，才去充满钱财的地方。为了寻找美丽的花朵，采取牡丹生长之地。"我"是一颗孤零零的桂花树，虽然八月飘香，但是没有人来欣赏，孤独的"我"只能自己一个人在角落暗自悲哀，心中充满孤独和寂寞。自从那天和情妹分开之后，就一直形单影只但现在。

作为单方诉说中的种类之一，这首歌在内容上表达了男子和心上人分开之后的孤独和寂寞。从自身出发，单方面诉说心中的苦闷。这首情歌中，运用了一个特别的比喻，男子将自己比作桂花树，桂花树的花朵长得比较小但是香气迷人。不难联想到屈原在《离骚》中"香草"的各种各样的比喻。都是借用"香草"的特征来表达自身的高尚情操。

特别的，在布依人民的信仰之中，有一种特殊的文化认同，就是"大"。和现在不同，曾经在特殊的自然环境中，布依人民靠自己的双手、双眼逐渐的认识世界、观察世界。对于大的概念首先在天地自然中逐渐有所体会。流传至今的口语"发大水"、"大仙"、甚至宗族的"大"字辈均有所体现。在这首情歌中，男子将自己比作细小的桂花，就有所贬低自己的意味，但是众所周知桂花平时其貌不扬，等到八月却芳香四溢，需真正了解桂花树的有心人，才能发掘桂花的好处。这首歌从侧面，表达了男子心中无人识"桂花"的苦闷与落寞。

例二（男性）：

坐也焦来站也焦，
心中合比火来烧。
要想烧香又无庙，
心想采花又无桥②。

这同样是一首以男性口吻唱出的布依族情歌，全歌共四句话。歌词的大意是，"我"坐立不安，十分焦急。心中那焦急的情绪，就好比有一团熊熊的火焰在燃烧。焦急的"我"想要烧香拜佛却苦于没有寺庙，心里很想过河去采花又没有桥让我过河。前两句歌词一开篇便表达了"我"焦急的状态，后两句说明了这个状态的原因。

---

① 该歌曲收集于 2015 年 2 月，毛尖镇凌云村。演唱者：孟中伟。
② 该歌曲收集于 2015 年 2 月，毛尖镇凌云村。演唱者：孟中强。

"花"在这首情歌中代表"我"的心上人，真正让"我"着急的并非是无庙烧香，而是求花"无路"。这个"路"是制约"我"追求爱情的外部因素的阻碍，可能是客观条件，门不当户不对。这些客观条件令我"无从下手"，只让我无比的焦急。

歌词中似乎隐约地表达了，"河"是阻碍"我"前进的唯一原因。就像在神话故事《牛郎织女》中，王母娘娘用发簪随手划出一条银河，隔开牛郎和织女的相会，但每到七夕，喜鹊架起的鹊桥就会让二人相会。在本首情歌中，"桥"只是系列阻碍因素的一个代表。这是一首非常典型的单相思情歌，男子开篇便抒发心中的苦闷。而后才说明原因。可以看出，布依男子在单相思的爱恋面前，还能够用比较婉约、唯美的说法来表达心中的遗憾。

例三（女性）：

> 阿哥约定妹家来，
> 夜晚偷偷忙做鞋。
> 做好新鞋把哥等，
> 左等右等哥不来。
> 哥不来家做哪样，
> 妹心扭得像巴毛。①

这是一首以女性口吻唱出的布依族情歌，全歌共六句话。歌词的大意是，情哥你本来就和"我"说好，要来"我"家做客。为了表明"我"的情义，在晚上"我"急忙偷偷地做好鞋垫，等情哥来了以后就可以送个情哥作为定情信物。新鞋垫做好了，一切都准备好了，情哥却迟迟没有到"我"家米。焦急的一遍一遍问自己，"你"到底在做什么，怎么还不到？害"我"着急得心都扭得像山上的巴毛草一样。

该歌中提到的"鞋"，并不是我们日常穿的鞋子，而是指鞋垫。手工鞋垫是布依民族手工文化的代表之一。布依族成年女性一般都会手工制作鞋垫，并在上面绣上各种各样漂亮的花纹。而手工鞋垫除了自己和家人使用以外，还有一个非常重要的功能，就是作为定情信物。通常年轻女性会将亲手做好的鞋垫送给心仪的男性，作为定情的物品。"巴毛"事一种植物，形状扭曲，如同麻花一般的外形。"我"将焦急的心比作巴毛草，扭做一团。形象生动的表达了"我"

---

① 该歌曲收集于2015年2月，毛尖镇凌云村。演唱者：孟怀露。

心中的渴望与急切。

这首歌和上一首不同的是，以女性口吻抒发心中苦闷情绪的歌词，叙述性更强。这首歌交代了整个事情大致的经过。从相约、做鞋垫、到等不到来人、再到表述心中的苦闷的状态。相对于上一首男性口吻的抒发苦闷来说，多了一些内容的细致和细腻。至于心上人不到"我"家的原因有很多，把这首歌作为单相思的代表，就从侧面已经说明，女子对男子仅仅是单方面的情义。

例四（女性）：

> 房中点灯房中明，
> 夜晚等哥到三更。
> 等到三更不见你，
> 眼泪汪汪不熄灯①。

这首歌是以女性口吻唱出的抒发苦闷的情歌，全歌共四句话。歌词的大意是，"我"一个人在寂静的房屋中安静的坐着，陪伴我的只有一盏明灯，这盏灯把房间照的十分明亮，但是"我"的心无比的黑暗，因为等到半夜三更都等不到心上人。虽然已经很晚了，但"我"还是不肯熄灯休息。或许心上人只是来得晚一些，虽然这样告诉自己，但脸上已经挂满伤心的泪水。

这首歌非常具有画面感，描绘了一幅闺房中的布依女性苦苦等候心上人的画面。和古代的深闺怨妇诗歌像比，这首情歌比较简洁明了，四句话就交代了事情的起因和"我"的状态，和上一首相同，女性口吻中的抒发苦闷的情歌，记叙性和叙述性比较强。

和热情、直率的直接"求爱"布依女性不同，从这首歌中，也可以看到布依女性在爱恋中被动的一面，也有等不到情郎的孤寂和落寞。就像前文中提到的，男性将自己比作桂花，但苦于无人识花得遗憾、伤感。在这首歌中，开头的环境描写，将孤寂的氛围表达得淋漓尽致，使听者处于同情或怜悯，让人感受到这首歌中女性的哀怨感、孤独感更加强烈。

2. 情爱中积极情绪的抒发

例一（男性）：

> 江边杨柳十二排，

---

① 该歌曲收集于 2015 年 2 月，毛尖镇猴场堡。演唱者：唐敏。

扒开杨柳望花开。

问花有主花无主，

花若无主哥来挨①。

婉约求爱型和抒发苦闷型作为单相思的两种类别，具有很大的不同点。抒发苦闷是一种消极的、哀怨的情调，婉约型则是一种积极、轻快又婉转的调子。这首歌以男性口吻唱出，全歌共四句话。歌词的大意是，大江边的有许多杨柳树，这些柳树长得非常好。"我"扒开杨柳枝，看到"我"美丽的、朝思暮想的心上人。想要问一问心上人你有没有找到好人家，如果没有的话，"我"愿意主动去靠近你。

这首歌没有前文提到歌曲的热热烈、直接、坦率或者哀怨。河岸边上的杨柳，"我"看中的美丽的花朵，比喻成美丽的姑娘。一个年轻小伙子在一个风和日丽的夏天，"扒开杨柳"这个可爱俏皮的动作，奠定了全歌以一种轻快而活泼的节奏。作为婉约型求爱的代表，这首歌自问自答，寻找的答案是心仪的姑娘是否还没有选好人家，可以看出"我"是一个比较礼貌、低调、朴实的人。也可以看出布依男子对爱情一种非常认真的态度。

例二（男性）：

砍头砍树要留桩，

问妹姓刘是姓张。

妹你贵姓跟我讲，

只怕连到本家娘②。

这是第二首以男性口吻唱出的布依情歌，全歌共四句话。歌词的大意是，上山劳作，砍树时，树桩也就是树根是要留下的，树不能砍尽。问一问妹妹你的姓氏，是刘，还是张？你的贵姓一定要告诉"我"啊，因为"我"担心咱们是一家人，只是远亲罢了。

这首歌的特征是主要以男性的口吻询问女性的姓氏，如果是一家人的话是不能结成夫妻的。这种观念是一个重要的变化。由于闭塞的生活环境，在18世纪-19世纪，毛尖镇人口繁衍有一段时间是处于非常混乱的时期。那时，布依人民坚定不移的相信亲上加亲，因此近亲结婚的案例不在少数，正因为如此出

---

① 该歌曲收集于2015年2月，毛尖镇凌云村。演唱者：张文明。

② 该歌曲收集于2015年2月，毛尖镇凌云村。演唱者：张文化。

现一些不好的结果。知道 19 世纪后期，社会环境不断改善，毛尖镇接受了外来的一些先进文化，尤其是思想观念意识方面，得知近亲结合是会造成不好的结果，因此才会出现歌词中，男性的忧虑。问妹妹你是不是和"我"同姓氏。当然，从姓氏上来判断是不准确的，但是也从侧面反映了一次社会的变化。

这首歌的婉约之处，在于男性并没有一开始就表情达意，或婉约，或直接。而是出于一种成熟的角度来询问，是不是本家的人。从而从侧面表达出想要追求的意思。这首歌积极之处，在于男性已经有成熟的思考，显得不再鲁莽和随意。

例三（女性）：

> 清早起来日出东，
> 提个竹篮带斗篷。
> 要上高坡打猪草，
> 但愿坡头哥来逢①。

这首歌是以女性口吻唱出的，全歌共四句话，歌词大意是，清晨起来看到太阳从东边慢慢的升起来了，"我"提着竹篮，戴着斗篷出门，准备要上山去割猪食用的野草。"我"希望能在山上偶遇心上人。也希望心上人能知道我的情义，主动要山上相见。

这首歌以一个邻家小妹的口吻叙述了心中的期许。也反应了布依人民的生活习惯。布依人民的小农经济中，几乎每户人家都会饲养牲畜。通常太阳刚出来的时候，家里的青壮年就要早早出门"打猪草"。

和前一首歌不同，这首歌呈现的完全是一种天真浪漫的年轻女孩的期许。在婉约求爱中，年轻女性的情窦初开是一种特别而美好的情愫。由于年龄、性格、甚至环境的因素不同，对于爱情的表达也会有所差异。对于一个少女而言，这无非是一种积极向上，对爱情的美好憧憬的想法。

例四（女性）：

> 山歌好唱口难开，
> 杨梅好吃树难栽。
> 不丢杨梅栽断路，
> 留条小路等哥来②。

---

① 该歌曲收集于 2015 年 2 月，毛尖镇凌云村。演唱者：张学选。
② 该歌曲收集于 2015 年 2 月，毛尖镇凌云村。演唱者：张学选

这是第二首一女性口吻唱出的第二首代表歌曲。全歌共四句话，歌词的大意是，婉转动人的山歌唱起来非常顺口，但是开口唱却不容易。同样的道理，可口的杨梅，是经历了一个十分漫长的过程，种树、养树、开花、结果。一切来之不易。杨梅树长到一定的念头，树枝就会非常的茂盛，"我"不想让茂盛的杨梅树枝叶挡住了小路，要为即将到来的心上人留出一条小路同行。

这首歌开头同样并没有表"我"心中的情义，而是先从唱歌开始，做了两个比拟。虽然正面表达的是杨梅树挡道，但其实从侧面反映了"我"对心上人到来的渴望，渴望爱情、渴望见到属于自己的幸福。杨梅树只是阻碍"我"得到客观因素的代表。从侧面表达了布依女性对美好爱情的向往。

（三）"第三者"劝说陈述型

往往在爱恋之中，除了男女主人公，还会出现第三种角色，就是"媒人"或者作为"看客"的旁人。这种人出现的原因是社会自然发展的结果。媒人或许会处于某种功利性对男性、女性双方的家人进行劝说，希望二人能喜结连理，做成一桩完美的婚事。媒人的出现最直接的影响到和亲的双方，在毛尖镇布依族中，媒人不多，但媒人的作用和影响十分的明显。

"媒人说亲"是一个非常隆重的场合，其演唱的歌曲虽然口语颇多，但内容也是十分庄重的。通过媒人的视觉，能站在一个旁观者的角度来，可以揭示毛尖镇布依族人民对爱情婚恋的看法。体现出长辈对晚辈的尊重，形成一种既文明又自由的婚恋氛围。

和媒人的说亲相比，第二种类型"旁人评论"对和亲双方的影响就明显小了许多。通常旁人评论者都是长辈级别的人物。最然他们不能知己而影响爱恋中的双方，但他们演唱情歌中的内容，评论、谈论的爱情观、价值观，间接影响的是其他晚辈。所以旁人评论中对爱情诗意的诉说，其实影响的不仅是"一对人"也是一代人，甚至祖祖辈辈。从这两个不同演唱主体的角度，可以最直接的解释布依族情歌影响的对象和传承的价值。

1. 媒人说亲

例一：

> 捡瓦难捡勾瓦角，妈来求亲慢慢说。
>
> 等问姑娘愿没愿，要问舅爷和外婆。
>
> 舅爷外家喜欢了，男女配婚像对鸽。

捡瓦难捡勾瓦花，妈来求亲慢慢谈。
等问姑娘愿没愿，要问舅爷和外家。
舅爷外家喜欢了，男女配婚像对花。

捡瓦难捡勾瓦棚，妈来求亲妈说通。
等问族下愿没愿，要等外家和外公。
外婆外公喜欢了，男女配婚像凤凰。

捡瓦难捡勾瓦底，妈来求亲慢慢提。
等问族下愿没愿，等问姊妹和亲戚。
合家老小喜欢了，男女配婚像对鱼。

捡瓦没成瓦没平，妈你求亲慢慢听。
一锄难挖一口井，不问三人问两人。
三亲六戚愿意了，男女婚配再成亲。

捡瓦难捡排对排，妈你求亲慢慢来。
问他亲哥和姊妹，各个愿意才合理。
爷娘有女没做主，经过媒人亲才开。

捡瓦没成怪匠人，妈来求亲慢慢听。
爷娘有女没做主，姑娘长大问一声。
要问姑娘愿为主，没愿开亲枉费心①。

在布依族的婚恋传统中，媒人是婚恋文化重要的组成部分。受传统观念的影响和社会因素的制约，媒人说亲在很大程度上能够影响很多家庭。这首歌是毛尖镇布依情歌中媒人说亲的代表。全歌共21句，共七小结。歌词的大意是，媒人通过捡瓦片这个日常的动作，联想到男女婚配的条件、因素和媒人的主观规劝。

这首歌明显的运用了排比的手法，将婚恋中挑选对象的动作说成捡瓦片的系列动作。气势较强，且比较完整，前后呼应，展现了在说媒时既活跃又庄重的气氛。在毛尖镇的布依说媒歌曲非常少，这一首比较完整的表述了说媒的整个过程，从女方的意愿逐渐拓展到全族人的意愿。可以看出在婚恋中媒人的说

---

① 该歌曲收集于2015年2月，毛尖镇摆忙乡。演唱者：张学爱。

辞还是比较松弛有度的。

其次，这首歌出现的和家庭、人物有关的词语有："妈"、"舅爷"、"外婆"、"姑娘"、"族下"、"姊妹"、"亲戚"、"外家"、"外公"、"和家老小"、"三亲六戚"、"亲哥"、"媒人"、"匠人"、"爷"、"娘"。媒人作为婚恋中规劝方的存在，在这首歌中，全面的体现了媒人的态度和说媒方法。各种提到的人物非常多，尤其是女方家的人物。这是一首媒人去女方家说亲的歌曲。全歌媒人没有直接向女方家说明男方家的优越条件。和古代传统观念迥异的是，媒人大多用比较中立的说法，充分体现了对双方的尊重，只作为一个穿针引线的牵引性动作，传统的劝说成分少了许多，但沟通联系的作用是显而易见的。

2. 旁人评论

例一：

> 两扇磨盘共磨芯，
> 看你两个共条心。
> 锯子难锯杉木板，
> 快刀难割二人心①。

如果说媒人说亲在很大程度上沟通了多个家庭，那么同样作为婚恋中旁观者的旁人评论更多从侧面沟通了男女双方的情感，甚至整个宗族的情感。首先从"旁人评论"类型的情歌中看，大多歌曲出现在家族的重要节日和祭日之中，场合比较庄重，节日气氛浓厚。类似于宗族聚会这样的场合也少有演唱。毛尖镇布依族的宗族意识比较强，在宗亲们评论男女的情感，并不是一件"令人羞愧"的事情，而是布依族人民的心中，这是一件能够鼓舞人们的事情。类似于"模范家庭"的宣传，"旁人评论"类型的情歌任重而道远。

这首歌一共四句话，歌词的大意是，家里用的磨子，与两个十分契合的磨盘，虽然是两个磨盘，但是只有它们共用一个芯，只有这样才能正常运转起来。家里的宗亲们看见你们双方二人就像这磨子一样，夫妻同心，让家人倍感骄傲。希望你两的情义永存，快刀也割不断你们两连在一起的心。

演唱者通过简单的四句话直接从日常用品出发，通过一个形象生动的比喻，将男女双方的情义表述出来，在宗亲里起到一个调适氛围、鼓励后辈的作用。

---

① 该歌曲收集于 2015 年 2 月，毛尖镇摆忙乡。演唱者：张学爱。

例二：

> 哥有心来妹有心，
>
> 不怕山高水又深。
>
> 山高还有盘山路，
>
> 水深还有渡船人。
>
> 哥有名来妹有名，
>
> 不怕山高路不平。
>
> 山高还有盘山路，
>
> 山路不平慢慢行。

和上一首歌不同，这一首情歌稍长，全歌共八句话。歌词的大意是，男女双方都非常有心，不怕山高水远的阻碍也要共结连理。希望男女双方都不要被这些困难吓倒，再险峻的高山也上也有盘山公路，再险的河水也有能够渡船的人。别怕高山的阻挡，有了山路就一步一步脚踏实地的走下去，总会迎来光明。

这首歌的两个重要意象是"山"和"水"，前文提到毛尖镇的环境有特别指出。这首歌通过对自然环境的描写，联想到男女双方二人的情爱阻隔，既形象又生动。作为"旁人评论"类型的情歌的第二首代表，这首歌和前一首有明显的不同。

前一首从旁人评论的角度，更直接影响的是婚恋双方以外的族人。希望在这一哥群体中有一个良好的带头作用，能够出现一个宗族精神延续的良性循环作用。这一首直接影响的是爱恋中男女双方。外人的直接评论对二人的有积极正面的鼓励和赞许。尤其是其中几句"山高还有盘山路"、"水深还有渡船人"、"山路不平慢慢行"，表达了宗族人对男女双方提供的一种抽象的爱情价值观和方法论。希望二人在爱情面前，能够不畏艰难险阻，有耐心、有方法。这也看出布依族人民是一个彼此关爱的民族，也有着细腻、善良、温和的一面。

三、毛尖镇布依族情歌的艺术功能

（一）布依情歌——民族凝聚力的纽带

在"三月三"、"四月八"、"六月六"、"斗牛节"等这些特殊的节日和场合中，情歌作为调节氛围的一种方式，不仅是布依族年轻男女必选的方式，也是布依族长辈在谈论爱情、传递爱情价值观的一种庄重的选择。从演唱场合上看，布依情歌演唱的场合大致可以分成两种，一种是独自诉说型、一种是多人社交型。前者是演唱者内心深处情感的流露，大多很少流传出来。后者是基于个体的某种需求，追求情感、表现欲、节日需求等，有一种强烈的互动性、目的性的演唱。这种演唱内容、方式就广为人知。由于社交的特征，情歌在"你来我往"中得到了发展，反过来这种"你来我往"的方式也促进了人们的交流，尤其是在节日，这种聚会型的场合中，凝聚的作用更为明显。其次，在布依族情歌中，内容本身包含了对本民族能产生更多美好爱情，宗族和睦的憧憬。从这种诗意的教育之中，本民族的宗族血统意识不断加强，从这个方面来说，也就增强了本民族的凝聚力。

从意象上看，几种类型的情歌中，可以看出布依族人民对于自然的是十分敬畏的。尤其是大山和水。在情歌中的意象也有集中在这两种上。还有比较常见的就是植物。布依人民认为，动植物的山水是自然界中，非常有灵气的神物。就算是不同的歌曲，也有可能出现相同的意象，都表达对自然界的崇敬。强化共同信仰这个意识。

在内容上共通、共同的关于信仰的意象，能够更简单直接、形象生动地表情达意，内容通俗易懂。甚至有时候外族人比较难理解的意义，布依本族人一个比喻就能使二人沟通没有障碍。在表达效果上，这些意象可以调适谈话、对话的氛围，活泼可爱、轻松愉悦。情歌中表达越多共通、共同的关于信仰的意象，就越能拉近彼此间的距离。从侧面来看能增强布依族人民对彼此的认同感，无形中在精神上增强了民族的凝聚力。

（二）布依情歌——民族文化传承的载体

作为一个没有文字的民族，布依情歌最直接的文化功能是传递了本民族的婚恋价值观。与此同时，婚恋习俗、文化随着时间的推移和社会的变化也慢慢在改变。和过去相比，女性在婚恋中的地位有明显的提高，具有更多的话语权和主动权。而男性也越来越尊重女性的选择。布依族是一个没有文字的民族，爱情婚恋的价值观除了言传身教，再者就是通过情歌的演唱。直观有趣的表情达意，通过耳濡目染，从正面或侧面或多或少的影响了大多数族人的对爱情的看法。面对爱情，布依族青年男女往往体现更多的主动性，思想更为独立自主，比较自由，少有阻碍的外部因素。

其次，在对布依族文化的传承中，布依族情歌对自然的重视也从歌词中体现出来。由于布依族是农耕民族，在特定的自然环境中形成了自己的农耕习惯，以及日常生活中的风俗习惯也慢慢形成。在歌词中，演唱者通常最先选择的是对周围环境、生活习惯、风俗等的赞叹或感悟。由景生情或融情于景。通过歌曲的传播，听众接受到的就不仅仅是演唱者的情感，还有布依族的环境、生活习惯、风俗等等。

（三）布依情歌——地区文化宣传的手段

2014年，将摆忙乡、江州镇合并，成为毛尖镇以来，确定开始打造X922县道新都线（团寨至毛尖茶镇）22公里"最美茶香"生态文明示范路。建设布依茶乡文化，向社会各界展示展现毛尖镇独特的布依情怀。在这个背景下，布依族民歌作为最具代表的布依文化之一，被打造成为毛尖镇的独特品牌。通过情歌的演唱，反映毛尖镇布依族的生活环境、风俗习惯、精神文化等。

作为文化宣传的手段，布依族情歌的演唱从田野、家族的场合登上舞台，黔南地区也会举行布依民歌比赛，各个种类的民歌演唱者相互学习、相互切磋。其中情歌的演唱逐渐被演唱者们所看重，每次比赛中情歌的数量可达总演出的三分之一左右。由于布依族民歌种类繁多，这样的数量已经显示出情歌独特的地位和价值。如同"百家争鸣，百花齐放"一般。如此一来，增强了情歌的表演性和宣传性，甚至融入了更多的艺术元素。当本地情歌以各种方式流传出去的时候，已经济带动的布依族文化，也逐渐被宣传到更多地方。这种影响对于毛尖镇地区文化而言，其知名度的提高是显而易见的。

作为口头传播的文学，布依族民歌极具地域性和特殊性。经过布依族人民的口耳相传以及后代不断的改编，布依族民歌作为一种文化的载体，默默传承着布依人民的物质文明和精神文明。布依族情歌的凝聚功能和传承文化功能是传统的艺术功能，文化宣传功能则有所不同，属于商业化背景下的如今情歌的现实功能。

在此背景之下，布依族情歌的发展各有利弊。毋庸置疑，在商业化背景之下，布依族传统的情歌文化，在接受新兴文化时，不是逐渐被埋没，而是逐渐被人们挖掘出来，并结合现代的先进传媒如电视、广播、互联网等，被人们宣传出去，当然前提是原汁原味的情歌不断受到保护、复原。

弊端也非常明显。艺术功能，是布依族在时间的长河中，对本民族文化"诗意"、"艺术"的传承。特别是在"互动型"、"第三者劝说陈述型"中，艺术的处理手段和教育手段只能在毛尖镇布依族中发挥效果，具有一定的局限性。并且商业背景下的文化发展快，但"文化质量"却不能保证。在对布依族情歌的分类中，有一类的歌曲是比较少的，即"单方诉说型"。虽然情歌不断被搬上舞台，由于舞台效果的需要等等，这一类型的情感就越来越没有原始的韵味。再者，在布依族情歌的演唱中，由于宣传的需要，传统演唱的语言越来越多的是实使用普通话，布依族方言逐渐被普通话代替。作为普通观众。人们的追求也逐渐更偏向趣味性，特别是布依族以外的同胞。最后，很难找到布依族情歌的原始演唱者，后期的布依族情歌大多是口儿相传下来。演唱者身份的不断变化，也是影响布依族情歌研究的阻碍因素之一。

参考文献：

[1] 李树才. 罗平布依族情歌的演唱形式及文化价值 [J]. 民族音乐. 2014 (02).

[2] 何岭. 布依族恋俗音乐研究——以贵州黔西南州贞丰县布央恋俗音乐为案 [J]. 音乐探索（四川音乐学院学报）. 2006 (01).

[3] 刘纯. 贵州布依族浪哨音乐文化特征探析 [J]. 怀化学院学报. 2011 (10).

[4] 王天锐. 布依族风情与民族文化 [A]. 布依学研究（之八）——贵州省布依学会布依文化与旅游专题研讨会论文集 [C]. 2002.

钟芳诗歌中的"水"意象

乔正义①

　　摘　要：钟芳，是从海南走出去的儒学大师，他一生著作颇丰却鲜少有作品流传于世。其文学成就方面尤以诗歌更为著名。钟芳诗歌作品共计六百余首，体裁多样。受生长坏境和儒家文化的影响，钟芳在诗歌中经常采用水意象来传情达意。通过分析水意象阐发的三种类型即主观型、客观型和融合型，确定诗歌主旨和意象的关系。总结水意象与其他意象的组合模式，有平面式、并列式、重叠式、通感式四种，从意象的选择和组合中体味钟芳诗歌的精神内涵。纵览六百余首诗歌，水意象象征着五钟精神内涵：一是贬谪失意的忧郁，二是忧国忧民的士大夫情怀，三是羁旅送别的孤寂和前路可期的豪情，四是无奈致仕后报国无门的感伤，五是水意象中体现出的儒家哲学。水意象在钟芳诗歌中占据近三分之一的比例，把握好水意象所蕴含的意义，有助于我们更好地了解这位岭海巨儒的诗歌艺术成就。

　　关键词：钟芳；水意象；组合模式；精神内涵

　　钟芳，字筜溪，是从海南三亚走出去的明代儒学大家和政治名流。在政治上，官至太常寺卿，户部侍郎，多年来辗转四处为官，每到治处勤于政事，政绩卓著。在学术上，不仅理学造诣颇深，在与心学大师王阳明的交游论道中，对心学也有独到的见解。

　　文学方面，钟芳的代表作是其长子钟允谦所刻《钟筜溪家藏集》。现在市面上普遍流通的版本，是由海南文史专家周济夫先声点校，海南出版社于 2006 年

---

　　①　作者简介：乔正义，女，2012 级汉语言文学专业。指导教师：郑力乔，女，1976 - ，海南热带海洋学院人文学院教授，研究方向为语文课程与教学、海南历史文化

出版发行的《钟筠溪集》。《钟筠溪集》全书三十卷，约三十万字。第二十五卷至三十卷为诗集。钟芳所作诗歌分为古体诗和近体诗两种。其中古体诗又分为四言诗、五言诗、七言诗。近体诗分为五言律师、七言律诗、五言绝句、六言绝句、七言绝句。钟芳生于崖州高山所，今海南省三亚市崖城镇水南村，字"筠溪"，巧合的是，会试的主考官康海，同僚好友邓沃泉，胡可泉，姓名、别号等无一不是取"水"之意。由此看来，钟芳一生都与水有着不解之缘。在其六百余首诗歌作品中，出现了"水"意象的诗约占总比例的三分之一。

"意象"一词，原出自易经，而作为一个概念，最早见于汉代王充的《论衡》，指的是含义深刻的画像。第一个将"意象"这个概念引入文艺理论，使其具有美学意义的是南北朝的刘勰。他在《文心雕龙·神思》中写道："独照之匠，窥意象而运斤；此盖驭文之首术，谋篇之大端。"[1]意象是作者对生活中的事物有了情思感受之后的结果。"意象"其实是个复合名词，意是指作者的主观意识、旨趣在其作品中的表现，是作者的审美情趣、情感体验的观照。具体到诗歌创作中，"意"是诗人对现实的审美感受的提炼和集中，蕴含着诗人的审美理想，通常是与感性内容紧密相连，融为一体。它寄托了作者的思想感情，大多数情况下，也可解释为诗作的中心思想和主旨。"象"就是是生活中的客观事物，是作者的审美对象。诗人在创作时，会有意选取一些客观事物作为他们寄托情思的观照物。

客观的物象是有限的，但"意加象"或"意中象"却是无限的。[1]例如古今中外诗歌作品中"月"，其客观的物象本身只有一个——环绕地球运行的一颗固态卫星——月球。然而它的意象却有无数个，在不同诗人笔下有不同的意象，同一诗人笔下的意象也不尽相同。诗仙李白既有"举头望明月，低头思故乡"的浓浓思乡怅惘，也有"暂就东山赊月色，酣歌一夜送渊明"的妙趣横生。"意"与"象"的结合，就是诗人主观感情与客观物象的结合。在诗歌创作中，表现为诗人用比喻、象征、拟人等修辞手法所创作出来的在一定情景中的或单一或片段的、可感可触的具象。因此，意象是诗歌作品中必不可少的元素。我们可以通过它探究诗人内心深处的想要表达的情思，钟芳诗歌中的"水"意象也不例外。

一、水意象的类型

朱光潜在《诗论》中提到，诗的境界是理想的境界。[2]钟芳现存六百余首诗歌，共分为八大类型，每个类型均有涉及水意象。水意象作为钟芳传情达意的工具，约占总比例的三分之一。数量庞大的水意象支撑起钟芳在诗歌中构建的专属于琼南文人的水之境界。想要深入诗境并从中探寻钟芳隐藏在诗歌字里行间的精神理念，必然要从水意象入手。

意象的选取是一个流动的、双向的过程，是"意"和"象"、"心"与"物"的互相阐发。"心"和"物"、"意"和"象"的阐发方式，可以看做"赋比兴"三种文学创作过程中的表现方式。即钟芳在使用水意象构建诗境时，可根据其阐发方式的不同，将水意象分为主观型、客观型、融合型三种。

（一）主观型

比，简单讲就是譬喻、比方、比拟。李仲蒙谓"索物以托情，谓之比，情附物者也"。叶嘉莹在《中国古典诗歌中形象与情意之关系例说》一文中解释为借物为喻，心在物先。主观型水意向要求诗人先想到表达的感情主旨，然后根据其所思所想，在客观世界寻找观照物，即"为意寻找象"，也就是"意的象"。[4]

按诔撝词混不尽，白杨烟雨自漫漫。[3]（《挽沈淑人》）

一筇高卧海天涘，花木森森覆蒙陂。[3]（《挽钟封君》）

珠陨光犹媚，渊澄泽未流。[3]（《挽刑部何员外》）

渊澄珠竟陨，宇旷月同孤。点点江头泪，频挥暗绿芜。[3]（《吊李一清》）

无论是"烟雨"还是"海天涘"亦或是"渊澄""江头泪"，都是以凄景寄哀情。抛却诗作本身设置的情境，这几个物象常常也容易给人凄凉孤寂之感。刘勰的《比兴》中讲："比者，附也。"描写事物以附诗人心中之理。这个"理"，可以是道理、义理、情理。如《挽沈淑人》中的"烟雨漫漫"，尽管水气朦胧，细雨纷飞，无边无际，但自然界中的烟雨总有消散的一刻；但附了诗人哀思的烟雨则不同，这哀愁漫无边际，不会因为任何外力而结束。钟芳所有哀悼诗和慰问诗都表达了他的哀思和慰藉之情。诗眼是"挽"，早早在题目中确定好全诗的"意"，在诗歌中刻意挑选表达哀悼之"意"的"象"，是主观型水意象的典型代表。

（二）客观型

触物以起情，谓之兴，物动情者也。客观型与主观型相对，是诗人在生活中先遇到一个可思可感的具象，然后因物生情、有感而发，从具象中抽象出一种感情，即"象"中生"意"。[1]如：

昭象妙孚感，风行泽弥弥。星轺布皇仁，信知甘雨随。

铁冠河巍峨，下贲桂江曲。桂江激清湍，一雨万户足。

江水去悠悠，归兆不可羁。公归定何所，为霖雨天下。

——《中孚应征》节选[3]

诗前题记"久旱，汪侍御鞫囚而雨"：汪侍御因久旱民不聊生获罪，而后终于下雨，表明诗人的创作背景。诗作前半部分记录了钟芳目睹了百姓久旱逢甘霖、雨润万物的景象，后半部分记录了自己的感想。从感发层次而言，由物及心，物在先，心在后，谓之"兴"。久旱逢甘霖，干涸已久的土地终于被滋润。前一刻还龟裂的土地，瞬间被甘雨浇灌，拼命得吸收久候不至的大雨。眼前先看到百姓喜迎甘霖的具象，由此起兴了一股玄妙的征兆——"昭象妙孚感，风行泽弥弥"。

所谓的"昭象妙孚感""中孚"指的都是易经中第六十一卦——风泽中孚。这一卦恰恰既包括了钟芳择取的水意象，又蕴含了他想借此抒发的为人处世之道，可谓一举两得。中孚的卦辞是豚鱼吉，利涉大川，利贞。意思是说诚信施及到愚钝无知的小猪、小鱼身上，从而感化了它们，因此获得吉祥，利于涉越大河大川，利于坚守中正之道。[4]此卦象征诚信，亦是钟芳坚信的立身处世的原则。因此诗作后半部分开头即点明抒情的总观点"我感中孚象，含虚刚得中"。

（三）融合型

诗人的所思所感与所见并无先后之分，也无主次之别，所见即所想，所想即所见，即"意加象"。[5]如：

洪钧鼓万汇、四序无愆期。桃红李梅白，川逝云雷驰。形声与色臭，百世如一时。云胡圣益远，群哓竞喧豗。（《有感》节选）

天地陶化万物，四季不会误期。桃花红了梅花沾雪成了白色，大河一去不回头，云聚积而电闪雷鸣，化成雨落在大地上。人世间的声色犬马无论过了多少世都一样如此。为什么圣明的言论越来越少，而小人喋喋不休的争吵却一直很喧嚣。节选中的意和象虽然区分得很明确，但是就感发方式而言，其先后主次并不明确，尝试调换一下诗句的先后顺序，也完全讲得通。叶嘉莹将此归纳为"赋"的特点——即物即心。也即李氏所言"叙物以言情，谓之从，情物尽也"。赋，不单单是铺陈直叙，就感发方式的角度来看，不仅仅要铺陈物象，更要有明确的"苞括宇宙，总览人物"的"赋家之心"。明代的袁黄在《诗赋》中论"六义"时也说："情见乎词，志触乎遇，微者达于宏，邈者使之悟，随性情而敷陈，视礼义为法度，衍事类而逼真，然后可以为赋。"[6]诸如此类，都是坚持将赋看作是情与物的统一。《有感》在描写前四句时，诗人已有后四句的感想总领全文，感叹人间声色犬马、小人当道百年如一时；而后面的感想，也恰恰需要在前四句的描写铺陈，天地万物、桃红柳绿、一川逝水，皆如是。用逝水形容人世变幻无常早有先例，孔子在《论语》中的"逝者如斯夫！不舍昼夜"最为著名。如钟芳一样，逝水与百年如一时的感叹互相感发的也不在少数，韦应物的"浮云一别后，流水十年间"也是其中佳句。

感发方式确定水意象的类型，但意象仅仅是构成诗歌的元件之一，一首诗歌可以有多个意象。水意象与其他意象组合，可以扩大表达范围，寄托诗人更加复杂的情感体验。钟芳不仅爱用，更善用水意象。这不仅体现在其使用数量之多，还体现在水意象组合模式的多样性方面。

二、水意象与其他意象的组合模式

一首诗无论长短，都不可能是单个意象的罗列展示，必然要通过种种手法，按照一定规律，将这些选取好的意象，组合成一个有机整体，形成有层次的画面感，借机向读者传情达意。

（一）平面式组合

平面组合是意象中常见的一种，即水的意象与其他意象在同一平面内，与其他意象共同构成诗歌描绘的图景。一般全诗只有一个场景一幅画面，层次感不强。

声华不堪玩，过目成臭腐。桐庐江上丝，清风振千古。[3]（《重过钓台》）

钟芳写下这首诗的时候，是正德十六年，明武宗皇帝驾崩，新皇继位，改国号为嘉靖。历史更迭，朝堂不稳，钟芳不禁感慨万千。前两句感叹世间繁华散尽，转目成空，尽是枯骨臭腐，后两句转折，桐庐江波涛滚滚，唯有江上清风千古不变，表达了诗人的希望和憧憬。前两句虚写，后两句记实，虚实相交，融情于景，是一首怀古的佳作。桐庐江作为水的意象，与后一句的清风暗喻的清廉廉政意象同处一个平面内，全诗即是一个画面：钟芳临江而立，即兴赋诗。

（二）并列式组合

并列式组合也即平行式组合。水意象与其他意象在一首诗中，按照一定的时空顺序进行组合。意象之间各自独立，没有因果或递进关系，单个意象只作为完整画面的局部景点，画面层次分明，全诗构成一幅画面或多幅画面。

1. 本句并列

杜牧的《江南春》中有一句"水村山郭酒旗风"，是四个意象在同一句中并列，组成一幅江南美景的典范。这种本句并列的意象组合方式，能在有限的篇幅内更多地描绘诗人想要表达的内容。此类模式下，水意象与同处一句的其他意象，是并列关系。举例来说：

> 荷影池光漾碧天，误疑西子浴平川。[3]（《赏莲》）

> 秫酒正香渔父醉，一蓑和月卧沧浪。[3]（《漫吟》）

《赏莲》中，一句诗中并列了三个意象："荷影""池光""碧天"，水意象与其他两个意象是独立的个体，即三个不同的景致，又通过比喻的手法有机结合在了一起，碧蓝的天空阳光照耀，荷花的影子映在水中，池上波光粼粼，好似西施在这池塘中沐浴。

《漫吟》中，一句诗同样也并列了三个意象："一蓑""月""沧浪"。"沧浪"作为水意象，与其他两个意象也是并列的关系。这一句诗描绘的是渔父醉酒，夜宿江上的情景。蓑衣（代指醉酒的渔夫父）、月亮、沧浪都是单独的意象，互相之间是并列平行的关系，没有主次之分。然而通过钟芳的巧思，运用暗喻的手法，一"和"一"卧"两个动词连用，以月为被以沧浪为床的逍遥渔父形象便跃然纸上了。与《淮南子》中"以天为盖，以地为舆"的情趣颇为相似。

2. 对句并列

对句并列是指诗人描绘同一画面的意象，分为上下两句进行组合。水意象与其他意象的组合也包含此类型。如：

> 宛水千年碧，敬亭千仞高。[3]（《景梅亭》）

> 沧波久已平如掌，画舸风恬任往来。[3]（《送顾洞阳兵宪》）

《景梅亭》是一首五言绝句，从题目即可看出，是一首简单的写景抒情之诗。首句用宛水和敬亭相对仗，后面都用量词修饰，创造出雄浑苍莽的气势，为后两句抒情作铺垫。水对山，是十分工整的对仗，很明显的并列关系。

《送顾洞阳兵宪》是七言绝句，上联"沧波"作为水意象与下联的"画舸"并列，描绘的是一幅风平浪静的河面上画舫来来往往的热闹景象。此句妙在水意象本应是动态的，而诗句却说"平如掌"，画舫作为物象本是静态的，却用了"往往来"形容，不仅动静结合，而且两者交替，别有一番趣味。

（三）重叠式组合

重叠式组合与平面式组合相反，水意象通常与其他意象结合一起出现。水意象与其他意象交叠融合后，产生一个新的意象。新的意象与原意象的关系类似于数学上的集合关系，是原意象的子集。重叠产生的新意象比原意象更具表现力，甚至可以单独成为一个画面。

袅袅池边柳，坠絮已无数。悠悠复悠悠，意逐溪云度。[3]（《春日》）

清泉静濯溪边石，碧落孤撑海上山。[3]（《再次李蒲汀韵》）

两句诗中，池、溪、海都没有作为独立意象出现，而是与柳树、石头、山重叠而形成一个新的意象"池边柳""溪边石""海上山"。在新的意象中，水意象仅仅起到修饰限制的作用。如"池边柳"，主要物象是柳树，水意象仅仅作为烘托柳树婀娜摇曳的风姿而存在。因此，在钟芳诗歌中，水意象的重叠式组合，其主要作用是烘托意境、修饰组合中的其他意象，居于次要地位。

（四）对比式组合

对比式组合在钟芳诗歌中很常见。对比式组合通过互相对立或互相映衬，产生鲜明的视觉效果，从而起到深化主题的作用。

石渠向蜿蜒，地迥泉常涸。何如观秋澜，滔滔赴东壑。[3]（《九曲渠》）

晴江流水碧汤汤，不似先生别思长。[3]（《思抑送敦夫人留宿江口》）

《九曲渠》中都是用水意象来做对比，常常干涸的"泉"和滔滔东去的"秋澜"相对，一个蜿蜒皲裂，常年不见水，另一个大气磅礴，挟千军万马之势奔赴东壑。同是河水，差别之大不禁令钟芳心生感慨，同时又联想到自己，是做那滔滔东去的秋澜，还是委曲求全却仍难逃干涸命运的渠水？对比式组合中相互对立的两个意象，钟芳一般选择水意象暗喻自身，通过对比的手法反衬出自身的艰难处境或选择。

《思抑送敦夫人留宿江口》虽然也是对比式，但却是互相映衬的组合。汤汤碧水与思念之情不知谁比谁更绵长。以滚滚流水衬托别离之人的思念悲伤情怀，也是大多数送别诗中常用的手段。互相映衬的对比式组合，水意象是通过正面衬托的方式来深化主旨。

（五）通感式组合

通感，又叫移觉，就是把人们的听觉、视觉、味觉、嗅觉等不同感官相互沟通转换。[7]通感式组合，就是各个感官意象的彼此腾挪转换。水意象与其他意象的组合中，通感式组合一般是将视觉上的水意象转换成其他的感官意象。如李贺的《昌谷北园新笋》中有一句"露压烟啼千万枝"，视觉上的"露"和"烟"分别转化为触觉意象"压"和听觉意象"啼"。

际兹风露凉，北去至嵩祝。[3]（《庆省图赠判府何汝弘》）

思君不见渚花冷，吹笛未终山雨凉。[3]（《四月雨至于六月和韵》）

钟芳的诗歌中，通感式组合不多见。以上两处都是将视觉的"风露"和"山雨"转化为触觉或是味觉的"凉"。当味觉来讲更精妙一些。这两首诗第一首是酬和诗，第二首是抒怀诗，同样都是清冷的场景，山雨和风露也是出现频率比较高的水意象，此时若用别的手法去修饰未免流于庸俗。浓浓的思念之情和别离之苦有多令人心凉呢？尝一尝这山雨和风露吧。这两处通感式组合，妙在将诗人难以抒怀的情感化为风露和山雨，既可理解为满心思念难以下咽又可理解为饱尝心酸苦楚，这"凉"字放佛从舌尖一直凉到心底。化无形为有形，更能引起共鸣。

水意象与其他意象的组合腾挪转换，大大扩展了它的表现张力。透析了支撑钟芳构建其精神世界的基石——水意象，我们即可深入探究这位岭南巨儒隐藏在诗歌背后的旨趣和情感。

三、水意象代表的精神内涵

中国传统诗歌表达的情感，多表现为美好愿望或者某种志向与现实的激烈矛盾和冲突，无论是郁郁不得志的颓唐还是梦想破碎的痛苦，亦或是游子羁旅思乡、闺中妇人生怨，有相当一部分都带有或浓或淡的悲剧色彩。钟芳抒情诗的水意象，多数也是凄风苦雨，其背后的精神内涵，可归结为贬谪失意的忧郁、忧国忧民的士大夫情怀、羁旅送别的孤寂和前路可期的豪情、致仕后报国无门的郁郁感伤。

（一）贬谪失意的忧郁

钟芳的仕途并不是一帆风顺，而是几经波折，跌宕起伏。钟芳仕途的起点，是经过殿试中二甲第三，被授翰林院编修。正当他要大展宏图之时，却因"忤时"，仅在翰林院呆了一年多，就被外放到宁国府任推官。[8]这对钟芳的仕途是一个很大的打击，此后四处辗转做地方官，直至嘉靖九年，才被召回南京升做太常寺卿。这距离他第一次"乞休"还有一年的时间。在出任宁国府推官之时，钟芳去了诗仙李白游览过的地方——佛回山，并赋诗一首。

雨馀渗湿班荆坐，四壁菅藋任风过。谷空涧悄夜光寒，六月犹怯重衾单。[3]

湿漉漉的雨水，遍布荆棘的山林，山风穿过菅藋。山谷间的涧水在夜里闪着寒光，哪怕到了六月，也还是觉得被子过于单薄。《佛回山》节选的这一段，两处水意象都带着凄清苦寒的意味，正是钟芳此刻初出茅庐却遭贬谪的内心感受的真实写照。虽然后文有言"何当扼此万壑津，为吾一洗胸中尘"强调虽遭贬谪但还是一腔热血为百姓谋福祉，但正是要清洗"胸中尘"恰恰点明了钟芳内心是有遭贬谪的苦楚和不得志的忧郁。

（二）忧国忧民的士大夫情怀

钟芳初到宁国府时，目睹了泾县洪水过后民不聊生的景象。尽管灾害过后已经有一年的时间，可是灾后重建修复工作迟迟没有动工。耕地荒废百姓流离，面对这样的惨状，钟芳写下了《太平泾县大水》。

蛟螭翻腾鬼魅泣，沿溪四望皆沙场。空庐为桴陇为沼，泥浮树杪如涂黄。[3]

滔滔洪水放佛蛟螭翻腾，滚滚而来的气势连鬼魅也要吓得号泣。沿着河岸四下望去，满目都是黄沙泥土。房子好似浮在水面上的小木筏，连树梢上都是沙土，好像给树涂上了一层黄色的漆。一般钟芳笔下的水意象都是直接描写，间接描写寥寥无几，这是非常典型的一处。运用拟物的手法，将滚滚翻腾的洪水拟作蛟螭，对洪水的严重程度刻画十分精准。这宛若眼前的景物描写背后，不仅仅是钟芳细致的观察，更是他身为一个国家官员，心系苍生的忧国忧民士大夫情怀的体现。这不是他的家乡，但面对如此惨状，他的内心如同宁国府的百姓一样痛苦忧虑。故此才有后文的祈盼呐喊："谁负炎黄术，降为天地医。浣肠洗髓千万遍，无俾相蚀恒相资"。钟芳是一个深受儒家思想影响的士大夫，因此诗歌最后也不望赞扬皇帝"幸有吾皇万年主此阴阳鼎"。此时的他，对朝堂和皇帝还充满希望。

武宗归天后，世宗继位。钟芳在这一年出任浙江提学副使，主管教育行政。钟芳在对浙江学政的查访过程中，发现很多隐藏的弊病，于是下决心改革，使得浙江士风学风为之一清。次年放榜，一大批品学兼优的士子脱颖而。面对喜人的改革成果，钟芳写下了《过浙值揭榜》。

渊跃舒鳞甲，天游脱絷羁。明年春宴罢，红杏绕金堤。

这两句形容得是改革后的会试，对莘莘学子而言，得此机会便如蛟龙腾海舒展身手，除去马笼头和绊索束缚的烈马般奔驰。待到明年迎春宴结束，堤边的红杏树就结满果子了。此处红杏暗指金榜的学子。无论是面对天灾人祸的忧虑还是对于学政改革的成效，无论悲喜，钟芳都格外爱用水意象或是叠加式的意象组合来抒发胸中忧国忧民的士大夫情怀。

（三）羁旅送别的孤寂和前路可期的豪情

羁旅诗和送别诗是钟芳诗歌中水意象运用最多的两种类型。羁旅诗一般是各地辗转为官的途中所作，且大多数是乘船游河时的有感而发，或是言志或是抒怀。送别诗多选用渡口、河岸等特定场景，借烟波浩渺形容无限怅惘的心情，滚滚逝水前路可期的豪迈。如《舟中有感》其中一首：

流水啮堤垠，累累石椁露。石在骨不存，知是何代墓。

人生如朝华，计作千年固。不见越王坟，牛羊践朝暮。[3]

这首诗作于行船途中，钟芳偶然望见岸边被流水侵蚀而露出的棺椁。石棺还在，尸骨却已湮没在历史之中，他不禁心生感慨，人生譬如朝露，哪怕圣主如越王，死后随着岁月流逝，陵墓也不知泯灭在何处，如今只见得放牧人赶着牛羊朝来暮往。

"河流""涧溪""朝露"一类的水意象往往都是诗人感叹时光飞逝，白驹过隙，人与万古轮转的天地相比实在太过渺小，宦海沉浮多年，于历史也不过轻描淡写的一笔时钟爱选择的意象。过沙河时钟芳也写下一首非常相似的诗：

河水深叵测，瞬息无暂留。忍心妙元化，与尔同周流。卓哉川上叹，古今共悠悠。

江水何湛湛，悠然濯长缨。扁舟渡江去，浩气横青冥。[3]（《送毛中丞》）

地引沧溟阔，星回紫极高。

纪纲不虚布，正属济时豪。[3]（《送卢用中佥宪东广》）

这四首诗虽然是送别诗，但基调并不过分忧郁。诗人借助水意象与其他意象的组合，描绘出一幅地广天阔，有人前途可期，安慰友人也勉励自己，抒发诗人内心经世致用，一展宏图的豪情壮志。第一句采用江水、扁舟、天空的并列式意象组合，描绘出送别时的开阔场景。第二句也是并列式组合，沧溟指的是江水，水天相接，繁星高照，场景同样很广阔。两首送别诗都是描绘的在江边与友人告别，离愁别绪都藏在苍茫辽阔的景色描写背后。虽有不免孤寂感伤，却往往在下句峰回路转——"浩气横青冥""正属济时豪"都是勉励友人此去前路漫漫，未来可期，正应当是大展抱负的好时机。既是鼓励对方，也是勉励自己，体现了钟芳在伤怀的同时还是充满着壮凌云的豪情。

（四）致仕后报国无门的郁郁感伤

嘉靖十年，钟芳升国子监祭酒，第一次"乞休"，未被批准。此后三年间，又连续三次上疏奏请致仕，最终在嘉靖十三年解甲归田。第一次"乞休"时，钟芳只有五十六岁，刚刚升迁，按理推断，不应此提出致仕。钟芳的政治生涯从正德三年至嘉靖十三年，纵观明朝三百余年历史时，这段时间正处于明朝中期。然而此时的大明王朝，已经开始走下坡路了。[9]钟芳从政初期处于武宗正德年间，武宗在位仅十六年，耽于玩乐，重用宦官，致使朝纲混乱，国力衰微。钟芳从政期间虽颇有政绩，奈何昏君当道，政治并不清明，正值壮年的钟芳多少还是会觉得失望丧气。钟芳从政后期，处于嘉靖初期和中期。世宗在执政初期有所建树，政坛风气为之一清。但世宗执政后期迷恋方术，寻求长生不老之道，荒废政务，使得大权旁落于权臣之手。嘉靖年间，世宗对于方术的寻求和对道士的宠信已有迹可循。邵元节，江西龙虎山上清宫道士，嘉靖三年征入京，以"立教主静"之说得世宗嘉纳。十年内累获嘉赏，荣升一品文官。其孙启南官至太常少卿，徒弟陈善道亦获封赏。此人可谓一人得道，鸡犬升天的典型。由此看来，世宗一直对道教非常崇信，也无怪乎嘉靖中后期沉溺炼丹以求长生了。钟芳身处朝堂自然也有察觉。多年来宦海沉浮，辗转为官，然而未遇明君圣主，却屡遭权宦迫害，不禁对朝廷失去信心，这或许是他多次请求致仕的真正原因。钟芳致仕之后写下这首《珠崖杂兴》：

抱郭名峰面面奇，海风吹水碧参差。千村并育方隅静，四季长春草木知。

地尽波涛分造化，俗殊言语杂侏离。钓鳌谁似唐迁客，同赋登高望阙诗。[3]

崖州城四周的山峰从哪个方向望过去都很独特，海风吹起碧蓝的海水高低错落。各个村落的百姓和平相处，草木四季葱茏。自然的造化创造出陆地尽头就是波涛汹涌的海洋，语言有异，风俗不同的人民杂居在一起。谁能像唐朝贬谪来海南的李德裕一样有气魄，共同登上望阙亭遥望京都赋诗呢？在登高望远抒情言志的诗中，钟芳也尤其喜欢用水意象。波涛滚滚的大海，连着他的故乡，也隔断他和大陆即官场的往来。诗歌前几句写崖州人民安居乐业的景象，最后两句怀古讽今，表达他对李德裕的景仰，以及伤怀自己同样报国无门，无奈致仕的愁思感慨。

（五）水意象中的儒家哲学

1. 君舟民水论

自古以来，水之意象在诸多学说中都有着深刻的寓意。儒家政治哲学、艺术哲学中常用水来作比，钟芳身为明代大儒也不例外。

正德十年，钟芳的友人唐鹏翼到湖南宝庆任职。钟芳为他写了一篇赠序，其中提到："举大木者齐众力。"要举起一块大木头一定要集合众人的力量。那好比船夫行船过大江，要有掌舵手和群篙师相互协助一样。[8]总舵手掌握船的前进方向，篙师全力划船支持舵手，其余人各司其职，有的升帆有的瞭望。地方官所掌管的一方地域，就好比一条大河；郡守就是总舵手，参佐就是篙师，守制、庶民任务各不相同。只有每个人多做好自己的本职工作，相互配合，才能同舟共济，这方地域才能发展得更好。舟楫的水的比喻在钟芳诗歌赠序中屡见不鲜，已经成为他论为政之道的经典形象化表述。钟芳在给同榜进士章世衡的赠序中也提到过，挑水势适宜之行船的船夫，才是善于行船之人，这就好比顺应民心的君主，才是治国之明君。

其实用舟与水作比，儒家学说中早有涉及。孔子对君民关系的论述可见于《荀子·哀公》篇："丘闻之，君者，舟也；庶人者，水也。水则载舟，水则覆舟，君以此思危，则危将焉而不至矣！"在他看来，君民关系好比水的舟与水的关系，有水舟才能正常行驶。民是君的统治基础，只有民众拥护的君主，才能有长治久安的政治。反之，水有时也会掀翻舟，使舟沉没；民众可以团结起来推翻君主，那么君主的统治也将随之瓦解。由此看来，君舟民水论是儒家学派一脉相承的政治思想。君舟民水论强调重民，纯粹从现实的厉害关系论证民众的政治地位。[11]强调君主应该有忧患意识，要把民众放在国家事务的第一位置，给予高度重视。钟芳不单纯是纸上谈兵，他在从政期间的各项措施也体现了其君舟民水的为政理念。例如，钟芳在浙江任提学副使时，为改革学政，编写了《拟策问》等教材，题目是关于百姓教化、赋税、郡县治理、水旱灾害防治的问题。这些问题可以归纳为两条——一是利民，二是恤民。教化、赋税改革等问题，出发点事提高民众学识素质，减轻民众生活负担，毫无疑问是利民的举措；均线治理、水旱灾害防治则是从为政者的角度出发，考察如何施政，出发点是恤民。

崖州渔村长大的钟芳，对于渔民行船捕鱼，靠水吃水的生活有着深刻的感触。君舟民水论，既是他的政治哲学，也是他生活经验的体悟。

2. 比德说

钟芳的思想中，关于人的品德美自有一套学说。他主张"存养兼动静"，用水的意象来比喻，水是流动的，人的思想道德和人格发展就像流水一样，不可能是静止不动的。他把不知变通，固守成见的人是"迂腐，目光短浅的人叫做"浅陋"这些人都不堪大用。[8]这就是儒家思想中的比德说。比德说是儒家关于自然美的看法，习惯将自然界的审美对象看做人的品德的一种象征。自然界的

253

事物在儒家看来，就是事物的某些特征可与人的品德相类比，从中可以体会到审美主体（即人）的某些美好的品德。[11]钟芳的"存养"显然是承自孔子的比德说。《论语》有记："知者乐水，仁者乐山；知者动，仁者静；知者乐，仁者寿。"智慧的人就如同水一样，懂得变通。水具有川流不息的特点，才同智者才思敏捷，随机应变的品性相匹配，才能使智者获得情感共鸣。

《孟子》中载："有孺子歌曰：'沧浪之水清兮，可以濯我缨；沧浪之水浊兮，可以濯我足。'孔子曰：'小子听之。清斯濯缨，浊斯濯足矣。自取之也。'"钟芳也在《舆议卷为桐城张大尹作》中写道："共言使君仁，如决浸来五湖，使我污浊尽洗枯槁苏。"前者是以水来比喻立身处世的环境，后者是将水视作荡涤心灵的净化剂，但二者都体现了同样的道理：是人的道德和精神的好坏，并不是依靠环境决定，而是由自己本心发出。道德修养是在笃志向学中自然蕴含和养成的，环境的好坏不是决定因素。如果有人因社会动荡而作恶，社会文明才向善，他的道德感无疑是低劣的、作伪的，并不是出于本心，而是靠外力强制约束。

比德说，体现的是儒家以人的社会性去比附自然，是以自然合人的观点。比德说不仅对人的道德修养作了充分阐述，对后世文艺创作也产生了巨大影响。儒家以自然物象比拟人的精神品质，实际上概括了我国美学史上一个普遍的艺术手法——比兴。儒家学说对比兴的广泛应用直接起到了推波助澜的作用。

钟芳是明代武宗世宗两朝知名的学术大师和政治名流，但其著作却并不为世人做熟知。文学方面，钟芳留下了《钟筼溪家藏集》传于后人。书中收录了钟芳的大部分书稿，包括多种体裁：序、记、碑、论、史论暨辨说、表、杂著、书简、祭文、行状、奏疏、诗歌等等。其中诗歌收录数目最多，共计六百余首。根据统计，包括送别诗、羁旅诗、怀古诗、咏物诗、悼念诗、山水诗等所有类型在内，有近三分之一数量的诗歌采用了"水"的意象来传情达意。毫无疑问，分析水意象的运用有助于我们理解蕴藏在其背后的钟芳的精神世界。

在写作本文之前，先将钟芳诗歌归纳总结，选取含有水意象的诗句，再从水意象的类型——是创作主体的主观选择还是客观需要入手，到水意象与其他意象的组合模式——诗歌创作中的运用，层层推进，最后分析水意象在不同诗歌中所代表的精神内涵与其中体现的儒家哲学思想。

水意象的选择有三种类型，既有钟芳刻意选择，也有面对滔滔江水的有感而发，还有意和象的并举。因此，水意象不仅仅是钟芳创作灵感的源泉，也是他的创作对象，更是与他思想互相启迪的重要工具。水意象在钟芳的笔下集中表现为四种精神内涵：一是仕途不顺，屡遭贬谪的忧郁愤懑；二是忧国忧民的士大夫情怀；三是羁旅送别的孤寂和前路可期的豪情；四是无奈致仕后报国无门的感伤。

仁者爱山，智者乐水。水在传统儒家文化中象征着智慧与道德。朱熹在《四书集注》里对于这句话做过解读："知者达于事理而周流无滞，有似于水，故乐水；仁者安于理而厚重不迁，有似于山，故乐山。"从钟芳使用水意象的频率来看，不仅仅是其生长环境和修辞需要，更多地则是代表了儒家学说中水的象征意义：仁、善、君子之德。

参考文献：

[1] 吴晟. 中国意象诗探索 [M] 广州：中山大学出版社，2000.

[2] 朱光潜著. 诗论 [M]. 长沙：岳麓属蛇，2009. P51

[3] 钟芳著；周济夫点校. 钟筠溪集 [M]. 海南：海南出版社，2006.

[4] 谢文利. 诗歌美学 [M]. 北京：中国青年出版社，1989.

[5] 百度百科. 中孚卦 [DB/OL]. http：//baike. baidu. com/view/483452. htm

[6] 黎志敏. 诗学构建：形式与意象 [M]. 北京：人民出版社，2008.

[7] 黄霖. 赋比兴论 [J]. 复旦学报（社会科学版），1995，6，P78

[8] 陈绍伟. 诗歌辞典 [M]. 广州：花城出版社，1986.

[9] 郑力乔；胡爱民；杨兹举. 海南历史文化名人丛书·明代岭海巨儒——钟芳 [M] 海口：南方出版社，2015.

[10] 张萍；尹婕妤. 天涯文化系列丛书·岭海巨儒——钟芳 [M]. 海口：海南出版社，2013.

[11] 邵汉明；刘辉；王永平. 儒家哲学家智慧 [M]. 长春：吉林人民出版社，2010. P19P162－164

论许地山文学作品中的"南洋情结"

李媛①

摘　要：许地山与南洋这片土地有着不解之缘，作为五四新文化的见证者与开创者，他以其特有的方式始终将关注的目光投向"南洋"这片充满神秘的美丽土地。对于南洋风俗画和心灵史的刻画、面对命运不屈的美学精神是许地山"南洋书写"的亮点，使其文学体现出苦难叙事和宗教救赎的美学意蕴。之所以形成如此独特的南洋情结，其原因在于时代的动荡和作家人生的漂泊。许地山从文化视角表达内心对南洋的热爱，以自身的感悟和经历，通过细致缜密文学描写，展示出自身对南洋的独特体验与情感，是具有划地域性、跨文化的文学创作形式。

关键词：许地山；苦难叙事；南洋情结；人生漂泊

引言

南洋诸国曾经为中国的藩属国，臣服于封建王朝。其后随着帝国版图的不断拓张，南洋诸岛国如新加坡、缅甸、泰国、越南等相继沦为西方所属殖民地。至近现代，南洋在经历了反抗、斗争、寻求自由中迎来了民主解放。由于历史原因，南洋在政治、经济上呈现出资本主义、封建主义与小农经济的三者并存的复杂状态，一直深受中国传统文化影响下的南洋居民，和大批下南洋的华人一起共同推动了南洋的现代化进程。

据《史记》记载，中国开始与南洋大陆产生往来的时间，大致可以追溯到

---

① 作者简介：李媛，女，达斡尔族，汉语言文学专业 2012 级学生。
指导教师：郑力乔（1976 –），女，广东廉江人，海南热带海洋学院人文学院教授，硕士，主要从事海南历史文化、语文课程与教学研究。

两千年前。在公元 1 世纪前后，中国就与缅甸等南部诸国互有来往，开始出现产品的进出口与文化上的相互交流。其后随着唐代贸易、航海业的发达，移民到南洋的国人开始逐渐增多，在当时他们被称为"唐人"。中国史上，刘禹锡等诗人都有被迫流放于越南的经历，其中，杜审言在流放时，作有诗《旅寓安南》：

交趾殊风候，寒迟暖复催。仲冬山果熟，正月野花开。

积雨生昏雾，轻霜下震雷。故乡逾万里，客思倍从来。①

诗中展示了安南地区的季候风气与习俗传统，向读者再现出诗人因此情此景所引发的对身世的感怀以及流放异域，渴求归乡的心声。随着中国社会经济形态的发展，在宋朝时期开始出现华侨聚集地。到了宋代末年，中国在南部地区的经济活动日益频繁，商贸往来达到鼎盛时期。至明清中后时期，由于地域上的临近加之贸易往来增多，南洋地区逐渐成了中国移民的迁徙之地，国内曾一度出现移民的热潮。到了明后期，郑和下西洋，内地丝绸之路的出现，海洋运输的发展都推动了中国与南洋地区的商业文化交流。历史上，在中国曾经出现的淘金浪潮，其根本原因在于人们都认为南洋地区是一个淘金的天堂。在那里，到处都是黄金，人们可以在路上拾取财富，从而导致最终人们出于谋生和这种对南洋的幻想，纷纷前往南洋地区。在近代史上，被流放南洋地区的康有为、许南英（许地山之父）等都留下了南洋书写，本文中的"南洋"即现在的东南亚国家。

情结，指的是 种心理状况。它有很多种类：愉悦、悲伤、幸福等等。在这里，情结作为一个心理学中的术语，是指一种无意识的内心冲动的表现，由于这种冲动会使人本能的对某些或一些事物带有强烈的感情色彩，因此将其命名为情结。荣格曾在文本中论述情结产生的原因："情结一般是由创伤造成的。这种创伤并不是人身体所受到的实际伤害，而是对人心理世界的一种或深或浅的刺激。情结的产生原因大致有两种：一种是由内心所受到的刺激所产生的意象或事物；另一种则受每个人自身气质的影响。"②

综上所述，南洋情结是指在文学创作过程中，以描写东南亚国家地理环境、

---

① 曹寅、彭定求等.《全唐诗》. 上海古籍出版社，1986，卷 62，15

② Stein M. 荣格心灵地图. 朱侃如. 译. 蔡昌雄. 校. 台湾：立绪文化事业有限公司，中华民国，1989：61.

风土人情为主，通过对异域文化的描述与概括寄托作者自身情怀的一种文学创作的心理动机。这种心理的产生可能源于一定的社会时代环境，或源于作者的自身经历，是通过文字创作得以抒发和表达情感的文学创作心理。它包括积极和消极面，如：愉悦和悲伤、悲愤或讽刺等等。

一、风俗画与心灵史：许地山文学的南洋书写

许地山一生都在辗转漂泊，在他不到 50 年的生命旅程里，他先后游历了缅甸、印度、新加坡等地；在国内，他的足迹也遍及闽粤台港各地，这些不同的地域及文化对许地山的研究创作有着重要的影响。纵览许地山的名作，我们不难发现，在他创作的散文和小说中无一不展现了东南亚的社会生活、风土人情，这也使得他的风格独特新颖，文章内涵奇特玄妙，人物形象饱满充实。不仅写出了那个特定地区自然风光的本身色影，而且还把它们同人物的情感和风貌紧密地结合在一起，从而展现出一种和谐空灵的艺术境界。

（一）风俗画：异域描绘的人土风物

说到缅甸，就不能不提《命命鸟》。无论是故事的发生地法伦学校，还是对南洋塔寺的描写，都可谓是最微缩的典型特案象征。"从湖的西边远远的就能望见瑞大光佛寺，那座塔周身的金色的光芒衬着湖边的椰树和蒲葵，就像王后站立在水边，她的身后有几个宫女，手持着羽葆跟随着她一样。"① 在许地山笔下，缅甸的佛塔被比作为仙女，而佛塔后周围的椰树、蒲葵被比喻为"几个宫女持着羽葆"，这种是比喻的修饰冲淡了佛寺的严肃权威之感，反而为之穿上了一层极具亲和力的外衣，增添了缅甸塔寺的感染力。

或如在叙述完那一堆青年双双投湖后，有这样的一段结尾："现在他们去了！看那月光还照着他们所走过的路，瑞大光这时远远的送了一鼓点的音乐过来，连动物园的野兽也都为他们唱着悲壮的欢乐曲，可惜，惟独有那不懂人情滋味的湖水不愿意替他们保守这旅行的秘密，还要把他们的躯壳送回来。"② 叙事、抒情、写景浑然一体，表达了一种极其复杂的情感，令读者回味无穷。这些风土人情在许地山笔下都化为一个个精灵，每一个字符都充满生机和活力，充分彰显着它的魅力。

---

① 许地山．缀网劳蛛文集［M］．天津：百花文艺出版社，2006：10 - 23
② 许地山．《世纪的回响．作品卷．缀网劳蛛》．广州出版社，1997：16

此外，许地山小说中的角色大多对音乐有着独特的天赋：《命命鸟》中的会弹奏巴打拉的加陵；《醍醐天女》中观看野鸡和昆虫的歌舞的缪斯；《商人妇》中尚洁总去教堂听基督教唱班的歌，虽然自己不会唱，但也会哼上几句，旁人听了，也都知道她是在唱歌；《换巢鸾凤》中会弹琵琶的和鸾；这些富有异域风情和旋律的音乐与歌舞在许地山作品中反复出现，这不仅需要丰富的知识和精炼的语言，还要能让观者心中不自觉的呈现出舞蹈与音乐的画面。且许地山本人也热衷于音律的表达和创作。可见，在文学中融入个人的喜好，从而使得对人物形象的刻画更加立体饱满也是许地山作品中的一大亮点。

（二）心灵史：宗教渗透的爱的言说

"这人间的一切事其实本来就没有什么苦与乐的分别，你造作的时候它就是苦，你希望的时候便是快乐；事情发生的时候可能是苦，但日后你再想起时便是乐。"① 作为一名宗教研究者，许地山在对南洋地区进行描述的同时，也深入细致地刻画了当地的人文风貌和精神。《缀网劳蛛》中，当尚洁看到仆人用鞭子抽打小偷时急忙制止，并认为一个人如果沦落到做贼的地步，那么他是可怜的，而自己面对这样的人总是要去救护的。这与佛学中的普度众生、基督教中的爱人爱己宗旨是一脉相承的。佛教讲究不强求顺其自然，基督教信奉博爱与牺牲，这两点在尚洁身上完整的体现出来。她宽恕盗贼，更宽恕对她刻薄无情的丈夫，怜悯其所能怜悯，庇护其所能庇护，在隐居海岛三年后还能谅解丈夫的行为回到家中与其破镜重圆，重归于好。她承受命运、接受命运，折中达观的心态让她将自己的遭遇看得很轻，"命运的堰塞和亨通，与我们的生活没有多大关系。"② 尚洁对于人生的感悟既包含了佛学爱怜慈悲、化苦为乐的思想，也囊括了基督教的爱的信仰。

这里所描述的爱并不是一般意义上的爱。一般程度上的爱是指关心他人，尊重他人，充满感情的关怀他人；在这里，爱既包括了一般意义上的爱，还强调要关爱那些并不关爱我们的人。换句话说：就是不管他人对我们如何，我们都要爱护，并慈悲的对待。爱人、爱自己、爱仇人、爱世间诸多不相识之人。这种爱的言说也正是许地山想要通过作品传达给读者的思想：《商人妇》中的惜官，从被丈夫抛弃到被丈夫设计出卖，最后只身前往南洋的过程中，一直对丈

---

① 许地山．商人妇［A］．湖南：新世纪出版社．1998：32
② 许地山．缀网劳蛛．中国文联出版公司．1996 年 5 月第一版：82

夫持有一种宽容的态度。"我相信荫哥他不会做出这种事情，即使他做了，我也坚信终有一天他会幡然悔悟。"；① 许地山将惜官塑造成了一个虔诚的爱人之人的形象，更用兵匪的幡然醒悟来烘托女主人公高洁的品性，将佛家"慈悲救世""普度众生"的境界同儒家"自强不息"的追求相互结合；《枯杨生花》中具有慈悲苦行精神和不肯放弃的抗争精神的主人公云姑在风烛残年之时与情人相逢，如同失去的宝物重归一样，最终得到了"善报"；《醍醐天女》更是以紧张的描述形象生动地向我们展示了女性的伟大与崇高；《人非人》中的陈情，过着黑白两种生活：白天她是社会局的员工，认真工作、默默无闻；晚上她是穿梭在街角巷尾拉客的艳女，而她这么做的原因却是为了赡养烈士的遗孤。明明是做着最为人不耻的事，但实际上却比任何人还要高尚。她被人歧视，却依旧我行我素；她被视为非人，却有着强烈的自我牺牲的精神。她是社会上的非人，却是道德上的完人；《女儿心》中的老僧人在坐船途中遭遇失火，危难间以小我救大我，以身扑火。如果说：惜官的爱是夫妻之爱，那么陈情和老僧的爱则是忘我之爱。爱己更爱众生，他们自身本就是受难者，却仍然不顾自己的苦难去解救他人。许地山对爱的言说，正是宗教意识影响下，对异域人精神面貌和心灵的细致刻画，表现了许地山的人生理想和独特的价值观念。

二、苦难叙事与宗教救赎：许地山南洋情结的美学意蕴

在五四时期的新生作家中，许地山可以说是一位独特的创作者，确切地说：他是一位独行者。对佛学的领悟让他知晓世事无常，人无法与命运相互抗衡。佛教思想中的"八苦"思想在许地山的文学作品中描述的极为丰富，如蜘蛛般的生活，如光明的死亡，如菩提树前许下的美愿。可不论他描述的内容如何，其经历必是多灾多难的。命运的玩弄，戏谑的巧合，无不带有着极为深厚的悲剧性色彩。然而，造成这些悲情叙事的原因有很多：作者本人的人生经历、情感变化加之后期投身宗教文学研究所获得的启迪与感悟共同造就了许氏文学的独特特征——苦难美学与宗教救赎。

（一）命运罹难下的苦难叙事：

游离南洋的经历，乱世的动荡，命运的坎坷，种种因素的结合造就了许地

---

① 许地山．商人妇．许地山作品．中国现代文学名家经典文库［C］．吉林：时代文艺出版社，2004：29

山文学中的苦难美学。许地山对苦难的体味，源于自身更源于社会。五四时期的新文学发展潮流，诸多文学流派的出现，使得文学的发展呈现出前所未有的新面貌。这一时期里，知识分子面对诸多文化的冲击，精神上的失落，加之战乱让人们感受到现实的残酷和无情，社会上的不满之声日益强烈。文人们纷纷执笔，写着最平凡的故事，表达的却是最有力的情感。许地山也将自己经历的人世苦难融汇宗教的诸多见解，在实际创作中表达自己的苦难之情。

作为出生在佛教氛围浓厚家庭里的孩子，许地山可以说是一位虔诚的佛教徒。1913 年在赴缅甸任教的过程中，佛教哲学的深奥和佛教文学的艺术魅力都深深震撼他的心灵，因此，佛教文化也成了他文化选择中的一部分。由于幼时经历过战争的残酷洗礼，加之家道没落，迫于生计辗转四处任教求生的生活经历，这一连串的入世罹苦，四方流离的不幸际遇使许地山深深感悟人生苦难的真谛。在他的文集《缀网劳蛛》文集中，12 篇文章几乎涵盖了人的一生所能经历的各种苦难：《慕》写青年为生计理想饱受的煎熬之苦；《枯杨生花》写云姑老无所依之苦；《海角底孤星》写丈夫中年丧妻之苦等等，无一不是对个人人生际遇和民族时代危亡感的再现。

然而这种苦难叙事下的美学却并不是消极彷徨的。虽然他的文字处处充满着苦的滋味，但是实际上许地山正是想借由这些耐人寻味的苦表达出人世坎坷的人生苦。幼年的经历，青年时期的失落，成年的流离，如他所说："我感觉的处处都是痛苦，我看见的处处都是悲剧，可是我却不呻吟。"① 没有声音的苦难之声，无声胜有声。许地山衷于苦难的表达，游历南洋接触到的佛学真谛使他领悟到世间多苦，人本不乐的道理。于是他便要仔细地描绘无尽的苦难来感动读者，也宣泄自己，并借此表达自己的苦难情结，即"人生苦"。

在许地山的文字世界里，人们大多一开始就被各种苦难所围绕，沦落他乡的惜官，列车中疲倦的母亲，赶路的行人，无论是出生的高贵与低贱，似乎所有人都有着现世的烦恼。悲欢离合，离别生死。每个人背后都是命运编织的一张无形的巨网，而人们就像蜘蛛，遵循着自然的法则与规律，按照网的纹路爬行，谁都不知道什么时候网会破，也不知道网为什么会破，只知道不停地补网，因此人生必定也是残缺而充满悲剧性的。"我像蜘蛛，命运就是我的网"②，而

---

① 许地山．序《野鸽的话》[M]．许地山散文．北京：中国广播电视出版社，1996：201
② 许地山．缀网劳蛛．中国文联出版公司．1996 年 5 月第一版：88

人的内心却是向往没有苦难与束缚的和谐，身在乱世，心向桃园，身是缀网劳蛛，心是空山灵雨。

《空山灵雨》中，许地山更是透过对种种意象的细致刻画表现"苦"的真谛：《蝉》中，"蝉"随时都会遇到危险的信号——能够打湿羽翼的雨水、贪婪的蜘蛛和飞鸟，这些都危及着蝉的安危；《补破衣服的老妇人》中带着生的痛苦的补衣老人；都生动且形象的刻画出了人们对现世苦难的无奈和悲哀。《别话》中，妻子临终嘱托丈夫不要爱我在离别后，归还戒指更是希望丈夫能有更好的归宿；《梨花》中被风雨打湿飘摇落地的梨花，却仍要忍受被人们践踏，被深埋进泥土的命运，许地山在描写时给人留以想象的余地，让人们能够切身体会事物命运的发展与过程。在这里，许地山的作品还呈现出一种独特的空灵的美感。

这种空灵包括两层：一是意境美，二是意象空灵。

意境美，就是指作家在文学作品中着意刻画的故事发生的环境和背景。在《心有事》中："独有这空山为我下雨涟涟，我的泪如同这场急雨，如同这水晶箭，箭折，珠沉，融化做了着山间溪泉。"① 短短几句，就将作者内心对自然的感情刻画尽致，以对自然抒发的情感表现人间情怀，极具空灵之美；而意象的和谐灵动，就如《愿》中妻子的话："我愿你为菩提如意明净珠，能够普照世间万般诸情；我愿你做无边无际宝华盖，能普照荫凉世间万般诸情；我愿你为佛前多宝盂兰盆，能够盛以世间百味，滋养人间诸多饥渴之人。"② 这些佛经中出现的佛学意象，被许地山从宗教的教义中提取出来，变作其内在的情感体验，成为他评判现实的一部分，化佛学为己用，化宗教为力量，不再将经典中的意象束之高阁，而是让其融入现世，以更好地通过佛学背后的哲理与韵味诠释出苦难的真谛。

（二）美学意蕴下的宗教救赎：

许地山的宗教情结在小说中的表现十分明显，这使得其作品大多具有一种浓郁的悲剧性色彩，这首先表现在人物命运安排上。

《女儿心》中的麟趾为寻父历尽种种艰险，最后还是没有实现愿望；《万物之母》精神失常的敬姑在一次错乱中失足坠落悬崖；《法眼》中汪绶因不义之财而受牢狱之灾，却不想这不义之财竟是自己积攒交给妻子的，最后一病不起离

---

① 亦祺选．许地山散文．浙江文艺出版社．2007：1–5
② 许地山．空山灵雨．福建：人民出版社．2012年2月第一版：13.

开人世；《归途》中互不知情的母女相遇，接下来一连串的事件后，母亲偶然得知真相最后自责而死，种种际遇巧合下的安排，阴差阳错的剧情，让观者既揪心又无奈。无心插柳柳成荫，这些出乎意料的巧合性都传达出一种因果相随和命运的不可抗力。

其次，这种悲剧性还表现为主人公在苦难命运中始终保持着一种积极豁达的精神状态。许地山作品中不是描写生活中的苦难和平凡人的毁灭，而是通过主人公面对困境能顽强抗争，即使是表面的顺从也暗含着一种反抗精神。天堂不比人世，涅槃不如爱情：敏明看透人世爱情反复无常，向往转生极乐寻求纯粹的爱情而投池结束生命（《命命鸟》）；几经辗转海上漂泊的丈夫带着年幼的女儿，却仍旧满怀希望（《海底孤星》）；被丈夫抛弃却仍不离不弃的惜官（《商人妇》）等等，都使得作品本身带有着浓郁的悲伤的格调，只是这种格调是以抗争的方式展现出来。

最后，许地山的作品之所以具有悲剧色彩的原因是由于他的命运和性格，因此他的作品中既有命运悲剧又有性格悲剧。幼时战乱不断，流离失所，居无定处；青年时期为生计所迫，四处奔波，亲人的离别，妻子的早逝给他带来了无形的压力，这也使得作品中表现的命运无常思想更加明显。而作品中又主要以描写社会中的弱势群体——女性为主。五四时期解放思想的来临意味着女性地位的变化，许地山关注女性命运的发展，并在女性形象中寄寓自己的情感和态度，通过苦难的磨炼来使女性形象得以提炼和升华。以命运悲的主题，揭示人生真谛，也是许地山作品寻求宗教下人生救赎的重要表现。

三、佛陀的苦难与漂泊：许地山南洋情结的时代投影

许地山凭借作品中馥郁浓厚的异域情调和别具一格的撰写模式，使得他笔下的东南亚风情更富新奇与神秘。它引导着人们去关注这片热土上生活的大众，以观者的角度触及他们的生活，与他们一起感受命运的悲欢离合，阴晴圆缺。无论是东南亚人的生活与爱情，还是那种关注现实、慈悲救世的佛家观念，抑或是仁爱众生的礼教原则，于许地山的作品中都是一种外来文化与本土传统文化相互渗透和交融的结果。而就是这样的一种"情结"，其产生的原因却一直有待探索。

（一）现世的漂泊

19 世纪以来，饱受侵略之苦的中国知识分子看出落后的根源在于自身的文

化问题，于是，民族自强的努力被诉诸于文化变革，传统由此不断地遭到怀疑、排斥和否定，从而导致了传统文化的断裂。在多种文化相互碰撞的时期，在衰败与创造共存、各种思潮迭起、新旧价值变动不安的时代，五四知识分子在承担启蒙重任时，常常四顾茫然，几乎个个带有切身之痛，许地山也不例外。

许地山的一生可以说是生于忧患，长于忧患。他一生下来恰逢台湾变乱，两岁四叔卒，三岁庶出五弟卒，其后随父亲迁往福建，十九岁开始自谋生活，二十六岁父亡，二十八岁妻死，二十九岁赴仰光任教。这些悲惨游离的经历，也是使许地山对南洋产生不解之情的重要原因。

1910 年的南洋虽然是英、法、美等西方国家的殖民地，但时代变革的空气尚处于酝酿状态，传统依然顽固地盘旋在社会各个层面。三年南洋生活，许地山目睹了封建压迫与殖民剥削下南洋土著的生活痛苦，他在研究东方宗教中对东方女性的不幸命运有着深切的关注，丧妻之痛在其心底，无论是《命命鸟》还是《缀网劳蛛》《商人妇》，在理想化的语境下，作者为其笔下的女性设置了一条经由宽容、博爱、坚韧而走向新生的道路，都契合了作者的个人体验。

1913 年，许地山赴缅甸仰光任教，在那里工作的两年时间，远离故土和亲人，加上言语不通，许地山深感寂寞之苦。即使在后来他和妻子婚后，在海外流离的日子里，他还不时以书信的形式，向妻子倾诉对家和故乡的思念。后来，妻子的病逝对许地山来说更是一个沉重的打击。爱情，来之不易，它是许地山幸福的来源，也是他苦恼的根源。然而也正是在仰光的佛教文化的影响下，他开始专注于研究梵文，日日与僧侣为伴，与佛倾诉。在这个古老、神秘的佛教之地，许地山的创作受到不少影响。现实并不顺心如意，人生也是屡遭变难。孤独磨炼了许地山，也成就了许地山。

（二）精神的失意

20 世纪动荡的时局造成无数中国知识分子居无定所、颠沛流离。不少知识分子都有域外经历，他们将身处异邦的谋生体验和留学、漂泊、流亡等个人遭际付诸于文字："自入世以来，屡遭变难，四方流离，生而何乐。"[1] 由于受两种佛教的相互交融和影响，许地山认为人生是残缺不完美的。正如他自己所说："我不信人类在自然界会有得到胜利的最后那一天。地会老，天会荒，人类也会碎成星云尘，草木青青不过一百数十日，到头来，又是樵夫担上薪；百虫生来

---

① 许地山. 许地山选集［C］. 海峡文艺出版社，1985：331

不过数百日，到头来，又是纷纷赴红灯。"①

《费总理的客厅里》中，费总理的客厅书架上摆放的是《孝经》之类的书籍，还悬着"说礼堂"的牌子，恰恰相反，他骨子里满是旧中国旧社会的封建伦理，说着漂亮话，做着摸黑良心的事，许地山在揭穿费总理的假面目的同时，把忧患的目光投向了深层的文化层面，他认为旧古的思想文化阻碍了新兴文化的滋养和发展，因而其后的作品大多从更深的角度表达许地山深深的忧患意识。后期对于人物的描写范围已经不再仅仅局限于女性和弱小的知识分子小市民，而是扩大到资本家、乞丐、革命家等形形色色的各阶层人群中去。其故事情节也不单局限于爱情史和婚姻史，而是拓展到政治事变，民生疾苦等等反映当时时代特征的典型中去。

在一个新潮迭起、新旧并举的时代，许地山的南洋文本在不同的宗教阐释视野中有着多重解读空间。他熟悉南洋的地理环境、民俗风情与宗教思维，他的南洋文本有着丰富的人类学、宗教学等文化小说的特征。解读许地山的南洋文本，可以发现，其笔下的主人公们尽管以基督徒身份在传统文化的熏染下，却在被作者安置人物灵魂时融入了佛教苦学的思想，甚至在女性主人公身上，也有佛家的慈悲情怀，这既反映了许地山文化修养的深厚，也展示出其文学作品内涵与意蕴的独到性。

结语

观之许地山的南洋情结，我们不难看出其所要表现的正是寄寓了五四时期新文学思想和个人对现世的看法。他将"人世疾苦"的理念贯穿于文学创作的终始，无论是外域风光迷人的景色，抑或是人情间的悲欢离合，无不孕育着对现世的感慨和深思。国家战事不断，内忧外患的情况下，也正是有这样一批引进异域文化，感怀身世，寄托哀思的文学创作者，才能为文学的进步注入新鲜的血液，让文化在交融中实现升华，让失意无助的知识分子，得到精神上的慰藉与寄托。许地山从文化视角表达内心对南洋的热爱，将作品中的异域情韵、苦难叙事的哲学深意与人生哲理融为一体，娓娓道出。

参考文献

[1] 周俟松，杜汝淼编. 许地山研究集 [M]. 南京：南京大学出版社，1989.

---

① 许地山. 序《野鸽的话》[M]. 许地山散文. 北京：北京新华出版社，1998：828

［2］沈庆利．现代中国异域小说研究［M］．北京：北京大学出版社，2009.

［3］倪婷婷．"五四"作家的文化心理［M］．南京：南京大学出版社，2005.

［4］贺圣达．东南亚文化发展史［M］．昆明：云南人民出版社，1996.

［5］梁英明．东南亚史［M］．北京：人民出版社，2010.

［6］南治国．中国现代小说中的南洋之旅［D］．新加坡．新加坡国立大学，2005.

［7］王振科．中国现代作家在新马的文学活动［N］．海南师范学院学报．1990，2.

［8］杨义．许地山：由传奇到写实［D］．南京：南京大学出版社，1989.

［9］陈旋波．"海洋"的抒情与叙事：中国文学现代性的意象探讨［N］．山东社会科学．2001，5.

［10］沈从文．论落华生［M］．北京：海峡文艺出版社，1999.

［11］严敏．异域话语的重新建构——许地山的南洋叙事及其意义［N］．中国比较文学．2013，3.

［12］黄傲云．中国作家与南洋［M］．香港：香港科华图书出版社，1972.

［13］许地山．空山灵雨［M］．天津：天津教育出版社，2007.

［14］徐翔、徐明旭．许地山评传［M］．北京：海峡文艺出版社，1987.

［15］许地山．商人妇．空山灵雨［M］．北京：商务出版社，1925.

［16］许地山．缀网劳蛛．空山灵雨［M］．北京：商务出版社，1925.

［17］许地山．醍醐天女．空山灵雨［M］．北京：商务出版社，1925.

［18］许地山．街头巷尾之伦理．落花生选集［M］．北京：商务出版社，1925.

［19］许地山．命命鸟．落花生选集［M］．北京：商务出版社，1925.

［20］许地山．海角底孤星．空山灵雨［M］．北京：商务出版社，1925.

［21］许地山．玉官．落花生选集［M］．北京：商务出版社，1925.

［22］许地山．在费总理的客厅里．许地山文集［M］．北京：商务出版社，1925.

［23］许地山．枯杨生花．空山灵雨［M］．北京：商务出版社，1925.

［24］许地山．人非人．许地山文集［M］．北京：商务出版社，1925.

后　记

　　毕业论文是一门检验汉语言文学本科专业学生专业综合能力的重要专业实践课，其宗旨是引导学生去发现和探究专业学术问题或现实社会中实际问题，在这个过程中充分运用专业所学知识，获取相关信息和资源，初步掌握学术研究的方法，锻炼思维品质，提高创新意识和规范意识。总之，套用体育术语，这是一项难度系数很高的运动，不但考验学生的专业所学，也考验指导老师的执教水平。因此，如何保证本科毕业论文的写作质量，写出高水平的毕业论文，是每一位毕业生倍感焦灼的事情，也是摆在管理者和教师面前的一个难题。我们认为，这个难题只能在实践中去摸索，去解决，这就有了编选这本论文集的初衷，通过论文集的编辑出版，让一批思维缜密、学风优良、专业扎实、态度认真的优秀学子脱颖而出，让那些勤勤恳恳工作、有着宽广学术视野和独立思考精神、认真负责的教师得到肯定和表彰，给后来者以有益的启发。

　　一本论文集的编选，一般内容上要有一个相对集中的主题，这样就给编者在论文取舍上一个两难的抉择，因为从这几届毕业生的毕业论文看，优秀者不乏其人，学校每年也评选出不少优秀论文，但哪一些论文可以入选集子呢？到底什么样的主题可以既体现为专业办学的特色，又具有一定的学术价值呢？如果确定了一个主题，在这个主题下的论文如何保证质量都能达到出版的标准？经过编委会多次会议决定，论文集的主题确定为黎族文学研究和文学文本研究。学校有着60多年服务海南黎族苗族经济社会发展的办学历史，学校设有海南省民族研究基地，拥有海南省重点学科民族学，近年来人文学院教师承担了许多省级研究课题均与黎族研究有关，学生在撰写的毕业论文时参与了教师的课题研究，因此可以说，黎族文学研究是多年来汉语言文学专业教师形成的科研特色和教学特色。此外，我们认为，汉语言文学专业不要忘却和丢失文学的本色，因此集子中所选的论文都是紧紧地围绕着文学文本作研究的。然而如此一来，对于那些在应用型人才培养理念的指导下涌现的许多调研类的优秀论文，以及一些探讨地方文化类的优秀论文就不得不割爱了。

论文的作者，有的已经毕业，有的还是在校生，有的考上了研究生，有的创业初见业绩，不管身在何方，希望你们永远保持对文学和生活的热情，将"担当、包容、阳光"的人文精神发扬光大，影响身边更多的人。论文的指导教师，有扎根海南文学研究造诣深厚的教授，有思想开放、锐意进取的青年博士、还有全国知名的学者木斋教授，他们在论文指导的过程中兢兢业业，认真负责的态度和精神让人感动，在此对他们表示感谢和敬佩。

著名文学评论家、国务院特贴专家毕光明教授拨冗为本书写了一篇很好的序言，既然有对高等教育的宏阔视野和理论高度，又有高校教学丰富的育人经验和心得，更有对中国语言文学研究的专业点评，为本书增色不少，序言因此成为我们人才培养的一篇高质量的指南。论文集的出版获得了海南省重点学科民族学学科建设经费、海南省教育厅教育教学改革项目（HNJG2014 - 48）及海南热带海洋学院"写作学课程群教学团队"质量工程项目的资助，一并表示感谢。

在编选和阅读这些论文的过程中，我们能够感受到学生在写作时的付出和努力，但客观地看，论文还有许多不足之处，讹误和错漏处还请读者和专家批评指正，不胜感谢。

zeii_ 2005@163. com

编者

丙申年春于三亚